Knaur

Über die Autorin:

Genau wie ihre Heldin war Pamela Thomas-Graham eine junge schwarze Elitestudentin in Harvard. Sie schloss die Harvard Law School und die Harvard Business School mit Auszeichnung ab und wurde mit 32 Jahren die erste schwarze weibliche Führungskraft bei McKinsey. Heute berät sie vor allem Medienfirmen und kulturelle Institutionen.
Pamela Thomas-Graham lebt mit ihrem Mann in Manhattan und Westchester County.

Pamela Thomas-Graham

Dunkelrot ist der Tod

Roman

Aus dem Amerikanischen von
Klaus Fröba

Knaur

Die amerikanische Originalausgabe erschien 1998 unter dem Titel
»A Darker Shade of Crimson« bei Simon & Schuster, New York

Besuchen Sie uns im Internet:
www.droemer-weltbild.de

Deutsche Erstausgabe 2001

Redaktion: Ralph Thoms
Umschlaggestaltung: ZERO Werbeagentur, München
Umschlagabbildung: Image Bank, München / Steve Dunwell
Satz: Ventura Publisher im Verlag
Druck und Bindung: Clausen & Bosse, Leck
Printed in Germany
ISBN 3-426-61855-9

2 4 5 3 1

Für meinen geliebten Mann
Lawrence Otis Graham.
Er hat den Traum
wahr werden lassen.

Nun schlagt den Ball für Harvard,
Denn Harvard muss gewinnen!
Heut zeigen wir's den Söhnen von Eli,
Dass Harvard noch immer Spitze ist.
Fegt einmal mehr das Spielfeld leer,
Es geht um Untergang oder Sieg!
Und unser Jubel gilt auch euch,
Ihr Giganten vergangner Tage,
Wenn das Harvardteam einmarschiert.

Der Harvard-Kampfgesang

Ich war an der Harvard,
ein Harvard war ich nicht.

W. E. B. Du Bois
Harvardjahrgang 1890

eins

Gestorben und aufgefahren zum roten Backsteinhimmel

Lach über ihre Scherze. Schrei, wenn du musst. Wahre deinen Abstand. Kleide dich untadelig. Lerne, wer wichtig ist. Hüte dein Geld. Sieh ihnen in die Augen. Zähle bis zehn. Kämm dir das Haar glatt. Bete um Stärke. Plane deine Rache mit Bedacht. Such dir einen wirklichen Freund. Ruf oft daheim an. Bewahr dir den Blick für die Realität. Weis sie in ihre Schranken. Arbeite an deiner Aussprache. Vergiss nicht, woher du kommst. Und sei gut, sehr gut.

Wer an der Harvard jung und schwarz ist, muss wirklich gut in der Kunst des Überlebens sein. Sieben Generationen von uns haben erfahren, dass es eine unvorstellbare, schwer zu ertragende, mit Gefahren verbundene Herausforderung ist. Für Rosezella Maynette Fisher war sie tödlich.

Der Tag, an dem sie starb, war der Beginn des Herbstsemesters. Die Nachricht verbreitete sich wie ein Lauffeuer auf dem Campus und brachte die Gespräche über Sommerjobs, Liebesaffären im August und die halbjährliche Entscheidung, für welche Kurse man sich einschreiben solle, jäh zum Verstummen. Beim unerwarteten Tod einer Studentendekanin – umso mehr, wenn es um eine Schwarze geht, die sich mit eiserner Energie von der Teilzeitsekretärin nach oben gearbeitet hat – halten sogar die ewig gehetzten Erstsemester eine Weile den Atem an.

In meinem Büro im zweiten Stock der wirtschaftswissenschaftlichen Fakultät im Littauer Center verschanzt, blickte ich hinunter auf die saftig grünen Rasenflächen und die Studenten auf den schmalen Wegen und tröstete mich dabei im Stillen mit dem Gedanken, dass das Semester so oder so seinen Gang nehmen werde, mit oder ohne sie. Morgen würde eine lieblose Gedenkfeier in der Memorial Church stattfinden, bei der die Honoratioren der Universität einige wohlgesetzte, für die nächste Ausgabe des *Crimson* bereits in Manuskriptform vorliegende Worte sprechen würden, und danach war abzusehen, dass der Vorfall bei den meisten in Vergessenheit geriet.

Aber nicht bei mir.

Denn ich war die Letzte, die sie lebend gesehen hatte.

Mein Name ist Veronica Chase – von meinen Freunden Nikki genannt. Ich habe die zweifelhafte Ehre, die einzige schwarze Dozentin am Fachbereich Wirtschaftswissenschaften zu sein. Wer, wie ich, dreißig ist, empfindet das mitunter als schwere Bürde. Es gab eine Zeit, da hat Rosezella Fisher sie mir noch schwerer gemacht.

Ellas Weg führte von Tunica in Mississippi über eine Sekretärinnenschule nach Harvard. In einem mit Wellblech gedeckten Holzhaus als drittes Kind eines schwarzen, nie lange irgendwo sesshaften Farmpächters geboren, entkam sie ihrer Bestimmung, Waschfrau und Mutter eines Rudels plärrender Kinder zu werden, indem sie sich als Anhalterin nach Memphis durchschlug und von dort den Greyhound nach Boston nahm. Das war 1965, sie war siebzehn. Ihr Vater hatte ihr immer wieder gepredigt, wie dumm es sei, auf das ›hirnlose College-Gerede dieser gelbhäutigen Nigger‹ zu hören, aber sie gab den Traum nicht auf, mehr von der Welt und dem Leben zu erfahren, als ihr die städtische High School für Farbige beibringen wollte und konnte. Zumal sie von mehreren Lehrern gehört hatte, dass es in Boston eine Menge guter Schulen gäbe.

Ella verliebte sich auf Anhieb in die Stadt mit ihren Glaslaternen, ihrem Kopfsteinpflaster und den Kaffeehäusern, in denen man stundenlang sitzen und lesen konnte. Aufgewachsen im von der Rassentrennung geprägten Süden, hatte sie nie Schwarze und Weiße im selben Restaurant gesehen, in derselben Schlange vor den Kinos anstehen oder im Bus auf derselben Bank sitzen sehen. Und nun war in den Mienen derer, die ihr auf den Straßen begegneten, wenig von der Schmach ständiger kleiner Demütigungen, sondern eher keimende Hoffnung zu sehen. Sie schrieb ihrer Mutter, sie sei gestorben und im roten Backsteinhimmel zu neuem Leben erwacht. Nur, Bostons viel gerühmte Colleges kosteten Geld, und weil es ihr daran mangelte, musste Ella sich wohl oder übel damit begnügen, statt des College eine Sekretärinnenschule zu besuchen.

Die kulturelle Gegenbewegung der späten Sechziger brachte sie zu einem revolutionären Lebensstil, der es ihr unmöglich machte, je wieder nach Mississippi zurückzukehren. Verleitet von Parolen des radikalen Flügels der Bürgerrechtsbewegung und der Vision, eine zweite Kathleen Cleaver zu werden, schloss sie sich vorübergehend der neugegründeten Ortsgruppe der Schwarzen Panter an, danach lebte sie in einer Kommune in New Hampshire. Anfang der Siebziger ließ sie diese Form der Freizügigkeit hinter sich und nahm sich vor, ihren Lebensunterhalt selbst zu verdienen und so ihrem Vater ein für alle Mal zu beweisen, wie Unrecht er gehabt hatte.

Auf ihrem Weg ins Erwerbsleben folgte sie altbewährten Pfaden und erhielt ihr erstes Gehalt als Bürokraft mit Zeitvertrag im Kirkland House, einem von Harvards efeuberankten Studentenwohnheimen. Der Heimleiter zeigte sich von ihrer Bereitwilligkeit, Überstunden zu machen, und von der gewinnenden Art, mit der sie auf die vielen und bisweilen nervenden Anrufe früherer Studenten reagierte, so angetan, dass er ihr bald eine feste Stelle in seinem Mitarbeiterstab gab. Bis dahin stand ihr Name längst in den Adressenverzeichnissen wohlhabender Altharvardianer, die es zu schätzen wussten, dass Ella sie ebenso zuverlässig mit Karten für heiß begehrte Footballspiele wie mit skandalträchtigen Campusgerüchten versorgte und es dank der heimlichen Reserveliste des Heimleiters sogar fertig brachte, ihre Kinder, wenn sie bei der Auslosung einen Platz in einem der weniger gefragten Wohnheime gezogen hatten, doch noch ins Kirkland zu schmuggeln.

Das Geheimnis von Ellas Erfolg lag darin, dass sie es verstand, den ambitionierten Eifer, den sie sich bei den Menschen an der Ostküste abguckte, mit dem ›Kuschen und Katzbuckeln‹ zu kombinieren, das sie als Kind im Süden gelernt hatte. Sie erkannte instinktiv, was die Leute von ihr hören und wie sie behandelt werden wollten. Weil sie ahnte, dass der Südstaatenakzent sie unverwechselbar machte und harmlos erscheinen ließ, hatte sie ihn nie abgelegt. Den Leuten an der Ostküste ging das Herz auf, wenn sie am Telefon mit einem verhuschten ›Ma'am‹ oder ›Daalin'‹ begrüßt wurden; nie wäre ihnen der Gedanke gekommen, dass Ella das mit verschmitzter Berechnung tat. Im Übrigen durchforstete sie gewissenhaft das Magazin *Town and Country*, sodass sie allmählich ein Gespür bekam für die feinen Unterschiede zwischen den alteingesessenen weißen Familien, den WASPs. Denn eins war ihr schnell klar geworden: Wenn es darum geht, wohlhabende Leute zu gewinnen, erweist sich das alte Sprichwort ›Wissen ist Macht‹ als wahr.

Ihr elfjähriges Wirken im Kirkland endete, als ein neuer Dekan an die Rechtsakademie der Harvard berufen wurde und verlauten ließ, dass er eine persönliche Assistentin suche. Ella machte gegenüber ihrem Kreis unter den Altharvardianern ein paar diskrete Andeutungen, und die beeilten sich, ihr den Weg zu ebnen. Nach nur zwei Personalgesprächen und einem kurzen Schreibmaschinentest bekam Ella, obwohl sie nie über fünfunddreißig Worte in der Minute hinausgekommen war, die allseits begehrte Stelle. Sie konnte andere Talente in die Waagschale werfen, zum Beispiel ihren überwältigenden Scharm und die nimmermüde Fürsorge, die sie ihrem gut aussehen-

den, dynamischen Chef Leonard Barrett angedeihen ließ, was er ihr durch unverbrüchliche Treue dankte. So hätte es nicht sonderlich überraschen dürfen, dass Ella, als Leo Barrett nach einem Jahr zum Präsidenten der Harvard University aufrückte, im Sog seines Karrieresprungs nach oben geschwemmt wurde und den angesehenen Posten einer Studentendekanin der Jurastudenten bekam.
Es hätte nicht überraschen *dürfen*, aber es war eine Überraschung.
In ihrer neuen Position war Ella zuständig für die Überwachung der Kursbelegung, die Regelung von Disziplinarangelegenheiten und die Verteilung von Spendengeldern an die verschiedenen Studentenorganisationen. Trotz der hochtrabenden Stellenbezeichnung handelte es sich in Wahrheit um eine einfache, zudem ziemlich bescheiden bezahlte administrative Tätigkeit, aber der Job war ein wichtiger Meilenstein auf dem Weg zu Spitzenpositionen in der Universitätsverwaltung. Abgesehen von der kleinen Schar jener Professoren, denen aufgrund ihres Rufes höhere Weihen so gut wie sicher waren, beneidete nahezu jeder Ella um ihr Glück; Jobs in der Administration galten gerade unter jüngeren Mitgliedern des Professoren- und Dozentenkollegiums als begehrte Interimsstation, die einem zumindest den Verbleib an der Harvard sicherte, bis man sich einen Namen gemacht hatte und mit der Berufung auf einen Lehrstuhl rechnen konnte.
Da sich mit Ellas Tätigkeit unschätzbare Vorteile verbanden, unter anderem der eines häufigen Kontakts mit dem Präsidenten, der sich natürlich auch weiterhin zu seinem alten Wirkungsbereich an der Rechtsakademie hingezogen fühlte, hatten einige jüngere Professoren und Dozenten gehofft, selbst in die engere Wahl für den Posten zu kommen. Mit sechsundvierzig war Ella plötzlich zu einer der einflussreichsten und meistbeneideten Frauen an der Harvard geworden. Ohne mehr vor-

weisen zu können als den Abschluss an der Tunica High School für Farbige und das Zeugnis einer Sekretärinnenschule, war sie mit einem gewaltigen Spurt an zahlreichen ehrgeizigen Assistenten der Eliteuniversitäten vorbeigezogen.
Nicht verwunderlich, dass die zu kurz Gekommenen mit rachsüchtigem Neid reagierten.
Ellas Ernennung wurde zum Streitpunkt für die gesamte Universität. Gewisse konservative Kreise der WASP-Elite spotteten offen darüber, dass sich an diesem Beispiel die Fragwürdigkeit von Auswahlverfahren ebenso offenbare wie die Bereitschaft des neuen Präsidenten, sich, wenn es nur seinem Image als großer Neuerer diene, bedenkenlos vor den liberalen Karren spannen zu lassen. Für ihre Kritiker war Ellas Aufstieg der schlagende Beweis dafür, dass *political correctness* die bisherigen Regeln untergrub. Hinter vorgehaltener Hand machten weitaus hinterhältigere Gerüchte die Runde. Ella habe den Job ihren Bemühungen im Bett des Präsidenten zu verdanken. Oder sie sei in der Lage gewesen, prominente Mitglieder des Verwaltungsrats durch kompromittierende Fotos unter Druck zu setzen. Oder sie gehöre schlichtweg zu den Günstlingen der ›liberalen jüdischen Mafia‹, deren Einfluss auf die Universitätsleitung sich immer stärker bemerkbar mache. Unter Berufung auf nicht näher genannte Quellen wollten manche von verschwiegenen Tête-à-Têtes in schummrigen Bars, heimlichen Skiferien in Vermont und einer lautstarken Auseinandersetzung zwischen Leo Barretts Frau und Ella am Hintereingang der Cambridge Savings Bank gehört haben.
Liberal Gesinnte feierten Ellas Karrieresprung dagegen als Symbol für ›die neue Harvard‹ und klares Bekenntnis dazu, dass Klugheit und Fleiß mehr zählten als fragwürdige Diplome. Sooft Ella sich in den ersten Tagen auf dem Gelände der Rechtsakademie zeigte, stimmten weiße und schwarze Studenten unisono ihren ›Alle-Macht-den-Frauen‹-Jubel an.

Ella schien das alles kalt zu lassen, sie stürzte sich mit unglaublichem Elan in ihr erstes Jahr als Studentendekanin, beging dabei aber den klassischen Anfängerfehler zu glauben, sie könne sich nur durch einschüchterndes Auftreten und Strenge Respekt verschaffen. Sicher, in ihrem speziellen Fall mochte sie sogar den richtigen Riecher gehabt haben, weil es eben keineswegs so war, dass sich die Studenten vor ihrem Büro gedrängt hätten, um sich von ihr sagen zu lassen, was sie tun und lassen sollten. So wurde dieses erste Jahr für die Jurastudenten zu einem Albtraum. Da saß ihnen nun eine Frau – noch dazu eine schwarze – vor der Nase, die sich, auf die Macht des Amtes vertrauend, mehr von festen Vorstellungen als von Fakten leiten ließ und keinen erfahrenen Berater zur Seite hatte, der es vermocht hätte, ihr so was wie einen goldenen Mittelweg zu zeigen. Dazu kam, dass sie mit knappen Mitteln wirtschaften musste, denn entgegen der landläufigen Meinung gehören Absolventen der Rechtsakademie nicht zu den Höchstverdienern und neigen daher auch nicht zu großzügigen Spenden. Als wolle sie's nun erst recht allen zeigen, die auf sie herabblickten, schien Ella sich ein Vergnügen daraus zu machen, die Budgets für studentische Aktivitäten drastisch zu kürzen und neue Anträge auf finanzielle Beihilfen prinzipiell abzulehnen, während sie sich gleichzeitig tagtäglich zu Lasten der von ihr verwalteten Mittel frische Rosen und Kuchen oder andere Leckereien aus der Patisserie in ihr Büro bringen ließ.
Ehe das erste Jahr als Studentendekanin hinter ihr lag, hatte sie sich allgemein verhasst gemacht, und das aus gutem Grund. Meine Gefühle ihr gegenüber waren jedoch zwiespältig.
Durch die Klatschgeschichten, die unter schwarzen Lehrbeauftragten und Studenten der höheren Semester kursierten, hatte ich sehr früh von Ellas eigenwilliger Amtsführung erfahren, sodass ich sie, zumindest gefühlsmäßig, innerlich ablehnte, bevor ich sie überhaupt kennen gelernt hatte. Zusätzlich zu ihren

eigentlichen Aufgaben – die sie, sollte man meinen, genug in Anspruch nahmen – widmete sie sich einer Vielzahl weiterer Aktivitäten, bei denen sie sich in der Rolle des guten Engels gefiel. Sie war erklärte Befürworterin des erst kürzlich wieder ins Leben gerufenen Afro-American Studies Department und häufig bei Zusammenkünften und Kundgebungen der mit dem AASD sympathisierenden Studentenverbindungen anzutreffen, wo sie sich agitativ für einen größeren Einfluss der Minderheiten einsetzte und laut gegen die verhätschelten ›bürgerlichen‹ Schwarzen an der Harvard polemisierte, die in Wohlstand aufgewachsen waren, weiße Schulen besucht hatten und wenig Sinn darin sahen, die Weißen gegen sich aufzubringen. Da Ellas Beschreibung der bürgerlichen Schwarzen recht genau auf mich zutraf, war ich von vornherein gegen sie eingenommen. Ellas Angriffe richteten sich vornehmlich gegen zwei von ihr als ›englische Dandys‹ apostrophierte Mitarbeiter der Universitätsverwaltung, die sich, obwohl in ärmlichen Schwarzengegenden groß geworden, an der Harvard einen britischen Akzent zugelegt hatten; einer von ihnen war überdies mit einer Weißen verheiratet. Ella benutzte zwar nicht ausdrücklich Worte wie ›Onkel Tom‹ und ›willfährige Speichellecker‹, aber jeder wusste, was sie meinte.
Jetzt, da sie gute Aussichten hatte, es in der Harvardhierarchie noch weit zu bringen, trug sie ihre Hautfarbe wie eine Weltanschauung vor sich her und schien es darauf anzulegen, uns anderen Schwarzen ihre ganze Verachtung zu zeigen. Selbst unter der Annahme, dass ihre kritische Einstellung gegenüber allem und jedem wohl mehr dem Willen zur Provokation als innerer Überzeugung entsprang, konnte sie einen ziemlich nerven. Dennoch, ich wusste, was es heißt, anders zu sein und deshalb die eigenen Fähigkeiten immer und immer wieder von neuem unter Beweis stellen zu müssen (auch mir warf man vor, dass ich meine rasche Karriere an der wirtschaftswissenschaft-

lichen Fakultät vornehmlich meiner Hautfarbe zu verdanken hätte), deshalb bemühte ich mich, die Dinge sowohl aus Ellas Perspektive als auch aus der ihrer Gegner zu sehen, zumal ich ahnte, wie sehr ihr Verhalten die Wut der weißen Harvardelite schüren musste. Ich hielt mich also aus allen Diskussionen heraus, bis sich irgendwann die Gelegenheit ergeben würde, sie kennen zu lernen und mir selbst ein Urteil zu bilden.

Diese ergab sich sehr bald. Im Frühjahr seines ersten Präsidentenjahres beschloss Leo Barrett, unter der Bezeichnung *Crimson Future Committee* eine Arbeitsgruppe zu bilden, die untersuchen sollte, wie die Universität sicher und ungefährdet ins nächste Jahrhundert geführt werden könne; konkret ging es darum, ein Ausgleichsverfahren zwischen den unterschiedlich hohen Spendenaufkommen der zehn Fachbereiche der Universität und des Radcliffe College zu erarbeiten. Ein solcher Ausgleich war überfällig; etliche Fachbereiche schwammen im Geld, andere, zum Beispiel der für das öffentliche Gesundheitswesen, kämpften ums nackte Überleben. Die reichen Fachbereiche wollten nichts von ihrem Überfluss abgeben, die ärmeren waren zu stolz, um betteln zu gehen, also schien eine unabhängige, fachbereichsübergreifende Kommission der einzige Weg zur Lösung des Problems zu sein. Ella und ich wurden – zusammen mit zehn anderen – als deren Mitglieder berufen. Der offiziellen Lesart zufolge repräsentierte ich den Fachbereich Geisteswissenschaften, in Wirklichkeit wurde von mir vermutlich eher erwartet, die analytische Arbeit zu übernehmen, die unter der Würde eines in höheren geistigen Sphären schwebenden Lehrstuhlinhabers war. Ella, nahm ich an, agierte als Barretts verlängertes Ohr.

Ich werde nie den Augenblick vergessen, als ich sie zum ersten Mal sah. Hundert Kilo geballter Weiblichkeit mit schulterlangen Rastalocken kamen auf grünen Stilettabsätzen zur offiziellen Eröffnungssitzung in den Konferenzraum gestöckelt und erwarteten wie selbstverständlich, dass sich die Grüppchen, die irgendwo in der von ihr gewählten Marschrichtung standen, bei ihrer Annäherung teilten wie weiland das Rote Meer vor Moses. Und genauso war es. Ella hatte makellos dunkelbraune Haut und große, intelligente braune Augen. Sie trug ein mohnrotes Kleid mit umgeschlungenem Paisley-Schal, mehrere goldene Halsketten und bei jedem Schritt schlenkernde goldene Ringe in den Ohren. In diesem Augenblick war ich davon überzeugt, dass mindestens ein Teil der Gerüchte über sie wahr sein könnte. Die Art, wie sie, in eine Wolke Chanel Nummer fünf gehüllt, den Raum durchquerte, strahlte genau das Funken sprühende sexuelle Selbstbewusstsein aus, bei dem manche Männer weiche Knie bekommen. Sie sah aus wie eine Frau, die eine ganze Nacht dazu braucht, alle Geschichten ihres Lebens zu erzählen. Wäre sie darauf aus gewesen, Leo Barrett wie einen Tanzbären vorzuführen, ich hätte ihr glatt zugetraut, woanders als am Nasenring zuzupacken.

Während der folgenden Monate wurde mir klar, dass viele andere Gerüchte über sie falsch waren. Ella war gewiss kein schlichtes, oberflächliches Wesen, sie war aufgeweckt und wissbegierig. Sie stellte kluge Fragen und beharrte auf logisch nachvollziehbaren Antworten. Sie allein traute sich, die Aufgeblähtheit einiger älterer Lehrstuhlinhaber, die daran gewöhnt waren, dass jedes ihrer Worte als Evangelium aufgenommen wurde, als bloße Anhäufung leerer Phrasen zu entlarven. Ich verfolgte, wie unbefangen sie mit ihnen umging und dabei eifrig Wissen über die innere Struktur der Harvard und das Zusammenwirken der einzelnen Fachbereiche ansammelte, um es sodann zur Untermauerung ihrer eigenen Argumente zu nutzen. Ein paar Tricks habe ich mir sogar bei ihr abgeschaut, mit gutem Erfolg. Bald gingen wir nach den Sitzungen gemeinsam Kaffee trinken, und als ich neulich Kontakt zu einem Altharvardianer brauchte, den ich für eine Veröffentlichung interviewen wollte, hat sie bereitwillig in ihrem Telefonbüchlein geblättert. Bevor der Sommer vorüber war, bewunderte ich sie. Die Frau hatte am unteren Ende eines riesigen Verwaltungsapparates angefangen und sich im Laufe von zwanzig Jahren von der Harvard all das geholt, was sie immer haben wollte: Macht, Prestige und Sicherheit. Das war etwas, das ich erst noch fertig bringen musste. Und sie hat sich nie, nicht ein einziges Mal, für ihre Herkunft, ihren Erfolg oder ihr Übergewicht entschuldigt. Die Lady hatte Format.

Und nun war sie tot.

»Professor Chase?« Ein tiefer, melodisch klingender Bass riss mich aus meinen Erinnerungen. »Sergeant Detective Raphael Griffin, Harvard Police.«

Ich sah hoch, ein dunkelhäutiger, stämmiger Schwarzer stand in der Bürotür, klappte die Brieftasche auf und zeigte mir kurz seine Dienstmarke. Das volle schwarze Haar war grau gesprenkelt, sein gutmütiges Gesicht von Fältchen übersät. Er trug eine Hornbrille, eine karierte Sportjacke, braune Hosen und ein frisch gebügeltes weißes Hemd mit braunem Schlips. »Ich behellige Sie ungern, Miss, aber ich muss Ihnen ein paar Fragen über Miss Rosezella Fisher stellen.« Dem Akzent nach schien er aus der Karibik zu kommen.

Der weibliche Officer von der Cambridge Police hatte bereits gestern im Krankenhaus angedeutet, dass die Harvard Cops möglicherweise heute noch mal mit mir sprechen wollten.

»Ja, natürlich, kommen Sie rein.« Während er auf mich zukam, maßen wir uns stumm, beide angenehm überrascht, dass wir es wieder mit jemandem von derselben Hautfarbe zu tun hatten. »Es muss allerdings kurz sein, ich habe in einer halben Stunde eine Vorlesung.«

Die Holzlehnen des zur Standardausstattung der Harvard gehörenden Stuhls vor meinem Schreibtisch ächzten empört, als Griffin sich dazwischenzwängte. »Keine Sorge, wird nicht

allzu lange dauern.« Er sah sich um und entdeckte die Fotos meiner Eltern und Brüder. »Nette Familie haben Sie. Der Kleine da …«, er deutete auf meinen Bruder Eric, »… könnte glatt ein Zwilling von meinem Cousin Ti-Jean sein.«
»Wo kommen Sie her?«
»Oh Himmel, aus einem Winkel, von dem Sie noch nie was gehört haben, Professor Chase.«
»Wer weiß, vielleicht doch. Und nennen Sie mich Nikki.«
»Nun, Nikki, ich bin auf der Insel Anegada geboren.«
Ich schüttelte den Kopf. »Jetzt haben Sie mich erwischt.«
»Vielleicht sagt Ihnen British Virgin Islands mehr?«
Ich nickte. »Vage. Tortola, stimmt's?«
»Ja! Anegada ist die kleinste und flachste Insel. Aber die mit den hübschesten Mädchen.«
»Hört sich nach einem Paradies an«, sagte ich höflich.
»Ah – da würde es Ihnen gefallen. Überall Bougainvilleen. Die schönsten Korallenriffe der Inselgruppe. Aber …«, er brach abrupt ab und schlug sein Notizbuch auf, »… wir haben ja was zu tun. Sie haben dem Officer von der Cambridge Police gesagt, dass Sie gestern Abend bis etwa halb zwölf hier in Ihrem Büro gearbeitet haben?«
»Das ist richtig. Ich bin erst spät aus einer Besprechung im Konferenzraum gekommen und wollte gerade anfangen, mir Notizen für die Einführungsvorlesung in Ökonomie zu machen.« Ich erteile den Ökonomiekurs seit zehn Jahren, schaffe es aber immer erst auf den allerletzten Drücker, meiner Vorlesung den abschließenden Schliff zu geben.
»Was war das für eine Besprechung? Und wer hat daran teilgenommen?« Seine Hand mit dem Stift schwebte erwartungsvoll über dem Notizbuch.
So Leid es mir tat, ich konnte ihm nichts Sensationelles berichten. »Eine Sitzung des Crimson Future Committee. Haben Sie davon gehört?«

»Ich glaube, ich habe im *Crimson* was darüber gelesen. Geht's da nicht um das Spendenaufkommen für die Universität?«
»Exakt. Wir sollen einvernehmlich eine Lösung für die künftige Verwendung von Spendengeldern erarbeiten.«
»Wer gehört sonst noch zu diesem Komitee?«
»Wir sind insgesamt zwölf. Ein Repräsentant für jeden Hochschulbereich, einer für das College und Ian McAllister, der Dekan der wirtschaftswissenschaftlichen Fakultät, als Vorsitzender. Ella Fisher vertritt ... vertrat die juristische Fakultät. Die anderen sind Ihnen vermutlich dem Namen nach bekannt. Rona Seidman – Fachbereich Betriebswirtschaft, Asif Zakari – Fachbereich Medizin, Bob Raines für die Kennedy School ...«
»Ist bestimmt einfacher, 'n Sack Flöhe zu hüten, als die alle unter einen Hut zu bringen«, murmelte Griffin vor sich hin. Er hatte sich die Namen notiert und sah kopfschüttelnd hoch. »Und gerade mal zwei Schwestern dabei? Das is 'n Ding.«
Wir sahen uns an. »Besser klein als nie anfangen«, sagte ich achselzuckend.
»Sie haben alle beisammengesessen und gemeinsam gearbeitet?«
»Na ja – Ella Fisher und ich haben zusammen den Entwurf für den abschließenden Bericht des Komitees geschrieben. Präsident Barrett wird in drei Wochen eine Pressekonferenz geben, bei der er sich auf den Text dieses Berichts stützen will. Ella und ich haben die Daten der Einnahmen während der letzten Jahre zusammengestellt, weil wir versuchen wollten, daraus das erforderliche Spendenaufkommen für die nächsten zehn Jahre zu errechnen. Ich habe dazu auf meinem PC ein einfaches Modell entwickelt. Ella musste lediglich die Daten der letzten zehn Jahre eingeben, damit der Computer errechnen konnte, wie hoch das Aufkommen unter der Annahme verschiedener Szenarien in den kommenden zehn Jahren sein muss. Darauf

gestützt kann das Komitee dann einen Vorschlag erarbeiten, unter welchen Bedingungen wir das erforderliche Gesamtaufkommen am besten erreichen. Ella hatte veraltete Daten verwendet, das wollten wir gestern Abend korrigieren.« Ich musterte Griffin. »Hören Sie mir noch zu?«

Er nickte. »Waren die Komiteemitglieder vollzählig anwesend?«

»Ja. Sogar Präsident Barrett ist überraschend aufgetaucht.«

»Wann war die Besprechung zu Ende?«

»Ich glaube, gegen elf. Danach haben wir noch ein bisschen herumgestanden und geklönt, und dann bin ich hoch in mein Büro gegangen.«

»Sie sind eine fleißige Frau, wie?« Sein Lächeln erinnerte mich an das meiner älteren Onkel und Tanten, wenn sie eins von uns Kindern loben wollten.

»Man tut, was man kann.«

»Hatten die anderen um die Zeit das Gebäude bereits verlassen?«

»Nein, viele standen noch unten in der Lobby, weil es so stark regnete. Die meisten hatten keinen Schirm dabei, sie wollten warten, bis es aufhört. Auch Präsident Barrett stand noch eine Weile unten, umringt von Studenten, die ihm Löcher in den Bauch gefragt haben – das geht ihm immer so. Ella Fisher ist mit mir hochgekommen, um sich bei McAllister die aktualisierten Finanzdaten für unsere Analyse zu holen.« Ich erinnerte mich, wie ungehalten Ian auf Ellas Bitte reagiert hatte. Als bereite ihm das Gott weiß was für Mühe. Dabei musste er ihr nur ein paar Tabellen in die Hand drücken.

»Ist dieser Ian McAllister mit Ihnen nach oben gegangen?«

»Nein, er wollte nachkommen. Er habe erst noch was mit Barrett zu besprechen, hat er gesagt.« Typisch Ian. Lässt keine Gelegenheit aus, Kontakte zu pflegen. Und wenn's abends um elf ist.

»Gut. Und wann ist dann das Licht ausgegangen?«
»Nun, ich hatte gerade meinen Computer angemacht, es muss also ein paar Minuten später gewesen sein.«
»Und urplötzlich war's dunkel?«
Ich zuckte mit den Schultern. »Vielleicht hat das Licht vorher noch ein paar Mal geflackert, das weiß ich nicht mehr. Ich erinnere mich nur, dass in dem Moment, als der Computerschirm hell wurde, das Licht ausfiel.«
Er grinste. »War 'n ganz schöner Schreck, wie?«
»Ich habe keine Angst im Dunkeln, Officer.«
»Darauf wette ich. Und dann?«
»Dann habe ich mir gedacht, dass ich genauso gut nach Hause gehen könnte, an Arbeiten war sowieso nicht mehr zu denken. Also habe ich meine Taschenlampe aus der Schreibtischschublade genommen und bin zur Treppe gegangen.«
»Zu der geschwungenen Treppe, die zum Hauptausgang führt?«
»Richtig. Es war stockdunkel, sogar die Flutleuchten draußen waren aus. Unten in der Lobby hab ich Leute reden und rufen gehört. Ich kenn mich hier im Haus gut aus, darum bin ich auf den Lärm zugegangen. Auf halbem Weg zum ersten Treppenabsatz hat meine Taschenlampe den Geist aufgegeben, da musste ich mich langsamer weitertasten. Und dann bin ich über sie gestolpert.«
»Über die Tote?«
Komisch, selbst Cops, die sich sonst ganz normal ausdrücken, verfallen bei bestimmten Gelegenheiten anscheinend automatisch in ihren angelernten Polizeijargon. »Ja. Ella.«
»Was ist Ihnen aufgefallen, als Sie sie gefunden haben?«
Ich schüttelte bedauernd den Kopf. »Nicht viel. Es war dunkel. Total finster. Ich konnte nicht mal die Hand vor Augen sehen. Als ich auf sie draufgetreten bin, hab ich mir eingebildet, ein schwaches Stöhnen zu hören. Aber es war so ein Tumult in der

Lobby, dass ich das nicht mit Sicherheit sagen kann. Mir war nur klar, dass da jemand auf der Treppe liegt, also habe ich um Hilfe gerufen.«

»Wussten Sie zu der Zeit, wer da lag?«

»Ich glaube, ich hatte eine Ahnung. Sie lag mit dem Gesicht nach unten, aber ich hatte mit der Hand dicke Rastalocken ausgemacht. Und ich war mir sicher, dass es jemand Großes, Schweres sein musste. Aber, wissen Sie, es ging alles so schnell.«

Sein Nicken signalisierte, dass ich fortfahren sollte.

»Als ich ihren Kopf berührt habe, spürte ich etwas Feuchtes an meiner Hand, etwas Warmes, Klebriges, und dachte mir, dass es Blut wäre. Schließlich kam jemand mit einer Stablampe, da haben wir gesehen, dass sie es war. Ihr Hinterkopf war blutüberströmt, sie schien bewusstlos zu sein.« Wenn ich jetzt daran zurückdachte, hatte Ella so wehrlos dagelegen, so ausgeliefert, so völlig atypisch für sie, dass mir die Vorstellung, ausgerechnet sie vor mir zu haben, absurd erschienen war. »Ich bin mit ihr zum Krankenhaus gefahren, aber als wir dort ankamen, haben sie nur noch ihren Tod festgestellt.«

Ich merkte, dass ich immer schneller redete, weil ich im Geiste alles noch mal erlebte. Griffins Miene wurde immer besorgter. Schließlich nahm er die Brille ab und beugte sich vor, als suchte er irgendetwas in meinem Gesicht. Und da sah ich, dass er sehr gütige Augen hatte.

Er fragte mich mit sanfter Stimme: »Sie waren befreundet?«

»Ja«, sagte ich zögernd, doch auf einmal wurde mir klar, dass das wirklich der Wahrheit entsprach. »Ja, ich war eine Freundin von ihr.«

Er stellte noch ein paar Fragen, auf die ich nur dieselben Antworten geben konnte, die ich bereits am Abend zuvor im Krankenhaus gegeben hatte, dann stand er auf und ging zur Tür.

»Da ist etwas, was mir keine Ruhe lässt, Detective Griffin«, sagte ich schnell. »Ich bin sicher, dass sie aus dem Hinterkopf geblutet hat.«

Er blieb unter der Tür stehen und sah mich abwartend an.

»Ich meine, wie wahrscheinlich ist es denn, dass sie sich so schwer am Hinterkopf verletzt, wenn sie auf der Treppe hinfällt mit dem Gesicht voraus?«

»Das ist durchaus möglich.« Seine Antwort kam ein bisschen zu rasch. »Sie lag auf der halben Treppe, als Sie sie gefunden haben. Sie könnte also bei dem Sturz zwei oder drei Mal mit dem Hinterkopf aufgeschlagen sein.« Seine Augen verengten sich. »Haben Sie einen Grund anzunehmen, dass es etwas anderes als ein Unfall war, Professor Chase?«

Ich schüttelte den Kopf. Zu der Zeit hatte ich keinen Grund, das anzunehmen.

zwei

Ohne offensichtliche Einflussnahme

»Mr. Edelstein, helfen Sie uns bitte, Adam Smiths Theorem der ›Unsichtbaren Hand‹ zu verstehen. Ist seine Theorie für die US-Ökonomie relevant? Und wenn ja, inwieweit?«
Edelsteins Gesicht nahm die Farbe seines feuerroten Schopfs an, sein fahriger Blick suchte zuerst im Lehrbuch, dann bei mir Hilfe.
»Die ›Unsichtbare Hand‹«, stotterte er, nachdem er hektisch seine Notizen durchgesehen hatte, »ist, wenn man so will, der Mechanismus, durch den Eigeninteresse und Begierden der Menschen sozusagen in eine Richtung gelenkt werden, die dem Interesse der Gesamtheit am ehesten entspricht.«
Da und dort klang Gelächter auf. Ich schaute die Aufmüpfigen böse an und nickte dem verschüchterten Erstsemester aufmunternd zu. Er hatte sich zumindest auf das heutige Seminar vorbereitet.
»Das ist dem Wortlaut nach richtig. Aber könnten Sie mir das jetzt vielleicht in freien Worten sagen?«
Das Auditorium war im Wesentlichen dasselbe wie am Vormittag, ein Gemisch aus beflissenen Neulingen und gelangweilten Spätsemestern, die sich offenbar alle Jahre wieder zum Einführungsseminar hingezogen fühlten. Ich hatte, wie üblich, die einleitende Vorlesung gehalten, mich danach eine Weile in meinem Büro mit Papierkram beschäftigt und leitete nun die Diskussion über Smiths Theorie, dessen Werk wir als Erstes behandelten.

»Nun …«, stammelte Edelstein.
»Fangen wir ganz vorn an«, versuchte ich ihm zu helfen. »Was wollte uns Smith mit seiner Theorie vermitteln?«
»Er wollte erklären, weshalb eine Gesellschaft ohne offensichtliche Einflussnahme funktioniert. Wie es kommt, dass eine beliebige Gruppe von Individuen aus eigenem Antrieb all jene Güter und Dienstleistungen produziert, die in ihrer Gesamtheit in der Gesellschaft benötigt werden«, legte Edelstein dar.
»Und zwar, ohne dass ihnen Kirche oder Staat reinreden, was sie zu produzieren haben«, rief ein groß gewachsener Blonder aus den hinteren Reihen dazwischen.
»Gut – und warum ist das so?«, fragte ich die Kursteilnehmer. »Wie hat Smith die Tatsache erklärt, dass es in seinem Heimatland England weder eine zentralistische Planung noch eine Diktatur gab und dennoch alle zum Fortbestand der Gesellschaft notwendigen Aufgaben erfüllt wurden? Lag das an der puren Güte der Menschen?«
»Nein«, rief der Blonde, »Smith wollte klarmachen, dass jedes einzelne Mitglied der Gesellschaft aus Eigeninteresse handelt.«
»Fahren Sie fort, Mr. Stafford«, ermunterte ich ihn.
»Smith wollte sagen, dass, wenn jeder in seinem Eigeninteresse tätig ist, die Gesamtheit der Individuen das produziert, was die Gesellschaft braucht.«
»Das klingt zu schön, um wahr zu sein. Wie kommt das?«
»Weil die Gesellschaft, wenn irgendwas fehlt, dem, der bereit ist, es herzustellen, einen Haufen Geld zahlt«, meldete sich ein asiatischer Student zu Wort. »Jede Marktlücke wird durch jemanden ausgefüllt, der wiederum im Eigeninteresse handelt.«
Ich schrieb das Wort ›Eigeninteresse‹ an die Tafel und wandte mich wieder den Kursteilnehmern zu. »Demnach zahlt Geldgier sich doch aus?«

Eine junge Studentin in der ersten Stuhlreihe murmelte halb laut: »So was kann sich nur ein Mann ausdenken.«
»Bis jetzt hört sich das, so wie Sie es darstellen, danach an, dass es sich beim Kapitalismus um eine lockere Interessengemeinschaft von Egoisten handelt, die alle nur auf ihren Vorteil aus sind. Erinnert ein bisschen an Skorpione in einer Flasche. Dann verstehe ich nur nicht, wieso die Gesellschaft trotz eines so eklatanten Egoismus funktioniert. Können Sie uns darauf eine Antwort geben, Miss Collins?«, wandte ich mich an die Studentin in der ersten Reihe.
»Weil zu Adam Smiths Theorie auch das Korrektiv des Wettbewerbs gehört«, sagte sie mit kritischem Unterton. »Smith sagt, dass immer dann, wenn Eigeninteresse zu zügelloser Gier verleitet – wenn jemand also seine Ware überteuert anbietet oder seine Arbeiter unterbezahlt –, ein Konkurrent kommt und ihm das Geschäft wegschnappt.«
»Es ist demnach die ständige Bedrohung durch die Konkurrenz, die all diese Egoisten zwingt, sich wie honorige Kaufleute zu verhalten«, sagte ich. »Sie schützt sowohl den Verbraucher wie den Arbeitnehmer vor ausufernder Gewinnsucht der Produzierenden.«
»Genau«, stimmte Stafford mir bei. »Laut Smith sichert Wettbewerb den sozialen Frieden dadurch, dass jeder Hersteller daran interessiert sein muss, die Ware, die der Markt verlangt, in der gewünschten Qualität zu einem angemessenen Preis anzubieten.«
»Also, Mr. Edelstein, zurück zur ursprünglichen Frage. Unabhängig davon, ob Sie mit Smith übereinstimmen oder nicht – welche Erkenntnis, wenn es denn welche gibt, gewinnen wir durch Smiths Theorie für die US-Ökonomie?«
»Nun«, sagte Edelstein zaghaft, »sie macht klar, warum wir zum Schutz des freien Wettbewerbs Antikartellgesetze haben.«
»Sehr gut!«

Edelstein lief vor Freude rot an.
»Was noch?«, ermunterte ich den Kurs zu weiteren Wortmeldungen.
»Sie macht klar, warum sich die Regierung weitestgehend aus der Wirtschaft heraushalten sollte«, dröhnte Stafford. »Und dass wir mit weniger regulierender Gesetzgebung und weniger Steuern besser dran wären.«
»Was Smiths Theorie wirklich klarmacht, ist, wie raffgierige Kapitalisten ihren ungezügelten Egoismus rechtfertigen können«, ereiferte sich Collins.
Ich intervenierte, ehe die Wogen zu hoch schlugen. Das konnten wir ausdiskutieren, wenn wir zu Karl Marx kamen. »Heben wir uns die weitere Erörterung für Mittwoch auf, wenn wir Smiths relativ optimistische Sicht der Dinge mit der eher zynischen Perspektive von David Ricardo vergleichen. Ricardo wird Ihnen liegen, Miss Collins. Bis dann also.«

Nach Kursende beschloss ich, Ian McAllister aufzusuchen, um mit ihm zu besprechen, wie wir, nachdem Ella nun nicht mehr da war, mit der Untersuchung des künftigen Spendenaufkommens vorankommen könnten. Paula, seine Sekretärin, kramte in einer Schublade nach irgendwelchen Akten.
»Wo ist der Chef?«, fragte ich.
»Den haben Sie knapp verpasst.« Sie sah auf ihre Armbanduhr. »Wenn Sie sich beeilen, kriegen Sie ihn vielleicht noch. Er ist auf dem Weg zum Flugplatz. Will nach Washington.« Als ich losrannte, rief sie mir nach: »Er nimmt den Hauptausgang.«
In der Eingangshalle des Littauer-Gebäudes sah ich McAllister auf die Tür zugehen. Näher kommend beeindruckte mich wie immer seine klassische Erscheinung. Mit seinen Einsdreiundneunzig, dem Patrizierbart, dem liebevoll gepflegten Silberhaar, der tiefen Bassstimme und dem von den Wochenend-Segeltörns in Edgartown getönten Teint war er die Perso-

nifizierung des *ancien régime* von Harvard. In seinem dunkelblauen Zwirn mit weißem Hemd und Harvardkrawatte hätte er als Mittfünfziger durchgehen können, dabei feierte er demnächst seinen fünfundsechzigsten Geburtstag.
Wer es nicht besser wusste, hätte den Präsidenten der Universität und nicht nur den Dekan eines Fachbereichs in ihm vermutet.
Ich rief seinen Namen, er wandte sich ungehalten um. Dann wurde seine Miene freundlicher. »Hallo, meine Beste!«
»Hören Sie, ich weiß, dass Sie Ihren Flieger kriegen müssen«, sagte ich schnell, »aber wenn ich Sie zu Ihrem Wagen begleiten darf, könnten wir dabei kurz über das Crimson Future Committee und die Pressekonferenz sprechen.«
Das Verhältnis zwischen Ian und mir war etwas kompliziert. Ich kannte ihn seit meiner Zeit als Collegestudentin, er war über Jahre hinweg mein Lehrer, Mentor und Quälgeist gewesen, meistens alles gleichzeitig. Nun hielt er als Dekan des Fachbereichs mein Geschick in seinen makellos manikürten Händen. Die Chancen, dass mein Lehrvertrag um fünf Jahre verlängert wurde, standen eins zu zwanzig, und ob ich mit seiner Fürsprache rechnen durfte, war fraglich. Er war brillant und launisch, arrogant und liebenswürdig. Vor Jahren schon hatte ich gelernt, dass mein Fortkommen davon abhing, seine Eigenheiten bis ins Detail zu kennen und mich entsprechend zu verhalten. Das hieß, dass man bei ihm alle Nebensächlichkeiten weglassen und, falls ihm nicht zufällig nach einem Schwätzchen zu Mute war, ohne Umschweife zur Sache kommen, über seine Witze lachen, ihm auch ohne ausdrückliche Aufforderung beipflichten und stets demonstrative Dankbarkeit zeigen musste, ohne indessen kriecherisch zu wirken. Mitunter kam ich mir im Umgang mit ihm vor wie in der Rolle einer blind ergebenen Ehefrau oder einer gut erzogenen Kurtisane.
»Nun?« Er wandte sich zu mir, als wir die breiten Stufen vor

dem Littauer hinabstiegen. »Wie war der Sommer? Wir haben uns seit der Julisitzung gar nicht mehr richtig unterhalten.«
Aha, wir waren also heute in Plauderlaune. »Wundervoll. Ich hab mich die meiste Zeit auf den neuen Frühjahrskurs vorbereitet. Aber wir sind trotzdem mit dem Komiteebericht weitergekommen. Und wie war's auf Martha's Vineyard?«
»Zauberhaft.« Er strahlte vor Zufriedenheit. »Connie und die Mädchen sind noch dort.«
»Ich nehme an, das mit Ella Fisher haben Sie gehört?«, sagte ich, als wir uns der Massachusetts Avenue näherten.
»Ja«, entgegnete er in einem Ton, der klarmachte, dass ihm weitere Erörterungen des Unfalls unerwünscht waren. »War ein ziemlicher Schock, wie? Aber wie vertrottelt muss jemand sein, während eines Stromausfalls in Stöckelschuhen eine Wendeltreppe runterzugehen? Sind das die Persönlichkeiten, die unser Präsident Leo Barrett uns unterjubeln will?«
Ich verkniff mir den Kommentar, der mir auf den Lippen lag. Genau das war's, was mir bisweilen das Gefühl gab, mich zu prostituieren, wenn ich den Großteil des Tages für diesen Mann arbeitete. Nicht nur, dass er mich kränkte, weil ich ebenfalls schwarz war und genau wie Ella versucht hatte, im Dunkeln auf hochhackigen Schuhen diese Treppe hinunterzugehen, ich war eine der entschiedensten Verfechterinnen von Barrett, und das wusste Ian. Ich versuchte, aus den Augenwinkeln seine Miene zu deuten. Er strahlte stets Zuversicht aus, heute aber sprühte er förmlich vor Zufriedenheit, als habe er soeben ein fantastisches Geschäft abgeschlossen. Vielleicht waren die Aktienkurse gestiegen.
»Nachdem Ella tot ist, sind wir ein wenig unter Druck, mit dem Abschlussbericht fertig zu werden. Ich habe mir Gedanken gemacht, wie wir's dennoch vor der Pressekonferenz schaffen könnten, und die beste Lösung scheint mir …«
Wir waren jetzt auf der Mass Ave, ich rechnete damit, dass

er ein Taxi heranwinken oder auf den Parkplatz zusteuern würde, wo sein eigener Wagen stand. Zu meiner Verblüffung blieb er jedoch vor einer schwarzen, auf Hochglanz polierten Achtsitzerlimousine stehen. Ein uniformierter Chauffeur stieg aus.

»Hallo, Sir.« Das rothaarige Bürschchen mit den rosigen Wangen konnte kaum älter als zwanzig sein.

»Frank, du wirst dir Schleichwege suchen müssen, wenn wir's noch schaffen wollen«, sagte Ian McAllister. Und mit einem tadelnden Blick: »Das nächste Mal holst du mich am Eingang ab.«

Während Frank das Gepäck verstaute, wandte McAllister sich – mittlerweile wieder mit lächelnder Miene – zu mir um. »Begleiten Sie mich doch zum Flughafen, dann können wir durchsprechen, wie das mit der Pressekonferenz laufen soll. Frank bringt Sie wieder zurück.«

Frank hielt mir die Wagentür auf, und ich wunderte mich, wie ein Professor für Wirtschaftswissenschaften, selbst wenn er einen festen Lehrstuhl innehat, sich so einen Lebensstil erlauben konnte. Seit wann hatten Harvardprofessoren – na schön, Dekane – achtsitzige Limousinen und einen eigenen Chauffeur? McAllister war vor kurzem in den Aufsichtsrat der Harvard Management Corporation, die die Stiftungsgelder verwaltete, berufen worden. Das brachte offenbar zusammen mit der freiberuflichen Beratertätigkeit und den Vortragshonoraren reichlich Geld.

Von Frank am Ellbogen gestützt, kletterte ich in die Limousine und fühlte mich augenblicklich in die Zeit zurückversetzt, als ich noch in New York bei einem Investmentbanker gearbeitet hatte. Dunkelblaues Innendesign mit kleinen gelben Lichtern neben den Türen und Fenstern, eingebaute Bar inklusive Kristallgläsern, Fernsehen, Telefon und Faxgerät. Aus alter Gewohnheit rutschte ich auf einen der Sitze entgegen der Fahrtrichtung, wo mir zwar regelmäßig schlecht wird, aber es ist nun mal – zumindest auf der Wall Street, aber vermutlich galt das auch hier – üblich, dass man dem, der die Luxuskarosse bezahlt hat, gegenübersitzt. Ian stieg nach mir ein und ließ sich auf seinem angestammten Platz nieder: in Fahrtrichtung, neben dem Telefon.

»Sir, soll ich die Nachrichten einschalten?«, fragte Frank.

»Nein, wir haben zu arbeiten. Leg die Schumann-CD auf. Und beeil dich, ich möchte meinen Flieger nicht verpassen.« Als wir losfuhren, wandte Ian sich an mich. »Also, Sie sprachen gerade von der Pressekonferenz.«

»Ich denke, das Beste ist, wenn ich versuche, gemeinsam mit Rona Seidman einen Entwurf für den Abschlussbericht zu erarbeiten.« Rona vertrat in unserem Komitee den Fachbereich Betriebswirtschaft. »Sie hat schon im Sommer ab und zu mit Ella und mir zusammengearbeitet, ich kann sie rasch in das Rechenprogramm einweisen. Bis zur Sitzung am nächsten Montag könnte eine vorläufige Version fertig sein, und wenn die von den Kommissionsmitgliedern abgesegnet wird, kann sie in der darauf folgenden Woche Leo vorgelegt werden.«

»Reicht Ihnen die Zeit, damit das alles stimmig wird?«

»Na ja, es wird knapp.«

Das Läuten des Telefons unterbrach uns. »McAllister«, meldete er sich. Längere Stille, dann knurrte er: »Gut, Paula, stellen Sie ihn durch.«

Wieder eine kurze Pause, dann fauchte Ian ins Telefon: »Und wo liegt das Problem, Feldman?« Er hörte einen Moment stirnrunzelnd zu, bevor er ärgerlich knurrte: »Hören Sie, ich hab Ihnen gesagt, dass wir das durchziehen. Die Banken- und Börsenaufsicht kann sich später damit befassen.« Wieder eine Pause, dann wurde er grob. »Ich pfeif auf den Herfendahl-Index. Es gibt noch zahlreiche andere Möglichkeiten, um die ökonomischen Auswirkungen abzuschätzen, deshalb hat man mich ja in den Aufsichtsrat geholt. Jammern Sie nicht, Feldman, das passt nicht zu Ihnen. Und jetzt geben Sie mir wieder meine Sekretärin.« Er trommelte ungeduldig mit den Fingern und murmelte: »Verdammte Anwälte.«

Anscheinend ging es um eine von Ian vorgeschlagene Firmenverschmelzung. Er hatte sich als Berater von Konzernvorständen einen Namen gemacht, vor allem bei jenen, die bei der Auslegung der gesetzlichen Rahmen derart an die Grenzen gingen, dass zur argumentativen Absicherung des Vorgehens ein Ökonomieprofessor von der Harvard nötig schien. Ich hörte, wie er seiner Assistentin mit forscher Stimme einige Aufträge erteilte. Dem aufgeräumten Ton nach musste ihm soeben etwas Gutes widerfahren sein.

»So ...« Er legte den Hörer auf. »Wo waren wir stehen geblieben, Nikki?«

»Dass es ein bisschen eng wird, den Report termingerecht fertig zu stellen.« Ich wollte ihn dazu bringen, dass er jemanden als Ersatz für Ella in unser Komitee berief. Es war ausgeschlossen, das alles allein zu schaffen.

»Wir brauchen vielleicht jemanden, der Ihnen hilft.«

»Das wäre gar keine schlechte Idee«, erwiderte ich. »Aber wer?«

»Ich werd mich darum kümmern.«

»Müssten wir nicht auch Leo einschalten?«, fragte ich.

»Warum denn? *Ich* bin der Chairman«, antwortete er brüsk. So gut war seine Laune nun auch wieder nicht, dass er die Rivalität zu Leo Barrett vergessen konnte. Es war ein offenes Geheimnis, dass McAllister ebenfalls darauf spekuliert hatte, Präsident zu werden, und es gab viele, die sich mit der Hoffnung trugen, dass es eines Tages so weit käme. Das Problem war nur, wie sie Leo loswerden sollten.

»Wenn Leo Barrett sich einmischt, kriegen wir einen an den Rollstuhl gefesselten jüdischen Ureinwohner Amerikas mit spanischem Vornamen, nur damit er seine Vorstellung vom gesellschaftlichen Schmelztiegel verwirklicht sieht. Wir müssen schnell handeln, bevor sich jeder in seine speziellen Interessen einigelt.«

Das war ein bisschen viel, sogar für mich, die ich daran gewöhnt war, geduldig zu nicken und den Mund zu halten. »Ian, ich finde es nicht falsch, wenn sich in einer Gruppe die verschiedenen Meinungen artikulieren«, sagte ich scharf. »Oder fürchten Sie sich vor einer heilsamen kleinen Auseinandersetzung?«

Wir kannten einander gut genug, dass ihm augenblicklich klar wurde, zu weit gegangen zu sein.

»War natürlich nicht böse gemeint, Veronica. Im Grunde haben Sie sogar Recht«, rang er sich mit verbissener Miene ab. »Übrigens, hier sind die Daten, deretwegen Ella Fisher so gedrängelt hat. Ich wollte sie ihr gestern Abend geben.« Er nahm eine Diskette und einige Tabellen aus der Aktentasche und hielt sie mir hin. »Die Zahlen über die Finanzierung in den letzten zehn Jahren, getrennt nach Fakultäten und Allgemeinkosten. Ist mir ein Rätsel, wieso unsere Buchhaltung so was nicht parat hat, Barrett und ich mussten uns das gestern selber zusammensuchen. Na, jedenfalls können Sie jetzt anfangen, sie zu analysieren.«

Großartig.

»Und da sind noch ein paar andere Dinge, bei denen ich, während ich weg bin, Ihre Hilfe brauche.«

Ich verkniff mir ein unwilliges Seufzen. »Gern.«

Wann wäre es endlich so weit, dass er aufhörte, mich immer wieder für irgendwelche Handlangerdienste einzuspannen? Das hatte mich schon als Doktorandin genervt, aber mittlerweile war ich Dozentin, da musste ich mir so was wirklich nicht mehr gefallen lassen. Ich kramte einen Bogen Papier aus meinem Rückentragetäschchen und war gespannt, worum es diesmal ging.

»Mein Vortragsmanuskript für die Konferenz in Princetown muss bis Freitag dort vorliegen. Also müssen Sie mit den Tabellen, über die wir gesprochen haben, unbedingt bis dahin fertig sein.«

»Ja, gut.«

»Die *Times* möchte, dass ich einen Beitrag über Direktinvestitionen ins Ausland schreibe. Machen wir's doch so, dass Sie etwas entwerfen, und ich seh mir das durch, wenn ich zurück bin. Ach ja – rufen Sie Paula an und sagen ihr, dass Sie mich zu der Besprechung bei Polaroid wegen des Consultingprojekts begleiten. Springt nicht viel dabei raus, aber Kleinvieh macht auch Mist, stimmt's?«

Er schenkte eine Cola light ein. *Eine* – für sich. »Noch was. Davis und ich haben gestern Überlegungen wegen der Verlängerungsverträge für die Dozenten angestellt. Ich lass Sie wissen, wie's aussieht.«

Damit ich auch ja nicht vergaß, wer hier am Drücker saß.

Am besten, ich brachte ihn auf ein anderes Thema. »Was führt Sie eigentlich nach DC?«

»Ich halte heute Abend beim Wohltätigkeitsdinner des RNC eine Rede. Fünftausend Dollar pro Gedeck.«

»Vorbereitend fürs nächste Jahr?«, mokierte ich mich. Ich bin linientreue Demokratin, zum linken Flügel tendierend, schon immer. Aber ich hatte früh gelernt, in McAllisters Gegenwart meine politische Überzeugung nicht offen vor mir herzutragen. Ian ist eingefleischter Republikaner, Mitglied des National Committee und extrem intolerant gegenüber roten Seelen.

»Wegen der Präsidentschaft gibt's keine Kontroverse. Da wird das Gerangel um die Kongresssitze schon eher spannend.«

Wir blieben beim Thema Politik, bis Frank mit quietschenden Reifen vor dem Delta-Terminal anhielt. Ich sah Ian sehnsüchtig

nach, als er hinter den Glastüren verschwand, und wünschte mir, auch irgendwohin entfliehen zu können. Dieser Mann hatte es soeben geschafft, mir Arbeit für eine ganze Woche aufzuladen.
Vielleicht war das der Grund für seine gute Laune.

drei
Dante ante Portas

Nachdem Frank mich vor dem Littauer abgesetzt hatte, überlegte ich mir, in meinem Büro noch ein paar Stunden an einem Papier für den bevorstehenden Jahreskongress der Vereinigung amerikanischer Wirtschaftswissenschaftler zu arbeiten, aber ich war von der vorangegangenen langen Nacht im Krankenhaus noch derart geschafft, dass ich meinen Schlaf dringend nötig hatte.
Auf dem Innenhof das übliche Wiedersehensritual der Studenten nach der Sommerpause: brüderliches Händeschütteln und herzliche Umarmungen. Ich konnte es ihnen nachfühlen. Dem Himmel sei Dank, es war endlich vorbei. Abgesehen vom Nationalfeiertag, an dem ich, wie jedes Jahr am vierten Juli, nach Oak Bluffs geflüchtet war, ist der Sommer eine miese Jahreszeit. Für schmalhüftige Feenwesen entworfene Badeanzüge. Schon fünfzehn Minuten Fußweg werden zur Schwitzkur. Überall schwirren und krabbeln mit Millionen Eiern trächtige Insekten herum, vornehmlich da, wo sie absolut nichts zu suchen haben. Auf dem leer gefegten, verlassenen Campus gähnt einen auf Schritt und Tritt die große Langeweile an.
In diesem Jahr war der Sommer besonders schrecklich gewesen. Nachdem ich am Heldengedenktag mit meinem Freund Nummer zwölf Schluss gemacht hatte, vergrub ich mich in den darauf folgenden Monaten in der Bibliothek oder sammelte Material für den Ökonomiekurs, den ich vorbereitete. Sechs Monate war ich mit Roger zusammen, einem Schwarzen, der bei mir jetzt unter dem Stichwort Seine Hoheit läuft. Er gehört

von Geburt wegen einer gesellschaftlichen Schicht an, die Ella ›die Sonnenkinder‹ genannt hätte: Vater Chirurg, Mutter Professorin an der Georgetown, die ganze Familie mit einer an sanft geröstetes Weißbrot erinnernden Haut, grünen Augen und glattem Haar. Im zweiten Studienjahr der Betriebswirtschaft an der Harvard hatte er, weil die Beziehung mit seiner langjährigen Freundin in die Brüche gegangen war, Ausschau nach einer nicht zu dunkelhäutigen, bei Partys vorzeigbaren Schwarzen gehalten. Natürlich war mir der Begriff der Lückenbüßerin eingefallen, doch das Wissen, begehrt zu werden, und regelmäßiger Sex hatten mich gemütsmäßig so eingelullt, dass ich zu glauben begann, es könne was von Dauer daraus werden, und mich Träumen von Heirat und einem voll klimatisierten Sommerhaus in Sag Harbor hingab. Und tatsächlich ging alles so lange gut, bis Seine Hoheit, umwallt von Nebeln aus Whiskey und Selbstmitleid, mir eines Morgens mitzuteilen geruhte: »Zum Teufel, was soll's? Lass uns heiraten.« Das war der Moment, in dem mir dämmerte, dass es möglicherweise doch nicht die große Liebe war und dass es auf Gottes weiter Welt mindestens noch einen brauchbaren, gut aussehenden Mann geben müsse, der sich, bei etwas Glück, in nicht allzu ferner Zukunft an der Harvard blicken ließ. Drei Monate später kämpfte ich gegen die keimende Angst, den Rest meines Lebens als Single zu verbringen, und nahm klammheimlich, aber umso eifriger die Gesichter aller Neuankömmlinge auf dem Campus in Augenschein.

Als ich in die Straße zu meinem Zuhause einbog, schickte die Sonne sich gerade an, mit dem Horizont zu verschmelzen; das gleißende Licht des Tages war dem Glanz flüssigen Goldes gewichen, der durch das Geäst der wettergegerbten Bäume beiderseits unserer schmalen Einbahnstraße fiel. Eine Schar Kids spielte Softball, mit Argusaugen bewacht von ihren Müttern, die wie Glucken auf den Holzbänken neben der Haustür hockten.

Ich wohne, wie viele Studenten und jüngere Lehrkräfte an der Harvard, im Dachgeschoss eines jener alten, holzverkleideten Häuser, die das Ortsbild von Cambridge prägen – ehemalige Einfamilienhäuser, die jetzt in Mietwohnungen aufgeteilt sind. Um 1920 errichtet, waren es stattliche Schmuckstücke gewesen, aber nun, am Ende des 20. Jahrhunderts, sahen sie schäbig und verwittert aus, ein bisschen schrullig wie eine liebe alte Tante, die aus der Welt von vorgestern übrig geblieben ist.
Mein Haus, einstmals in strahlendem Blau gestrichen, ist mit blätternden Farbschichten aus einem bläulichen Grau zugekleistert; die Steinstufen, die zu der schmalbrüstigen hölzernen Veranda führen, fangen schon zu bröckeln an. Aber dieser Eindruck unaufhaltsamen Verfalls täuscht über die anheimelnde Anmut hinweg, die das Haus innen ausstrahlt. Meine Vermieterin wohnt im Erdgeschoss, der erste Stock war bis vor einem Monat an einen Physiker und seine Frau vermietet. Diese beiden Stockwerke sind liebevoll restauriert worden, mit schönem Parkettfußboden und weißem Rauputz an den Wänden. Ich hege die Hoffnung, dass die Vermieterin, sobald sich genug Geld angesammelt hat, das Haus auch von außen herrichten lässt.
Mein Apartment liegt im obersten Stock, der bei der Renovierung – ich weiß auch nicht, warum – ausgespart wurde und immer noch den ursprünglichen, ein wenig ärmlichen Eindruck macht. Eine dunkle, enge Treppe führt hoch ins Dachgeschoss, wo es neben der Küche und dem Bad ein Wohn- und ein Schlafzimmer gibt und wo es im Frühjahr unvorstellbar klamm ist. Ich habe den dunklen Holzfußboden mit Teppichen und Läufern in hellen Farben zugedeckt, und wenn ich ab und zu die Fenster putze, fällt genügend Licht herein, dass ich in jedem Raum ein paar Zimmerpflanzen aufstellen kann. Meine Möbel sind die für Studenten typische Standardeinrichtung: ein altes Sofa von zu Hause, ein vor Jahren aus dem Sperrmüll geretteter Tisch, ein

Küchentisch nebst Stühlen, die Hinterlassenschaft eines früheren Mieters, und – der einzige Luxus, den ich mir gegönnt habe – ein Schaukelstuhl mit einer Decke zum Reinkuscheln. Hin und wieder kommt es mir selber ein bisschen armselig vor, aber die meist Zeit über vermittelt mir mein Zuhause das Gefühl von Wärme und Geborgenheit.

Ich habe mir mein Leben lang gewünscht, so zu wohnen: an einem Ort mit Charakter und etwas Hoffnung auf eine schönere Zukunft. In Detroit aufgewachsen, hatte ich lange davon geträumt, den vom Pesthauch des Verfalls umwehten Wohnburgen der Großstadt mit den leer stehenden Ladenzeilen im Parterre zu entkommen. Meine Kinderjahre hatte ich in einer der letzten Enklaven der gehobenen Mittelklasse im Stadtkern verbracht, in einer Straße, in der es zwar Bäume gab, aber auch die unübersehbaren Zeichen der Metropolis, die an Gleichgültigkeit, Verzweiflung und Gewalt zu Grunde gehen wird. Tiefer als hier konnte der Graben zwischen Licht und Schatten nicht mal in Johannesburg sein. Cambridge war für mich das gelobte Land. Mit einem kleinen Rest von Schuldgefühl habe ich der Stadt den Rücken gekehrt und bin an die Ostküste gezogen, ohne je zurückzuschauen.

Nachdem ich zu den fünf Prozent der Spitzengruppe gehörte, hat Harvard mir großzügig ein Stipendium angeboten, damit ich meine Doktorarbeit in Wirtschaftswissenschaften schreiben konnte. Vom Sirenengesang des großen Geldes verführt, habe ich mich stattdessen dafür entschieden, das Diplom in Volkswirtschaft zu machen und mir einen Job in New York City zu suchen, bei einer der angesehensten Investmentbanken an der Wall Street. Nachdem ich zwei Jahre lang Antacid direkt aus der Flasche geschluckt hatte, um den Stress langer Arbeitstage, die ausgefallenen Sonderwünsche der Kunden und das Machogehabe neurotischer Kollegen ertragen zu können, bin ich entnervt zurück nach Cambridge geflohen – die Rückkehr der reuigen

Tochter in die wartenden Arme des Fachbereichs Wirtschaftswissenschaften und dieses bezaubernden, verstaubten kleinen Hauses in der Shepard Street. Seit vier Jahren und für vierhundert Dollar im Monat fühle ich mich nun in diesem Alkoven meiner Träume geborgen, bei einer Vermieterin, die mir zugleich eine gute Freundin ist und mich jeden Abend herzlich willkommen heißt.

»Nikki!«, rief eine verrauchte Stimme mich zu sich, als ich den Poststapel auf dem Tisch in der Diele durchsah (Rechnungen, Kataloge, ein Brief von meinem kleinen Bruder), »du kommst heute früh, aber ich hab schon heißes Wasser fertig.«

Ich verstaute meine Post in der Handtasche und bahnte mir um ein abgestelltes Fahrrad herum und über einige auf dem Fußboden aufgetürmte Bücherstapel hinweg den Weg durch den zur Abstellkammer heruntergekommenen Flur, um endlich im sicheren Hafen der Küche anzukommen, in der Magnolia Dailey allabendlich Hof hielt.

»Wenn ich nun unterwegs gestürzt wäre und mir in deinem Flur das Genick gebrochen hätte …«, murmelte ich unwillig, während ich ihr links und rechts einen Kuss auf die Wangen hauchte.

»… hätte ich dir gesagt, du sollst die Füße hochnehmen und daran denken, dass ich nicht versichert bin. Wie sieht's draußen aus?«

»Es ist angenehm«, sagte ich und bückte mich, um Horace den schön geschnittenen Kopf zu tätscheln. Der Labrador sah schläfrig, aber wohlwollend von seinem Stammplatz zu Maggies Füßen zu mir hoch. »Nicht mehr so schwül wie heute Vormittag. Mein Haar sieht nicht verklebt aus, oder?«

»Kind, ich hab dir immer wieder gesagt, wenn du's locker angehen und wie wir alle im Afrolook rumlaufen würdest, müsstest du nicht so dämliche Weiße-Mädchen-Fragen stellen.«

»Wie wir alle?« Ich fühlte mich versucht, ihr zu sagen, dass die

Sechziger lange vorüber waren und sie ungefähr die einzige Frau war, auf deren Kopf sich noch Zehn-Zentimeter-Afrotroddeln türmten.

»Und wie waren deine Kids heute?«

»Wie immer«, sagte ich, während mein Blick über ihre Garderobe huschte: eine aus schmalen handgewebten Streifen zusammengenähte Ghana-Tunika, lange Holzperlenketten und eine weit geschnittene schwarze Hose – von Kopf bis Fuß die African Queen. »Ängstlich, eifrig bemüht und etwas verdutzt, ein schwarzes Gesicht vor sich zu haben. Ich habe sie als Erstes gefragt, welchen Nutzen sie sich von unserem Einführungsseminar in Ökonomie versprechen.«

»Wie originell. Lass mich raten.« Sie schenkte sich aus einer geblümten Keramikkanne Kräutertee ein. »Sechzig Prozent von denen sind bettelarm aufgewachsen und wollen Volkswirtschaft studieren, damit sie eines Tages reich werden. Zwanzig Prozent haben sich einen Kurs ausgesucht, der nicht vor zehn Uhr vormittags anfängt. Die restlichen zehn Prozent sind stinkreiche Republikaner, die lernen wollen, wie sie ihr Geld zusammenhalten und dann weiter auf uns herumtrampeln können.«

»Sind wir heute ein bisschen verbittert, Frau Oberlehrerin?« Ich nahm mir einen Teebecher vom Wandregal. »Übrigens gibt das zusammen nicht hundert Prozent.«

»Ich habe eine zehnprozentige Abwesenheitsrate eingerechnet. Da's dein erster Tag war, wollte ich nicht gleich zu hoch einsteigen.«

Während Maggie meinen Becher füllte, ließ ich mich auf einem Stuhl am runden Küchentisch nieder.

»Nun, Schwester Professor, ich wollte dir eigentlich erfreuliche Neuigkeiten berichten«, sagte sie, »aber bei deiner verbiesterten Miene frage ich lieber erst, was los ist.«

»Ich nehme an, es hat noch nicht in den Morgenzeitungen gestanden.« Ich erzählte ihr von gestern Abend und von Ellas

Tod, behielt aber die Zweifel, ob es tatsächlich ein Unfall gewesen war, für mich. Das hätte sie nur beunruhigt.

»Das ist ein verdammtes Unglück«, murmelte Maggie kopfschüttelnd. »Obwohl du weißt, was ich von ihrer Berufung durch euren Oberschlaumeier halte. Das Mädchen hatte nicht mal 'nen Collegeabschluss. Jede Wette, dass sie den Job nur bekommen hat, weil euer Leo Barrett sie bei Laune halten musste.«

»Was soll das nun wieder heißen?«

»Kind, Ella hätte ihn nie und nimmer bekommen, es sei denn, sie wusste was Belastendes über ihn oder hat mit ihm geschlafen. Bloß, wenn einer so aalglatt ist wie er, weiß man nie, ob's das eine oder andere war. Jeder weiß, dass Barrett alles tut, wenn's darum geht …«

»Maggie!«, fiel ich ihr ins Wort. »Was ist dein Problem mit Leo Barrett? Sobald sein Name fällt, ziehst du über ihn her.«

»Ich sag dir, was ich für Probleme mit ihm habe. Hast du den heutigen *Crimson* gelesen?«

Ich schüttelte den Kopf.

»Dann guck mal rein.« Sie schob mir die Zeitung hin. Als Erstes fiel mir das große Foto von Leo ins Auge, direkt unter der Überschrift ›Ein erfolgreiches Einstiegsjahr‹. Der Text begann mit der Feststellung, dass sein erstes Jahr als Präsident sehr erfolgreich verlaufen sei und, verglichen mit den letzten Jahren, eine Menge erfreulich frischen Wind gebracht habe. Danach folgten sein persönlicher Werdegang und eine Aufzählung von besonders erwähnenswerten Leistungen.

»So was nenn ich eine Lobeshymne.« Ein Kommentar, der Maggie zu einem ärgerlichen Knurren veranlasste. »Also – was hast du gegen ihn?«

»Ich mag ihn nicht«, wollte sie mich kurz abfertigen.

»Das habe ich schon mitgekriegt. Aber warum? Er ist jung und dynamisch, er hat viel für die Studenten erreicht.« Dass er zu-

dem außergewöhnlich attraktiv war, tat seiner Popularität keinen Abbruch, schon gar nicht bei den Studentinnen.
Maggie seufzte ungeduldig. »In diesem Artikel ist lang und breit die Rede davon, wie viel Fingerspitzengefühl er bei Neueinstellungen gezeigt und wie er das Image von Harvard verändert hat.«
»Stimmt ja auch. Allein dieses Jahr sind vier Frauen eingestellt worden, hast du das vergessen?«
»Ach ja? Und wieso hat dann keine Frau eine leitende Position bekommen? Oder ist – was noch besser wäre – Dekanin an einem der Fachbereiche geworden? Wie viele Schwarze sind denn durch ihn die Treppe raufgerutscht?«
»Komm, Ella hat er zu einem tüchtigen Karrieresprung verholfen, und er hat uns beide, sie und mich, in sein Crimson Future Committee berufen.«
»Wie ich über ihn und Ella denke, hab ich schon gesagt. Und, ohne dass ich persönlich werden will, das bedeutet keinen Karrieresprung.«
Toleranz war offensichtlich etwas, das jeder ein bisschen anders sah. In Ian McAllisters Augen grenzte es sicher an kommunistische Gesinnung, wenn einer in einem Jahr zwei Schwarze auf höhere Positionen berief und vier Frauen neu einstellte.
»Wenn er für ein absolut linientreues Mädchen wie dich – das zufällig im College zu den fünf Prozent mit Spitzennoten gehört hat – nicht mehr tun kann, als dich in irgendein Komitee zu berufen, was haben Schwarze dann groß von ihm zu erwarten?«, schimpfte Maggie weiter. »Du bist sein Vorzeigeesel, er muss nur auf dich zeigen, und schon hat er bewiesen, dass er … wie ist das in diesem Artikel formuliert? … ›einer der wahrhaft fortschrittlichen Köpfe‹ ist.«
»Was meinst du mit ›linientreues Mädchen‹?«
»Kein Vorwurf, Liebchen, aber es ist ja nicht so, dass du der Typ bist, der ihm auf die Zehen tritt.«

»Hey«, sagte ich scharf, »bloß weil ich mir sorgfältig überlege, wann ich auf die Barrikaden gehe, bin ich noch lange keine Duckmäuserin. Ich sag ihm schon meine Meinung, wenn's nötig ist. Aber ich finde, du gehst zu hart mit ihm ins Gericht, Maggie. Es ist schließlich sein erstes Jahr.«

»Was du auch sagst, es bestätigt letzten Endes nur das, was ich gesagt habe. Miss Ella Fisher muss irgendwas gegen Leo Barrett in der Hand gehabt haben, sonst hätte sie den Job als Studentendekanin nicht bekommen. *So* egalitär ist Harvard noch nie gewesen.«

Ich wollte schon anfangen, Ella in Schutz zu nehmen und Maggie klarzumachen, dass sie durchaus für die Stelle der Studentendekanin befähigt war, aber irgendetwas in Maggies Augen hielt mich davon ab. Und da wusste ich plötzlich, dass an ihr die Erinnerung nagte, wie es ihr vor dreißig Jahren ergangen war.

»Sie waren nicht fair zu dir, Maggie. Wirklich nicht.«

»Oh ja, das weiß ich. Ich hatte mehr 'drauf als all die anderen Idioten zusammen. Musste ich auch, wenn ich Neunundfünfzig im Fachbereich Geisteswissenschaften zum Studium an der Harvard zugelassen werden wollte.«

Ich hatte die Geschichte schon oft gehört, aber ich ließ sie mir noch mal erzählen. Das half uns beiden dabei, den Zorn der Gerechten zu hegen, und es machte uns Mut, die Welt draußen vor der Tür so zu sehen, wie sie war.

»Ich weiß immer noch nicht, warum ich nicht auf meinen Vater gehört und an die Spelman gegangen bin. Da hatte der Präsident eins meiner Gedichte gelesen und gesagt, es habe ihn zu Tränen gerührt. Hörst du? Zu Tränen gerührt! Aber nein, es musste unbedingt Harvard sein – das Beste. Ich musste unbedingt in den Norden gehen, wo die Weißen über meine Intelligenz befinden konnten. Und siehe da, sie behielten mich, damit sie in aller Ruhe darüber befinden konnten. Oh Mann, als wär's ihnen je darum gegangen! Sie ließen mich zwölf Jahre unterrichten und schreiben, aber behalten haben sie mich, weil sie sich Vorteile davon versprachen, eine Schwarze im Kollegium zu haben. Und ich Dummchen schwebte auf Wolken und hab meinen Unterricht gehalten und meine Arbeiten veröffentlicht. Dabei war das Einzige, was sie interessierte, dass sie mich, als die Studentenunruhen anfingen, der Presse vorführen konnten. Und haben sie's nicht prima hingekriegt, mir, als die große Entscheidung anstand, die Tür zu ihrem Klub vor der Nase zuzuschlagen? Oh, ich weiß das noch, als wär's gestern gewesen.«

Maggie stand an der Spüle und putzte Salat fürs Abendessen. Sie drehte sich zu mir um. »Ach, wie hat sich dieses klein karierte Komitee für die Stellenvergabe vor Mitleid gewunden! Wie haben sie mir Honig ums Maul geschmiert! ›Wir würden uns glücklich schätzen, Sie auf der Basis eines Zeitvertrags weiter bei uns zu beschäftigen. Nur, einen festen Lehrstuhl können wir Ihnen leider nicht in Aussicht stellen.‹ Und dann, beinahe dreißig Jahre später, geben diese Schleimscheißer einer wie *der* den Job einer Superiorin.«

»Es war nicht fair«, wiederholte ich und wünschte, mir wäre etwas eingefallen, das Maggie trösten konnte. »Aber Ella Fisher wusste eben, wie deren Spiele gespielt werden. Eine Freundin von ihr hat den Präsidenten der Massachusetts National Bank dazu gebracht, unseren Präsidenten anzurufen, und der hat ihr den Job gegeben.«

»Das darf nicht wahr sein!«

Ich nickte. »Es ist aber wahr.«

»Also, auf die Tour hätte ich's nicht weiterbringen wollen. Und ich werd's auch nie wollen. Dauernd ›Ma'am‹ und ›Sir‹ und ›dürfte ich wohl‹ und ›wären Sie so freundlich‹ säuseln – ich will verdammt sein, wenn ich je so katzbuckle.«

»Ich nehm dich beim Wort.«

Maggie schwenkte gedankenverloren die Salatblätter trocken. »Aber darum hat sie, Gott hab sie selig, noch lange nicht verdient, so zu sterben.«

»Tut's dir nachträglich Leid, Maggie? Ich meine, dass du dich nicht auf solche Spielchen eingelassen hast?«

»Ich würde lieber verhungern, als jemandem in den Hintern zu kriechen. Ich lebe, wie's mir gefällt, auf meine Art.«

»Warum bist du dann nicht einfach aus Cambridge weggezogen und hast dir woanders einen festen Lehrauftrag gesucht? Es gab bestimmt viele Universitäten, die dich mit Vergnügen genommen hätten.«

»Mitte der Sechziger war keine weiße Prestigeschule bereit, einer Schwarzen eine Professur anzubieten. Die meisten waren gerade dabei, sich an schwarze *Studenten* zu gewöhnen. Und wieder in den Süden zu gehen, an eine unserer eigenen Schulen, das wollte ich nicht bei all den Unruhen, die's dort unten gab. Da haben sie damals noch jeden von uns gelyncht, wenn er sie nur zu frech angeguckt hat. Da kannst du dir vorstellen, was sie mit mir gemacht hätten. Außerdem habe ich an Cambridge gehangen. Hier war mein Zuhause.« Sie holte tief Luft. »Fang jetzt bloß nicht an, mich zu bemitleiden. Auch die alte Cambridge Rindge & Latin School wächst einem irgendwann ans Herz, und die Kids dort brauchen mich.«

Ein paar Herzschläge lang saßen wir in schwesterlicher Eintracht stumm da. Bis mir einfiel: »Hey, was sind das für tolle Neuigkeiten, die du mir erzählen wolltest?«

Maggie sah mich skeptisch an. »Längst nicht so aufregend wie deine. Ich hab zwei neue Mieter für den ersten Stock.«

»Ist ja großartig.« Ich schenkte mir Tee nach. Was immer das für ein Kraut war, es schmeckte, wenn man es rasch genug trank, gar nicht schlecht. »Wer ist es?«

»Zwei weiße Jungs. Einer ist Dozent an der Harvard, der andere Anwalt an einer Klinik in Roxbury.«

»Freunde oder Lover?«, fragte ich. »Nicht, dass es eine Rolle spielen würde.«
»Schwul sind die bestimmt nicht. Einer hatte seine Freundin dabei, als er noch mal vorbeikam, um den Mietvertrag zu unterschreiben. Hättest mal sehen sollen, wie die sich an ihn gehängt hat. Die Jungs werden dir gefallen. Sehen nicht übel aus. Und der Dunkelhaarige hat einen hübschen knackigen Po.«
Ich musste unwillkürlich lachen. »Dein Wesley-Snipes-Kalender genügt dir wohl nicht mehr? Haben diese Pin-ups auch Namen?«
»Halt die Luft an«, sagte sie lachend. »Lass mal sehen ... Der Dunkelhaarige heißt Dante und der Blonde Ted«, las sie aus ihren Unterlagen vor. »Dante Rosario und Ted Adair.«
Ich verschluckte mich und rang nach Luft. *Barmherziger Gott. Da war er also wieder.*
»Was ist los? Von meinem Tee kannst du keinen Erstickungsanfall kriegen.« Sie musterte mich eindringlich, und dann hörte ihre Stimme sich plötzlich lammfromm an. »Kennst du die Jungs?«
Kannte ich die Jungs? Nein, nicht mehr. Einen von ihnen hatte ich allerdings früher mal sehr gut gekannt.
»Wenn's der ist, den ich in ihm vermute – und ich bezweifle, dass es zwei Dante Rosarios auf dieser Welt gibt –, dann war ich mit ihm zusammen auf dem College. Bloß, nach all den Jahren seinen Namen zu hören, das kam ein bisschen überraschend.«
Ich lauschte in mich hinein, um festzustellen, ob mein Herzschlag sich wieder normalisiert hatte. Hatte er nicht. »Wann ziehen sie ein?«
»Morgen. Aber sie kommen heute um sieben zum Abendessen vorbei. Willst du nicht auch runterkommen? Er ist sicher froh, ein Gesicht zu sehen, das er kennt.«
»Tut mir Leid«, sagte ich und langte schnell nach meiner Tasche und meinem Jackett, »ich muss heute Abend noch

Unmengen Arbeit erledigen, und danach kuschle ich mich stundenlang an John Maynard Keynes.«
»Na gut.« Maggie schien ein wenig enttäuscht zu sein. »Ich werd dich bei den Jungs entschuldigen. Und grüß dein Fellknäuel von mir.«
Keynes ist mein Kater, mein Seelentröster und hin und wieder der Fluch meines Lebens. Er geruht huldvoll, das Apartment mit mir zu teilen, solange ich dafür sorge, dass immer genug Katzenfutter und Tunfischdosen im Haus sind.
Mit dem Gefühl einer düsteren Vorahnung stieg ich die Stufen zum Dachgeschoss hinauf. Erst Ellas Tod und nun die Rückkehr von Dante Rosario.
Was kam als Nächstes?

vier

Endstation Sackgasse

»Gwen, was haben sie gesagt?«

»Sie haben keine Ahnung, wo er steckt, und er hat auch nicht zurückgerufen, um zu hören, ob irgendwas anliegt.«

Verdammt.

An diesem Dienstagmorgen verfluchte ich meine Sekretärin und die Diskette, die Ian McAllister mir gestern gegeben hatte und auf der eigentlich all die Informationen gespeichert sein sollten, die ich für die Berechnung des künftig erforderlichen Spendenaufkommens brauchte. Stattdessen blinkte mich auf dem Bildschirm, jedes Mal wenn ich sie ins Diskettenlaufwerk schob, die Mitteilung ›disk error‹ an. An meinem Computer lag es nicht, bei dem Laptop unten im Eingangsbereich klappte es auch nicht. Natürlich hätte ich auf Ians ausgedruckte Tabelle zurückgreifen können, aber wer hat schon Zeit, eine Unmenge Zahlen einzugeben?

»Wann kommt Paula wieder?«

Gwen sah von ihrem Computer hoch. »Das weiß niemand, sie hat Grippe.«

»Gut, dann werd ich bei Ella Fisher nachsehen müssen, ob sie noch eine zweite Kopie hat.«

Ich wusste, dass Ella eine alte Version der Daten besaß – ein Freund, der in der Abteilung Finanzen, also direkt an der Quelle, saß, hatte sie ihr besorgt. Das gehörte zu Ellas ›U-Bahn-System‹, dem unsichtbaren Netz von Leuten, die ihr all die Informationen zuspielten, die sie brauchte, um zu wissen, was an unserer Universität wirklich vorging. Ich hatte die alte Version der Finanzdatei kurz bei ihr gesehen – die Version, die Ella später gar nicht als Unterlage bei der Arbeit des Komitees benutzt hatte – und ich wusste genau, dass sie die Daten entweder auf Diskette gespeichert oder auf ihren Computer überspielt hatte. Wenn ich sie fand, ging es allemal schneller, die alten Daten mit den neuen zu vergleichen, als den ganzen Wust von Zahlen aus zwanzig Tabellenseiten in meinen Computer einzutippen.

Ellas Büro lag im dritten Stock des Langdell-Gebäudes, eines imposanten, efeuberankten Sandsteinbaus, in dem die Rechtsakademie untergebracht war, mit Unterrichtsräumen, die aussahen, als wären sie einem nostalgischen Fotoalbum nachempfunden: Vom stufenförmig ansteigenden Auditorium fiel der Blick auf das altväterlich anmutende Podium, an dem niemand anders als ein Ehrfurcht gebietender Harvardprofessor thronen konnte. Statt der kahlköpfigen alten Männer vergangener Zeiten saßen natürlich inzwischen auch schlanke, adrette Frauen dort, aber das Angst einflößende Szenario der sokratischen Lehr- und Bildungsstätte war geblieben und verfehlte seine Wirkung – zumindest bei den Studenten des ersten Semesters – noch immer nicht. Ich halte mich, was die Jurisprudenz angeht, an die Theorie, dass die Leute Vorschriften und Gesetze befolgen, solange sie ihnen sinnvoll erscheinen, sie jedoch missachten, wenn sie sie für unsinnig halten.

Ich kam an einigen Gruppen von Studenten vorbei, die herumalberten oder auf dem Rasen vor der Rechtsakademie ein Sonnenbad nahmen. Es war ein warmer Tag, wenn auch die Blätter der Bäume, die die Gehwege säumten, schon eine Vorahnung der bald beginnenden Rot- und Orangefärbung zeigten. Bisweilen grüble ich noch immer, ob es richtig war, mich für Harvard und die akademische Laufbahn entschieden zu haben und nicht für die Wall Street und das viele Geld. So wie der Markt boomte, hätten mir die vier Jahre, die ich jetzt schon mit tagtäglichem Knausern und theoretischen Betrachtungen über das Wirtschaftswachstum verbracht hatte, beim Investmentbanking genau die goldene Nase beschert, die die grünen Erstsemester ringsum sich, wenn sie's richtig anfingen, in ein paar Jahren als Anwälte verdienen würden.

Ich stieg die flachen Stufen zum Haupteingang hinauf, durchquerte das Atrium und kam zum Treppenhaus, dessen Wände mit den Porträts ehemaliger Professoren und großherziger Gönner geschmückt waren – eine Galerie seriöser, humorloser Gesichter. Im dritten Stock ging ich einen finster wirkenden Flur hinunter, vorbei an den Bürotüren etlicher Professoren, deren Namen ich in der *Times* und im *Globe* gelesen hatte. Im Gegensatz zum imposanten Äußeren wirkte das Langdell innen merkwürdig karg, geradezu spartanisch. Vielleicht brauchten Juristen dunkle Teppichböden, in einfallslosem Beige getünchte Wände und minimale Sonneneinstrahlung, um zu großen Gedanken beflügelt zu werden. Ellas Büro lag am Ende des Korridors. Als ich näher kam, hörte ich die irgendwie atemlos klingende, mädchenhafte Stimme einer Frau, die offenbar in ein Gespräch vertieft war.

»Ja, Mutter, *die* meine ich. Sie war meine Chefin. Es ist so erschütternd, so unfassbar! Zu denken, dass jemand, den ich persönlich gekannt habe, plötzlich tot ist – ich kann's nicht fassen! Nein, von der Familie hat noch keiner was von sich hören lassen. Wie?« Die Stimme senkte sich zu einem Flüsterton. »Ja, sicher, aus einfachen Verhältnissen, aber sie war wirklich *sehr* nett ... Irgendwo aus dem Süden. Nein, ich glaub, Alabama. Einer von diesen bettelarmen Staaten ... Ja, das stimmt, die machen sich jetzt überall breit.«

Kopfschüttelnd versuchte ich, mir ein Gesicht vorzustellen, das zu dieser Stimme und dieser Unterhaltung passen konnte. Als ich um die Ecke bog, sah ich, wem die Stimme gehörte: einem umwerfend schönen, weizenblonden Mädchen Anfang Zwanzig, mit einer Haut so weiß wie Milch und großen, ausdrucksvollen Augen, in denen sich all ihr Gefühlswirrwarr widerspiegelte. »Oh ja, es ist niederschmetternd.« Sie nickte vehement ins Telefon und nestelte dabei an dem weißen Rundkragen herum, der aus ihrem grau und pinkfarben gehaltenen Faire-Isle-Sweater herausspitzelte.

Großer Gott, dachte ich, es gibt tatsächlich noch Leute, die ihre Kleidung bei Talbot's kaufen.

Auf einmal verfiel sie in munteren Plauderton. »Mutter, ich wollt's dir schon früher sagen – ich muss mir etwas Geld von dir leihen. Der Jaguar ist schon wieder kaputt, und sie meinen, dass es diesmal ziemlich teuer wird. Irgendwas mit den Ventilen. Ich war ja gleich dafür, ihn zu verkaufen, als die Garantie abgelaufen war, aber du wolltest wieder mal nicht auf mich hören. Sie sagen, fünftausend wird's mindestens kosten ... *Dollar*, nicht *Pesos!* Du machst mir Spaß!«

An der Art, wie sie sich eine ihrer schulterlangen blonden Locken um den Finger wickelte, erkannte ich, dass sie mich noch nicht bemerkt hatte. Ich hüstelte.

»Oje.« Sie wandte sich um und winkte mich heran. »Mutter, ich muss auflegen. Ich hol's mir heute Abend ab. Ja, ich weiß, du isst pünktlich um acht. Ist noch jemand da?« Sie rollte stöhnend die Augen und schraubte die Stimme eine Oktave höher. »Mutter, ich will nicht, dass du mich immer wieder mit solchen Männern konfrontierst! Das meine ich ernst. Bis heute Abend.«

Sie schwang seufzend den Drehstuhl herum. »Entschuldigen Sie – meine Mutter! Kann ich was für Sie tun?«

»Ich hoffe es. Ich bin Veronica Chase. Ella und ich haben im Crimson Future Committee zusammengearbeitet.«

»Oh!«, machte sie. »Natürlich, ich erinnere mich an Ihren Namen. Sind Sie nicht die ... die sie gefunden hat?«

»Ja, die bin ich.«

»Ich weiß das nur, weil Präsident Barrett gestern kurz bei uns vorbeigekommen ist, um uns zu sagen, was geschehen ist. Ich fand's großartig, dass er sich persönlich dafür Zeit genommen hat. Ist es nicht *schrecklich*?« In ihren Augen schimmerten Tränen.

Ich sah weg, um sie nicht in Verlegenheit zu bringen.

Sie fing sich schnell wieder. »Ach Gott, wo bleibt denn mein Benehmen? Ich bin Lindsey Wentworth, Ellas … Miss Fishers Assistentin.« Als sie aufstand und mir die Hand hinstreckte, wurde mir erst bewusst, wie winzig klein das Mädchen mit dem drolligen Kordsamtblüschen geraten war. Neben ihr kam ich mir mit meiner Durchschnittsgröße wie ein Riesenweib vor.

»Das muss alles sehr schlimm für Sie sein«, sagte ich mitfühlend.

»Wir stehen, glaube ich, alle noch unter einer Art Schock.« Sie seufzte tief. »Ich kann's einfach nicht glauben. Da sag ich am Freitag auf Wiedersehen zu ihr, und nun …« Sie drehte den Kopf zur Seite und tupfte sich mit dem Zeigefinger die Augen.

»Haben Sie lange für Ella gearbeitet?«

Sie nickte lebhaft. »Etwas über ein Jahr. Ich hab nach dem Abschluss am College der Sieben Schwestern in Wellesley hier angefangen. Meine Eltern fanden's verrückt, dass ich nach meinem Examen in romanischen Sprachen eine so untergeordnete Tätigkeit annehme, aber hier hab ich viel gelernt und eine Menge Erfahrungen gesammelt. Das hätt ich als Praktikantin bei Sotheby's nicht gekonnt. Ich musste einfach mal die Nase ins wirkliche Leben stecken. Und Preisschilder an Louis-XIV-Möbel zu hängen, nein, das hat mich nicht gereizt. Wenn Sie wissen, was ich meine.« Sie redete wahrscheinlich so viel, um nicht doch noch loszuheulen. Ich hätte ihr gern ein Papiertaschentuch gegeben, aber ich wollte sie nicht noch mehr in Verlegenheit bringen.

»Wellesley«, wiederholte ich versonnen. Wie oft hatten Kerle von der Harvard mich oder eine Freundin von mir wegen einer der Partys dort im Stich gelassen! »Wie ich höre, soll das soziale Klima dort fabelhaft sein.«

Sie lächelte erfreut. »Oh, das können Sie laut sagen. An unserer Schule war alles fabelhaft, von A bis Z. Ich war zum Beispiel *chef d'équipe* der Kunstreiterstaffel. Und zwei Jahre lang Sprecherin der Schülervertretung. Wir haben die erste multikulturelle Tanzvorführung mitgesponsert. Mit Sadie Hawkins – faszinierend. Echt faszinierend. Und die Partys bei uns, oh, da hätte sich Tizzie eine Scheibe abschneiden können. Aber das war natürlich nicht der Grund, warum ich dort hingegangen bin.«

Plötzlich schien ihr Gesicht vor Begeisterung zu glühen. »Es war so aufregend, das alles zu erleben. Diese Atmosphäre – und das alles unter der Leitung von so intelligenten Frauen. Und dann hier für Ella zu arbeiten, das war wie eine neuerliche Bestätigung für mich. Sie war so stark. Und so blitzgescheit.«

Sie hätte vermutlich noch lange so weitergeschwärmt. Aber mir lief die Zeit weg, ich musste zur Sache kommen, ehe sie wieder in die Schwärmerei für Wellesley verfiel.

»Lindsey, ich hoffe, dass Sie mir helfen können. Ella und ich haben zusammen am Schlussbericht für das Crimson Future Committee gearbeitet, und sie hat, das hoffe ich jedenfalls, auf ihrem Computer oder auf Diskette einige Informationen, die ich brauche. Darf ich mich mal in ihrem Büro umsehen, ob ich was finde?«

»Ich denke, das geht in Ordnung. Ich zeig Ihnen, wo sie ihre Sachen aufbewahrt hat. Ich war da nicht mehr drin, seit … Sie wissen schon.«

Lindsey schaltete das Deckenlicht an, als ich mit meiner Suche begann. Ellas Büro war mit den schweren Standardmöbeln der Harvard ausstaffiert. Entsprechend unbequem sahen die hölzernen Lehnstühle vor und hinter ihrem Schreibtisch aus. Und entsprechend unpersönlich die Bücherwand. Auf einem kleinen Metalltisch stand Ellas Computer.

»Hier hat sie ihre Disketten aufbewahrt.« Sie zeigte auf das Einbaufach unter der Tischplatte. »Sehen Sie ruhig nach, ob Sie da finden, was Sie suchen. Wenn nicht, wird's wohl in einer der Schreibtischschubladen liegen. Sie ist bei der Ablage ihrer Unterlagen nicht sehr systematisch vorgegangen.«

»Und falls ich keine Diskette finde – hatte sie auf dem Computer eine eigene Datei für das Crimson Future Committee?«

»Ja, ich ruf sie Ihnen auf.« Sie schaltete den Computer ein und klickte eine Datei mit der Bezeichnung ›CRIMSFUT‹ an. »Hier müssten Sie alles finden.« Dass sie sich mit irgendeiner Aufgabe ablenken konnte, tat ihr offensichtlich gut. »Um die Dateien hab ich mich gekümmert, darum herrscht da mehr Ordnung.«

»Großartig. Dann will ich mal anfangen.«

Während ich in dem Fach mit den Disketten kramte, ließ Lindsey sich auf Ellas Schreibtisch nieder. »Ach, es ist ein so komisches Gefühl, ohne sie hier zu sein«, hörte ich sie leise sagen. Und als ich mich umwandte, sah ich wieder Tränen in ihren Augen. Offenbar hatte ich zu früh gehofft, sie mit meinem Problem von ihrem Kummer ablenken zu können.

»Das kann ich Ihnen gut nachfühlen.« In dem Fach lagen ungefähr dreißig Disketten, aber bis jetzt war ich auf keine gestoßen, die etwas mit dem Komitee zu tun hatte.

»Wie war das, als Sie sie gefunden haben? War sie …? Hat sie …?«

»Ob sie sehr gelitten hat?« Ich nahm mir kurz Zeit für einen mitfühlenden Blick, dann suchte ich weiter die Disketten durch. Es war mir klar, dass das schrecklich herzlos wirken musste, aber der Schlussbericht brannte mir unter den Nägeln. »Um ehrlich zu sein, das weiß ich nicht. Sie schien bewusstlos zu sein, als ich sie gefunden habe. Nur, ich war so aufgeregt, dass ich das nicht mit Sicherheit sagen kann.« Wo konnte die Diskette nur stecken?

»Ich hab gehört, dass das Licht ausgefallen war?«
»Ja«, antwortete ich. »Deshalb wollte sie ja nach unten gehen. Und deshalb war auch dieses laute Stimmengewirr in der Eingangshalle. Alle wollten raus, weil sie dachten, der Sturm hätte irgendwo eine Leitung gekappt.«
»Ich hätte eher vermutet, dass um diese Zeit kaum noch jemand in dem Haus war.«
»Wissen Sie«, sagte ich und suchte weiter nach der verflixten Diskette, »wir hatten doch die Sitzung des Komitees gehabt, und die meisten Mitglieder standen noch in der Lobby, weil sie warten wollten, bis der Regen aufhörte. Außerdem waren noch ein paar Studenten da, die mit Barrett und seinen Begleitern diskutierten.« Vielleicht doch in einer der Schreibtischschubladen?
»Hat sie geschrien, als sie gestürzt ist? Ich meine, hat jemand gehört, dass da was passiert sein musste?«
Verdutzt unterbrach ich meine Suche einen Moment lang. »Ich weiß nicht. Ich habe nichts gehört. Aber, wie schon gesagt, in der Lobby war so ein lautes Palaver.« Trotzdem, eine gute Frage. *Wieso* hatte niemand etwas gehört?
Ellas Telefon läutete. Lindsey rutschte eilends vom Schreibtisch. »Ich nehm draußen ab, dann werden Sie nicht gestört.«
Nachdem ich nun allein war, konnte ich mich ganz auf die Suche nach der Diskette konzentrieren. In dem Fach war ich nicht fündig geworden, also durchsuchte ich als Nächstes den unter CRIMSFUT gespeicherten Text. Was aber ebenfalls nichts brachte. Ella hatte das eine oder andere Memo für bevorstehende Komiteesitzungen eingegeben, aber eine Tabelle konnte ich nicht finden. Merkwürdig. Ich erinnerte mich genau, dass Tabellen mit – wie wir später gemerkt hatten – veralteten Finanzdaten neben ihr gelegen hatten, als sie die Daten für die erste Analyse in mein Modell eingetippt hatte. Wo waren diese Tabellen geblieben?

Ich ging zum Schreibtisch, auf dem sich links und rechts ein Wust von Papieren stapelte. Das Durcheinander bestätigte Lindseys kritische Bemerkung, dass ihre Chefin bei der Ablage nicht sehr systematisch vorgegangen sei. Vielleicht war die Diskette mit den für Ellas erste Analyse verwendeten Daten dazwischengerutscht? Falls sie sie überhaupt auf Diskette gespeichert hatte. Ich blätterte die Mappen durch. In einer hatte sie tatsächlich Papiere von Komiteesitzungen abgeheftet. Aber eine Diskette war nicht dabei.
Einen Augenblick lang wurde ich durch drei silberne Fotorahmen auf der linken Schreibtischecke abgelenkt. In einem steckte ein Schwarzweißfoto: ein Mann und eine Frau, mitten auf einer unbefestigten Straße, im Hintergrund war eine Art Gemischtwarenladen zu sehen. Beide starrten, von der gleißenden Sonne geblendet, angestrengt in die Kamera. Sie sahen Ella sehr ähnlich. Mussten wohl ihre Eltern sein. Ob sie überhaupt noch lebten? Das zweite Foto war offenbar in jüngerer Zeit aufgenommen worden, es zeigte Ella und eine etwas jüngere Frau mit strohblondem Haar auf der Veranda eines – nun, ich hätte gesagt: eines Sommerhauses, beide mit dem bei Erinnerungsfotos üblichen gewinnenden Lächeln. Die Blonde kam mir irgendwie bekannt vor, aber mir fiel auf Anhieb nicht ein, wo ich sie einordnen sollte. Ellas Augen strahlten, sie sah zufrieden und glücklich aus. Im dritten Rahmen steckte wieder ein Schwarzweißfoto: Eleanor Roosevelt inmitten einer Schar schwarzer Kinder, die ein wenig scheu, aber vertrauensvoll zu ihr hochblickten. Unwillkürlich bekam ich feuchte Augen. Was mochte dieses Foto für Ella bedeutet haben? Schade, dass ich sie nicht mehr danach fragen konnte.
Im Geiste sah ich sie wieder seltsam verkrümmt auf der Treppe liegen. Genauso, wie man es bei dem Opfer eines dummen, tragischen Unfalls erwartet. Warum ging mir also die blutende Wunde am Hinterkopf nicht aus dem Sinn? Und wieso hatte sie

nicht laut geschrien, als sie gestürzt war? Etwa deshalb, weil sie da schon bewusstlos gewesen war?

Wenn es kein Unfall gewesen war, dann musste jemand ihren Tod gewollt haben. Jemand, dem so viel an ihrem Tod lag, dass er das Risiko eingegangen war, sie umzubringen, obwohl sich noch zahlreiche Leute in dem Gebäude aufgehalten hatten. Aber wer hätte so etwas tun sollen? Ella war eine Frau mittleren Alters gewesen, letzten Endes – trotz der Amtsbezeichnung Studentendekanin – lediglich eine Verwaltungsangestellte. Wie hätte sie sich da einen Todfeind oder eine Todfeindin schaffen sollen?

Ich überzeugte mich durch einen Blick über die Schulter, dass Lindsey im Vorzimmer immer noch telefonierte. Also konnte ich ungestört ein bisschen stöbern. Es tat ja keinem mehr weh, und irgendwie zogen Ellas Schreibtischschubladen mich magisch an. Wenn Lindsey hereinkam, hatte ich notfalls die Ausrede, dass ich die Diskette suchte.

Das heißt, ich wusste eigentlich gar nicht, was ich suchte. In der Schublade rechts oben lagen ein Stapel Papier – das gelbe, das für amerikanische Juristen so etwas wie ein Markenzeichen ist – Kugelschreiber, hinten angenagte Bleistifte, ein gelber Markierstift und etwas Münzgeld. In der Mittelschublade: ein Taschenrechner und ein Paket Kopierpapier. In der untersten Schublade: zwei Paar Schuhe, das eine braun, das andere schwarz, ein schokobraunes Pantyhöschen Größe D (die unverzichtbare Reserve), eine Lockenschere und eine Packung Tampons – kurzum das, was nach meiner Überzeugung alle Frauen rund um den Globus griffbereit aufbewahren, in der Chefetage genauso wie auf der Poststelle.

Die Schubladen links gaben ebenfalls nichts her. Mappen und Schnellhefter mit Unterlagen über verschiedene Studentenorganisationen und deren Projekte, dazu ein Sammelsurium von Dingen, die Zeugnis von Ellas beruflichem und gesellschaftlichem Leben gaben: Streichholzbriefchen vom Klub der Rechtsakademie, von diversen Restaurants und einem Tankklub bei Boston sowie Programmzettel von kulturellen Veranstaltungen. Neugierig blätterte ich im Programmheft einer Theateraufführung und stieß auf den mit Rotstift eingekreisten Namen Alix Coyle. Aha, darum war mir die Frau auf dem Farbfoto bekannt vorgekommen. Alix gehörte zum Ensemble des ART, des American Repertory Theater an Harvards Loeb Drama Center. Ich hatte dort fünf Jahre lang ein Abonnement gehabt, sie in mehreren Rollen gesehen und ein paar Mal mit ihr beim alljährlichen ›Meet-the-Cast‹-Abend geplaudert. Es war mir nur entfallen, dass sie und Ella befreundet waren.

Mein Blick fiel auf das Telefon auf Ellas Schreibtisch – auf die Wahlwiederholungstaste. Ich drückte sie. Bestimmt hatte die Polizei das schon vor mir getan, aber es interessierte mich nun mal, mit wem sie zuletzt aus ihrem Büro telefoniert hatte, und so notierte ich mir die Nummer auf dem Display: 7 76-81 39.

Ich wollte mich gerade den Aktenschränken zuwenden, als ich draußen im Vorzimmer einen hitzigen Wortwechsel hörte.

»Schluss jetzt, Wentworth, spiel hier nicht die Vorzimmerdame. Ich will endlich wissen, wo sie ist. Und sag ihr, dass ich da bin!«, herrschte eine jung klingende Männerstimme Lindsey an. Neugierig geworden, ging ich zur Tür und sah einen gut aussehenden, durchtrainierten Schwarzen in grauen Slacks und einem gesprenkelten Sweater im Vorzimmer stehen. Seine großen dunkelbraunen Augen, an denen mir vor allem die langen Wimpern auffielen, waren zornig auf Lindsey gerichtet, die mit puterrotem Kopf und geballten Fäusten an ihrem Schreibtisch saß und vor Wut bebte.

»Mr. Simms«, sagte sie erregt, »ich habe Ihnen bereits mitgeteilt, dass sie nicht da ist. Sie müssen Ihr Anliegen wohl oder übel ihrem Vertreter vortragen. Und im Übrigen würde ich es begrüßen, wenn Sie mich mit *Miss* Wentworth anreden.«

»Hör zu, Wentworth, ich lass mich nicht mit einem Vertreter abspeisen. Ella hat mir versichert, dass es bei der Bewilligung keine Schwierigkeiten gibt, und heut Morgen find ich in meinem Postfach so ein dämliches Memo, mit dem unser Antrag abgelehnt wird. Ich verlange eine Erklärung – und zwar von der Studentendekanin persönlich. Wann kommt sie zurück?«

Lindseys Augen füllten sich mit Tränen. Na großartig, dachte ich, die Schleusen sind schon wieder geöffnet.

»Liest du denn keine Zeitungen? Hörst du keine Nachrichten, du Idiot?« Lindsey stieß wütend ihren Stuhl zurück und sprang auf. »Sie ist tot! Sie kommt nicht mehr zurück!« Und dann rannte sie schluchzend auf den Flur.

Mr. Simms drehte sich zu mir um. »Was erzählt sie da?«, wollte er verdutzt wissen.

»Ich finde, sie hat sich klar ausgedrückt. Ella Fisher ist vorgestern Nacht auf der Treppe gestürzt. Sie ist tot.«

»Großer Gott«, hauchte er. »Ich bin erst spät aufgestanden und dann sofort hierher gefahren. Ich hatte ja keine Ahnung. Und als ich ins Postfach geguckt habe, waren die anderen schon zu ihren Vorlesungen weg. Sie denken jetzt bestimmt, dass Sie den größten Trottel der Weltgeschichte vor sich haben.«

»Es spielt keine Rolle, was ich denke«, sagte ich, »aber besonders pietätvoll war Ihr Auftritt nicht gerade. Warum müssen Sie auch gleich so rumschreien?«

Er seufzte. »Ich bin schon mehrmals unerfreulich mit unserer Studentendekanin aneinander gerasselt. Und die kleine Lindsey bringt mich zur Weißglut. Wird immer mehr zum Abziehbild ihrer Chefin. Kanzelt einen genauso ab wie Ella, wenn irgendwas nicht nach ihrem Kopf läuft. Ich hab angenommen, dass sie wieder mal dazwischengefunkt hat. Sie wissen schon – das ewige Gerangel, für wen die Uni eigentlich da ist, für die Studenten oder die Bürokraten.«

»Halten Sie das wirklich für eine offene Frage?« Ich streckte ihm die Hand hin. »Nikki Chase.«

»Justin Simms, Sprecher des Studentenbeirats an der juristischen Fakultät. Lassen Sie mich raten: Sie sind im Fachbereich Volkswirtschaft.«

Ich lachte. »Knapp daneben. Wirtschaftswissenschaften. Aber ich hab hier Volkswirtschaft studiert. Wie sind Sie darauf gekommen?«

»Durch den Händedruck. So förmlich und steif – da mussten Sie eine der Bannerträgerinnen des kapitalistischen Systems sein. Abgesehen davon, wenn Sie an der juristischen Fakultät wären, wäre ich schon eher über Sie gestolpert.« Er hielt meine Hand immer noch fest.

»Ich bin nur eine Hunger leidende Dozentin der Wirtschaftswissenschaften. Und im Übrigen eingefleischtes Mitglied des Proletariats.«

»Chase«, sagte er, »das könnte der Anfang einer wunderbaren Freundschaft sein.« Er komplimentierte mich in den einzigen Besuchersessel im Vorzimmer und lümmelte sich in Lindseys Drehstuhl. Unter anderen Umständen wäre vielleicht ein ernsthafter Flirt daraus geworden, davon verstand Simms offensichtlich was. Aber die Umstände waren eben nicht danach.

»Also, was ist da mit Ella passiert?«

Ich erzählte ihm, wann und wie ich sie gefunden hatte.

»Ein Jammer. Wir haben uns oft gekabbelt, aber rein menschlich gesehen war sie gar nicht so übel. Die kleine Lindsey hat das Ganze anscheinend hart getroffen.«

»Kennen Sie sie gut?«

»Lindsey van Nostrand Wentworth, Ellas unerbittlichen Zerberus? Das Mädchen hasst mich, weil ich ihr immer wieder unter die Nase reibe, dass sie mit zahlenden Studenten nett umzugehen hat. Sie hat selber Verbindungen nach oben, müssen Sie wissen.«

»Wie das?«

»Urgroßvater van Nostrand hatte eine Textilfabrik in Lowell und die Wentworths eine Baumwollplantage, einschließlich Sklaven. Wie schon Balzac sagte: Hinter jedem großen Vermögen steckt ein spektakuläres Verbrechen.« Er beugte sich vor. »Die Familie hat regelmäßig große Summen für wohltätige Zwecke gespendet, um den sprichwörtlichen Dreck am Stecken auszugleichen. Ich denke, ihre Glanzzeit hatten sie in der Generation von Lindseys Vater, jetzt sind sie mehr damit beschäftigt, die Rutschpartie ins Aus abzubremsen.«

Ich erinnerte mich vage, dass ich den Namen Wentworth aus dem *Globe* kannte, aber auf den Gedanken, dass sie eine Tochter haben könnten, die hier Sekretärin spielte, wäre ich nie gekommen.

»Was sucht sie dann bei uns?«, fragte ich. »Sie sagt, es sei ihr darum gegangen, die Nase ins wirkliche Leben zu stecken und Erfahrungen zu sammeln, aber ich dachte, das wäre nur so dahergeredet. Wie kommt ein vom Leben verwöhntes weißes Mädchen dazu, als Sekretärin für eine Schwester wie Ella zu arbeiten?«

»Ihr Daddy ist mit der Frau unseres Präsidenten befreundet, und Ella war mit Leo Barrett befreundet. Lindsey wollte irgendwie aus ihrem angeborenen Milieu rauskommen, und dabei ist sie hier gelandet.«

»Sie scheinen sehr gut informiert zu sein, wie?«

»Ich lese den *Jet*. Sie nicht?«

»Lindsey ist also ein kluges Mädchen? Dann muss sie sich bei ihrer Arbeit zu Tode gelangweilt haben.«

»Bedauern Sie sie nicht zu sehr. Sie hat die Weisheit nicht mit Löffeln gefressen, sie plappert bloß nach, was sie irgendwo gelesen oder aufgeschnappt hat. Sie kann ihren Grips bequem unterm Hemdärmel unterbringen.«

Justin Simms' Flapsigkeit ging mir zu weit. »Sind Sie nicht etwas zu jung, um das beurteilen zu können?« Ich schätzte ihn höchstens auf zwanzig.

»Ich hab mich in der Grundschule auf die Pflichtkurse konzentriert und bin im zweiten High-School-Jahr rüber ans College gewechselt. Machen Sie sich keine Sorgen, ich bin alt genug, um mit Ihnen auszugehen, ohne dass die Cops Sie hochnehmen.«

Ehe ich etwas erwidern konnte, stand er auf und wandte sich zum Gehen. »Ich hab heute Nachmittag einen Kurs, bei dem hab ich mich noch nicht blicken lassen. Ich dachte, es wär gut, das heute nachzuholen. Aber wir könnten uns ja mal zum Lunch treffen, oder?« Er riss ein Blatt von Lindseys Notizblock ab und kritzelte seine Telefonnummer drauf. »Ich wollte vermeiden, dass Sie rot werden, wenn ich nach Ihrer frage, darum habe ich Ihnen meine aufgeschrieben. Wenn ich heute in einer Woche noch nichts von Ihnen gehört habe, gehe ich davon aus, dass Sie mir das Herz brechen wollen. Tschüss – bis bald.«

Der Junge war gut.

Ich wartete, bis sich seine Schritte auf dem Flur verloren, dann wollte ich losgehen, um Lindsey zu suchen. Aber sie tauchte wie aufs Stichwort von selber auf. »Ist er endlich weg?«

»Ja. Netter Bursche.«

»Da sagen Sie was!«, platzte sie heraus. »Der glaubt, weil er so ein kluges Bürschchen ist, kann er alle anderen herumschubsen. Ein Benehmen wie die Axt im Walde. Sie ahnen ja nicht, mit wie vielen solchen Typen sich Ella herumschlagen musste. Diese Studenten sind derart ungehobelt – einfach schrecklich. Sie ist kaum noch dazu gekommen, etwas anderes zu tun, als irgendwelche Burschen abzuwimmeln, die mit den unmöglichsten Wünschen zu ihr kamen. Und wenn sie Nein sagte, haben die auch noch angefangen, mit ihr zu streiten.«

»Hört sich an, als wär's hier ganz schön lebhaft zugegangen. Hat sie sich denn wirklich mit allen in den Haaren gelegen?«

»Oh, ich übertreibe natürlich ein bisschen. Aber ein paar von den Burschen haben nicht mal den Versuch gemacht, sich auf Kompromisse einzulassen. Wenn ich daran denke, wie die sich Ella gegenüber aufgeführt haben – also, da hat's mir manchmal in den Fingern gejuckt, dazwischenzugehen.«

Das wollte ich genau wissen. »Von wem sprechen Sie? Von Studenten wie Justin?«

»Na ja, es gab schon ein paar von seiner Sorte. Aber die haben's nicht so schlimm getrieben. Am schlimmsten waren die, die auf ihren Job aus gewesen waren und ihn nicht bekommen hatten.«

»Nach einem Jahr gab's deswegen immer noch Ärger?«

»Ihr Harvardleute seid eben ehrgeizig«, antwortete sie, als sei damit alles erklärt. »Und für manche gibt's nichts Schöneres als Klatsch. Sie kennen bestimmt die Geschichten, die hier die Runde gemacht haben, nachdem sie die Stelle bekommen hatte. Sie wissen schon – über Präsident Barrett und sie. Keiner wollte sich damit abfinden, dass sie sie bekommen hat, weil sie einfach gut war. Deshalb haben sie die unglaublichsten Skandalgeschichten erfunden, um Ellas Erfolg zu erklären.«

Es gefiel mir, dass sie so bedingungslos loyal zu Ella hielt. Das hatte ich bei einem weißen Mädchen nicht vorausgesetzt.

»Und die wollten einfach nicht lockerlassen«, fuhr Lindsey fort. »Erst am Freitag war Christian Chung bei ihr drin und hat wegen irgendwas mit ihr gestritten. Dabei hab ich genau gewusst, dass es reine Gehässigkeit von ihm war.«

»Christian Chung?« Kannte ich den Namen nicht irgendwoher? »Wer ist das?«

»Irgendein neunmalkluger Chinesenbengel«, sagte Lindsey verächtlich. »Sie wissen ja, wie die sind – wollen überall mitmischen. Er leitet das Büro, das die Verwendung von Spendengeldern kontrolliert. Hat damit gerechnet, dass er der neue Studentendekan bei uns wird. Weil er einflussreiche Freunde und einen kurzen Draht zu Präsident Barrett hat. Zum Ausgleich hat er dann seinen jetzigen Job bekommen.«

»Wissen Sie sonst noch was über ihn?«

»Nein, eigentlich nicht. Ella hat ihn immer einen missratenen Harvardbalg genannt. Sie kennen ja die Typen. Wollen mit Gewalt nach oben. Eingebildeter Fatzke. Ich glaube, er war mal am Radcliffe College.« Lindsey machte eine kleine Pause. »Der hat Ella wirklich gehasst. Kam alle naselang anspaziert und hat ihr wegen der Verwendung von Spendengeldern und der Zuweisung an die oder jene Studentengruppe Vorhaltungen gemacht, um ihr damit zu beweisen, dass sie in Finanzangelegenheiten von Tuten und Blasen keine Ahnung hat, weil sie eben nur eine ehemalige Sekretärin ist. Oh, ich kann mir gut vorstellen, wie der jetzt auf dem hohen Ross sitzt!«

Christian Chung? Natürlich. Jetzt hatte ich's wieder. Er war in meinem Juniorjahr mein Mentor bei einem Seminar über internationale Wirtschaftsbeziehungen gewesen. Zu der Zeit hatte er als Überflieger gegolten – arrogant, eloquent und sehr attraktiv. Aber so wie ich ihn kannte, war er nicht der Typ, der ein Jahr lang an seinem Groll herumnagt, weil er bei einer Stellenvergabe zu kurz gekommen ist. Er war der Typ, der sich, sobald die Entscheidung gefallen ist, ans Telefon hängt und keine Ruhe gibt, bevor er nicht eine noch bessere Stelle ergattert hat.

Ich musterte Lindsey. Sie sah sehr blass aus. All der Wirbel nach Ellas Tod musste sie sehr mitgenommen haben.

»Haben Sie gefunden, was Sie gesucht haben?«, fragte sie.

»Nein. Könnte es sein, dass Sie kürzlich irgendetwas auf Ellas Computer gelöscht haben?«

Lindsey senkte einen Moment lang den Blick, dann sah sie mir wieder in die Augen. »Nein«, sagte sie ein wenig zögernd. »Aber wissen Sie, hier ist es seit Montagmorgen zugegangen wie in einem Bienenhaus – raus und rein. Hoffentlich hat da nicht jemand versehentlich irgendwas gelöscht.« Sie schüttelte den Kopf, als wollte sie einen bedrückenden Gedanken loswerden. »Es war vielleicht ein Fehler von mir, um ihr Büro herumzuschleichen, statt aufzupassen, was sich da drin tut. Oh Gott, der Dekan macht mir die Hölle heiß, wenn irgendwas fehlt. Leichtsinnig von mir, die Leute einfach so rein- und rausspazieren zu lassen. Aber ich konnte einfach nicht mit reingehen, ich war so …« Ihre Stimme versagte.

Das arme Kind war eindeutig am Ende seiner Nervenkraft. Aber andererseits brauchte ich eben die Diskette.

»War auch jemand vom Komitee darunter? Denn das wäre natürlich eine mögliche Erklärung dafür, dass ich die Daten nirgendwo finde.« Vielleicht hatte Ella den Entwurf ihrer Tabellen längst Ian McAllister oder Rona Seidman gegeben.

»Na ja, McAllister war hier, und er ist doch in dem Komitee? Er hat nach irgendwelchen Papieren gesucht. Aber ich kann mir nicht vorstellen, dass er einfach eine Diskette mitnimmt.« Sie runzelte die Stirn. »Christian Chung – der gehört nicht zum Komitee, oder? Weil er nämlich auch hier war. Oh – und Torie Barrett, die Frau vom Präsidenten. Aber da ging's um was anderes.«

Wir waren in einer Sackgasse angekommen. Ich war sicher, dass Ella die Daten gehabt hatte, die ich brauchte. Und ein paar Sekunden später, als Lindsey – offensichtlich innerlich ein wenig stabilisiert – am Telefon saß und wortreich auf einen Studenten einredete, nutzte ich die Gelegenheit und schlich mich hinaus.

Wo konnte bloß die verflixte Diskette sein?

fünf

Total überdreht

»Okay, Sie haben mich erreicht, was wollen Sie?«, bellte eine energische Frauenstimme aus dem Hörer. Nicht gerade die konventionellste Art, sich am Telefon zu melden, zumindest nicht vor ein Uhr nachts.

»Hallo, hier ist Nikki Chase«, stammelte ich.

»Nikki Chase? Kenne ich Sie?«

Obwohl es nachmittags um halb vier war, hörte sich Alix Coyle an, als hätte ich sie aus tiefstem Schlaf gerissen.

»Wir sind uns einige Male begegnet. Ich habe ein Abonnement bei ART, und ich bin gelegentlich auf den ›Meet-the-Cast‹-Partys.«

»So, so.« Mein Erklärungsversuch schien keinen sonderlichen Eindruck auf sie zu machen. »Und was wollen Sie?«

»Ich rufe an, weil ich mit Ella an einem Bericht gearbeitet habe. Und irgendwie hoffe ich, dass Sie möglicherweise wissen könnten, wo sie bei sich zu Hause Unterlagen aus der Uni aufbewahrt hat.« Mir wurde klar, dass ich mich ungefähr anhörte wie mein unglücklicher Mr. Edelstein beim Einführungsseminar in Ökonomie. Aber irgendwie wirkte diese Frau einschüchternd auf mich.

»Sie haben mit Ella zusammengearbeitet?« Und dann kam lange nichts mehr.

»Hallo, sind Sie noch dran?«

»Ja, ich bin dran«, sagte sie leise. »Sie haben also mit Ella zusammengearbeitet, wie?«

»Ja, beim Crimson Future Committee. Wir haben an einem Bericht geschrieben, bevor sie … vor dem Unfall. Und nun muss ich den fertig machen, und ich kann den Ordner mit den Computerausdrucken nicht finden, die sie, da bin ich sicher, irgendwo aufbewahrt hat. Und schließlich kam mir der Gedanke, dass sie irgendwo bei ihr zu Hause herumliegen könnten. Und da ich weiß, dass Sie beide befreundet waren, dachte ich …«

»Also, ich weiß nichts von einem Ordner mit Computerausdrucken. Aber ich gehe morgen Abend sowieso hin, um die Post durchzusehen und ein paar Sachen zusammenzupacken, die … Oje, Moment mal, bleiben Sie dran.«

»Diana!«, hörte ich sie im Hintergrund rufen, »leg das sofort weg, Liebchen. Du weißt, dass du das nicht darfst. Ja, so ist es brav, mein Kleines.« Und dann, etwas atemlos: »Also, da bin ich wieder.«

»War das Ihre Tochter?«, fragte ich verständnisvoll.

»Himmel, nein – Diana ist mein Hund! Sie weiß, dass sie nicht ungezogen sein darf. Aber sie ist total überdreht, weil ich einige Tage nicht da war. Ja – guck nicht so verdutzt!«

Ich guckte ebenfalls verdutzt, bis mir klar wurde, dass Alix mit dem letzten Satz nicht mich gemeint hatte. »Also, Sie sind morgen Abend in Ellas Haus?«

»Richtig. Sie können gern hinkommen und nach Ihrem Computerkram suchen. Ein bisschen Gesellschaft ist mir sehr recht.«

»Ja, danke. Und wann soll ich …?«

»Ich hab bis halb acht Probe. Sagen wir, um acht? Ja, Diana, ich komme. Du willst deine Pille haben, nicht wahr?«

Das ist der Grund, weshalb ich mit einer Katze zusammenlebe.

Danach musste ich erst mal zum Automaten im Keller des Littauer. Ich brauchte Zucker, Kohlehydrate oder Nikotin – irgendwas, das mir dabei half, den Rest des Nachmittags durchzustehen. Während ich nach Münzen suchte, hörte ich hinter

mir eine wohlvertraute Stimme murmeln: »Fehlt's an 'nem Quarter, Missy?«
Ich drehte mich um, und richtig, da stand Percy Walker, der Hausmeister im Littauer, und kramte in den Taschen seines grünen Overalls. Percy und ich kennen uns schon eine ganze Weile, seit meinem ersten Semester am College. Wenn wir uns irgendwo begegnen, lächeln oder nicken wir uns zu, und kurze Zeit später weiß Percy es einzurichten, dass wir uns noch mal begegnen, was uns Gelegenheit zu einem Schwätzchen gibt (und ihm, mich in den neuesten Campusklatsch einzuweihen). Einige meiner Freunde finden es merkwürdig, dass ich mich so gern mit einem offensichtlich einfach gestrickten Mann unterhalte, aber er erinnert mich eben sehr an meinen Großvater: ein aufrichtiger, hart arbeitender Mann, der natürliche Würde ausstrahlt und wunderschöne Geschichten erzählen kann. Seinen Traktätchen über allseits verehrte, würdevolle Professoren hätte ich stundenlang zuhören können, und wenn er mir von seiner Heimat South Carolina erzählte, fühlte ich mich in eine verwunschene Welt versetzt. Percy hatte vier Enkeltöchter, die, wenn es nach ihm ging, alle an der Harvard studieren sollten. Im Laufe der Jahre waren wir Freunde geworden; ich saß häufig in jener ruhigen Stunde zwischen Nachmittag und Abend in seinem Kellerbüro, und dann knabberten wir gemeinsam Kartoffelchips, oder ich paffte ihm zuliebe eine meiner seltenen Zigaretten.
»Hey«, sagte ich, als er mir den Quarter in die Hand drückte, »danke. Wie geht's denn so?«
»Ooch, mein Rücken will heute nicht so recht, aber sonst kann ich nicht klagen.« Er war beinahe siebzig und hatte anscheinend vor, ewig weiterzuarbeiten.
»Wollen Sie was abhaben?«, fragte ich und zeigte auf die Cola light und den Beutel Kartoffelchips, die ich aus dem Automaten gezogen hatte.

»Nö danke, ich hatte gerade 'ne Pepsi. Und wie geht's Ihnen? Ich höre, Sie hatten am Sonntag ein böses Erlebnis?«

Ich riss die Coladose auf. »Ja, das war schlimm. Ein bisschen früher, dann wäre vielleicht ich die Treppe runtergestürzt. So ein Gebäude sollte wirklich eine Notstromanlage haben.«

»Nun«, Percy senkte die Stimme, »es hat eine. Aber da gab's ein Problem mit dem Stromkabel.«

»Was?«, platzte ich heraus. Percy machte mir schnell ein Zeichen, weil auf der Treppe Schritte zu hören waren.

»Was für ein Problem?«, fragte ich flüsternd.

»Kommen Sie mit.«

Wir gingen den Kellerflur hinunter und zogen uns in das verglaste Hausmeisterbüro zurück. Da es unmittelbar neben dem Heizungskeller lag, war die Luft stickig, warm und ölgeschwängert. Ich schob die Werkzeuge ein Stück beiseite und setzte mich auf Percys Werkbank – meinen Stammplatz, gegenüber dem großen Wandbrett mit den Schlüsseln.

»Okay«, sagte ich, »lassen Sie die Katze mal aus dem Sack.«

»Nun ja …« Mir schwante schon, dass er wieder weit ausholen würde. »Das Gebäude war am Sonntag bis Mitternacht offen, wie immer.«

Ich nickte und nahm einen Schluck Cola. Percy erzählte immer so, er baute seine Geschichten auf, aber am Ende wurde der Zuhörer meistens für seine Geduld belohnt.

»Ich hab, wie immer, meine Elf-Uhr-Runde gemacht, alle Türen verschlossen und nachgesehen, wer noch da ist.« Er holte ein in Zellophan eingewickeltes Karamellbonbon aus der Hemdtasche. »Was Süßes?«

Ich schüttelte den Kopf. »Nein danke.« *Lass ihm Zeit.* »Waren denn noch viele im Littauer?«

»Nicht sehr viele. Sonntags nie. Der zweite Stock war völlig leer, glaube ich, aber unten im Erdgeschoss, im Leitungsflügel, saßen noch ein paar am Schreibtisch. Und in der Bibliothek.

Und dann natürlich im Konferenzraum, wo Sie Ihr Meeting hatten.«
Ich wollte behutsam ein wenig aufs Tempo drücken. »Und nachdem Sie Ihre Elf-Uhr-Runde hinter sich hatten?«
Er grinste verschmitzt. »Bin ich runter in mein Kabuff gegangen und hab was getrunken und ein paar Crackers geknabbert.«
»Und?«, drängte ich.
»Na ja, gewöhnlich mach ich dann ein kleines Nickerchen.«
»Letzten Sonntag auch?«
»Ja. Und wie ich aufwache, ist da oben die Hölle los.«
»Klar. Weil das Licht ausgefallen war. Und was haben Sie unternommen?«
»Tja – ich hab meine Taschenlampe genommen und bin nach oben gegangen. Da war der Ambulanzwagen mit der Lady – Fisher hieß sie, glaub ich – gerade losgefahren.« Aha, darum hatten wir uns nicht gesehen, ich war ja mit zum Krankenhaus gefahren.
»Und dann?«
»Na ja, ich wollte versuchen, irgendwie Licht zu machen. Bin also wieder zurück in den Keller.« Er beugte sich vor, damit kein Zweifel blieb, dass nun etwas Vertrauliches kam. »Und da hab ich rausgefunden, dass der Stromausfall nichts mit dem Sturm zu tun hatte.« Er machte eine dramatische Pause. »Die Leitungen waren durchgeschnitten.«
Er grinste, meine erschrockene Miene schien ihm Spaß zu machen. »Ganz recht. Mir war nämlich, als ich oben war, aufgefallen, dass im Forschungszentrum Licht brannte. Also musste es bei uns einen Kurzschluss gegeben haben. Na schön, ich guck mir den Sicherungskasten an, und siehe da, die Leitungen sind durchgeschnitten.«
Das war unglaublich. »Können Sie mir das zeigen?«
»Klar doch. Kommen Sie.« Er führte mich in den Heizungs-

raum zu einem in die Wand eingelassenen großen grauen Metallkasten mit schwarzen Kipphebeln und einem Gewirr aus verschiedenfarbigen Drähten.
»So«, sagte er, »sehen Sie, das ist der zentrale Sicherungskasten. Wer immer hier herumgefummelt hat, er wollte absolut kein Risiko eingehen. Damit er auch ja nicht den richtigen verpasst, hat er sämtliche Drähte durchgeschnitten.« Er lachte grimmig in sich hinein. »Wir hätten jetzt noch keinen Strom, wenn sie uns nicht aufs Notaggregat umgeschaltet hätten. Heute Nacht, sobald alle weg sind, wollen sie das reparieren. Wird sicher ein paar Stunden dauern, bis alles wieder funktioniert.«
»Unglaublich«, flüsterte ich.
Es sah aus, als wäre hier jemand in großer Eile zu Werke gegangen. In Panik.
Percys dunkelbraune Augen musterten mich. »Scheint Sie überhaupt nicht zu überraschen, wie?«
»Nein, Percy. Haben Sie das alles der Polizei erzählt?«
»Oh, natürlich. Ich hab ihnen gesagt, dass wahrscheinlich irgendwelche Kids dahinter stecken. Hat manchmal böse Folgen, wenn einer witzig sein will.«
»Gibt's einen anderen Zugang zum Sicherungskasten als durch Ihr Kellerbüro?«, fragte ich, als wir zurückgingen.
Er schüttelte den Kopf. »Nö. Die müssen sich reingeschlichen haben, als ich geschlafen hab.«
»Können Sie deswegen Schwierigkeiten bekommen?«
»Ach wo, da hält die Gewerkschaft den Daumen dazwischen. Ist doch nicht meine Schuld, wenn irgend so 'n Witzbold Schaden anrichtet.«
»Das beruhigt mich, Percy.« Ein rascher Blick auf mein linkes Armgelenk: vier Uhr. »Ich muss los, oben wartet eine Unmenge Arbeit auf mich. Aber danke, dass Sie's mir erzählt haben.«
Ein vorsätzlich herbeigeführter Stromausfall im Littauer.
Um so was zu tun, musste jemand total überdreht sein.

Als ich spät am Abend in mein Apartment kam, blinkte mich das Lämpchen meines Anrufbeantworters an. Ich drückte die Rücklauftaste und ging in die Küche, um Kaffee zu machen. Schon wieder eine Stimme, die ich kannte.
»Aha. Na schön. Ich sag Ihnen jetzt, was Sie tun sollen. Sie holen sich was zu schreiben – Kuli und Papier, klar? Es dauert nicht länger als eine Minute – versprochen. Schreiben Sie sich meine Telefonnummer auf. Zu Hause: 3 54 61 59. An der Fakultät: 4 95-81 30. Suchen Sie sich eine aus. Und die rufen Sie dann an. Sofort. Warten Sie, bis der Anrufbeantworter sich meldet, und dann sprechen Sie mir Ihre Antwort auf folgende Frage auf Band: Wollen Sie Samstagabend mit mir auf die Friends-of-Foggs-Party gegen – ja oder nein? So, das war's schon. Na los, legen Sie auf! Schluss, aus, fertig. Sie sind eine viel beschäftigte Frau, bei Ihnen darf alles höchstens eine Minute dauern. Und wenn Sie jetzt nicht auflegen, denken Sie womöglich, dieses Gespräch hätte länger ...« Der Anrufbeantworter piepte.
Typisch Justin Simms. Jetzt musste ich *ihn* anrufen. Ich grinste in mich hinein. Während ich mir die beiden Nummern notierte, stellte ich grundsätzliche Überlegungen an, in denen es um Mädels im reiferen Alter, Milchbubis und die Frage ging, ob so was einen Versuch wert sei. Fürs Erste machte es auf alle Fälle Spaß, kühl und distanziert zu tun.
Auf Verdacht gab ich die Fakultätsnummer ein. »Juristische Fakultät – Studentenbeirat«, meldete sich eine weibliche Stimme, und kurz danach hatte ich Justin dran.
»Justin, hier ist Nikki Chase. Wir sind uns heute Vormittag in Ella Fishers Büro begegnet.«
Stille. Und dann: »Ach ja. Und nun laden Sie mich zum Dinner ein? Oder vielleicht zu mehr?«
»Lesen Sie das aus einem Buch vor, oder ist das frei Schnauze?«
»Darf ich das als Ja verstehen?«
»Gut zu wissen, dass unsere Jurastudenten nicht unter krank-

hafter Bescheidenheit leiden. Es könnte ja auch ein Vielleicht sein. Oder ein höflich verbrämtes Nein.«

»Finde ich nicht. Da Sie sich lange vor Ablauf meines Dienstagsultimatums melden, muss es ein Ja sein.«

»Ich habe großen Respekt vor Ihrem Dienstagsultimatum. Nachdem Sie das so festgelegt haben, würde eine wirkliche Lady niemals eine Einladung für Samstagabend annehmen. Nur – hatten Sie Dienstagmorgen oder Dienstagabend gemeint?«

»Kommt darauf an, wer fragt.«

Ich wickelte mir die Telefonschnur um den Finger. »Sie könnten sich ruhig ein bisschen erfreut anhören.«

»Ach, meine Schöne, wenn Sie wüssten, wie!«

»Hören Sie, weil ich Sie gerade dran habe: Wie gut haben Sie Ella Fisher gekannt?« Die gekappten Leitungen im Littauer waren kein Jux, sondern hatten etwas mit Ella zu tun. Und dieser Mann kannte sich in ihrer Welt besser aus als ich.

»Soll ich Ihnen aus meinem Tagebuch vorlesen?«

»Nichts dagegen, aber lieber wär's mir, wenn Sie mir sagen, warum Sie sich so oft mit der Studentendekanin in der Wolle hatten.«

Er seufzte. »Na schön, flirten können wir ja noch den ganzen Rest unseres Lebens. Kommen wir also zum ernsten Teil.« Er wurde eine Spur leiser. »Ich habe mich immer nur in meiner Eigenschaft als Studentensprecher mit ihr gestritten. Zu meinen Aufgaben gehört es nun mal, dafür zu sorgen, dass alle Studentenorganisationen einen angemessenen Anteil aus dem Spendentopf abkriegen. Das Problem war, dass Ella und ich uns nicht einig werden konnten, was angemessen ist und welche Voraussetzungen erfüllt sein mussten, um eine Gruppe offiziell anzuerkennen. Ich sag ungern was Böses über eine Schwester, aber diese Frau litt eindeutig unter Egomanie. Unbelehrbar und stur, auch wenn's um was ganz Belangloses ging.«

»Lindsey sagt, unsere Studenten hätten sich auch oft mit ihr gekabbelt.«
»Ja, sie konnte ganz schön biestig sein. Egal, worum's ging. Welche Räume benutzt werden durften und ob bei Partys Alkohol erlaubt ist und wie viele Doughnuts wir für das Begrüßungsfrühstück der Neuankömmlinge einkaufen dürfen. Geizig bis zum Gehtnichtmehr. Und paranoid. Es gab Gerüchte, sie habe ein Tonbandgerät im Schreibtisch versteckt, damit sie alle Gespräche mitschneiden kann.«
Ich erinnerte mich, dass ich heute so ein Gerät in ihrem Büro gesehen hatte. Aber es war kein Band drin gewesen.
»Hat es je Drohungen gegen sie gegeben?«, fragte ich.
»Weil sie keinen Alkoholausschank erlauben wollte? Das kann ich mir nicht vorstellen. Ich hab ihr hin und wieder angedroht, gleich in Tränen auszubrechen, aber das war's dann schon.«
Ob er je länger als zwei Minuten am Stück ernst sein konnte?
»Was wissen Sie über ihr Privatleben?«
»Nikki, Sie sind von Natur aus wissbegierig. Das gefällt mir. Unsere Kinder werden bestimmt Eliteuniversitäten besuchen.«
»Und Sie weichen unbequemen Fragen geschickt aus.«
»Nein, Sie verwirren mich lediglich durch Ihre Neugier. Worum geht's denn eigentlich?«
»Um nichts«, sagte ich so beiläufig wie möglich. »Ich komme nur mit allem besser klar, wenn ich über Ella nachdenke. Es kommt nicht alle Tage vor, dass jemand, mit dem man eng zusammengearbeitet hat, plötzlich stirbt.«
»Richtig. Ich tu mal so, als würde ich's Ihnen abkaufen. Ich hör immer wieder, dass Frauen Männer mögen, die groß und dumm sind. Wenigstens eins dieser Kriterien will ich erfüllen. Und um Ihre Frage zu beantworten: Ich weiß nichts über Ellas Privatleben. Aber ich wüsste zu gern mehr über Ihres.«
»Ach du meine Güte, wo ist bloß die Zeit geblieben? Ich muss unbedingt noch eine Dissertation durchsehen.« Ich nahm in-

nerlich ein bisschen Anlauf, bevor ich hinzufügte: »Danke, dass Sie mich wegen Samstagabend gefragt haben.«

»Stets gern zu Diensten. Träumen Sie heute Nacht von mir.«

Ich legte auf, ließ mich aufs Bett fallen und starrte nachdenklich die Zimmerdecke an. Keynes sprang mir auf den Bauch, ich kraulte ihm geistesabwesend den Kopf. Da flirtete ich doch tatsächlich mit einem Zwanzigjährigen. Und fand auch noch Spaß daran. Obwohl Dante Rosario wieder da war. Das muss man sich mal vorstellen.

Aber es schadet ja nichts, etwas in der Hinterhand zu haben.

sechs

Ein Wechselbad der Gefühle

Mittwochmorgen, sechs Uhr. Socken. Shorts. Sonnenaufgang? Noch Fehlanzeige. Hauptsache kein Regen. T-Shirt. Schuhe. Ach so, die Schnürsenkel. Bind ich später zu. Schlüssel. Gymnastik am Morgen ist eine tolle Idee. Bis dann der Wecker rappelt.

»*Hallo.* Frankenstein lässt grüßen«, sagte eine mürrische Stimme, als ich die Bennett Street überquerte und auf die Plaza vor dem Charles Hotel zuwankte. »Ich glaube, das wird ein wirklich lausiger Tag.«

»Dann frag ich mich, warum du überhaupt aufgestanden bist.«

Jessica Lieberman ist meine beste Freundin. Das ist der einzige Grund, warum ich mich vier Mal in der Woche zu diesem Martyrium schleppe. Aber manchmal genügt nicht mal das, um mich zu motivieren.

Wir kennen uns seit dem ersten Studienjahr im College. Während des zweiten hat Jess an der Sorbonne studiert. Als sie zurückkam, wurden wir unzertrennlich, aber dicke Freundinnen wurden wir erst im vierten Jahr. Was meiner Überzeugung nach etwas damit zu tun hatte, dass wir beschlossen, ordentlich angezogen herumzulaufen und uns ein intellektuelles Image zuzulegen, und wohl auch damit, dass wir uns beide unheimlich schlau und zu Höherem berufen vorkamen und anfingen, Verabredungen mit Männern zu treffen, die eigentlich so tolle Hechte waren, dass wir uns kaum Chancen bei ihnen ausrechnen konnten. Ja, gegenseitige Bewunderung und gemeinsame Ängste schweißen eben zusammen.

Es war das Jahr, in dem wir uns dieselben Untugenden angewöhnten: nächtelang an der Dissertation zu arbeiten, am nächsten Tag bis in den Mittag hinein zu schlafen, nachmittags um vier noch mal bei einem Nickerchen Kraft zu tanken, um dann nachts wieder unter dem Sternenhimmel im Hof unseres Wohnheims zu paffen und im Übrigen sämtliche alte Freunde links liegen zu lassen, weil wir so glücklich waren. Mit Jessica kann ich über alles reden, weil sie alle, sogar die peinlichsten, Irrungen und Wirrungen des Lebens mit mir geteilt hat.

Sie wartete auf der Bank vor dem Wellbridge Fitness Center, einer Fluchtburg für Yuppies, auf mich. Modisch stets auf dem Laufenden, trug sie ein purpurrotes Tank-Top und schwarze Bikershorts, das lange, gewellte dunkelbraune Haar war zu einem Dutt hochgeschlungen.

»Was ist los?«, fragte sie, als ich mich neben sie auf die Bank plumpsen ließ. »Normalerweise kommst du zu früh, und heute bist du auf die Minute pünktlich. Bist du krank?«

»Nein.« Ich drückte ihr zur Begrüßung den Arm. »Ist nur gestern ziemlich spät geworden. Gefällt mir, dein Tank.«

»DKNY. Und stell dir vor, sie hatten ihn in Rot.«

»Und wie war's auf der Konferenz?« Wir sahen zwei Männern in Shorts nach, die im Fitnessklub verschwanden, und signalisierten uns durch ein Nicken stummes Einvernehmen.

»'ne Menge jüdische Ärzte. Die üblichen blöden Fachsimpeleien, wer wen wann wie behandelt. Aber die Party Samstagnacht war schnuckelig.«

Jess ist in Hewlett Habor auf Long Island groß geworden und arbeitet jetzt im dritten Jahr als Ärztin in der Notaufnahme des Mass General Hospital, wo es sehr gepflegt zugeht. Daher reicht ihr Vokabular von hochgestochenen Formulierungen bis zu Schickimickienglisch.

»Hattest du das Schwarze oder das Champagnerfarbene an?«

»Das Schwarze. Sah stark aus.«

»Deine Mutter wird entzückt sein, dass da so viele potenzielle Ehemänner rumgewieselt sind. Wann warst du wieder da?«

»Gestern um Mitternacht. Sonst hätt ich dich angerufen. Und jetzt sag mir mal, was ich alles verpasst habe, während ich weg war.«

»Eine Menge. Komm, wir sind spät dran.«

Der vertraute Geruch von Chlor und Schweiß schlug uns entgegen, als wir den Klub betraten. Vor den Schließfächern herrschte Gedränge, daher plauderten wir, während wir unsere Tragebeutel verstauten, über Jessicas Wochenende. Und das alles inmitten wildfremder Frauen, die mehr oder weniger unbekleidet herumliefen. Als ich das erste Mal in den Klub gekommen war, hatte es mich umgehauen, wie ungezwungen sich alle gaben, aber inzwischen weiß ich es sehr zu schätzen, dass hier niemand zu ausladende Hüften oder zu dicke Schenkel hat und alle in schwesterlicher Verbundenheit ungeniert nackt rumhüpfen können, wenn ihnen danach zu Mute ist.

»Du hast was auf der Pfanne, so was rieche ich.« Jess setzte sich neben mich auf den Boden des Aerobicstudios. »Was gibt's? Schwingt McAllister wieder mal die Knute?«

»Natürlich, aber das ist ja nichts Neues. Offensichtlich hat sich's noch nicht bis zu ihm rumgesprochen, dass wir die Emanzipation und die Sklavenbefreiung hinter uns haben.«

»Warum spritzt du ihm nicht mal ein Wahrheitsserum und findest raus, was tatsächlich in seinem krausen Hirn vorgeht?« Sie kreuzte die Beine und fing mit Streckübungen an.

»Mit dem werd ich schon fertig. Das ist es nicht, was mir zu schaffen macht.« Ich umklammerte die Achillessehnen, begann mit Rumpfbeugen vorwärts und merkte, wie ich allmählich wach wurde. Dabei erzählte ich ihr, was sich in den letzten drei Tagen ereignet hatte. Als unsere Aerobictrainerin hereinkam und anfing, an der Musikanlage zu spielen, mussten wir uns mit gesenkter Stimme weiter unterhalten.

Jess massierte sich die Füße. »Du glaubst, jemand hat die Kabel vorsätzlich durchgeschnitten, weil er's auf Ella Fisher abgesehen hatte?«, fragte sie flüsternd.
»Kann sein. Ich weiß nicht, vielleicht bilde ich mir nur was ein.« Im Grunde kam mir die Vorstellung, dass sich ein Mörder im Littauer herumtrieb, selber etwas hysterisch vor. »Ich hab mich in ihrem Büro umgesehen, aber nichts Ungewöhnliches gefunden. Jedenfalls nichts, was tödliche Folgen haben könnte.«
»Na ja, das alte Mädchen war nicht besonders beliebt, oder? Hat sie nicht eine Menge Leute verprellt?«
»Ja, sicher. Aber genügt das, um sie umzubringen? Ich glaube nicht, dass jemand sie so gehasst hat.«
»Dazu gehört nicht viel, meine Liebste. Zu uns in die Notaufnahme kommen Leute, die wurden angeschossen, nur weil sie komisch geschaut haben. Du machst dir keine Vorstellung, was es alles gibt.«
»Komm, Jess«, wiegelte ich ab, »wir sind in Cambridge, nicht im Süden von Boston.«
»Na gut, Sherlock, gehen wir mal davon aus, dass der Mörder es nicht auf Ella abgesehen hat. War vielleicht hinter jemand anderem her und hat sich im Dunkeln geirrt. Hast du nicht gesagt, euer Präsident wäre auch da gewesen?«
»Ja, aber er war die ganze Zeit über im Erdgeschoss.«
»Nehmen wir an, jemand hätte vorgehabt, sich auf ihn zu stürzen, sobald das Licht ausgeht. Aber dann ist Ella die Treppe runtergestürzt, und das hat ihm die Tour vermasselt.«
Ich schüttelte den Kopf. »Unwahrscheinlich. Leo hatte sich nicht angekündigt, er ist ganz überraschend aufgetaucht.«
»Du glaubst doch wohl nicht, dass einer wie Barrett so was spontan tut? Ich wette, seine Mitarbeiter wussten lange im Voraus davon.«
»Trotzdem, wer hätte ihm was antun sollen? Er wird von allen verehrt. Na gut, sagen wir: Die Studenten verehren ihn.«

»Aber dein Chef, zum Beispiel, hasst ihn?«
»Ian ist nur neidisch. Er ist gegen Leo, seit der Präsident geworden ist. Und das scheint immer schlimmer zu werden. Vor kurzem hat er mich tatsächlich gefragt, ob ich auch fände, dass seine Frau Connie hübscher sei als Torie Barrett.«
»Da hast du dich hoffentlich auf den fünften Zusatz zur Verfassung berufen. Bei solchen Fragen geht man besser auf Tauchstation.«
»Das kann ich nicht, dafür hat Leo zu viel für mich getan. Er hat mich in dieses hochrangig besetzte Crimson Future Committee berufen und findet bei Besprechungen immer ein paar persönliche Worte für mich. Nicht zu vergessen, dass er mich damals zum Dinner eingeladen hat. Du weißt schon: der Abend, an dem auch Tom Brokaw da war.«
Jess nickte. »Und denk mal: Das verdankst du alles mir.«
»Ich weiß, ich weiß – du warst's, die mir zugeredet hat, ich solle ihn anrufen, als er einen Co-Autor für diesen Artikel gesucht hat. Kaum zu glauben, dass das erst drei Jahre her ist.«
»Ich wusste von dem Juradozenten, mit dem ich damals gegangen bin, dass ihr euch ideal ergänzt. Weil ihr beide dieses rätselhafte Faible für Wirtschaftsrecht habt. Was ich allerdings, um auch das mal loszuwerden, nicht nachvollziehen kann.«
»Und ich hab dir erst eine halbe Million Mal dafür gedankt, dass du mich vorgeschlagen hast. Aber wer zählt da schon mit? Er ist wirklich aufregend – so klug und so scharmant ...«
»Und so sexy! Wie er immer an dich ranrückt, wenn du ihn etwas fragst, und dir in die Augen blickt, wenn er antwortet.«
»Nun mach aber 'nen Punkt. Er ist unser Präsident und keine männliche Barbiepuppe.«
»Oh, das hört sich ja an, als müssten Männer sich Sorgen machen, dass wir sie irgendwann nicht mehr ernst nehmen, weil sie so niedlich sind? Also, was hat Ian für ein Problem mit ihm?«

»Er glaubt, Leo hätte nicht das Format für einen Harvardpräsidenten.«
»Ach, hör auf!«
»Das stimmt. Ich hab's selber gehört. Tausendmal hab ich das gehört. ›Er ist ein mediensüchtiger Blender. Ein Bonvivant. Ein Schürzenjäger. Wie kann so ein Mann eine altehrwürdige Institution wie Harvard leiten?‹ Als wär's ein Makel, dass Leo, im Gegensatz zu seinen Amtsvorgängern, kein waschechter Neuengland-Abkömmling ist.«
»Was ist er eigentlich – Portugiese? Ich meine, weil er diese schwermütigen dunkelbraunen Augen hat?«
»Er selber bezeichnet sich als Promenadenmischung. Der *Crimson* hat neulich eine Kurzbiografie von ihm gebracht, da hieß es, glaube ich, dass sein Vater aus Irland nach Brasilien ausgewandert ist und dort Leos Mutter kennen gelernt hat. Und als Leo unterwegs war, sind sie dann in die Vereinigten Staaten eingewandert. Er ist, glaube ich, in Philadelphia aufgewachsen. Später – und das weiß ich genau – hat er sich die ersten Sporen am City College in New York verdient, bis er an die Rechtsakademie der Harvard berufen wurde. Na ja, und jetzt ist er unser Präsident. Eine Karriere, die einem Hoffnung macht. Ian ist nur sauber, weil er selbst Ambitionen hat.«
»Mhm«, machte sie. »Wie stark sind die?«
In diesem Augenblick baute sich die Aerobiclehrerin an der Stirnseite des Studios auf, und das hieß, dass wir unsere Unterhaltung einstellen und auf die Beine kommen mussten. Das Training bei ihr war das reinste Vergnügen, sie brachte uns selbst bei den Liegestützen zum Lachen, und die sind nun wirklich kein Zuckerlecken. Am Schluss fühlte ich mich entspannt und auf angenehme Art erschöpft.
»Das war's«, rief sie, als die Musik allmählich getragener wurde, »durchatmen und ausschütteln.«
»Hey, wo willst du hin?«, protestierte ich, als Jess sich anschick-

te, in Richtung Umkleideraum zu verschwinden, »wir haben noch die Hantelmaschine vor uns.«
»Herzchen«, stöhnte sie, »ich muss in fünfundvierzig Minuten im Krankenhaus sein, ich hab keine Zeit mehr.«
»Wir haben ausgemacht, dass wir uns die Zeit *nehmen*. Muss ich dich daran erinnern, dass das Hanteltraining der letzte und entscheidende Schritt auf dem Weg zur Feministin ist?«, fragte ich vorwurfsvoll, während sie widerwillig neben mir auf die Bizepstrainer zutrottete.
»Ja, ich weiß. Dann gibt's nichts mehr, wofür wir einen Mann brauchen. Nicht mal zum Dosenöffnen.« Sie verdrehte die Augen.
»Oh, da wir gerade von Männern reden – rate mal, wer bei mir unten einzieht.«
»Ich passe. Wer denn?«
»Dante Rosario.«
»So – nun wird's Zeit, die Kurve zu kratzen.«
»Tja, wenn das so einfach wäre, aber …«
»Nein, ich meine, lass uns abhauen. Das mit Dante ist großartig, ich kann's gar nicht fassen.« Sie lachte, als fände sie's tatsächlich großartig. Und das konnte ich nun wieder nicht fassen.
»Hast du überhaupt zugehört? Er zieht in die Wohnung unter mir ein. In einem Haus mit mir.«
»Na und? Er ist ja kein Unmensch. Wann ist er aus Kalifornien zurückgekommen?«
»Woher soll ich das wissen? Ich hab zum letzten Mal vor sechs Jahren mit ihm gesprochen.«
Sie musterte mich einen Augenblick lang stumm, dann breitete sich ein gemeines Grinsen auf ihrem Gesicht aus. »Oh mein Gott. Die Sache geht dir an die Nieren, wie?«
»Nein, absolut nicht.«
»Du fragst dich, wie er wohl jetzt aussieht.«

»Natürlich, das schon. Du etwa nicht? Aber das bedeutet noch lange nicht, dass mir irgendwas an die Nieren geht.«
»Du fährst wieder voll auf ihn ab. Das spüre ich.«
»Nein, tu ich nicht. Er hat vermutlich einen Schmerbauch und eine Halbglatze. Außerdem habe ich einen anderen kennen gelernt. Toller Bursche. Schwarzer, Student an der juristischen Fakultät, sieht blendend aus. Und flirtet wie der Teufel.«
»Was? Ich bin drei Tage weg, und schon regnet's Männer?« Sie ließ sich an einem Gerät nieder, das irgendein Sadist ausgetüftelt hatte – angeblich zur Stärkung der Brustmuskulatur.
»Na ja, einen kleinen Zinken hat die Sache.«
»Verheiratet?« Sie schüttelte mitfühlend den Kopf.
»Wo denkst du hin? Nein, er ist erst zwanzig.«
»Mädchen, wenn's um Männer geht, bist du so was von *meschugge,* das gibt's gar nicht. Hast du denn überhaupt nichts von mir gelernt?«
Nein, offenbar nicht.

In meinem Ökonomiekurs hatten sich allmählich die unvermeidlichen Gruppen gebildet. Ich hatte es mit einem sauber in Liberale, Konservative und Gemäßigte aufgeteilten Auditorium zu tun, als wir David Ricardos Arbeitswerttheorie diskutierten, daher war es kein Wunder, dass es hoch herging. Was bei mir wehmütige Erinnerungen an eine Zeit weckte, in der ich noch geglaubt hatte, unterrichten zu dürfen, sei ein Traumberuf.
Erfrischt von einem forschen Fußmarsch, eilte ich, immer zwei Stufen auf einmal nehmend, die Steintreppe vor dem Littauer hinauf und wollte mit entschlossenem Schritt die Lobby durchqueren. Aber da sah ich auf einmal Dante Rosario und blieb wie angewurzelt stehen.
Er kam die geschwungene Treppe herunter – die, auf der Ella gestürzt war – und sah aus wie Michelangelos David, nur, dass er sich bewegte. Sein glänzendes dunkelbraunes Haar war

mittlerweile an den Schläfen mit Silbergrau bestäubt, aber das Gesicht war noch immer dasselbe: markant, intelligent, dunkelbraune Augen, kräftig ausgebildete Wangenpartie, sinnlich weicher Mund. Auch an seiner Art, sich zu kleiden, hatte sich nichts geändert: abgetragene Jeans, schwarzes T-Shirt mit Rundkragen und eine abgewetzte schwarze Lederjacke.
Für einen ausgemachten Windhund sah er unglaublich attraktiv aus.
Ich war hinlänglich vorgewarnt und hätte eigentlich auf eine Begegnung mit ihm gefasst sein müssen, aber als er so mir nichts, dir nichts vor mir stand, fühlte ich mich absolut unvorbereitet. Ehe ich an schnellen Rückzug denken konnte, hatte er mich bereits entdeckt.
»Nik? Hab ich doch gewusst, dass du das bist.«
So hatte ich mir unsere Begegnung nach so vielen Jahren absolut nicht vorgestellt. Nachdem es zwischen uns aus gewesen war, hatte ich mir – Gott weiß wie oft – ausgemalt, dass wir uns eines Tages wieder trafen, aber der Schauplatz meiner Fantasien war Manhattan gewesen. Ich stieg im Chanel-Kostüm, schwarze Pumps an den Füßen, unter dem Arm die Unterlagen über meinen letzten Verkaufsabschluss, an der Park Avenue aus einer Limousine, und er stand auf dem Gehsteig – der verbummelte Student, mit tiefen Geheimratsecken und einer stattlichen Wampe – das heulende Elend. Unsere Blicke trafen sich, ich las in seinen Augen Bereuen und sinnliches Begehren. Ich aber wandte mich ungerührt ab und stöckelte ins Four Seasons, wo ich den Lunch zu nehmen gedachte. Stattdessen stand ich nun in einem im Secondhandshop gekauften, zwei Jahre alten Jackenkleid vor ihm, mein Lunch bestand aus dem eingewickelten Sandwich in meinem Rückentragetäschchen, und Dante sah keineswegs wie das heulende Elend aus.
»Unsere Investmentbankerin ist also zu ihren Wurzeln zurückgekehrt«, sagte er mit widerlich fröhlichem Grinsen. Ich stählte

mich innerlich gegen die Flut der Erinnerungen, die der bloße Klang seiner Stimme in mir auslöste. »War mir schon zu Ohren gekommen, dass es dich zurück nach Cambridge gezogen hat.«

»Ja, das Angebot, zum Dozentenkollegium der Harvard zu gehören, war zu verlockend, als dass ich widerstehen konnte. Und du bist auch wieder da, zurück aus – was war's gleich? – Berkeley?«, fragte ich, obwohl ich genau wusste, dass er an der Stanford gewesen war.

»Stanford«, korrigierte er, aber im leichten, selbstbewussten Tonfall eines Mannes, der sicher ist, dass seine Exflamme sich auf dem Laufenden gehalten hat. »Ich weiß, diese kalifornischen Unis hören sich nach einer Weile eine wie die andere an.«

»Stimmt. UCLA, SMU, Cal Tech – und was weiß ich.«

»Die SMU ist in Texas«, sagte er mit nachsichtigem Lächeln. Er schien die Situation sehr zu genießen. »Du kommst nicht viel herum, wie?« Seine Hand fuhr spielerisch über das Revers meines Jacketts, und irgendwie brachte er es, ebenso spielerisch, fertig, mich dabei ein Stück näher an sich heranzuziehen. »Trägst aber, wie ich sehe, noch immer diese todschicken Fummel.«

»Nun, es ist eben was Zeitloses.« Ich hätte ihm an die Gurgel gehen können. Also gab's eigentlich keinen Grund, dass mein Herz so raste.

»Ich hab mitbekommen, dass wir Nachbarn sind. Im Littauer und zu Hause.« Wenigstens ließ er endlich mein Revers los. Hoffentlich machte mein Blick deutlich, wie wenig Begeisterung das bei mir auslöste. »Ja. Es gibt wahrhaftig genug Straßen und Häuser in Cambridge, aber nein, du musstest ausgerechnet in meins einziehen.«

»Na, bei dem Stundenplan, den ich hier habe, werden wir uns wahrscheinlich ohnehin kaum sehen.« Und so was sagte er mir in unverschämt gleichgültigem Ton ins Gesicht.

Gut, sahen wir uns eben nicht.
Ich schielte auf meine Uhr. »Tja – war schön, dich wieder zu treffen. Ich hab noch was mit jemandem zu besprechen. Hoffentlich erwisch ich ihn noch vor Feierabend.«
»Augenblick.« Er fasste mich am Arm. »Lass uns, ehe du wegrennst, rasch noch verabreden, wann wir uns sehen. Vielleicht bei einem Becher Kaffee.«
»Hmmm.« Ich versuchte, Zeit zu gewinnen. »Wann?«
»Wie wär's mit heute Abend?«
»Tut mir Leid, heute Abend bin ich schon verabredet.« Wieder ein Punkt für mich. Ich hatte doch geahnt, dass sich Alix Coyle irgendwie als nützlich erweisen würde.
»Und morgen? Wir könnten ins Café Algier gehen.«
Ins Algier? Zurück an den Ort des Verbrechens?
»Donnerstag ginge es«, sagte ich gönnerhaft.
»Großartig. Wir treffen uns um halb neun im Algier. Bis acht hab ich noch ein Seminar.«
Dann ging er, und ich konnte wieder normal atmen. Das hatte mir gerade noch gefehlt. Ein Abend mit ihm. Und ausgerechnet im Algier.
Aber Dante Rosario hatte während der letzten acht Jahre ein Stück von meiner Seele mit sich herumgeschleppt. Es wurde Zeit, dass ich's mir wiederholte.

Kurz nach acht kam ich bei Ella Fishers Apartment, in der Francis Street gelegen, ein paar Kreuzungen oberhalb des Theologischen Seminars, an. Die Gegend kannte ich von gelegentlichen Spaziergängen her: alte, wunderschön renovierte Häuser, eingebettet in eine besonders im Herbst zauberhafte Landschaft. Ich fing jedes Mal von dem Tag zu träumen an, an dem ich vielleicht so ein viktorianisches Haus mein Eigen nennen durfte. Ellas Wohnung lag in einem dreistöckigen ehemaligen Stadthaus. Ich watete durch die raschelnden rostbraunen Blätter, die nicht mehr lange brauchten, bis sie den ganzen Gehweg zugedeckt hatten, und klingelte an der Tür, aber drin rührte sich nichts.

»Hey, wie geht's?«, rief mich eine kehlige Stimme, in der ein leichter Texas-Slang mitschwang, aus der Dunkelheit an, und als ich mich umwandte, sah ich mich einer gertenschlanken Blondine mit haselnussbraunen Augen gegenüber, die mich neugierig musterte – Alix Coyle. In braunen Cowboystiefeln, einer roten Flanellweste über dem weißen T-Shirt, verblassten Jeans und mit einer Zigarette zwischen den Fingern. Neben ihr ein etwas zu groß geratener sibirischer Husky mit hellen, wachen Augen.

Der Marlboroman, als Frau verkleidet, dachte ich unwillkürlich.

»Jetzt weiß ich, wo ich Sie hinstecken muss«, sagte sie, während sie auf mich zukam. »Orchestersessel, Seitengang H rechts, stimmt's?«

»Ja, das bin ich.« Ich lachte. »Und das ist Diana, nehme ich an.« Was der Hund mit lautem Bellen bestätigte.

»Richtig. Diana, die Göttin der Jagd, nicht wahr?« Sie tätschelte Diana den Kopf. »Sag guten Tag. Na, mach schon, ist alles in Ordnung.«

»Darf ich sie streicheln?«, fragte ich. In Anbetracht der gut und gern hundert Pfund Muskeln, auf die es Diana brachte, hielt ich es für besser, vorher zu fragen.

»Was meinst du, Miss D.?«, wandte Alix sich ganz ernsthaft an den Hund. Diana zögerte kurz, dann bellte sie abermals.

»Sie hat's nicht leicht gehabt«, erklärte mir Alix, »deshalb müssen wir's langsam angehen lassen. Ich hab sie in einem Tierasyl aufgelesen. Es ist neu für sie, dass sie selber entscheiden kann, wer sie anfasst.« Als sie sich bückte, um Diana zu beruhigen, sah ich das auf dem T-Shirt aufgedruckte Euripides-Zitat. »Eine Frau ist die natürliche Verbündete jeder Frau.« Weil das den

Nagel auf den Kopf traf und wir folglich Verbündete waren, traute ich mich, Diana den Kopf zu kraulen. Und danach machten wir uns zu dritt auf den Weg in Ellas Apartment.

Ich war ein wenig verblüfft und enttäuscht, als ich die Diele und das Wohnzimmer sah: geschmackvoll, aber seelenlos eingerichtet. Als hätte sie, um bloß nichts über sich selbst zu verraten, das Ganze so gekauft, wie es im Möbelhaus aufgebaut war. Die Wände in gebrochenem Weiß, eine Couch in blassem Pink, dazu passend die Sessel und ein zweisitziges Sofa, ein Couchtisch à la Katalogseite 08/15, ein Wandregal mit wenigen Büchern, etliche Plattenalben und ein paar Bilder, eine alte Stereoanlage und ein Kassettenrekorder, ein Webteppich. Nur, irgendeine persönliche Note suchte ich vergebens.

Auf dem Weg in die Küche fragte ich Alix: »Wie haben Sie Ella eigentlich kennen gelernt?«

»Sie kam regelmäßig ins ART. Blieb nach der Vorstellung noch eine Weile, um mit uns Schauspielern ein Schwätzchen zu halten. Dabei merkten wir, dass wir uns mögen.«

Irgendwie hatte Ella es fertig gebracht, in der handtuchartig geschnittenen Küche einen kleinen Tisch und vier Stühle unterzubringen.

»Wollen Sie was essen?«, fragte Alix. »Ich hab einen wahren Heißhunger.« Sie öffnete den Kühlschrank.

»Ja, gern«, sagte ich.

»Da hab ich wohl zu früh frohlockt«, murmelte Alix, während sie in den Fächern herumkramte. »Nichts als öde Leere.«

Ich sah ihr über die Schulter. Der Kühlschrank enthielt eine Flasche Apfelsaft, einen Sechserpack Cola light, ein paar verwelkte Spinatblätter, drei fettarme Jogurts, eine Packung Weizenkleie und eine Flasche Champagner.

»Ach so, sie war ja auf Diät. Hatte ich ganz vergessen. Makrobiotisch oder so was.«

»Und im Tiefkühlfach?«, fragte ich hoffnungsvoll.

Ebbe. Drei fettreduzierte Fertiggerichte, eine Dose Himbeersorbet und ein Beutel mit Eiswürfeln. In den Küchenregalen sah es genauso spartanisch aus: Kaffee, Haferflocken und ein Beutel ungesalzene Erdnüsse. Zu guter Letzt wurden wir dann doch noch fündig, denn ganz hinten hatte Ella, allen guten Vorsätzen zum Trotz, ein Paket doppelt gefüllter Plätzchen versteckt – leider schon zu drei Vierteln aufgefuttert.

»Die putzen wir weg«, sagte Alix, »und wenn wir hier fertig sind, gegen wir irgendwo einen Happen essen.«

Ich nickte zustimmend.

»Auch was zu trinken? Cola light hat sie da. Obwohl, mir ist die echte lieber.«

»Also, ich nehme eine.«

»Nicht zu fassen«, grollte Alix, »hier könnte man glatt verhungern. Ausgerechnet bei Rosezella Fisher! Das Mädchen konnte nämlich kochen, bei ihr war immer alles im Haus …« Sie brach abrupt ab. Ich sah, dass sie sich verstohlen eine Träne aus den Augenwinkeln wischte. »Sie fehlt mir so«, sagte sie anrührend schlicht, um gleich darauf den Kopf über sich selber zu schütteln. »Sie müssen denken, warum, zum Teufel, sitz ich hier rum und hör mir das Gejammer einer alten Heulsuse an, wo's mir doch bloß um ein paar Unterlagen geht?«

»Nein, überhaupt nicht …«

»Kommen Sie, ihr Computer steht oben.« Alix verschanzte sich hinter einem brüsken Ton. »Vom Heulen wird's auch nicht anders.«

Im Obergeschoss der Maisonettewohnung hatte Ella sich als Refugium ein Studio eingerichtet, mit der Couchecke vor dem Fernseher und der Arbeitsecke mit dem Computer. Auf einem Beistelltisch welkte ein Strauß Rosen vor sich hin. Das kleine Zimmer wurde dominiert von einem großen Gemälde, auf dem eine schlafende, unbekleidete Schwarze zu sehen war, auf dem Bett ausgestreckt, die Decke bis zu den Hüften hinuntergeschoben. Hinter ihr stand ein ebenfalls nackter Schwarzer am Fenster, den Blick gedankenverloren ins Nichts gerichtet. Der Gesichtsausdruck der Frau verriet, wie angewidert und verletzt sie sich fühlte. Das Bild war die Verneinung der romantischen Liebe, die ultimative Absage an alle Männer.

»Und ich dachte immer, *ich* sei verbittert«, murmelte ich und hoffte, Alix damit ein Lächeln zu entlocken.

»Sie hat sich's nach ihrer Scheidung gekauft«, erzählte mir Alix. »Mich erinnert der Typ immer an Bud, meinen Exmann. Dieselbe Physiognomie. Großes Maul und nichts dahinter. Hühnerkacke auf zwei Beinen.«

»Wo steckt Bud jetzt?«, fragte ich, während ich mich vor dem Computer niederließ.

»Immer noch unten in Muleshoe in Texas, wo ich ihm weggelaufen bin. Ich hab gehört, dass er mit seiner Tankstelle baden gegangen ist und jetzt in einer Raffinerie Nachtschicht schiebt. Angeblich spart er für 'ne kleine Baumwollfarm.«

»Muleshoe?«

»Hübsches kleines Nest in Westtexas. Meine Heimatstadt.«

»Hört sich irgendwie fröhlich an.«

»Kommen Sie mir nicht auf die herablassende Tour, Miss Harvard! In Muleshoe lässt sich's leben, wenn jemand Spaß dran hat, zu reiten, Traktor zu fahren und sonntags in die Kirche zu gehen. Ein Stück vom Rückgrat Amerikas.«

»Warum sind Sie dann nicht dort geblieben, Marlborogirl?«

Alix lachte rau. »Weil's da keine Zukunft gab, es sei denn, ich hätte Lust gehabt, wie meine Mutter an Allsup's Ladenkasse oder wie meine Tante Fay daheim am Herd zu versauern. Ich hatte mir aber was anderes in den Kopf gesetzt. Und als Tante Fay mir dann auch noch zugeredet hat, ich solle schlau sein, einen Rancher heiraten und mir ein schönes Leben machen, hab ich mich in den nächsten Greyhound geschwungen und war weg. So wie ich hier weg bin, sobald meine Agentin mal ihren faulen Arsch bewegt und mir ein festes Engagement in New York besorgt.«

»Und wie war Ellas Mann?«

»Isaiah Fisher? Ein Arschloch.«

»Warum sagen Sie so was?«

»Ike treibt sich immer noch in Cambridge rum, betreibt einen Buchladen und eine Kunstgalerie. Der und Kunst – meine Fresse! Wie 'n sturer alter Steinbock, der nicht weiß, wann's Zeit ist, einzupacken und sich zu trollen. Wie soll ich so 'nen Kerl nennen, wenn nicht Arschloch?« Sie sah plötzlich verdrossen aus.

»Sie sind nicht so 'n sturer alter Steinbock, oder doch?«

»Nein. Eine Gämse.«

Sie schnaufte erleichtert. »Ja, das passt eher zu Ihnen. Ich hab Ella immer in den Ohren gelegen, sie soll wieder ihren Mädchennamen annehmen. Wollte sie aber nicht. War zu sehr an Fisher gewöhnt. Eingefahrene Gleise, Sie wissen ja.«

»Hatte Ella einen festen Freund?«

Alix schüttelte den Kopf. »Wir beide haben stundenlang über unsere Ex-Ehemänner gegeifert und hin und wieder überlegt, wie wir uns einen Kerl ins Bett holen können. Damit hatte sich's. Egal, was über Ella und Barrett geredet wurde.«

»Über die beiden wurde viel geredet.«

»Das war's ja, was mich zur Weißglut gebracht hat. Sie hatte sich für diesen Mann den Buckel krumm gearbeitet und ihm zu einer tollen Karriere verholfen. Dafür hat er sie belohnt, sonst für gar nichts. Dieses ganze Gequatsche, als gäb's keinen anderen Weg nach oben als durchs Bett vom Chef. Männer sind manchmal solche Schweine.«

Mir lag's auf der Zunge, dass manche Frauen sich auch ganz gut darauf verstehen, die Gerüchteküche brodeln zu lassen. Andererseits, was hätte das bewiesen? Dass Frauen auch zur Familie der Schweine gehören können?

Alix stand auf. »Legen Sie los und hacken Sie auf dem Computer rum. Ich weiß leider nicht, wie man so ein Ding anschmeißt, ich fang lieber zu packen an.«

»Keine Sorge, ich komm schon zurecht.«

Alix ging nach unten, ich schaltete den Computer an. Während der Startphase kramte ich schnell die Schubladen unter dem Computertisch durch und stieß sofort auf einen Stapel Disketten. Auf dem Aufkleber der dritten stand ›Crimson Future‹.

Ich legte die Diskette ein, öffnete sie – und siehe da, auf dem Bildschirm erschienen die Tabellen, nach denen ich gesucht hatte. Außerdem waren einige Briefe und Memos auf der Diskette abgespeichert. Ich wollte schon nach einer leeren Diskette langen, um alles darauf zu kopieren, als mir klar wurde, dass ich genauso gut Ellas Diskette mitnehmen konnte, sie brauchte sie ja nicht mehr.

Da Alix unten zu tun hatte, nutzte ich die Gelegenheit, mich ein wenig in Ellas Schlafzimmer umzusehen, das in Höhe der halben Treppe lag. Das Bett war ungemacht, Kleidungsstücke lagen herum, in der Luft hing noch der Duft von Körperpuder oder Parfum. Ich fing mit dem Nachttisch an, weil auch ich meine kleinen Geheimnisse dort aufbewahre, und fand ein Dutzend Streichholzbriefchen mit Werbeaufdrucken diverser Restaurants rund um Cambridge, ein Diaphragma, das aussah, als sei es lange nicht benutzt worden, und einen kleinen Schlüssel, der zu einem Bankfach gehören konnte. Ich steckte ihn ein – nur so für alle Fälle. Im Badezimmer das übliche Sortiment von Duftwassern, Krems und Make-up-Zubehör, ohne das berufstätige Frauen nun mal nicht auskommen.

Und zwei Zahnbürsten, beide staubtrocken. War eine davon als Reserve gedacht, oder hatte es doch jemanden gegeben, der gelegentlich über Nacht blieb? Alix glaubte zwar, Ella habe keinen Lover gehabt, aber musste sie denn unbedingt Bescheid gewusst haben, wenn zwischen Ella und Leo Barrett etwas gelaufen war?

Nachdenklich ging ich nach unten, bevor Alix womöglich misstrauisch wurde. Sie saß in der Küche, sah die angesammelte Post durch und plauderte dabei mit Diana.

»Ich hab die Diskette gefunden«, verkündete ich.

»Großartig.«

»Kann ich Ihnen irgendwie helfen?«

»Ja, Sie können die Magazine und Zeitungen da drüben zur Recyclingtonne bringen.«

»Hat Ella eigentlich mal was über das Crimson Future Committee erzählt?«, fragte ich, während ich die Ausgaben von *Essence, Ebony* und *Working Woman* zusammenlas und aufeinander stapelte.

»Wenn, dann nur, um über euch zu schimpfen. Das heißt, über Sie nicht. Aber diesen Kerl – wie heißt er noch mal, McAllister? –, den hat sie gehasst.«

»Gehasst? Ian McAllister?«

»Ja, der wusste anscheinend, welche Knöpfchen er drücken muss, damit sie sich in diesem Komitee wie Ballast vorkam. Wie sie's dargestellt hat, muss der Bursche es regelrecht darauf angelegt haben, sie fertig zu machen.«

»Na ja, er hat eine scharfe Zunge. Aber Ella hat es ihm regelmäßig zurückgegeben. Das schien ihr sogar Spaß zu machen.«

»Spaß? Da kennen Sie sie schlecht. Sie war sich ihrer selbst nicht sicher, besonders unter euch Harvardtypen. Sie wollte eine von euch sein, wusste aber nicht, wie sie's anstellen soll. Sonst hätte sie sich von Barrett nicht diese Sekretärin aus der Highsociety aufdrängen lassen.«

»Meinen Sie Lindsey Wentworth?«

»Ja, Prinzesschen Lindsey.«

»Ich hab sie gestern kennen gelernt. Sie ist ganz außer sich wegen Ellas Tod.«

Alix zuckte die Achseln. »Im Grunde ein braves Kind. Hat Ella angehimmelt, und das war Balsam für Ellas Ego. Ella hat ihr oft

Geschichten aus ihrer Kindheit im Süden erzählt, und die Lindsey hat dagesessen und große Kulleraugen gemacht. Ella, hab ich zu ihr gesagt, erzähl der Kleinen nicht mehr, als sie verkraften kann, aber sie hat nur gesagt, dass Lindsey solche Geschichten für ihr Leben gern hört.«

»Ella hat wohl eine Menge dazufantasiert, oder?«

Alix lachte. »Ja, das hat sie. Das hatte so eine Art Selbstschutzfunktion für sie. Sie war wie eine Schildkröte: außen ein harter Panzer, innen nichts als weiche Masse. Sie hätte das Leben und sich selbst mehr genießen müssen.«

»Ich dachte immer, das tut sie?«

»Das war mal so. Aber am Ende, vor ihrem Tod, muss es irgendwas gegeben haben, das ihr sehr zugesetzt hat.«

»Ach ja?«, fragte ich so beiläufig wie möglich.

»Ich weiß nicht, was es war, aber es muss wohl um Geld gegangen sein.«

»Hat sie mit Ihnen darüber gesprochen?«

»Nicht direkt. Aber sehen Sie sich das an.« Sie fing an, in dem Wust von Papieren auf dem Küchentisch zu wühlen, und förderte ein Scheckheft in einer blauen Kunststoffhülle zu Tage.

Ich überflog die Eintragungen auf dem Kontrollblatt. Allein innerhalb der letzten beiden Monate drei größere Abbuchungen, zwei über 3000 und eine über 3500 Dollar, selbst in ihrer Position viel Geld, jedenfalls nach den Maßstäben der akademischen Welt. Wofür hatte Ella so viel ausgegeben? Das Kontrollblatt umfasste den Zeitraum von etwas mehr als einem Jahr. Schecks in solcher Höhe hatte es früher nicht gegeben. Offenbar war Ella äußerst diszipliniert mit ihren Kreditkarten umgegangen, es sei denn, sie besaß noch ein anderes Konto. Dieses war jedenfalls nur mit ein paar Schecks zur Deckung der Visacard und hin und wieder für größere Einkäufe belastet worden. Bei den Gutschriften sah es genauso ordentlich aus: alle zwei Wochen ein Gehaltsscheck und hin und wieder

eine Einzahlung mit dem Vermerk ›Rückerstattung von Auslagen‹.
Erst in den letzten beiden Monaten ihres Lebens gab es größere Ausgaben.
»Was meinen Sie, was diese Abbuchungen zu bedeuten haben?«, fragte ich Alix.
»Sie sind die schlaue Professorin, ich hab nicht die leiseste Ahnung.«
Mir ging es genauso. Aber ich war entschlossen, es herauszufinden.
Als uns eine Stunde später der Magen in den Kniekehlen hing, brachen wir auf zu Young und Yee, einem Chinarestaurant im Harvardviertel, von dem Alix in den höchsten Tönen schwärmte. Diana hatte ihr Abendessen schon bekommen und schlief friedlich in der Küche. Die Francis Street lag um diese Zeit still und menschenleer da, sodass wir automatisch auch in Schweigen verfielen. Über unseren Köpfen raschelte der Wind in den Bäumen, unter unseren Füßen das Herbstlaub.
Plötzlich schwere, schnelle Schritte hinter uns. Ich merkte, wie jemand an mir vorbeihuschte und Alix am Arm packte.
»Okay, du Schlampe, wir können's auf die sanfte oder auf die harte Tour spielen, ganz wie du willst.« Ein fetter, dunkelhäutiger Bursche, über eins achtzig groß, wirbelte Alix herum und zwang sie, ihn anzusehen. Alles ging so schnell, dass ich es nur wie eine Momentaufnahme in Schwarzweiß mitbekam.
»Hey, was wollen Sie?«, rief ich in hilfloser Verblüffung.
Er ignorierte mich und packte Alix' Arm noch fester.
»Nehmen Sie meine Brieftasche und ziehen Sie Leine«, versuchte ich den Kerl abzuwimmeln, wahrscheinlich, weil ich hoffte, auf die Weise am glimpflichsten davonzukommen.
Alix sagte gar nichts, sie nagelte ihn nur mit Blicken fest.
»Und du? Was hast du anzubieten, Bühnenmieze?«
Bühnenmieze? Kannten sich die beiden?

Das Gesicht des Riesen schwebte dicht über dem von Alix. Die fackelte nicht lange, spuckte ihm ins Gesicht und fauchte: »Reicht das, du Idiot, oder willst du noch mehr?«
Der Hüne knurrte wie ein gereizter Hund. »Das kriegst du zurück!« Seine Hand tauchte in die rechte Jackentasche. Himmel, langte er etwa nach einer Waffe?
Alix wartete nicht ab, bis er fündig wurde, sie riss das Knie hoch, traf ihn zwischen die Beine und wand gleichzeitig ihren Arm frei.
Der Bursche kippte wie ein Mehlsack nach hinten, fummelte aber weiter in der Tasche herum.
»Alix, komm!«, schrie ich und drehte mich um, weil ich's für das Beste hielt, schleunigst abzuhauen.
Aber Alix war noch nicht mit ihm fertig. Diesmal zielte ihre Stiefelspitze auf seine Lippe, die sofort zu bluten anfing. Der Straßenräuber hörte auf, nach der Waffe zu suchen, und nahm seine Fäuste zu Hilfe. Ein Hieb mit dem Handrücken brachte Alix zum Taumeln, dann war er blitzschnell über ihr, packte sie mit beiden Händen am Hals und drückte zu.
»Hilfe! Lass sie los, du Mistkerl!«, schrie ich. Ich zerrte an seiner schweren braunen Lederjacke, dann wollte ich ihm meinerseits an die Kehle gehen, merkte aber rasch, dass mir dazu einiges an Körpergröße fehlte. Alix bearbeitete ihn weiter wild mit der Stiefelspitze, was immerhin darauf schließen ließ, dass sie noch nicht kurz vor dem Erstickungstod stand.
Und in dem Augenblick tauchte der Polizist auf – groß, rothaarig und sehr jung. Er schien einen Moment lang unschlüssig zu sein, wer hier wen attackierte.
»Hey, was geht hier vor?«, rief er und zerrte den Angreifer von Alix weg, die prompt die Gelegenheit nutzte, ihrem Widersacher einen letzten Tritt zu verpassen, woraufhin der Kerl abermals zu Boden ging. Als der junge Polizist ihm hochhelfen wollte, ging Alix neben dem Hünen in die Hocke, wisperte ihm

irgendetwas ins Ohr und grinste ihn hinterhältig an. Er wurde rot wie eine Tomate.
Alix kam hoch, drehte sich zu mir um und fragte: »Fertig?«
»Ja«, murmelte ich und wünschte mir, dass das Zittern in meinen Händen endlich aufhörte, »aber ich vermute, der Officer erwartet noch eine Erklärung von uns.«
Was Alix mit einer Handbewegung wegwischte. »Ich denke, dieser nette Officer wird zwei durstige Frauen um diese Zeit nicht daran hindern, in der nächsten Bar einen Beruhigungsdrink zu nehmen.« Sie schenkte ihm ihr hübschestes Lächeln. »Hab ich Recht, Officer?«
Der rothaarige Officer lächelte zurück und nickte verständnisvoll, offensichtlich ganz im Bann von Alix' betörendem Scharm. Alix kritzelte ein paar Ziffern auf einen Zettel. »Hier – meine Telefonnummer. Rufen Sie mich an, wenn noch was ist.« Ich ahnte, dass es nicht lange dauern würde, bis ihr Telefon klingelte. Wir sahen zu, dass wir wegkamen, die Francis Street hinunter.
»Was haben Sie diesem Mistkerl vorhin eigentlich zugeflüstert?«, fragte ich.
»Ich hab ihm gesagt, er könne es mir mal machen.«
»Oh«, machte ich. Klar, dass ihn das endgültig umgehauen hatte.

Es wurde schließlich elf Uhr nachts, als ich vom Abendessen mit Alix heimkam. Wir waren übrigens doch nicht beim Chinesen, sondern in Bartley's Burger Cottage gelandet, wo ich meine strapazierten Nerven mit einem Cheeseburger und Zwiebelringen besänftigt hatte. Als ich meine Jacke aufhängte, entdeckte ich Maggie und unseren neuen Mitbewohner Ted Adair in der Küche. Angeregt plaudernd, waren sie mittlerweile beim dritten Becher Tee angelangt. Es stellte sich heraus, dass Ted in der gerichtsmedizinischen Klinik in Roxbury arbeitete, und da Maggie einige Anwälte kannte, die für die Klinikleitung tätig waren, hatten sie genug gemeinsame Bekannte. Wehen Herzens lehnte ich Maggies Einladung zu Pfannkuchen mit Pfirsichbrei ab, ich musste endlich anfangen, mich mit den Finanzdaten für den Abschlussbericht unseres Komitees zu beschäftigen. Die Frage nach Dante Rosario, die mir auf den Lippen lag, verkniff ich mir. Irgendwie erinnerte ich mich, dass Maggie von einem Mädchen gesprochen hatte, das, als er wegen der Unterschrift unter dem Mietvertrag da gewesen war, wie eine Klette an ihm gehangen hatte. Oder verwechselte ich da etwas? War das Ted Adair gewesen?

Ich ging nach oben, breitete die Unterlagen der zehn Fachbereiche und des Radcliffe College, die Ian mir gegeben hatte, vor mir aus, schaltete den Computer ein, legte Ellas Diskette ein und war gespannt, ob es bereits brauchbare Ergebnisse gäbe. Zu meiner Verblüffung war Ella viel weiter gekommen, als ich dachte. Nicht nur, dass sie für die zurückliegenden Jahre die jährliche Wachstumsrate beim Spendenaufkommen der Fachbereiche errechnet hatte, sie hatte auch schon mit der Bearbeitung der zukünftigen Entwicklung begonnen.

Nachdem Ella schon so viel Mühe investiert hatte, konnte ich es mir wahrhaftig sparen, noch mal bei Adam und Eva anzufangen. Es sei denn, es stellte sich heraus, dass Ellas Aufschlüsselung erheblich von Ians abwich. Ich nahm mir also McAllisters Tabellen vor, um die verwendeten Daten zu vergleichen.

Bei den ersten fünf Fachbereichen waren ihre und seine identisch. Ich murmelte im Stillen ein Dankgebet, weil ich nun die beiden Versionen nicht Zeile für Zeile überprüfen musste. Beim Fachbereich Geisteswissenschaften stellte ich aber auf Anhieb eine Diskrepanz von zwei Millionen Dollar fest.

Ich stöhnte laut auf. Das Budget dieses Fachbereichs war am schwierigsten zu analysieren. Im Unterschied zum Budget der anderen – dem der juristischen Fakultät zum Beispiel, bei der sämtliche Ausgaben irgendetwas mit der Juristerei zu tun hatten – war das Budget der Geisteswissenschaften auf rund fünfunddreißig Studienbereiche aufgesplittet. Das bedeutete, dass ich die jetzt im Einzelnen Zeile für Zeile durchgehen musste, um den Grund für die Abweichung in der Gesamtsumme zu finden. Was mit Sicherheit die ganze Nacht dauerte.

Andererseits, unsere Zukunftsprojektion war an einer wesentlich umfassenderen Zielsetzung orientiert, und im Grunde spielten zwei Millionen Dollar mehr oder weniger bei einem Gesamtbudget von fünfhunderteinundzwanzig Millionen – dem gegenwärtigen Jahresbudget von K&S – wirklich keine Rolle.

Bevor ich mich dieser Arbeit zuwandte, wollte ich mir einen kurzen Überblick verschaffen, was sich sonst noch auf Ellas Diskette fand. Offenbar hatte sie den meisten Schriftverkehr selbst erledigt, auf der Diskette waren etwa zwei Dutzend Briefe – überwiegend an Adressaten im Hause – und etliche Memos gespeichert. Kein Wunder, dass Lindsey den halben Tag am Telefon hängen konnte. Aus reiner Neugierde überflog ich das eine oder andere Schreiben, hauptsächlich ging es um Einladungen zu fachbereichsübergreifenden Besprechungen oder Anmerkungen zu früheren Besprechungen. Ellas Stil war emotionslos sachlich, als habe ihr viel daran gelegen, ja nichts von sich preiszugeben.

Eine der Dateien trug den Namen LINWENT – offensichtlich das Kürzel für Lindsey Wentworth. Auf dem Bildschirm tauchte die im Dezember abgegebene Jahresbeurteilung für Lindsey auf. Ella lobte darin Lindseys Arbeit im Vorzimmer, merkte allerdings kritisch an, dass sie zu oft und zu lange telefoniere.

Und dann kam der Hammer.

Ein Kündigungsschreiben.

Geschrieben unter dem Datum von Freitag, dem 17. September – zwei Tage vor Ellas Tod. Der Kernsatz sprang mir sofort ins Auge: ›... habe ich Lindsey Wentworth heute davon unterrichtet, dass ich ihr Beschäftigungsverhältnis aus gegebener

Veranlassung mit sofortiger Wirkung als beendet betrachte.‹ Gefolgt von dem Hinweis an den Empfänger, dass Ella die Gründe auf Verlangen jederzeit gern telefonisch erläutern werde.
Wieso wieselte Lindsey Wentworth überhaupt noch in Ellas Büro herum, wenn sie längst gekündigt war? Waren all die Tränen, die sie über Ellas Tod vergossen hatte, nur Krokodilstränen gewesen?
Die kleine Blondine, die mir gegenüber so geflissentlich Ellas weiblichen Freitag gemimt hatte, war mir ein paar Erklärungen schuldig.

sieben

Bis dass der Tod uns scheidet

Auf dem ganzen Campus gab es kein Büro, das so einladend aussah wie die Wache der Harvard Police in der Garden Street. Vor fünf Jahren renoviert, um ihr den düsteren, abweisenden Charakter zu nehmen, glich sie nun mehr einem Tagesklub als einem Polizeirevier. Die farbenfrohen Schilder, die Besucher zu den Parkplätzen oder zur Zulassungsstelle für Fahrräder führten, schienen eine Welt ohne Kriminalität zu vertreten.

Es war Donnerstagnachmittag, als ich mich Sergeant Detective Raphael Griffins Schreibtisch näherte. Er saß mit dem Rücken zu mir und plauderte angeregt mit vier uniformierten weißen Polizisten.

»Freundchen, hab ich zu ihm gesagt«, hörte ich ihn schwadronieren, »ich fürchte, diesmal bist du an den Falschen geraten.«

Einer seiner Kollegen sah mich zögernd stehen bleiben und winkte mich näher.

»Detective, ich bin's, Nikki Chase«, sagte ich, als Griffin sich umwandte, »wir haben am Montag miteinander gesprochen.«

»Natürlich. Glauben Sie etwa, eine Frau wie Sie vergesse ich so schnell?« Er strahlte, als hätte er es mit einer guten alten Bekannten zu tun. »Gentlemen, ihr habt eine Professorin der wirtschaftswissenschaftlichen Fakultät vor euch – benehmt euch also gesittet. Nehmen Sie Platz, Professor Chase. Kann ich was für Sie tun?«

»Ja. Zunächst mal können Sie mich Nikki nennen.« Ich setzte mich. Die vier weißen Cops räumten grinsend das Feld.

»Wird gemacht. Und sonst noch was, Nikki?«

»Bearbeiten Sie immer noch den Fall Ella Fisher?«

»Ja.« Seine Miene wurde von einem Moment zum anderen ernst. »Was haben Sie auf dem Herzen?«

»Mag sein, dass es nichts zu bedeuten hat.« Ich stockte, weil ich mich fragte, ob ich Griffin womöglich nur wegen einer Reihe merkwürdiger Zufälle von der Arbeit abhielt.

»Worum geht's denn, Nikki?«

»Es ist nur … sehen Sie, ich fange an zu glauben, dass Ella Fishers Sturz auf der Treppe kein Unfall war.«

»Tatsächlich?« Er sah mich abwartend an.

»Nun, zunächst ist da die Kopfwunde. Ich meine, es kommt mir immer noch komisch vor, dass sie so stark geblutet hat. Und zwar am Hinterkopf. Als ob sie da einen gezielten Schlag bekommen hätte. Ich halte es nach wie vor für unwahrscheinlich, dass man sich den Hinterkopf anschlägt, wenn man nach vorn stürzt. Und ich bin absolut sicher, dass sie mit dem Gesicht nach unten auf der Treppe lag, als ich sie gefunden habe.«

»Das haben Sie bereits Montagmorgen gesagt. Also muss es noch etwas anderes geben.« Seine Miene war unergründlich.

»Ja. Vielleicht war's ein Studentenscherz, aber die Manipulation an den Verteilerkabeln sollte ganz gezielt einen Stromausfall herbeiführen. Und zwar kurz vor Ellas Sturz.«

»Woher wissen Sie etwas davon?«, fragte er scharf.

Dass Percy meine Quelle war, konnte ich ihm nicht sagen, zumindest jetzt noch nicht. »Kommen Sie, Officer, ich hab tagtäglich im Littauer zu tun. Ich seh seit drei Tagen die Elektriker rumlaufen und hör sie irgendwas von mutwilligem Unfug murmeln. Da kann ich leicht zwei und zwei zusammenzählen.«

»Fahren Sie fort.«

»Ich bin auch auf eine interessante Information über Lindsey Wentworth gestoßen, Ellas Sekretärin. Erinnern Sie sich noch, dass Ella und ich an dem Abschlussbericht des Komitees gearbeitet haben?«

»Ja.« Er nahm die Brille ab und putzte sie bedächtig mit einem weißen Taschentuch.

»Nun, ich musste ein paar Daten überprüfen, und dabei bin ich darauf gestoßen, dass sie Lindsey zwei Tage vor ihrem Tod gefeuert hat. Aber Lindsey arbeitet immer noch in Ellas Büro.«

Er sah mich einen Augenblick lang forschend an. »Wie haben Sie davon erfahren?«

Ich erzählte ihm von der Diskette und dem darauf abgespeicherten Kündigungsschreiben.

»Demnach könnte es sein, dass das Schreiben noch nicht abgeschickt war?«, fragte er.

»Richtig, das könnte sein.«

»Sonst noch was?« Er setzte die Brille auf und sah mich erwartungsvoll an.

Ich erzählte ihm von dem Abend in Ellas Apartment, von ihrem Scheckheft und den wiederholten hohen Abbuchungen.

Er machte sich, während ich redete, einige Notizen, und als ich fertig war, lehnte er sich zurück und musterte mich ernst. »Sie waren sehr rührig. Nicht jeder würde so viel Zeit in so eine Sache investieren.«

»Wie ich schon sagte: Wir haben uns zu ihren Lebzeiten sehr gut verstanden.« Und irgendwie hatte ich das Gefühl, Ella jetzt besser zu kennen als je zuvor. Und sie noch mehr zu mögen.

»Nun, wir wissen es zu schätzen, dass Sie uns diese Informationen gegeben haben. Falls Ihnen noch irgendwas bekannt wird, darf ich sicher davon ausgehen, dass Sie uns das ebenfalls mitteilen, ja?« Ein abschließendes Nicken – das war's.

»Ist das alles?«, fragte ich aufgebracht.

»Haben Sie etwas anderes erwartet?«

»Wollen Sie mir nicht wenigstens sagen, ob Ihnen meine Überlegungen plausibel erscheinen? Habe ich Recht? Ist sie ermordet worden?«

Er beugte sich, die Andeutung eines Lächelns auf den Lippen,

über den Schreibtisch. »Sie wissen doch, dass ich nicht mit Ihnen über eine laufende Ermittlung plaudern kann.«
»Kommen Sie«, versuchte ich ihn zu beschwatzen, »ein bisschen was könnten Sie mir doch zur Belohnung verraten.«
»Tut mir Leid«, sagte er grinsend. »Aber wir bleiben ja in Verbindung.« Er stand auf.
Dem Mann konnte ich nichts entlocken, das war mir klar, und wenn ich ihm noch so scharmant um den Bart ging. Ich erhob mich ebenfalls, blieb aber noch kurz stehen, um einen Blick auf die Fotos auf seinem Schreibtisch zu werfen. Ein Familienfoto – mit fünf Kids, die sich alle sehr ähnlich sahen. Und das etwas verblasste Farbporträt einer bildschönen jungen Frau, die um den Kopf ein Tuch in leuchtenden Farben trug.
»Ihre Familie?«
»Wenn Sie persönliche Fragen stellen wollen, müssen Sie mich mit dem Vornamen ansprechen. Rafe.«
»Gut, Rafe«, machte ich die Probe aufs Exempel, »wer ist das auf den Fotos?«
»Na ja …« Er strahlte vor Stolz. »Das hier, das sind meine Geschwister. Hier, das ist Theodora. Sie ist Lehrerin in St. Thomas. Und das ist Esperance. Sie wohnt jetzt in Queens in New York. Und der Kleine ist Prince. Er ist Fischer, lebt in unserm alten Elternhaus auf Anegada. Und der da ist mein Cousin Ti-Jean. Hat die beste Bar auf der Insel Gorda.«
»Und der Fünfte sind Sie, stimmt's?«
»Ja, das bin ich, als ich noch ein kleiner Knirps war.«
»Und wer ist diese Frau? Sie ist wunderschön.«
»Das ist meine Esmeralda.«
Ich ahnte die Antwort, fragte aber trotzdem: »Ihre Frau?«
»Sie war's. Vor langer Zeit, damals auf Anegada, war ich mit dem hübschesten Mädchen auf der Insel verheiratet. Und klug war sie auch. Hat unsern Bootsverleih ganz allein gemanagt.«
»Was … was ist aus ihr geworden?«

»Oh, der liebe Gott hat sie mir weggenommen. Ein Unfall beim Fischen.«
»Das tut mir aufrichtig Leid«, sagte ich leise.
»All diese Idioten, die nichts als Scheidung im Kopf haben«, murmelte er, »die wissen überhaupt nicht, wie dankbar sie sein müssten. Bis dass der Tod uns scheidet – so steht es im Buch der Bücher geschrieben.«
»Sie trauern immer noch um sie.«
»Natürlich. Aber ob Sie's glauben oder nicht, Essie und ich, wir reden jeden Tag miteinander.« In seinen Augen lag wieder das gütige Lächeln. »Sie ahnen gar nicht, was diese Frau mir alles zu erzählen weiß. War schon immer so.«
Als wir uns verabschiedeten, keimte eine Idee in mir heran.
Er sah gut aus, war tüchtig und hatte Scharm.
Genau das, was Maggie Dailey brauchte.

In Gedanken versunken, schlenderte ich über den Cambridge Commons. Die durchgeschnittenen Kabel im Littauer, das Kündigungsschreiben für Lindsey und die Schecks, die Ella kurz vor ihrem Tod ausgestellt hatte, all das rumorte in meinem Kopf. Und hatte Lindsey nicht gesagt, dass sich nach Ellas Tod alle möglichen Leute in ihrem Büro aufgehalten und vielleicht irgendwelche Unterlagen mitgenommen hätten? Horrorbilder wie von Vincent Foster gaukelten mir durchs Hirn.
Dabei wusste ich genau, wie lächerlich das war. Sosehr ich an Ella gehangen hatte, in Wirklichkeit steckte etwas anderes dahinter, dass ich so hartnäckig versuchte, die Umstände ihres Todes zu ergründen: Dante Rosario ging mir, seit wir uns gestern begegnet waren, nicht mehr aus dem Sinn. Und obwohl mich das mächtig ärgerte, irgendetwas in meinem Hirn weigerte sich zu vergessen, wie er vor mir gestanden, mich am Revers des Jackenkleids gefasst und sanft zu sich herangezogen hatte.
Ich war verrückt, meine Zeit damit zu vertun – Zeit, die ich gar

nicht hatte. Weil ich mich nicht nur auf die Vorlesungen und Seminare vorbereiten musste (das war's schließlich, wofür Harvard mich bezahlte), sondern weil außerdem immer noch Ian McAllisters Artikel für die *Times,* sein Redemanuskript für Princeton und der Schlussbericht des Crimson Future Committee wie ein Damoklesschwert über mir hingen, ganz zu schweigen von eigenen Beiträgen für Zeitschriften, an denen ich arbeitete. Ich hatte weder für die gewaltsamen Begleitumstände eines Todes noch für eine leidenschaftliche Romanze Zeit.

Und doch übte Ella Fishers Büro eine beinahe magische Anziehungskraft auf mich aus, als ich an der Rechtsakademie vorbeikam. Und sei's, dass ich nur herausfinden wollte, ob das Kündigungsschreiben Lindsey inzwischen erreicht hatte. Und ob es infolgedessen im dritten Stock nun ein wenig ruhiger zuging. Aber Lindsey saß, als ich oben ankam, immer noch an ihrem Schreibtisch und ging ihrer Lieblingsbeschäftigung nach – mit anderen Worten, sie telefonierte.

»Ja, Mutter, ich sag dir ja, der Kurs wird alles in allem um die dreitausendfünfhundert Dollar kosten. Sie wollen es im Voraus. Ja, aber du warst's, die gewollt hat, dass ich die Ausbildung fortsetze. Und es ist das Beste, was auf dem Gebiet angeboten wird.«

Sie sah mich und winkte mich herein. »Mutter, ich muss Schluss machen. Ja, ich bleib heute über Nacht bei dir, das hab ich dir doch schon gesagt. Nein, ruf ihn bitte nicht an. Versprich mir, dass du's nicht tust. Denn wenn du's doch tust, sag ich ihm, ich hätte Herpes – verlass dich drauf! So, ich muss jetzt auflegen.«

Sie seufzte dramatisch, als sie sich zu mir umwandte. »Hallo, Professor Chase. Was kann ich für Sie tun?«

Ich rang mir ein Lächeln ab. »Fürs Erste wäre ich schon zufrieden, wenn Sie mich Nikki nennen. Sonst komme ich mir so uralt vor.« So gut gelaunt wie sie war, hatte sie Ellas Schreiben

offenbar nicht erhalten. Wahrscheinlich wusste sie nicht mal was davon.
»'tschuldigung«, haspelte sie atemlos, »hatte ich vergessen. Möchten Sie ein Stück Kuchen? Ich hab den Mädels hier oben heute eine Baby-Watson's-Schokoladentorte mitgebracht, da ist noch jede Menge übrig.«
»Ja, ein kleines Stück nehme ich gern.« Fett und Zucker waren genau das Richtige, um meine Gemütslage zu stabilisieren.
»Übrigens«, sagte ich, als sie mir ein riesiges Stück Torte auf einem Pappteller über den Schreibtisch reichte, »inzwischen hab ich die Finanzdaten, die ich gesucht habe, gefunden.«
Sie strahlte mich an. »Großartig. Wo waren die denn?«
Ich setzte mich zu ihr. »Bei ihr zu Hause. Genau wie ich gehofft hatte. Sie hatte die Daten auf Diskette. Das erspart mir eine Menge Zeit.«
»Bei ihr zu Hause? Toll. Hach, ich könnt mich ohrfeigen, dass mir das nicht eingefallen ist! Diese Daten haben sie so beschäftigt ... Würd mich nicht wundern, wenn sie nachts davon geträumt hat. Aber wie sind Sie in ihre Wohnung gekommen?«
»Mit Hilfe einer gemeinsamen Freundin, Alix Coyle.« Ich probierte die Torte. »Was meinen Sie damit, dass sie mit den Daten so heftig beschäftigt war?«
»Fragen Sie das im Ernst? Das hat sie doch den ganzen Sommer gequält. Sie war ziemlich sicher, dass mit einigen Daten irgendwas nicht stimmen konnte. Möchten Sie Kaffee dazu?«
Ich schüttelte den Kopf und stellte den Pappteller ab. »Was heißt das nun wieder: irgendwas nicht stimmen?«
»Na ja, sie hat häufig abends länger an den Unterlagen für den Abschlussbericht gearbeitet, und eines Abends bin ich auch länger dageblieben, weil ich bei der Aktenablage ein bisschen hinterher war, und da hat sie so was geäußert. Einzelne Aufwendungen wären zu hoch oder so. Genauer weiß ich's auch nicht.« Lindsey sah mich etwas hilflos an.

»Komisch, dass sie mir gegenüber nie was davon erwähnt hat.«
»Sie meinte, es sei durchaus möglich, dass sie irgendwas falsch verstanden oder zugeordnet hätte, sie müsse das erst noch genau nachprüfen. Sie kennen sie ja, sie wollte nie was falsch machen und ihrer Sache immer ganz sicher sein.«
Ich überlegte, was an den auf der Diskette gespeicherten Daten so merkwürdig gewesen sein konnte, dass Ella sich derart den Kopf darüber zerbrochen hatte.
»Hat sie gesagt, um welche Aufwendungen es ging?«
»Das weiß ich wirklich nicht. Um irgendwelche Rechnungen von außerhalb, glaub ich. Lieferanten oder Dienstleistungsunternehmen.« Sie sah mich stirnrunzelnd an. »Das hätte sie mir eigentlich sagen sollen, nicht wahr? Aber manchmal war sie eine richtige Geheimniskrämerin. Sie hat's einem als Chefin nicht immer leicht gemacht.«
»Scheint so.«
Lindsey lächelte verkniffen. »Sie hat keinem getraut. Zu mir hat sie ein paar Mal gesagt, ich sollte mich nicht wundern, wenn ich eines Tages gefeuert würde. War natürlich nur als Schreckschuss gedacht, damit ich nicht auf dumme Gedanken komme.«
»Sie machen Witze.« War das die Erklärung für das Schreiben, das ich gefunden hatte?
»Nein, ehrlich – ein paar Mal hat sie sogar Kündigungsschreiben aufgesetzt und mir gezeigt. Nur damit ich ja nicht vergesse, dass sie am längeren Hebel sitzt.«
Ich beobachtete sie aufmerksam, während sie mir das erzählte. War das Zufall, dass sie mir das ausgerechnet heute auftischte? Aber es schien ihr ganz ernst damit zu sein.
»Das muss Sie ziemlich gewurmt haben«, klopfte ich auf den Busch.
»Na ja – schon. Aber ich wusste natürlich, dass es was mit ihrer Kindheit zu tun hatte. Ich meine, ich konnte gut verstehen, dass

sie manchmal aufgetrumpft hat. Leute aus ärmlichen Verhältnissen sind ihr Leben lang getreten worden, da wird man so.«
Und dann hörte ich auf einmal eine laute Männerstimme in Ellas Büro.
»Wer ist denn das?«, fragte ich.
»Isaiah Fisher, Ellas Exmann. Wollte sich nach ein paar Erinnerungsstücken umsehen. Wenn Sie mich fragen: Dem ging's nur drum, kostenlos zu telefonieren.« Sie verdrehte die Augen. »Ist jetzt schon 'ne Stunde da drin, der alte Abstauber.«
»Okay, Rufus, abgemacht«, hörte ich Isaiah dröhnen, »zwanzig Dollar die Schachtel. Yeah, Bruder, war mir gleichfalls 'n Vergnügen, mit dir ins Geschäft zu kommen.«
Einen Augenblick später kam er, immer noch laut vor sich hin brabbelnd, aus Ellas Büro. »Verdammt, der lässt sich einfach nicht weich kneten. Es gibt keine stureren Geschäftspartner als ehemalige Marxisten. Mit ihrem dialektischen Materialismus sind die noch hartgesottener als wir.« Er musterte mich. »Was starrst du mich so an?«
Er war das krasse Gegenstück von dem, was ich erwartet hatte. Bei Ellas ständigen herablassenden Bemerkungen über ›leicht getönte‹ Schwarze hatte ich mir ihren Exmann als dunkelhäutig, mit krausem Wollhaar und den typisch afrikanischen, breiten Gesichtszügen vorgestellt. Aber Isaiah Fisher war ein groß gewachsener, schlanker Mann mit sehr moderater Hauttönung, sauber gestutztem Kinnbart, gewelltem braunen Haar, straffer Wangenpartie und einer eher schmal geschnittenen Nase. Obwohl er sich mit locker hängender Tunika und braunen Hosen betont jugendlich kleidete, ging er, grob geschätzt, auf die Fünfzig zu. Und war damit eigentlich zu alt für das bunte Hütchen – auch Ghana-Krone genannt –, das er sich auf den Kopf gestülpt hatte.
»Ich schätze, die Schwester hat noch nie 'nen echten schwarzen Mann gesehen«, raunzte er mich an.

Wollte er mich auf den Arm nehmen?
»Ich wollte Ihnen nicht zu nahe treten«, sagte ich zögernd, weil ich immer noch nicht fassen konnte, dass das wirklich der leibhaftige Mr. Ella Fisher sein sollte. »Ich – ich bin Nikki Chase.«
»Und ich – ich bin erfreut, Sie kennen zu lernen.« Das spöttische Glitzern in seinen Augen verriet, dass er mich tatsächlich auf den Arm nehmen wollte. »Und wer ist Nikki Chase?«
»Miss Chase ist Dozentin an der Harvard. Sie hat eng mit Ella zusammengearbeitet«, warf Lindsey brüsk ein. »Sind Sie jetzt fertig da drin?«
»Ja. Oder sagen wir: Ich hab mich umgesehen«, antwortete er. »Kann mir aber nicht vorstellen, dass die Bourgeoisie-Literatur, die sie in den Regalen stehen hat, sich in meinem Buchladen gut macht. Bennetts Mayflowerroman, Bookers Buch über die Sklavenbefreiung, William Junius Wilsons Gesammelte Werke – ein Sammelsurium, das mich an eine mit sämtlichen gängigen Opiaten der schwarzen Mittelklasse voll gestopfte Hausapotheke erinnert.«
»Was soll der Unsinn?«, fragte ich scharf. Das waren genau die Bücher, die auch in meinen Regalen standen.
»Die Kundschaft bei Liberation Books ist nicht an angepasstem Schund interessiert, mit dem irgendein professioneller Weichmacher den Weißen ein bisschen was von ihren Ängsten nehmen will«, fertigte er mich ab. »Ich hätte wissen müssen, dass ich bei meiner integrationssüchtigen Exfrau nichts Brauchbares finde. Ein Regal voller Selbsthilfeschinken für verwirrte Möchtegerns.«
»Liberation Books – ist das der Laden am Mount Auburn?« Ich hatte vage das Bild eines kleinen Souterrainladens am Rande des Harvardviertels vor Augen, nicht weit vom Postamt, mit Postern von Malcolm X, Haile Selassie, Bobby Seale und Huey Newton im Schaufenster. Der Laden war, sooft ich vorbeikam, zu gewesen, aber Maggie kaufte manchmal dort.

»Ja, das ist meine Buchhandlung. Nett von dir, dass du überhaupt von uns Notiz genommen hast. Wir sind auf Literatur der afrikanischen Diaspora spezialisiert. Aber dich hab ich, glaube ich, nie bei uns gesehen. Ich vermute mal, wenn man an der Harvard ist, steckt man die Nase nicht in Bücher schwarzer Autoren.« Bei ihm hörte sich ›Harvard‹ nach irgendeiner Obszönität an, so zog er das Wort in die Länge.
»Und woraus schließen Sie das?«
»Ganz einfach. Du musst irgendwo hier in der Ecke wohnen. Bist aber noch nie bei uns gewesen. Und trägst diese Frisur, bei der jede Strähne ein Bekenntnis zu Friede, Freundschaft, Eierkuchen ist. Zu welchem anderen Schluss soll ich da kommen?«
»Wenn Sie mit allen potenziellen Kunden so umspringen, wundert's mich nicht, dass Ihr Laden jedes Mal, wenn ich vorbeikomme, leer ist«, blaffte ich ihn an. »Danke für Ihre Hilfe, Lindsey. Ich muss jetzt los.«
Lindsey sagte artig: »Wenn ich Ihnen sonst irgendwie behilflich sein kann …«
»Nein danke«, murmelte ich geistesabwesend, weil ich gerade dabei war, mir diesen Fisher noch mal genauer anzusehen. Mit so einem Eldridge-Cleaver-Verschnitt war Ella also verheiratet gewesen. Kein Wunder, dass sie Schwarze mit heller Haut nicht ausstehen konnte. Wahrscheinlich hatten die sie allzu schmerzlich an ihn erinnert. Die Hauttönung musste bei ihr ein Tick gewesen sein. Glückstrunken, dass sich ein eher Hellhäutiger trotz ihrer dunklen Hautfarbe für sie interessierte, musste ihr völlig entgangen sein, dass sie einen Volltrottel vor sich hatte.
»Ich begleite dich«, ließ Fisher mich wissen. Obwohl er merken musste, wie zornig ich war, verschlang er mich mit Blicken, als wäre ich ein Animiermädchen in einer Kontaktbar, die in wenigen Minuten dichtmacht. Nicht gerade das Musterexemplar eines trauernden Witwers.

»Was unterrichtest du?«, fragte er, als wir die Treppe hinuntergingen.
»Ökonomie.«
»Verstehe. Strikte Verfechterin des Ward-Connerly-Kapitalismus, wie? Und, wenn ich mal raten darf, Gingrich-Anhängerin.«
»So, das langt.« Ich blieb stehen und sah ihn an. »Keine Ahnung, welches Problem Sie haben, aber Sie wissen nicht das Geringste über mich, und ich muss mich nicht vor Ihnen rechtfertigen.« Mir hatte man schon alle möglichen Schändlichkeiten nachgesagt, aber nicht, dass ich Republikanerin wäre.
»Mädel«, zog er mich auf, »du musst mal Shararazad Ali lesen, damit du lernst, wie eine brave schwarze Frau mit einem schwarzen Mann redet.«
»Lass es mich versuchen«, sagte ich honigsüß und übernahm nun auch seine plump vertrauliche Anrede. »Vergib mir meine harsche Rede, mein afrikanischer Prinz, und gestatte mir, deren Leben stets so frei und unbeschwert gewesen ist, fortan für dich die Bürde zu tragen, die der weiße Mann dir auferlegt hat.«
Zu meiner Verblüffung grinste er mich an. »Verdammt, du bist genau wie sie, stimmt's?«
»Wie wer?« Wir stiegen weiter die Treppe hinunter.
»Wie Ella.«
Ich schielte zu ihm hinüber und sah, dass ein trauriges Lächeln über sein Gesicht huschte.
»Wart ihr nicht geschieden?«, fragte ich.
Die Frage schien ihn zu irritieren. »Ja, schon. Aber deswegen war sie trotzdem mein Liebchen. Und mir immer noch treu zugetan.«
»Dann war's also eine Scheidung in aller Freundschaft?« Allmählich erwachte mein Interesse. Zumindest konnte er das Bild, das ich mir von Ella machte, ergänzen oder korrigieren.

»So was hab ich bisher immer für unmöglich gehalten.« Wir verließen das Langdell und traten in den hellen Sonnenschein. »Na ja, wir haben jung geheiratet. Da war's nicht so überraschend, dass es dann doch nicht hingehauen hat.«
»Kanntet ihr euch schon lange, als ihr geheiratet habt?«
Er zuckte die Achseln. »Vielleicht sechs Monate. Obwohl, mir kam's länger vor.«
Er war auf einmal sehr ernst. Wir blieben am Fuß der Treppe stehen. Ohne Absprache, sozusagen in stummem Einvernehmen.
»Wo hast du sie kennen gelernt?«
»Auf dem Harvardgelände, ob du's glaubst oder nicht. Ich war damals Leiter der SDS-Gruppe an der Universität Boston, wir waren zu einem Schweigemarsch mit Kerzen hergekommen, zum Gedenken an das Frühjahr Neunundsechzig. Und wie wir so die Mass Ave langmarschieren, seh ich sie auf einmal vor der Lehman Hall stehen. Du weißt schon, der rote Backsteinbau an der Ecke des Yards.«
Ich nickte.
»Später hab ich erfahren, dass sie von einem Fortbildungskurs kam und auf dem Heimweg war. Jedenfalls – ich seh sie und bleib wie angewurzelt stehen.« Er setzte sich kopfschüttelnd auf die unterste Treppenstufe. »Hab mir am tropfenden Wachs die Pfoten verbrannt und nichts gemerkt.« Plötzlich hörte sich seine Stimme viel sanfter an, als ob er in Erinnerungen versank. »Ich hatte noch nie so große, schöne Augen gesehen. Augen voller Sehnsüchte. Voller Hunger.«
Das hörte sich nach der Ella an, die ich kannte.
Ich setzte mich neben ihn. »Und dann bist du mit zu ihr nach Hause gegangen?«, tippte ich auf gut Glück. Obwohl ich vermutete, dass es ihn einige Zeit gekostet hatte, sie herumzukriegen.
»Nicht direkt.« Er lachte leise. »Ich hab sie überredet, an dem Marsch teilzunehmen, *dann* bin ich mit ihr nach Hause gegan-

gen. Und das war der Beginn der schönsten Zeit in meinem Leben. Das alte Mädchen hatte nicht genug Geld fürs College, darum hat sie tagsüber eine Sekretärinnenschule besucht und abends an einem kostenlosen Fortbildungskurs teilgenommen. Als wir uns eine Woche kannten, ist sie in meine Wohnung am Central Square eingezogen. Wir haben nächtelang auf dem Teppichboden gesessen und diskutiert – über den Krieg, die Schwarzen Panter und Malcom X.«

Er blickte mich mit einer Intensität an, dass es mir kalt über den Rücken lief. »Ja, Harvardmädchen, das waren wundervolle Tage. Um das nachzuempfinden, muss man so jung sein wie du. Mein Gott, damals konnt ich über den Harvard Square spazieren und laut rufen, dass ich zehn Jungs brauche, die mit dem Bus nach Mississippi fahren und unsere Leute dazu bringen, sich ins Wählerverzeichnis eintragen zu lassen, und zehn Minuten später hatte ich sie zusammen.«

Heutzutage, wo der Square von Touristen, Yuppies und Jungrepublikanern wimmelte, war das sicher nicht so einfach. Aber unmöglich war es deswegen nicht geworden.

»Zu meiner Zeit haben wir tatsächlich noch an soziale Gerechtigkeit geglaubt«, fuhr er fort. »Das war unser Traum von einem Leben in Würde, gegenseitigem Respekt und Stolz.«

Mir wurde ein bisschen mulmig zu Mute, für meine Begriffe war das scheinheilige Salbaderei.

»Du kapierst nicht, worauf ich rauswill, stimmt's?« Er hatte es also gemerkt. »Eine gut aussehende, intelligente schwarze Schwester wie du, die für eine große weiße Institution wie die hier arbeitet. Wahrscheinlich ahnst du gar nicht, was einem das für ein Gefühl gibt, wenn man an was glaubt. So fest, dass dieser Glaube dein ganzes Leben umkrempelt.«

Da wurde ich hellhörig. »Mr. Fisher, wenn ich was nicht ausstehen kann, dann sind das Leute, die mir einreden wollen, die Sechziger wären das letzte Jahrzehnt gewesen, in dem jemand

Gefühle gehabt oder sich für irgendwas eingesetzt hat. Wenn heutzutage die Grenzen nicht mehr so scharf abgesteckt sind, bedeutet das nicht, dass meine ganze Generation behäbig und selbstzufrieden geworden wäre. Glaubst du, es wäre einfach, die einzige schwarze Dozentin in meinem Fachbereich zu sein? So wie ich das sehe, gehst du in deinem Buchladen in Deckung, und ich steh inzwischen hier an der Front und kämpfe.«

Er sah mich verdutzt an. »Du bist ganz schön frech.«

»Du warst dabei, mir was über Ella zu erzählen.«

Er schien mit dem Gedanken zu spielen, sich stur zu stellen und nicht von mir vorschreiben zu lassen, wann es Zeit war, das Thema zu wechseln. Aber dann seufzte er nur und sagte: »Es gibt nicht mehr zu erzählen. Ich hab sie geliebt. Beinahe vom ersten Augenblick an. Wenn sie mich mit diesen großen braunen Augen angesehen hat, wäre ich für sie – ach, nach Afrika und zurück wär ich für sie geschwommen.« Er saß einen Herzschlag lang stumm da, dann lachte er schrill. »'tschuldigung, auf dem Trip war ich schon eine ganze Weile nicht mehr.«

»Warum habt ihr euch scheiden lassen?« Welche Schlange hatte sich in ihren Garten Eden am Central Square eingeschlichen?

»Harvards Schuld. Die verdammte Uni hat uns zusammengebracht und auseinander getrieben. Wir haben zehn tolle Jahre erlebt. An der Ostküste rumhängen, von Cambridge nach Harlem juckeln, an irgendwelchen Treffen in Chicago teilnehmen. Ein Zigeunerleben, aber uns hat's gefallen. Wir sind sogar eine Zeit lang in einer Kommune gewesen.«

»Muss hart gewesen sein, so weit weg von der Familie und nirgendwo zu Hause.«

Er beugte sich zu mir herüber. »Machst du Witze? Es war fantastisch. Um's auf den Punkt zu bringen, wir hatten nie Probleme, bis Ella angefangen hat, für Harvard zu arbeiten.«

»Und was gab's dann für ein Problem?«

»Ihren Ehrgeiz. Sie fand, es würde Zeit, sesshaft zu werden. Sich einen Ruf zu erwerben. Sie war wie besessen von der Idee, sich in die Mittelklasse zu strampeln. Wo sie früher das Herz hatte, war plötzlich nur noch Eis. Wie bei weißen Mädchen.«

»Wie meinst du das mit dem Eis?«

»Früher hatten sie dieselben Dinge wie mich aufgeregt – Rassismus, der Krieg, der albern gekünstelte Lebensstil der Bourgeoisie …«

»Und das hat ihr Harvard genommen?«, unterbrach ich ihn skeptisch.

»Und wie gründlich! Als sie anfing, ist sie behandelt worden wie der letzte Dreck. Als wär sie die Dienstmagd oder die gute alte Mammy. Aber statt ihnen zu sagen, was sie sie könnten, und zwar kreuzweise, hat sie die Nase in Bücher zur Fortbildung am Feierabend gesteckt. Management-Lehrbücher. Sogar Stilwörterbücher! *Wie kleide ich mich adrett im Beruf? Auf dem Weg zur Nummer eins.* Lauter so 'n Scheiß. Nur um das Gefühl zu haben, besser für die Zusammenarbeit mit ›*Whiteys*‹ gerüstet zu sein. Ich hab mir ehrlich Mühe gegeben, sie zu verstehen. Wir haben uns Kinder gewünscht. Haben jahrelang alles versucht. Sie hatte drei Fehlgeburten. Ich weiß, dass sie deswegen verbittert war. Sie suchte verzweifelt nach irgendeinem Schlupfloch. Aber dann hat sie's übertrieben. Hatte sich in den Kopf gesetzt, an der Harvard groß rauszukommen. Und ist dabei vor nichts zurückgeschreckt. Wie zum Beispiel bei dieser Rede, die ich …« Er brach abrupt ab.

»Was für eine Rede?«, hakte ich nach.

»Ach, sie brauchte da so 'ne Rede für den Heimleiter, für den sie gearbeitet hat. Ist das nicht typisch für die weißen Arschlöcher? Nennt sich ›Heimleiter‹, als wär er so was wie 'n Sklavenaufseher. Na gut, ihr zuliebe hab ich die Rede geschrieben. Und sie hat die Streicheleinheiten dafür einkassiert. ›Brillant‹, hat er zu

ihr gesagt. Wär sie etwa dran erstickt, wenn sie ihm gesagt hätte, dass ich … Ach, vergiss es.«
Ich konnte mir vorstellen, wie ihm zu Mute gewesen war.
»Ihre Sucht nach Geld und Ansehen hat mich krank gemacht. Sie hat all unsere Ziele verraten. Alles, wofür ich mich eingesetzt hatte.« Er hörte sich hart und verärgert an.
»Und dann habt ihr euch scheiden lassen?«
»Wir haben ein paar Jahre getrennt gelebt, aber dann wollte sie's offiziell machen.« Er lachte verbittert.
»Aber vorhin hast du's so dargestellt, als wär's eine Scheidung in aller Freundschaft gewesen.« Entweder – oder, es gibt bei allen Geschichten nur eine Wahrheit.
»Nun, nach einer Weile ist sie das geworden«, sagte er mit leiser Stimme. »Am Anfang war's die Hölle. Ich war mächtig sauer. Völlig von der Rolle. Ich hab stundenlang in Bars und Kneipen rumgehangen, in denen ich früher mit ihr gewesen war.«
»Warum bist du dann in Cambridge geblieben, wenn du nur böse Erinnerungen daran gehabt hast?«
»Weil ich diese Stadt liebe.« Er klang wieder so unbekümmert wie am Anfang. »Das ganze Land ist eine Klapsmühle geworden, es gibt nur noch eine Hand voll Orte, an denen man sich sicher fühlen kann – Cambridge, Berkeley, Madison, Ann Arbor und West Village. Ich hatte ein gutes Auskommen hier, der Laden bekam langsam seine Stammkundschaft. Ich konnte mich nicht einfach von ihr rausdrängen lassen aus einer Stadt, in der ich lange vor ihr zu Hause gewesen war.«
»Seid ihr nach der Scheidung in Verbindung geblieben?«
»Nach einem Jahr oder so hab ich angefangen, sie anzurufen. Einfach nur, um ein bisschen zu reden. Schien ihr recht zu sein, es wurde zur Gewohnheit, dass wir uns von Zeit zu Zeit anriefen. Du als Single wirst das vielleicht nicht verstehen, aber in einer langen Ehe werden eben Fäden gesponnen, die nicht so leicht reißen. Manchmal haben wir auch längere Zeit nichts von

uns hören lassen, ich hatte zum Beispiel vor ihrem Tod über einen Monat nicht mit ihr gesprochen. Aber am Schluss war sie mir trotzdem eine gute Freundin. Eine meiner besten.«

Dem Wortlaut nach stimmte alles, nur beschlich mich das Gefühl, dass irgendetwas fehlte. Nostalgie, Verärgerung, Resignation über ihren Tod – das war bei Isaiah so geschickt in die Unterhaltung eingewoben, dass es sich irgendwie nicht aufrichtig anhören wollte. War es möglich, dass er nach nur drei Tagen den Schock und das Erschrecken schon so weit überwunden hatte?

»Habt ihr auch über ihre Arbeit gesprochen?«, fragte ich.

»Hin und wieder. Nicht sehr oft. Sie wollte nicht gern darüber reden. Kann man ja verstehen. Schließlich war das der Anlass zu unserer Scheidung gewesen.«

»Hat sie mal von ihrer Zeit bei Präsident Barrett erzählt?«

»Ah, du kennst die Gerüchte also auch. Na ja, sie haben sich jedenfalls sehr nahe gestanden.« Er lächelte gequält.

»Willst du damit andeuten, dass sie tatsächlich was miteinander hatten?«, fragte ich gereizt.

»Man muss kein Wetterfrosch sein, um zu sehen, dass es regnet, Harvardmädchen.«

»Aber Präsident Barrett ist verheiratet.«

Fisher grinste. »Er hat eine Frau. Was nicht heißen muss, dass er eine Ehe führt.«

Ich sah auf die Uhr und stellte fest, dass ich drauf und dran war, zu spät zu meiner Nachmittagsvorlesung zu kommen.

Als ich aufstand, fragte er: »Sehen wir uns mal wieder, Miss Harvard?«

»Nicht, bevor du deine Meinung über Harvard änderst und dich für einen meiner Kurse einschreibst.«

Ich hörte ihn noch lachen, als ich schon halbwegs beim Littauer war. Mit dem Gefühl, von einem unverhofften Abstecher in die Sechziger in die Gegenwart zurückgekehrt zu sein, schlüpfte

ich durch den Hintereingang. SDS, Malcolm X, Schwarze Panter – Namen und Akronyme, die auf dem privaten Hausaltar dieses Mannes Staub angesetzt hatten und trotzdem immer noch das zentrale Thema seines Lebens waren.
Ich fragte mich, ob sie's womöglich auch für Ellas Leben gewesen waren.

acht

Die Vergangenheit holt mich ein

Der Harvard Square in der Abenddämmerung ist ein Jahrmarkt, eine Modenschau, der Ausdruck einer Geisteshaltung, ein Hauch von Indigoblau. Ich kehrte am Donnerstagabend früher als geplant aus der Bibliothek zurück, weil ich mich nicht konzentrieren konnte; wieder und wieder schoben sich Erinnerungen an frühere Gespräche mit Dante Rosario zwischen mich und die Theoretiker über Kapitalinvestitionen, bis ich schließlich entnervt aufgab. Den frühen Abend verbrachte ich damit, übellaunig in den Kleiderschrank zu starren und mir schlüssig zu werden, was man bei einer unverbindlichen Plauderei mit jemandem trägt, der irgendwann die große Liebe gewesen und jetzt ein Nachbar ist. Es handelte sich *nicht* um ein Rendezvous. Ich hatte keineswegs den Wunsch, unsere Beziehung wieder aufleben zu lassen. Und doch verlangten meine Rachegelüste, dass ich schlichtweg umwerfend aussah.

Nachdem ich eine Zeit lang über die erschreckende Dürftigkeit meiner Garderobe vor mich hin gejammert hatte, griff ich zu einem roten Wollsweater, von dem Jess sagt, er lasse mich vollbusig aussehen, schwarzen Jeans und schwarzen Lederboots, um mich selbst daran zu erinnern, dass ich eine gestandene Frau war. Dazu legte ich ein Silberkettchen an, damit ich, falls die Unterhaltung – womit ich rechnete – ins Stocken geriet, mit dem Anhänger spielen konnte. Ich zog mein schwarzes Seidenjackett an, schlang mir einen Seidenschal um den Hals und begutachtete das Ergebnis im Spiegel. Ein bisschen überkandidelt, aber nicht so, dass ich wie ein Glamourgirl ausgesehen hätte.

Unterwegs begegnete ich dem üblichen Sammelsurium bunter Vögel – lauter *Cantabrigians*, wie wir in Cambridge das Gemisch aus Ortsansässigen, Studenten und Altharvardianern nennen. Ein ernster, bärtiger Typ, dreißig plus, schätzte ich, mit einem Gettoblaster, aus dem Bach dröhnte, und einer schildplattfarbenen Katze auf der Schulter. Am Johnson Gate kreuzten drei breitschultrige, blonde Jungs in Harvard-Varsity-Crew-Sweatshirts meinen Weg, in eine lautstarke Diskussion über den voraussichtlichen Gewinner der Charles-Regatta vertieft. Beim Kiosk las eine von Kopf bis Fuß in Schwarz gekleidete junge Frau zwischen aufgestapelten Kürbissen und Maissäcken die *Paris Review*. Und an der Ecke Church und Brattle Street spielte ein geschniegelt gekleideter Schwarzer Saxofon; angeregt vom Beispiel eines Passanten, der eine Münze in das Kästchen zu Füßen des Musikers warf, steuerte ich ebenfalls einen Dollar bei. Dann überquerte ich die Straße und ging auf das Café Algier zu. Wie sich's für den offiziellen Herbstanfang gehörte, wirbelten ein paar welke Blätter hoch, als ich die Tür aufzog.

Cambridge war schon immer für seine Kaffeehäuser berühmt, in denen *cafe latte* getrunken und Sachertorte gegessen wurde, lange bevor Seattle und in seinem Gefolge ganz Amerika auf den Geschmack gekommen waren. Das Algier, im Souterrain eines kleines Fachwerkhauses im Zentrum des Harvard Square gelegen, ist mein Lieblingscafé. Der in schummeriges Halbdunkel getauchte Raum mit den Messingtischchen, den Wandteppichen und den dazwischen aufgehängten afrikanischen Masken und handgearbeiteten Körben riecht nach Zigarettenqualm, Koffein und – wenn man eine Antenne dafür hat – nach intellektuellem Wortgeplänkel.

Dante Rosario war schon da; ein Blick auf die Wanduhr zeigte mir, dass ich – vermutlich infolge des zeitaufwändigen Entscheidungsprozesses bei der Kleiderfrage – zehn Minuten zu spät kam. Er lehnte am Türpfosten und ließ den Blick kühl über die Gäste schweifen. Erinnerungen an lange zurückliegende Abende wurden in mir wach, an denen wir hier gesessen und geredet, geschäkert und gestritten hatten. Was würde wohl heute Abend geschehen? Der peinlich-unbeholfene Moment, in dem wir – jeder für sich – die Frage erwogen, wie wir uns begrüßen sollten: mit Küsschen, Händeschütteln, einer Umarmung oder lässigem Zuwinken? Schließlich kam ein Wangenkuss dabei heraus. Wir hatten uns offenbar beide vorgenommen, artig miteinander umzugehen.

Als ich auf meinen Stuhl rutschte, ließ Dante den Blick noch einmal amüsiert durch den Raum gleiten. »Ist 'ne Weile her. Als wir das letzte Mal hier waren, trugen die Deutschen Grau, und du hattest was Blaues an.«

Ich zog das Jackett aus. Trotz des festen Vorsatzes, schwierig zu sein, musste ich lächeln. Ich merkte, dass er mich musterte. Mit einer Miene, die … ich hätte gesagt, so was wie Wertschätzung ausdrückte.

»Aber ich sehe, manches hat sich verändert«, sagte er augenzwinkernd. Einen Atemzug lang bildete ich Dummchen mir ein, ein Kompliment über meine äußere Erscheinung herauszuhören. Und um ein Haar hätte ich mir meine Freude darüber anmerken lassen.

»Früher bist du immer pünktlich gekommen.«

Aha. Die alten Spielchen fingen wieder an. Die Vergangenheit holte mich ein.

»Die Jahre in New York haben mich gelehrt, welche Möglichkeiten ein verspäteter Auftritt eröffnet«, erwiderte ich. »Wie wär's, wenn du mir erzählst, was dich zurück in den Osten getrieben hat?«

»Nun, nachdem Farrar Straus Giroux im Januar meine Disser-

tation veröffentlicht hat, schien es mir sinnvoll, New York etwas näher zu sein«, sagte er leichthin.
Ich schluckte schwer. »Ja, das scheint allerdings sinnvoll.« *Mist. Seine Dissertation war veröffentlicht worden? Von einem der wichtigsten Verlage?* »Aber warum bist du dann nach Cambridge gezogen?«
»Nun, die Columbia hatte mir zwar ein verlockendes Angebot gemacht, aber meine Familie lebt nun mal in Südboston. Und davon abgesehen: Harvard hat mir gefehlt. War doch, alles in allem, eine tolle Zeit.« Sein Blick schien mich aufzufordern, gefälligst selber herauszufinden, ob dieses ›alles in allem‹ auch mich einschloss.
Sadist.
»Ich bin überrascht, dass du nicht an der Stanford geblieben bist, um den Heiden zu predigen«, neckte ich ihn. Es war an der Zeit, mich daran zu erinnern, dass der Kerl nichts taugte. Allein schon deshalb, weil er von eingefleischten Republikanern abstammte und, wie bereits sein Vater und Großvater, ein unbelehrbarer Konservativer ist. Und genug Grips besitzt, um es besser zu wissen.
»Ich hätte mir bestenfalls acht Jahre gegeben, aber dann ist nicht mal so viel daraus geworden«, sagte er wehmütig. »Ich bin mir schon wie Josua in der Wüste vorgekommen.«
»Glaubst du, hier wär's anders? Auf dem Campus läuft der Dämon der politischen Korrektheit Amok. Wir wagen nicht mal mehr, eine Frau mit ›Mädchen‹ anzureden.«
»Oh verdammt. Auch nicht im persönlichen Umgang?«
Ein Kellner brachte uns zwei große Gläser mit Wasser und war wieder weg, bevor wir eine Chance hatten, etwas zu bestellen.
»Ich wünsche dir Glück«, sagte ich in munterem Ton, vermied es aber, ihm in die Augen zu sehen. »Nach allem, was ich weiß, gehen die Eierköpfe im Fachbereich Staatsrecht ziemlich gnadenlos mit Häretikern, Freigeistern und sonstigen Abweichlern

ins Gericht.« Zu meinem Entsetzen stieß ich bei einer allzu heftigen Geste mein Glas um und spritzte alles mit Wasser voll.
»Lass mich das machen.« Dante war im Nu auf den Beinen. »Hast du was abgekriegt?«
»Nein.« Ich riss meinen Arm weg, als hätte seine Berührung mich versengt. »Nur der Tisch. Danke.« Leider patschte ich dabei mit dem Ellbogen in die Wasserpfütze auf dem Tisch. Ich wünschte mir, im Erdboden zu versinken. Überzeugender hätte ich meine New Yorker Weltgewandtheit nicht demonstrieren können.
»Entschuldigung.« Dante stupste eine vorbeieilende Kellnerin an, worauf die unwirsch herumfuhr, sich jedoch beim Anblick der Wasserpfütze versöhnlich gab. »Könnten Sie uns helfen, das hier aufzuwischen, und uns ein neues Glas Wasser bringen? Und dann würden wir auch gern bestellen.«
Die Kellnerin bedachte mich, während sie den Tisch abwischte, mit einem Lächeln, das zu bedeuten schien: *Das haben wir alle schon mal erlebt.* »Was möchten Sie denn haben?«
»Ich hätte gern einen doppelten Espresso«, sagte ich und ersetzte das fällige Dankeschön durch ein freundliches Nicken.
»Hast du Angst, dass ich einschläfernd auf dich wirke?«, kommentierte Dante meine Bestellung grinsend.
»Kaum. Sag der Bedienung lieber, was du haben willst.«
»Einen Milchkaffee. Und Biskuits. Bringen Sie uns so viele, dass es für zwei reicht, ja?«
Es wurde wirklich Zeit, ein anderes Thema anzuschneiden, bevor er mich völlig aus dem Konzept brachte. Ich probierte es mit: »Hat man dir schon ein Büro zugewiesen?«
»Ja, im Erdgeschoss des Littauer.« Er hatte offenbar gemerkt, dass ich irgendwie verstimmt war, zumindest setzte er sich etwas weniger lässig hin. »Mein erster Abend war gleich ziemlich ereignisreich.«
Ein Aushilfskellner brachte uns ein frisches Glas Wasser. Um

neuerlichem Ungemach vorzubeugen, schob ich es vorsichtshalber ein Stück von mir weg.

»Ereignisreich? Wieso denn das?«

»Kurz nachdem ich gegangen war, ist in dem Gebäude eine Frau ums Leben gekommen.«

»Du warst Sonntagabend im Littauer?«

»Ja. Ich hab den ganzen Nachmittag Kisten und Kartons ausgepackt und bin dann länger geblieben, weil ich am Montagmorgen eine Vorlesung hatte und vorher fertig sein wollte.«

Die Kellnerin brachte uns die Kaffees, dazu eine Schale mit Biskuits und Erdbeeren mit Schokostreuseln. Ich machte mich wie eine Süchtige über meinen Espresso her.

»Den Stromausfall hast du wohl nicht mehr mitgekriegt?«

»Nein, da muss ich schon weg gewesen sein. Dafür hab ich beim Weggehen einen Ohrring gefunden. Auf dem Flur, direkt vor meiner Tür.«

»Ach, wirklich?«

»Ich dachte erst, er gehört meiner Sekretärin, aber ihrer war es nicht. Und sie sagt, es habe ihn auch noch niemand als verloren gemeldet, obwohl er ziemlich teuer zu sein scheint.«

»Was heißt ziemlich teuer?«

»Es ist ein Diamantohrring. Ein Mordsdiamant mit kleinen Saphiren ringsum, sagt Angie, meine Sekretärin.«

»Wo ist denn dein Büro genau?«

»Gleich neben dem Foyer. Da hat vor mir ein gewisser George Brille residiert.«

»Und du bist sicher, dass der Ohrring noch nicht dort gelegen hat, als du angekommen bist?«

»So ein Riesending kann man gar nicht übersehen. Er war auch mit Sicherheit nicht dort, als ich loszog, um eine Kleinigkeit zu essen.«

Ein Ohrring war zu Boden gefallen. Auf dem Flur, der vom Foyer abzweigt. Unmittelbar vor dem Stromausfall.

»Guck dir diese Augen an«, murmelte Dante vor sich hin. »Wie Sterne.« Ich wusste erst gar nicht, was er meinte, bis ich merkte, dass er mich lächelnd ansah. Und mein Herz machte einen kleinen Hüpfer. »Was ist los, Nik? Du glühst ja.«
»Ich glühe nicht«, behauptete ich und schüttelte entschieden den Kopf. »Ich find das nur faszinierend.«
»Hey, ich bin's, der vor dir sitzt. Und ich kenne dich.«
»Nicht mehr«, sagte ich vieldeutig. »Wo ist der Ohrring denn jetzt?«
»Irgendwo bei mir im Büro. Ich glaube, in der Schreibtischschublade.« Seine Stimme hatte etwas Schmeichelndes, und seine Augen suchten den Kontakt mit meinen, aber ich war in Gedanken zu sehr mit dem Ohrring beschäftigt.
»Weißt du, ob's einer zum Stecken oder zum Klippen war?«
»Komm einfach mit in mein Büro, da finden wir's ganz schnell raus«, sagte er in aller Seelenruhe.
Ich verschluckte mich am letzten Schluck Espresso, weil ich spürte, dass mich beim Klang seiner Stimme und bei der Art, wie er mich ansah, siedend heiße Wellen durchrieselten.
O Gott, es fängt schon wieder an.
»Da wollen wir lieber nicht hingehen, Dante«, sagte ich. Wir wussten beide, was daraus werden konnte, wenn ich mich plötzlich allein mit ihm in einem spärlich beleuchteten Büroraum wieder fand, und ich wusste aus Erfahrung, dass ich es war, die hinterher darunter litt.
»Wo wollen wir lieber nicht hingehen? In mein Büro?«, fragte er mit heuchlerisch unschuldigem Augenaufschlag.
»Ganz recht. Übrigens ist es schon spät, ich muss gehen.« Ich hielt nach der Bedienung Ausschau.
Ich musste wirklich gehen. Und zwar schnell.
»Bist du ganz sicher?« Er ließ wieder mal nicht locker. »Du kommst mir ein bisschen … verwirrt vor.«
Ich *war* verwirrt.

»Du hast mir gefehlt, Nik«, sagte er und hatte wieder diesen sanften Klang in der Stimme, bei dem ich früher jedes Mal wachsweiche Knie bekommen hatte.
»Du bist so arrogant«, murmelte ich, obwohl ich es viel lieber mit schriller Kopfstimme aus mir herausgeschrien hätte.
»Ich überhäufe dich mit Komplimenten, und du sagst, ich wäre arrogant. Interessante Auslegung. Macht's dir Mühe, mir das wenigstens zu erklären?«, sagte er lachend.
Für ihn war das offenbar alles ein Spiel.
»Hör auf mit dem Quatsch«, fuhr ich ihn an. »Wenn du denkst, du kannst mir einen Espresso ausgeben, mir sagen, ich hätte dir gefehlt, und mich damit ins Bett kriegen, bist du auf dem Holzweg.«
»Oh«, sagte er scharf, lehnte sich zurück und sah mich mit gerunzelter Stirn an, »früher hat das doch so gut funktioniert, wieso jetzt nicht mehr? Ich meine, wo das doch alles war, was zwischen uns gelaufen ist, nicht wahr? Weil mir doch an dir als Mensch nie was gelegen hat. Und zwar, weil ich deine überlegene Intelligenz nicht ertragen konnte. War das nicht so?«
»Das hab ich nie gesagt«, blaffte ich ihn an.
»Das hast du wörtlich gesagt, an unserem letzten Abend. Wenn auch vielleicht nur aus Wut. Aber ich hab's wirklich nie darauf angelegt, dir wehzutun.«
»Du hast genau das gekriegt, was du von mir haben wolltest. Nämlich, es mal mit einem schwarzen Mädchen zu treiben, das du selbstverständlich nicht mit nach Hause nehmen und deiner Familie vorstellen konntest. Und dann hast du dich abgeseilt. Acht Jahre sind vergangen, ohne dass ich je was von dir gehört habe, bis du zufällig bei mir eingezogen bist. Trotzdem habe ich dir gefehlt. Ach – hör auf.«
»Das ist verdammt unfair, Nik.« Unsere Unterhaltung nahm an Lautstärke zu, die Kellnerin schüttelte mitleidig den Kopf, als

sie uns die Rechnung auf den Tisch knallte. »Da haben eine Menge Dinge mitgespielt, von denen du nichts ahnst. Mit der Hautfarbe hatte es aber nichts zu tun.«

»Komm, Rosario, für wie blöde hältst du mich denn?«

»Sieh mal, ich konnte nie wieder mit irgendeiner anderen zusammen sein. Dafür warst du mir viel zu nahe – näher als irgendeine andere Frau.«

Ich schüttelte angewidert den Kopf. Das artete in eine Demütigung aus. »Weißt du was? Ich möchte einfach nicht darüber reden. Ehrlich nicht.« Ich stand auf und zog meine Jacke an. »Wir können beide etwas Besseres mit unserer Zeit anfangen, als alte Geschichten aufzuwärmen.« Ich warf fünf Dollar auf den Tisch.

»Nicht so alt, dass sie dir nicht unter die Haut gingen«, zog er mich auf, langte nach seinem Jackett und legte ebenfalls fünf Dollar auf den Tisch.

»Weißt du eigentlich, dass du immer noch derselbe eingebildete Blödmann bist wie vor sechs Jahren?«, fauchte ich ihn an, als wir gingen.

»Und du bist noch genauso selbstgerecht und besserwisserisch wie eh und je.«

»Weshalb suchst du dir dann nicht eine andere Wohnung? Dann könntest du mir leichter aus dem Weg gehen.«

»Ja – das wär immerhin eine Idee.« Er kam mir nach und fasste mich, als ich losgehen wollte, am Arm. »Weißt du was? Dein Problem ist, dass du dein Leben nach dem Strickmuster deiner ökonomischen Modelle führen willst, mit vorher festgelegten Eckdaten und einem theoretischen Überbau, durch den sich alles erklären lässt.«

»Und das macht dir Schwierigkeiten, wie?«

»Nein. Nicht, solange du mich als die Ausnahme von der Regel ansiehst. Den Datenknick, den du nicht erklären kannst.«

»Großartig«, gab ich ihm raus. Das sah ihm ähnlich, mich mit einem statistischen Modell zu vergleichen. »Dann werd ich's mit dir machen wie mit allen Daten, die sich als Ausreißer erweisen: ich schmeiß dich raus.«

Bleib bei deinem akademischen Fachgebiet, du Blödmann.

Als wir uns Sekunden später trennten, machte ich mir Vorwürfe, dass ich mich überhaupt mit ihm verabredet hatte. In der vagen Hoffnung, durch einen strammen Fußmarsch meine Frustration loszuwerden, schlug ich den Weg zum Flussufer ein. Die Nachtluft kühlte mein erhitztes Gesicht. Ich wollte diese Erinnerungen loswerden. Er war schließlich nur ein Mitbewohner – jemand, der im selben Haus wohnte wie ich. Und wenn ich unbedingt an etwas denken musste, sollte mir wirklich was Intelligenteres einfallen als der hübsche Schwung seiner Lippen, wenn er lächelte.

Bei der Weeks Bridge blieb ich stehen und verfolgte fasziniert das Spiel der goldenen Kringel, die das Mondlicht auf den Charles River zauberte. Dann fiel mein Blick auf die stattlichen roten Backsteinhäuser an der Flussschleife. Eins davon, das Dunster-Haus, benannt nach Henry Dunster, dem ersten Präsidenten der Harvard, war mein altes Studentenwohnheim gewesen. Dem edlen Spender, dem Harvard den Bau dieser sieben Häuser verdankte, hatte vorgeschwebt, dass sie die Namen der ersten sieben Präsidenten tragen sollten, aber es war nichts daraus geworden. Beim siebten Harvardpräsidenten, Dr. Leonard Hoar, hatte der Verwaltungsrat sich – aus welchem Grund auch immer – geweigert, ihm durch die Namensgebung ein Denkmal zu setzen.

Ich hörte leises Gelächter aus dem Innenhof des Dunster-Hauses, der flackernde Lichtschimmer ließ vermuten, dass ungeachtet der kühlen Nachtluft ein paar Unerschrockene irgendeine Fete im Hof veranstalteten. Von der Brücke aus konnte ich ein Grüppchen ausmachen, das sich um einen der schmiedeeisernen Tische scharte, und nun ahnte ich auch, woher das

flackernde Licht kam: von brennenden Kerzen hinter den hohen Sprossenfenstern der Bibliothek.
Eine Herbstnacht, die mich an die erinnerte, in der ich Dante Rosario zum ersten Mal begegnet war. Ich war noch am College, im Jahr vor dem Examen, und wollte gerade die Treppe hochgehen, als ich ihn ein Spinnwebengeflecht auf den Treppenabsatz sprühen sah, offenbar für die jährliche Halloweenparty. Ich ging weiter, starrte aber auf dem Weg nach oben zu ihm hin und rätselte darüber, wie er es schaffte, diese Spinnweben so täuschend echt aussehen zu lassen, und was ein so unverschämt gut aussehender Bursche bei mir im Treppenhaus zu suchen hatte.
Es stellte sich heraus, dass er im Hauptfach Staatsrecht studierte und zwei Stockwerke unter mir wohnte. So blieb es nicht aus, dass ich ihn wieder sah – ziemlich oft sogar: im Speiseraum, im Treppenhaus, bei Partys – und hin und wieder in meinen Träumen. Ich wäre sofort mit ihm ausgegangen, wenn er mich gefragt hätte. Was er aber trotz meiner Anstrengungen, mich ansprechbar und aufgeschlossen zu geben, nicht tat, zumindest geraume Zeit nicht. Und so nahm das, was man bei großzügiger Auslegung des Begriffs eine ›Beziehung‹ nennen könnte, für uns erst im Herbst unseres letzten Jahres an der Harvard seinen Anfang. Warum er dann auf einmal sein Interesse an mir entdeckte, ist mir bis heute noch nicht klar. Und ich bin auch bis heute nicht dahinter gekommen, woran wir gescheitert sind.
Als er mich das erste Mal küsste, hielt ich ein Buch in der Hand. Die Symbolkraft war mir damals noch nicht klar, erst später ist mir aufgegangen, dass es so was wie ein Wink des Schicksals gewesen sein muss, denn über Bücher konnten wir stundenlang reden. Oft saßen wir bis tief in die Nacht in seinem Zimmer und diskutierten Texte aus seinen oder meinen Kursen oder Zeitungsartikel zu einem aktuellen politischen Thema.

Und obwohl wir meistens keineswegs einer Meinung waren, empfanden wir die Gespräche als bereichernd; ob es um gesellschaftliche Probleme, Ideen für durchgreifende Reformen oder hitzige Debatten über aktuelle politische Ereignisse ging, sie waren immer so ehrlich, dass sie uns aufwühlten. Aber wenn es um unsere Gefühle ging, schienen uns einfach die Worte zu fehlen. Ich ahnte, dass er irgendetwas bei mir vermisste, dass ihm etwas fehlte, aber ich kam nie dahinter, was. Hatte es mit meiner Hautfarbe zu tun? Oder mit seinen geheimen Ängsten? War ich ihm zu aufgeweckt? Oder nicht aufgeweckt genug? Woran es auch gelegen haben mag, am Ende, als er ging, hätte ich ihn auch mit noch so viel Tricks nicht festhalten können. Und als er weg war, litt ich unter dem Gefühl, dass er mich, sonst eigentlich nie um Worte verlegen, sprachlos zurückgelassen hatte. Er ist von allen Menschen, denen ich begegnet bin, der einzige, der vor keinem Thema zurückgeschreckt war, bei denen sich Begriffe wie Gerechtigkeit, Gleichheit und Menschenwürde unabweisbar aufdrängten. Und der einzige, der es versteht, einem bei einer Unterhaltung die Sterne vom Himmel zu pflücken.

Ich machte mich – ein wenig beklommen bei dem Gedanken, dass er, wenn ich zu Hause ankam, auch da wäre – die JFK Street hinunter auf den Heimweg. Als ich am Charles Hotel vorbeikam, entdeckte ich wenige Schritte vor mir Lindsey Wentworth und Isaiah Fisher.

Ein Anblick, der mich sofort wieder zurück in die Gegenwart brachte. Was stimmte nicht an dem Bild, das sich mir bot? War es die Frage, was sie überhaupt verbinden konnte? Meinem Eindruck nach waren die beiden mitten in einem ausgedehnten Nachtbummel. Arm in Arm, lachend und flirtend – ein offensichtlich gelungener – oder sagt man: erfolgreicher? – Abend. Soll mir keiner was von trauernden Witwern und in Tränen aufgelösten Sekretärinnen erzählen.

Ich folgte ihnen mit ein paar Metern Abstand über den Square und hörte Fisher laut darüber lamentieren, mit welchen Schwierigkeiten man heute als kleiner Buchhändler zu kämpfen habe und was er alles auf die Beine stellen könnte, wenn er mehr Geld im Rücken hätte. Lindsey gab sich derart mitfühlend und verständnisvoll, dass ich mich schon fragte, wie lange es wohl dauerte, bis sie Daddy Wentworth dazu gebracht hatte, sein Scheckheft zu zücken. Fisher schaffte es, in den fünf Minuten, die sie bis zu ihrem Ziel, dem Restaurant Wursthaus, brauchten, den Namen des besagten Vaters zwei Mal beiläufig zu erwähnen. Sie verschwanden in dem Lokal, das seinen Ruf als Fresstempel eher der Quantität als der Qualität der Portionen verdankte, und ich fragte mich, ob ich es wagen sollte, weiter heimlich Mäuschen zu spielen. Sie waren mir reichlich angetrunken vorgekommen, sodass das Risiko eigentlich nicht allzu groß schien. Und selbst wenn sie mich sahen, was war schon dabei? Also betrat ich ebenfalls den dunklen Eingang, sah noch, wie beide die Treppe hochstiegen, und folgte ihnen nach oben.

Abhängig von der Stimmung, in der man gerade ist, kann einem die Wursthausbar im oberen Stock sehr romantisch oder eher ein wenig schäbig vorkommen. Es war nahezu finster, bis auf das Licht, das durch die Jalousetten von der Straße hereinfiel und irritierende Kringelmuster auf die Tische malte. Lindsey und Isaiah hatten sich in eine Nische auf der linken Seite des Raumes zurückgezogen, ich rutschte in die Nische direkt dahinter und bat mit gedämpfter Stimme um ein Glas Weißwein. Das erwies sich als kapitaler Fehler, weil das Wursthaus für seine reiche Auswahl an einheimischen und importierten Bieren bekannt war. Das Mädchen, das an meinem Tisch bediente, fand es offenbar befremdlich, dass ich mich solo in so eine Bar verirrte, und als sie merkte, dass ich mich mit den speziellen Gepflogenheiten des Hauses nicht auskannte, redete sie mir –

in bester Absicht, aber leider immer lauter werdend – zu, mich für irgendein Bier vom Fass zu entscheiden. Lindsey, allzeit hilfsbereit, steckte den Kopf um die Ecke, um mir die Sorte zu empfehlen, die Isaiah und sie tranken. Und so ereilte mich das Geschick vieler Amateurdetektive: Sie erwischte mich.

»Ach Sie, Nikki!«, juchzte sie. »Was machen Sie denn hier?«

»Ja, Harvardmädchen«, echote Fisher, »was hat dich denn ins Wursthaus gelockt?« Ich mochte mich irren, meinte aber, in seinen Augen eine Mischung aus Misstrauen und Spott glitzern zu sehen.

Zum Glück fiel mir eine Ausrede ein, mit der ich mich einigermaßen aus der Affäre ziehen konnte. »Ich bin hier mit einem Freund verabredet, aber der hat sich offensichtlich verspätet«, sagte ich und stand auf. »Ich werd mal lieber nachsehen, ob er unten auf mich wartet.«

»Netter Zufall, Sie hier zu treffen«, rief Lindsey mir nach.

Ich stiefelte hastig die Treppe hinunter und hätte mich ohrfeigen können, dass mir nichts Besseres als ein so plump eingefädelter Lauschangriff eingefallen war. Die Hoffnung, dahinter zu kommen, was zwischen den beiden lief, konnte ich mir fürs Erste abschminken.

Und wenn Ella tatsächlich ermordet worden war und einer der beiden etwas damit zu tun hatte, wusste er jetzt, dass ich ihn im Visier hatte.

n e u n

Der Segen der Öffentlichkeit

»Von mir aus lassen Sie das verdammte Buch aus der Kongressbibliothek einfliegen, wenn's nicht anders geht. Hauptsache, es liegt heute noch auf meinem Schreibtisch.« Dieses Mädchen aus der Widener-Bibliothek kostete mich den Rest meiner Beherrschung.

Freitagmorgen – Ian McAllister war zurück und hatte um halb acht angerufen, um mir mitzuteilen, er bedürfe unbedingt meiner Hilfe, um einen Artikel für die *American Economic Review* fertig zu stellen, der in siebenundzwanzig Stunden auf dem Schreibtisch des Redakteurs liegen müsse. Noch ein Auftrag. Zusätzlich zu seinem inzwischen überfälligen Artikel über ausländische Direktinvestitionen für die *Times*, meinem Skript für die Konferenz der American Economic Association im Januar, dem Abschlussbericht des Komitees und meinen beiden heutigen Vorlesungen.

»Nun, ich könnte eine Expressbestellung an die Kongressbibliothek durchfaxen, aber das kostet einiges.«

Die Wechselsprechanlage summte – Gwen hatte irgendwas Dringendes für mich.

»Hören Sie, tun Sie, was nötig ist«, blaffte ich ins Telefon, »ich hab Ihnen doch schon gesagt, dass wir die Kosten übernehmen.« Manchmal kommt wirklich alles zusammen, und zwar knüppeldick.

Ich legte auf und drückte die Sprechtaste der Wechselsprechanlage. »Was gibt's?«

»Sergeant Detective Griffin von der Harvard Police. Sie hatten ihn um Rückruf gebeten. Ist sein zweiter Versuch.«
»Dann muss ich ihn eben zurückrufen.« Es klingelte auf meiner zweiten Leitung. »Haben Sie ihm nicht schon beim ersten Versuch gesagt, dass ich mich später melde?«
Ich nahm ab, damit das nervtötende Klingeln endlich aufhörte.
»Hallo?«, fragte ich gehetzt.
»Ich bin's.« McAllister – auch das noch. »Haben Sie die Bibliothek angerufen?«
Ich würgte meinen Ärger hinunter. Was glaubte der denn, was ich hier mache? Dasitzen und mir die Fußnägel anmalen? »Die Widener Bibliothek kann das Buch bis heute Abend besorgen, alles andere hole ich mir über Internet.«
»Sehr schön, sehr schön. Der Entwurf für die Princeton-Rede sieht übrigens recht gut aus, meine Beste.«
»Danke.«
»Bei der Gelegenheit – wie kommen wir mit dem Crimson Future Report voran?«
»Ich wollte Ihnen heute Morgen schon was dazu sagen. Es gab anfangs eine ärgerliche Verzögerung, weil ...«
»Was ist, Paula?« Aha, McAllisters Sekretärin hatte sich dazwischengedrängelt. Eine Pause, dann bellte Ian unwirsch: »Zwei Minuten wird er sich ja wohl gedulden können.«
»Inzwischen komme ich mit dem Bericht gut voran«, sagte ich schnell. »Nur, die Diskette, die Sie mir gegeben haben, war ein Blindgänger. Nichts drauf. Und um die Daten aus den Tabellen zu übertragen, dazu hat mir einfach die Zeit gefehlt.«
»Paula hat doch eine zweite Diskette. Weshalb haben Sie sich die nicht geben lassen?«, kanzelte er mich ab.
»Paula war fast eine Woche lang krank ...«
»Na schön, jetzt ist sie wieder da«, fiel er mir ins Wort. »Kommen Sie rüber und holen Sie sich für alle Fälle die zweite Kopie. Wie konnten Sie das so lange schleifen lassen, Veronica? Die-

ser Abschlussbericht hat absoluten Vorrang. Die Presse verlangt danach.«
»Sehen Sie, Ian, ich tu mein Bestes. Ich bin sogar …«
»Zur Sache! Bei mir im Vorzimmer wartet ein Besucher.«
Weitere Erklärungsversuche erübrigten sich: ein Dauerton, er hatte aufgelegt. Dafür summte wieder die Wechselsprechanlage – Gwen.
»Dieser Cop besteht darauf, mit Ihnen zu reden. Ich soll Ihnen sagen, er müsse wissen, warum Sie ihn anrufen wollten.«
Seufzend griff ich wieder zum Hörer.
»Rafe?« Er durfte ruhig merken, dass ich in Eile war. »Danke, dass Sie zurückrufen, aber hier geht im Moment alles drunter und drüber. Kann ich Sie später anrufen?«
»Hören Sie, Professor Chase, wenn Sie mich sprechen wollten, um mir irgendwas in der Sache Ella Fisher mitzuteilen, muss ich möglichst schnell erfahren, was das war.« Ganz ruhig und sachlich. Aber mich riss er mitten aus meinem Papierkram heraus.
»Ja, es ging um Ella«, sagte ich nicht mehr ganz so gehetzt.
»Und Sie wollten doch Nikki zu mir sagen, nicht wahr?«
»Was wollten Sie mir mitteilen, Nikki?« Ich hatte ihm nicht mal ein vergnügtes Glucksen entlocken können.
»Erinnern Sie sich an diesen Bericht, an dem Ella gemeinsam mit mir gearbeitet hat? Ich hab vor ein paar Tagen eine geringfügige Diskrepanz bei den Finanzdaten entdeckt, die wir als Arbeitsgrundlage benutzen.« Ich berichtete kurz von meiner Odyssee bei der Suche nach der Diskette mit den Daten und erzählte ihm, wann und wie mir aufgefallen war, dass Ian McAllisters Zahlen nicht mit denen auf Ellas Diskette übereinstimmten.
»Wie groß war die Differenz?«, fragte er.
»Etwa zwei Millionen Dollar. Eigentlich nicht viel, gemessen am Gesamtbudget des Fachbereichs. Ich vermute, bei dem ei-

nen Zahlenwerk sind die administrativen Kosten anders zugeordnet worden als bei der anderen Version. Aber Ella hat das wohl irgendwie stutzig gemacht. So sehr, dass sie sogar mit ihrer Sekretärin darüber gesprochen hat. Lindsey Wentworth.«
»Ja«, murmelte er, »wir haben uns mit ihr unterhalten.«
Ich lehnte mich im Schreibtischsessel zurück. Irgendwie war Rafe beunruhigt, obwohl er's nicht sagte.
»Kommen Sie, Rafe«, versuchte ich, auf den Busch zu klopfen, »wir wissen beide, dass da etwas nicht stimmt. Worum geht's?«
Schweigen. Dann sagte er mit gesenkter Stimme: »Darüber darf ich zurzeit noch nicht sprechen. Aber Sie waren ein braves Mädchen und haben mich mit Ihren Neuigkeiten versorgt, darum haben Sie sich's verdient, dass ich auch was sage.« Wieder eine Pause. »Wir können die Möglichkeit nicht ausschließen, dass es vielleicht doch kein Unfall war.«
»Heiliger Bimbam«, flüsterte ich. »Sie ist ermordet worden.«
»Nein«, korrigierte er mich, »das hab ich nicht gesagt. Noch wissen wir das nicht mit Sicherheit.«
»Aber es geht jetzt nicht mehr um die Untersuchung eines Unfalls, sondern eines Verbrechens – richtig?«
»Ich sage nichts mehr dazu. Und Sie besser auch nicht.«
Mein Adrenalin sprudelte. »Wie kann ich Ihnen helfen?«
»Nur dadurch, dass Sie wie bisher die Augen offen halten, Nikki. Und ich möchte diese Finanzdaten einsehen.«
Ich konnte sicher mehr tun. Wer hatte Ellas Tod gewollt?
»Hören Sie«, sagte ich spontan, »wir haben morgen bei uns eine Party. Meine Vermieterin will damit zwei neue Mieter willkommen heißen. Kommen Sie doch einfach dazu, dann zeige ich Ihnen bei der Gelegenheit die Finanzdaten.«
Auf einmal hörte ich doch so etwas wie ein Lächeln in seiner Stimme mitschwingen. »Riesig nett von Ihnen. Aber sind Sie sicher, dass es für einen Überraschungsgast reicht?«
»Sie scherzen. Wenn Maggie kocht, können wir die halbe Stra-

ße satt füttern. Jess, meine beste Freundin, kommt auch. Und ich wollte sowieso, dass Sie meine Vermieterin kennen lernen.«

»Ach, wirklich?«

»Wirklich. Nun sagen Sie schon Ja.«

»Gut. Ich bringe eine Pekannusspastete mit.«

»Wunderbar.«

Der Rest des Tages verging wie im Fluge – zwei Vorlesungen, etliche zornige Mahnanrufe bei der Widener-Bibliothek und zaghafte Versuche, schon mal das eine oder andere zu Papier zu bringen. Um halb sechs war ich nervlich am Ende und stellte mir die müßige Frage, warum ich aus New York weggegangen war, um mir hier für ein Zehntel meines ehemaligen Gehalts genauso viel Arbeit und eher noch mehr Stress aufladen zu lassen.

Meine Stimmung besserte sich, als ich durch das Canaday Gay auf den Yard kam. Es war die magische Stunde, die Sonne malte Goldflitter auf die roten Backsteingebäude. In den Gesichtern der Studenten, die mir entgegenkamen, stand die Erwartung, die sie mit diesem ersten Freitagabend im Semester verbanden. Ich drückte ihnen die Daumen. Irgendwie war's tatsächlich ein Aufbruch zu neuen Ufern.

So absolvierte ich, angesteckt von lauter froh gestimmten Gesichtern ringsum, in immer besserer Laune mein übliches Freitagabendprogramm: rasch bei der Cambridge Savings Bank ein bisschen Bargeld holen, im Coop ein Paar Strümpfe erstehen, bei CVS Hautkrem und Zahnpasta und am Schluss die Stippvisite im Harvard-Buchladen, um mich mit Wochenendlektüre zu versorgen. Aber anschließend musste ich zurück in mein Büro, um Ians Beitrag für die *American Economic Review* fertig zu schreiben, vorausgesetzt, das so dringlich angemahnte Buch war dank der kollektiven Anstrengungen der Widener-Bibliothekarinnen inzwischen tatsächlich da.

In den schmalen Gängen zwischen den Bücherregalen wimmelte es von Menschen, fast alle mit einem Buch vor der Nase. Ich musste mir den Weg zur Belletristik-Abteilung stellenweise regelrecht erkämpfen. Ich bin vernarrt in Buchläden und kann's nicht lassen, immer wieder neue Bücher zu erstehen. Obwohl ich Zugang zu einem der größten Bibliotheksssysteme der Welt habe, gehe ich jede Woche in eine Buchhandlung und kaufe drei oder vier. Wer weiß, vielleicht mache ich eines Tages meinen eigenen Buchladen auf – ein modernes Antiquariat, in dem jeder Restauflagen der Neuerscheinungen von vor zwei Jahren zum Vorzugspreis kaufen kann. Aber ein Exemplar von jedem angebotenen Buch ist von vornherein für mich reserviert.

An diesem Abend verschwendete ich sträflich viel Zeit beim Herumstöbern. Ntozake Shanges neuer Roman, eine Anthologie mit Geschichten von Alice Munro und die neue Biografie von Adam Clayton Powell – ich hatte alles. Auf dem Weg zur Kasse brachte mich ein schriller Schrei zum Stehen.

»Nikki!«

Jennifer Blum, die im Crimson Future Committee das Radcliffe College vertrat, stand hinter mir, mit einem beachtlichen Stapel Magazinen im Arm. Jennifer war im Komitee in so gut wie allen Punkten anderer Meinung als ich, aber ich mochte sie, weil ich mit ihr, obwohl sie politisch anders gepolt war und herumlief wie eine Sexmieze, immer viel Spaß hatte.

Auch jetzt hatte sie wieder ihre übliche Uniform an: schwarzer Mikro-Mini, hautenger Pulli, schwarze Strümpfe und Army-Stiefel. Das Gesicht von schulterlangem Haar umrahmt, ein kokettes Lächeln auf den Lippen.

»Na, was steht heute Abend auf deinem Programm?« Sie *stellte* einem nie Fragen, sie schrie sie einem zu. Dabei legte sie mir die Hand auf die Schulter und schubste mich sanft auf die Kasse zu.

»Nichts Erfreuliches. Ich muss übers Wochenende mit einem Artikel fertig werden, also werd ich wohl die halbe Nacht im Büro verbringen«, sagte ich und zog den Bauch ein. In Jennifers Nähe plagt mich immer das Gefühl, fünf Kilo Übergewicht mit mir herumzuschleppen.

»Großartig. Dann kannst du mit mir zur Open-House-Party des Präsidenten kommen. Ich brauch eine sachverständige Begleiterin zur Begutachtung des Männerangebots.«

»Haben dich alle, die dich sonst beraten, im Stich gelassen, dass du mit einer alternden Dozentin vorlieb nehmen musst?«

»Lass die Sprüche, Nikki, du bist die Beste. Toller Sweater, den du anhast. Und wenn du's unbedingt wissen willst, Sarah und Mitzi sind dieses Wochenende in New York. Kommst du mit?«

Ich hatte die Wahl: die alljährlich im Herbst stattfindende Open-House-Party des Präsidenten mit exzellenten Appetithäppchen, miserablem Sherry, eingebildeten Typen und der vagen Aussicht, zufällig doch einen interessanten Gesprächspartner zu finden, oder mein Büro mit Ians Artikel und einer pappigen Pizza. Die Entscheidung fiel leicht. »Ach, zum Teufel«, sagte ich achselzuckend, »wenn's um Männer zum Vernaschen geht, warum nicht?«

Und so stolperten wir auf unserem Weg zur Residenz des Präsidenten den mit Fallen gespickten Gehweg der Plympton Street hinunter; ganze Generationen hoch gestellter Honoratioren hatten beim ständigen Hinundherhasten zwischen ihren Häusern an der Flussschleife und dem Yard den roten Backsteinbelag ramponiert.

Eine Kirchenglocke schlug sieben Uhr, als wir beim Haus des Präsidenten am Channing Place ankamen. Das dreistöckige Gebäude aus rotem Backstein war von einem niedrigen weißen Zaun umfriedet, die letzten Strahlen der Sonne gossen ihren Glanz über die Trauerweiden und die in flammendes Orange gekleideten Ahornbäume im Vorgarten aus. Wir bahnten uns einen Weg durch die Studenten, die vor der Haustür herumlungerten, Jennifer grüßte tatsächliche oder vermeintliche Freunde, und dann hatten wir es endlich bis in die eichengetäfelte

Bibliothek geschafft, aus der uns dicke Schwaden von Zigarrenrauch entgegenwehten.
Kaum war die Tür durchschritten, hatte ich ein Wiedersehen mit meinem lang vergessenen Tutor aus Collegezeiten, Christian Chung, der, Lindsey zufolge, Ella Fisher das Leben so schwer gemacht hatte. Er stand, in eine angeregte Unterhaltung mit einem älteren, silbergrau melierten Herrn vertieft, in der Nähe des Kamins und sah aus wenigen Schritten Entfernung genauso aus wie vor Jahren: muskulöser Körper, Waschbrettbauch und glänzendes stahlschwarzes Haar; sein unruhiges Gehabe erinnerte unwillkürlich an einen gefangenen Tiger. Er trug ein blütenweißes Hemd zur grauen Wollhose, und als er sich leicht zur Seite drehte, konnte ich seinen dunkelroten Schlips mit dem goldenen Mittelteil und den linken, einem winzigen Porzellanteller nachgebildeten Manschettenknopf sehen, auf dem das Wort ›heiß‹ eingraviert war. Ob auf dem rechten wohl ›kalt‹ stand?
Um Jennifer und die Erwartungen, die sie mit dem Abend verband, musste ich mir keine Sorgen machen; wenn mich nicht alles täuschte, sahen hier alle Männer zum Anbeißen aus. In der Überzeugung, dass sie bei der Verfolgung ihrer Ziele sehr gut allein zurechtkam – vermutlich sogar besser als mit mir im Gefolge –, schlenderte ich, als das Gespräch zwischen dem Silbergrauen und Chung beendet war, zu Christian hinüber.
Ich begrüßte ihn mit einem Lächeln. »Ich weiß nicht, ob Sie sich an mich erinnern, ich war vor neun Jahren in Ihrem Tutorenkurs, Christian. Jetzt bin ich selber Dozentin – Nikki Chase.«
Er schüttelte mir geistesabwesend die Hand. »Und was führt Sie heute Abend hierher?« Ganz so, als wäre *er* der Hausherr und Gastgeber.
»Hallo, Scott.« Er nickte einem älteren Herrn zu, der an uns vorbeikam, und murmelte mir bedeutsam zu: »Der Dekan des Fachbereichs Biochemie.«

»Ein wundervolles Dinner letzte Woche, Christian.« Abermals ein betagtes, silberhaariges Semester. Und während er Christian kurz den Arm drückte: »Audrey fragt mich jeden Tag nach dem Rezept, das Sie ihr versprochen haben.«

Ich war ein wenig verblüfft angesichts der vielfältigen gesellschaftlichen Beziehungen, die Christian pflegte. Welche positiven Auswirkungen auf seine Karriere mochte er sich von einem Professor für Biochemie erwarten?

»Sie scheinen eine Menge Freunde hier zu haben«, sagte ich.

»Nun, ich bin seit vier Jahren Mitglied des Lowell-House-Senior-Klubs. Und da ich nun mal die Budgets verwalte, will sich jeder Dekan einmal im Jahr gut mit mir stellen – nämlich zur Zeit der Budgetprüfung.«

Ich nickte unbeeindruckt. »Normalerweise bin ich bei diesen Open-House-Partys nicht zu finden. Aber heute bin ich von einer Freundin eingeladen worden, die auch dem Crimson Future Committee angehört.«

Beim Zauberwort Komitee sah er mich zum ersten Mal richtig an. »Ich hab's!« Er schnippte mit den Fingern. »Ich hatte gleich so 'ne Ahnung, dass ich Ihren Namen kenne. War in einem von Barretts Wochenberichten über die Komiteearbeit erwähnt.« Sein Blick tastete mich von oben bis unten ab, und er nahm sich sogar viel Zeit dafür. »Gute Arbeit. Saubere, knappe Darstellung. War sicher nicht einfach, in dieses Komitee zu kommen.«

Ich murmelte etwas davon, dass man eben jemanden gebraucht habe, der ein nachvollziehbares Zahlenwerk zusammenstellen konnte, und sah ihm geradezu an, wie er plötzlich aufhorchte.

Er trat einen Schritt näher an mich heran. »Sie sind so gut wie fertig, nicht wahr? Die Pressekonferenz soll ja, soweit ich weiß, schon in drei Wochen stattfinden.«

»Nun, wir müssen sie vielleicht ein wenig verschieben«, erwiderte ich. »Es gab einen schrecklichen Unfall, das hat unseren

Zeitplan durcheinander gebracht. Sie haben sicher davon gehört – die Studentendekanin Fisher.«

»Die Frau, die Anfang der Woche ums Leben gekommen ist? Ach ja, sie war auch in dem Komitee, nicht wahr?«

Warum tat er so, als habe er Ella kaum gekannt? Lindsey hatte mir erzählt, dass er ständig mit ihr im Streit gelegen hätte. »Ja«, sagte ich zögernd, »wir beide, sie und ich, waren für den Abschlussbericht zuständig. Aber nach ihrem tödlichen Unfall muss ich nun sehen, wie ich allein damit fertig werde.«

»Das ist eine Menge Arbeit. Da können Sie sicher Unterstützung brauchen. Ach ... äh – soll ich uns ein paar Hors d'oeuvres holen? Irgendwas muss man schließlich essen, und bei Ihrer Figur können Sie sich's ja leisten.«

Und dann spürte ich auf einmal, wie seine Hand langsam meinen Rücken abwärts glitt. Er hatte tatsächlich den Nerv, mitten in diesem erlauchten Klüngel einen Annäherungsversuch zu starten. Seit wann standen asiatische Männer überhaupt auf schwarze Frauen? Eine einmalige Ausnahme, hätte ich als erprobte Flirterin gesagt.

Als er mich noch näher an sich heranzog, erwog ich den Gedanken an Rückzug. Er wollte eindeutig irgendwas von mir. Aber warum sollte ich mich nicht darauf einlassen, um zu ergründen, worauf er hinauswollte? Möglicherweise hatte es was mit Ella zu tun. Ich gab mich locker und schenkte ihm ein Lächeln. »Was zu knabbern wäre wundervoll.«

»Die Schiebetür da drüben führt zur Bibliothek des Präsidenten. Warten Sie am besten dort auf mich, da sind wir ungestört.«

Während ich wartete, stöberte ich ein bisschen in den deckenhohen Bücherregalen aus Mahagoniholz. Neben dem Kamin stieß ich auf eine Sammlung alter Periodika – *The New Republic, Commentary, The Nation* und so weiter. In einem Heft der *Partisan Review* aus dem Jahr 1967 fand ich einen von Leo Barrett geschriebenen Beitrag mit der Überschrift: *Warum Negros Bobby*

Kennedy unterstützen sollten. 1967 – da musste er achtzehn oder neunzehn gewesen sein. Dass der Artikel mir aufgefallen war, lag nicht an Leos Namen, sondern daran, dass am Fuß der ersten Seite – da, wo gewöhnlich kurze biografische Angaben über den Verfasser stehen – irgendjemand herumgeschnippelt hatte, und zwar so akkurat, dass die Fußnote offensichtlich mit der Rasierklinge abgetrennt worden war.
In dem Augenblick kam Christian mit einem Teller voll Appetithäppchen in die Bibliothek. »Na, haben Sie was Interessantes entdeckt?«, fragte er und kam – plötzlich einen Schritt schneller, wie mir schien – auf mich zu.
»Ach, nur einen alten Artikel unseres Präsidenten.«
»Kommen Sie, setzen Sie sich. Ich räum die Zeitungen für Sie weg.« Er stellte den Teller ab, schob mich mit einer Hand auf einen mit dunkelrotem Leder bezogenen Schaukelstuhl zu und nahm mir gleichzeitig mit der anderen mit schnellem Griff die Zeitschriften weg.
Kaum eine Minute später hatte er sich's zu meinen Füßen auf dem Parkett bequem gemacht und hielt mir den Teller mit Toastecken hin, belegt mit Kaviar, Eischeiben und saurem Rahm. »Sagen Sie, wie hat Ihnen die Arbeit im Komitee gefallen?«
»Sie können sich sicher vorstellen, wie das mit ausgemachten Egos wie Ian McAllister, Bob Raines und Ella Fisher ist. Soweit es um Ella geht, kennen Sie das aus erster Hand, vermute ich.«
»Wie meinen Sie das?« Er gab dem auf dem Flur vorbeieilenden Kellner ein Zeichen. Die nachträglich an mich gerichtete Frage »Champagner?« war wohl eher rhetorisch gemeint.
Ich nickte. »Ich mag mich irren, aber irgendwie habe ich den Eindruck, dass Sie nicht sehr gut miteinander ausgekommen sind.«
Er ließ ein Schnauben hören. »Ella und ihre dumme Barbiepuppe von Sekretärin haben das von Zeit zu Zeit als Erklärung dafür benutzt, dass ich begründete Kritik an ihrer Amtsführung ge-

übt habe. Soweit man das Amtsführung nennen konnte. Ihre Lieblingsversion war, ich sei auf ihren Job aus gewesen.« Nachdem er sich mit einem Schluck Champagner gestärkt hatte, fuhr er fort: »Ich sehe das so: Der Präsident hielt sie für geeignet, die Position der Studentendekanin einzunehmen, ich dagegen nicht. Aber die Sache war nun mal entschieden, und ich konnte damit leben. Dass Ella mir persönlichen Neid unterstellt hat, war schon ärgerlich, aber wenn nun auch noch intelligente Leute anfangen, den Unsinn zu glauben, kriege ich Zustände.«

Danke, dass du mich immerhin zur Intelligenzija zählst.

»Oh, Leo!«, rief er und rappelte sich hoch. Leo Barrett, der sechsundzwanzigste Harvardpräsident, kam in die Bibliothek, begleitet von zwei älteren Herren, von denen der eine Dekan irgendeiner Fakultät und der andere der Heimleiter des Eliot-Hauses war. Chung war im Nu auf den Beinen und schloss sich den dreien wie selbstverständlich an.

»Ah, Christian! Hab Sie schon den ganzen Abend gesucht.« Leo ging weiter – typisch für ihn, er musste immer in Bewegung sein. »Wir müssen noch über die Besprechung morgen früh reden.« Er angelte sich im Vorbeigehen eine Toastecke von unserem Teller. Dabei fiel sein Blick auf mich.

»Professor Chase!«, rief er erstaunt, während er gleichzeitig dem Kellner einen Wink gab, ihm etwas zu trinken zu bringen.

Ich hatte oft mit Leo Barrett zu tun, trotzdem löste es immer noch ein nervöses Kribbeln in mir aus, wenn er sich so direkt an mich wandte. Nicht bloß, weil er der Präsident war, er war auch ein außerordentlich attraktiver Mann. Auf den ersten Blick hatte er etwas Fremdländisches an sich, aber auf eine anziehende Weise, die ihn zum Blickfang machte. Fein geschnittene Nase, volle Lippen, aristokratisch anmutende hohe Wangenknochen, lebhafte braune Augen und buschige dunkle Brauen. Auch mit fünfzig noch keine graue Strähne im rabenschwarzen Haar, das, weil es sehr kurz geschnitten war, seine Augen noch

größer und eindringlicher wirken ließ. Der maßgeschneiderte blaue Blazer saß wie angegossen, das weiße, dezent gestreifte Hemd und die gelb gemusterte Krawatte gaben einen interessanten Kontrast zu seiner olivfarben gebräunten Haut ab.
Ich ging auf ihn zu und hatte irgendwie das Gefühl, als habe er sein hübsches Lächeln eigens für mich aufgehoben.
Er fasste mich an den Ellbogen und küsste mich auf beide Wangen. »Ich musste gestern an Sie denken, Nikki. Ich habe Frantz Fanon gelesen. Da fiel mir wieder unsere Diskussion mit Duncan Kennedy ein.« Seine Linke ruhte auf meinem Rücken, die Rechte auf Chungs Schultern. »Christian, kennen Sie schon unsere brillante Wirtschaftswissenschaftlerin? Sie hat eine große Zukunft vor sich.«
»Ja, natürlich«, murmelte Christian. Es wurmte ihn offenbar, dass ich so gut mit Leo stand.
»Christian hat mir vor langer Zeit die ersten Grundkenntnisse in Ökonomie beigebracht«, sagte ich.
»Ja, und eben haben wir darüber gesprochen, wie hart Veronica jetzt beim Crimson Future Committee ranmuss«, warf Christian ein. »Sie übernimmt jetzt auch den Part von Ella Fisher.«
Leo Barretts Lächeln verkümmerte. »Ein schrecklicher Unfall, nicht wahr?«
»Ja, sie wird uns fehlen«, sagte ich. Jetzt, da ich so dicht vor ihm stand, fiel mir auf, wie erschöpft Leo aussah. Was ganz ungewohnt bei ihm war. Um seine Augen lagen dunkle Schatten, er ließ sogar die Schultern etwas hängen, was bei ihm besonders auffiel, weil wir alle an seine betont straffe Haltung gewöhnt waren. Vielleicht war er überarbeitet. Was mich nicht gewundert hätte bei dem Arbeitspensum, das er sich auflud – gerade jetzt vor der großen Pressekonferenz. Aber es ging schließlich um die finanzielle Zukunftssicherung der Universität.
»Hallo-ho!« Lindsey Wentworth tauchte unter der Tür auf, Arm in Arm mit einer Frau mittleren Alters mit einem blonden

Pagenschnitt. »Sehen Sie, Torie, hab's doch geahnt, dass er sich hier versteckt.«
Victoria Wolcott Barrett, Harvards First Lady, schien nicht sehr angetan davon, dass ihr Mann sich in die Bibliothek geflüchtet hatte. Sie trug ein taubengraues Kostüm, das ihre Wespentaille und die schlanken Hüften betonte; ein schwarzes Stirnband nahm dem kurzen Haarschnitt ein wenig von seiner Strenge. Anfang der Vierziger, verkörperte sie die Grande Dame der Bostoner Gesellschaft. Justin Simms hatte mir erzählt, dass Lindsey Wentworths Eltern alte Freunde von Victoria waren. Was den vertrauten Umgang mit Lindsey erklärte. Darum hatte Lindsey vermutlich den Job bei Ella bekommen. Wie sie so unter der Tür zur Bibliothek standen, hätten sie Schwestern sein können, die mit der Blondtönung ihres Haars wetteiferten.
»Leo«, sagte Victoria, gab Lindseys Arm frei und kam auf ihren Mann zu, »ich such dich überall! Al Williamson ist da, und ich habe ihm gesagt, ihr beide solltet euch noch mal über diesen Trip nach Los Angeles unterhalten.«
»Ich komme gleich, Torie. Sag Christian hallo. Und du kennst ja Nikki Chase.«
»Hallo, Dr. Barrett«, murmelte ich und streckte ihr die Hand hin. Victoria war Doktor der Philosophie, hatte allerdings seit Jahren keinen Lehrauftrag angenommen und war auch nicht publizistisch tätig. Ich war in den letzten drei Jahren zweimal zum Dinner bei ihr gewesen, aber sie schien sich nie an mich zu erinnern.
»Schön, Sie zu sehen«, sagte sie, griff, statt mir die Hand zu geben, flüchtig nach meinen Fingern und starrte im nächsten Augenblick wie gebannt auf einen blauen Faden an Leos Blazer – ein loser Knopf oder so. »Wirklich, Leo, du musst mal ein ernstes Wort mit deinem Schneider reden, damit er auf solche Dinge achtet.«
»Victoria – bitte!« Leo schob unwirsch ihre Hand weg. Dann

legte er Lindsey väterlich den Arm um die Schulter – in der gekonnt unverfänglichen Art, derentwegen ihn die Leute – und besonders die Frauen – so schätzten. »Sind Sie mit allen hier bekannt, Lindsey?«

»Aber ja«, zwitscherte Lindsey. »Christian und ich haben uns letztes Jahr auf einer Dinnerparty bei Ihnen kennen gelernt, und Professor Chase kenne ich, weil sie im Komitee mit Miss Fisher zusammengearbeitet hat. Hach, ich bin ja so froh, dass sie Ellas Diskette mit den Finanzdaten doch noch gefunden hat. Ich weiß, dass es da irgendwas gab, das Ella beunruhigt hat.«

Ich hätte sie am liebsten mit einem vernichtenden Blick in Grund und Boden gestampft. »Sie haben mir ja sehr nett bei der Suche geholfen«, sagte ich und schielte rasch zu Christian hinüber, aber der starrte Leo an, als rechne er insgeheim mit irgendeiner Reaktion wegen Lindseys Bemerkung.

Dann räusperte er sich. »Sir, Sie wollten mit mir wegen der morgigen Unterredung mit Bryce sprechen.« Leo und er gingen ein paar Schritte beiseite, und ich hörte Christian sagen: »Er will den Deal. Sie können also morgen mit harten Bandagen kämpfen.«

Ist es das wirklich wert, nicht mal spätabends abschalten zu können, und das alles, um ein wenig an der Höhenluft der Macht zu schnuppern?, fragte ich mich. Victoria stellte sich offenbar dieselbe Frage, sie sah Leo und Christian stirnrunzelnd an.

Lindsey stupste sie ungeniert an. »Ich glaub, Sie müssen Leo noch mal an das Gespräch mit Mr. Williamson erinnern. Mein Daddy sagt, so ein Trip nach Los Angeles könnte sich toll auf das künftige Spendenaufkommen auswirken.«

Leo wandte sich um und musterte Lindsey stumm. Die Hand, mit der er das Sherryglas hielt, zitterte.

Lindsey plapperte munter weiter, diesmal war ich dran. »Kommen Sie mit Ellas Diskette gut zurecht?«

»Wirklich, Lindsey, ich glaube nicht, dass wir jetzt über Ella sprechen sollten«, fuhr Victoria aufgebracht dazwischen. »Da sitzt uns der Schreck noch tief genug in den Knochen.« Ich wunderte mich, dass sie plötzlich so ungehalten war.
»Haben Sie sie gut gekannt?«, fragte ich.
Sie musterte mich einen Moment lang mit angespannter Wachsamkeit. »Nun, das kann man eigentlich nicht sagen. Ich hatte nie das Vergnügen. Oh – ich sehe gerade ... wenn Sie mich bitte entschuldigen wollen.« Und schon eilte sie davon und hakte sich bei einem Mann ein, der eben die Bibliothek betreten hatte. »Bob – wir haben uns seit dem Wohltätigkeitsball der Krebshilfe nicht mehr gesehen, stimmt's? Wie geht's Judy?«
Leos erhobene Augenbrauen ließen vermuten, dass sein Gespräch mit Christian schwierig war und länger dauern konnte. Ich beobachtete, dass Christian aus der Brusttasche seines Jacketts etwas kleines Rotes fischte – anscheinend eine Tablette – und Leo verstohlen zusteckte. Der schluckte das rote Ding und bedankte sich bei Christian mit einem Lächeln.
Vielleicht war er nicht nur erschöpft, sondern krank.
Oh Gott, schon Viertel vor acht, ich musste los! Ich entschuldigte mich bei Lindsey und machte mich auf die Suche nach Jennifer Blum. Schließlich entdeckte ich sie in der Diele, umringt von vier Männern, die sie unverhohlen anhimmelten. Ich signalisierte mit hochgestreckter Hand, dass ich wegwollte, und sie winkte mir huldvoll zum Abschied zu.
Ich war noch nicht an der Haustür, als ich einen Schrei aus der Bibliothek hörte. »Hilfe!« Eine Frauenstimme. »Der Präsident ist zusammengebrochen!« Der schrillen Stimme nach konnte das nur Lindsey Wentworth sein.
Zusammengebrochen? Unmöglich. Wenn ich irgendjemanden kannte, zu dem der Ausdruck Energiebündel passte, dann Leo Barrett.
Allgemeines Gemurmel wurde laut, alle drängten in eine Rich-

tung, ich kam nicht weiter. Als ich mich auf die Zehenspitzen reckte, sah ich, dass ein Kellner mit ausgebreiteten Armen die Tür zur Bibliothek blockierte. »Bleiben Sie zurück, Herrschaften. Ist ein Arzt da?«
»Machen Sie Platz«, verlangte jemand mit energischer Stimme, »ich bin Arzt.« Ein dunkelhaariger Mann drängte sich durch die Menge und verschwand in der Bibliothek. Einen Augenblick später kam Christian Chung aus dem Wohnzimmer gerannt und wollte hinter dem Arzt her.
»Hey!« Ich erwischte ihn am Arm. »Da können Sie jetzt nicht rein.«
»Was wollen Sie denn?«, blaffte er mich an. »Ich muss dem Arzt dringend etwas sagen.«
Ich sah ihn in die Bibliothek hasten. Was, zum Teufel, hatte sich da vorhin zwischen ihm und Leo abgespielt?
Ich machte mich mit einem flauen Gefühl im Magen auf den Weg zum Littauer, zu meinem Büro.
War Ella Fishers Tod nur der Anfang gewesen?

zehn

Bibliomanie

Freitagabend, Viertel vor neun, eilte ich – den Prada-Rucksack, den Jess mir letztes Jahr zum Geburtstag geschenkt hatte, über die Schulter gehängt – im Sturmschritt zur Widener-Bibliothek. Den Rucksack trug ich gewöhnlich nur am Wochenende, aber ehe das für mich begann, lag noch viel Arbeit vor mir. Das Buch für Ians *American-Economic-Review*-Artikel war endlich eingetroffen – drei Stunden später als erwartet. Die Bibliothek schloss um neun, und meine spezielle Freundin vom Bestellservice hatte mir unmissverständlich zu verstehen gegeben, dass ich, wenn ich's bis dahin nicht abgeholt hätte, bis Montagmorgen warten müsse. Vollmond tauchte den Yard in helles, kaltes Licht, ließ aber die Eingangsbereiche der Studentenwohnheime im Schatten. In einigen Stunden würden diese lauschigen Nischen Schauplatz rührender Abschiedsszenen sein, zurzeit aber herrschte noch Ruhe vor dem Sturm.

Der imposante Block der Widener mit den fünfzig flachen Granitstufen, die zu der von zehn Säulen getragenen Vorhalle führen, tauchte aus dem Halbdunkel vor mir auf. Die Treppe ist ein beliebter Treffpunkt, besonders an warmen Nachmittagen, zumal man von den oberen Stufen aus alles beobachten kann, was sich ringsum auf dem Yard tut. Zu dieser Abendstunde herrschte hier – bis auf ein schmusendes Pärchen, wahrscheinlich Erstsemester – gähnende Leere. Ich nahm auf meinem Weg nach oben immer zwei Stufen auf einmal und gab mir Mühe, nicht darüber nachzugrübeln, wo sich Dante Rosario wohl an diesem Abend herumtrieb.

Es war zehn Minuten vor neun, als ich am Ausgabetisch ankam, aber auf dem Tisch stand bereits das Schild ›Geschlossen‹. Ich musste ziemlich laut und energisch werden, ehe sich eine Mitarbeiterin bequemte, das bestellte Buch doch zu holen, nicht, ohne mich mit einem vernichtenden Blick zu bedenken.
Nach zwei Minuten kam sie mit leeren Händen wieder.
»Tut mir Leid, Ihr Buch ist nicht da.«
»Wie meinen Sie das?«
»Anscheinend wurde es per Expressbestellung bei der Kongressbibliothek ...«
»Ja, richtig.«
»Und dann hat es jemand eingeräumt.«
»Was meinen Sie mit eingeräumt?«
»Dass es jemand in eins der Regale gestellt hat.«
»Hören Sie, ich brauche das Buch für einen Artikel, den ich zusammen mit dem Dekan der wirtschaftswissenschaftlichen Fakultät schreibe und der am Montagmorgen fertig sein muss. Schaffen Sie es irgendwie ran.«
Sie schielte auf ihre Uhr und schüttelte den Kopf. »Oh nein. Wir schließen in sieben Minuten. Ich bin allein hier, ich kann unmöglich ...«
»Geben Sie mir den Begleitzettel, ich such's mir selber.«
Ich musste ihr das Stück Papier förmlich aus den Fingern reißen. Der als Aufsicht eingeteilte Student gab den Eingang frei, als ich ihm meinen Hausausweis zeigte, und so tauchte ich mutterseelenallein ins Dunkel zwischen den deckenhohen Bücherregalen ein, wo einen unwillkürlich das Gefühl beschleicht, sich in ein Burgverlies oder ein mittelalterliches Kloster verirrt zu haben.
Bei meinem ersten Rundgang durch die Regalreihen war ich mir wie verwunschen vorgekommen. Harvard, wie es leibte und lebte – die größte Fundgrube für wissenschaftliche Arbeiten, die ich je gesehen hatte. Die Büchermagazine reichen

sechs Stockwerke tief in die Erde, die Betonblöcke der Wände sind dunkelbraun und genau wie der Fußboden mit Staub bedeckt; das Einzige, was gelegentlich mal feucht abgewischt wird, scheinen die Schilder zu sein, die verirrten Seelen den Weg zu anderen Abteilungen oder zum nächsten Ausgang weisen sollen. Als Lichtquellen dienen grellweiße Glühbirnen, die an ebenfalls völlig verstaubten Stromkabeln von der Decke hängen. Gespenstische Stille liegt über dem Labyrinth der Magazine, gelegentlich vom gequälten Seufzer eines Studenten in einer der Lesenischen oder von widerhallenden Schritten unterbrochen. Die Luft ist mit dem alles beherrschenden Geruch vergilbenden Papiers und alternder Ledereinbände geschwängert.

Nur strebsamste Scholaren wagten sich in diese Gruft, nur die Besten kehrten wieder.

Ich hastete die unter der Last meiner Schritte empört quietschenden Stufen der Metalltreppe hinunter. Mein Buch war in der Ebene C, vier Stockwerke unter der Erde. Immer mehr Studenten kamen mir entgegen, was mich daran erinnerte, dass ich nur noch vier Minuten Zeit hatte, das Buch zu finden, wenn ich nicht die Nacht hier unten verbringen wollte. Ein Bekannter von mir brüstet sich damit, er habe das mal mit einer Freundin getan, dem Erlebnis eines ausgefallenen Sexabenteuers zuliebe, aber allein stelle ich mir das nicht sehr reizvoll vor.

Noch eine Treppe, links abbiegen, rechts abbiegen – dann war ich im Magazin C-Süd angekommen. Auf meinem Begleitzettel stand ›PL D0589 S135.5‹. Ich zog an der Lichtschnur, vor mir flammte eine Glühbirne auf. Die Registriernummern im Regal begannen mit PL A1000, demnach musste ich mein Glück ein paar Reihen weiter unten versuchen. Ich eilte weiter und knipste wieder eine Glühbirne an. Ja, jetzt war ich bei der richtigen Reihe angekommen. Weiter hinten hörte ich einen Mann vom Sicherheitsdienst vorbeipatrouillieren und anmahnen: »In zwei

Minuten wird das Licht ausgeschaltet. Verlassen Sie bitte die Bibliothek. Zwei Minuten noch.«
Ich studierte die am Regal festgepinnten Hinweisschildchen. Typisch – D0589 war natürlich das unterste Fach im Regal. Also gut, ich ging auf alle viere, suchte die Buchreihe ab und stieß schließlich auf K. T. Marshalls *Kapitalismus in der Volkswirtschaft der Dritten Welt*. Um ganz sicherzugehen, schlug ich das Buch auf und las den ersten Satz:
»Wenn jemand, an den Regeln westlicher Ökonomie orientiert, den Versuch unternimmt, die Märkte der Dritten Welt zu ergründen, dann tut er das auf eigenes Risiko.«
Und in dem Augenblick ging das Licht aus.
Angst durchflutete mich wie ein kribbelnder Stromstoß.
Ich tastete im Dunkeln nach meinem Rucksack, klemmte mir das Buch unter den Arm und hangelte mich an den Regalen entlang dahin, wo ich den Ausgang vermutete. Es war so duster, als hätte ich eine schwere Samtbinde vor den Augen. Mehr um mich zu beruhigen, murmelte ich vor mich hin: »Ist nur der Mann vom Sicherheitsdienst, der hier irgendwo rumschleicht.«
Aber da hörte ich hinter mir eine bösartig zischende Stimme sagen: »Nein, der ist es nicht, Kleine.«
Einen Herzschlag lang stand ich wie erstarrt da. Im nächsten Moment legte sich von hinten ein Arm um meinen Hals. Instinktiv rammte ich dem Angreifer den Ellbogen vor die Brust, ohne eine spürbare Wirkung zu erzielen.
Oh Scheiße. Der Kerl ist stark.
Ich wollte schreien, doch der Unbekannte legte mir die Hand über den Mund. Ich biss blitzschnell kräftig zu, aber es war nur ein Lederhandschuh, den ich erwischte.
Das darf alles nicht wahr sein.
Ich wand mich verzweifelt, aber seine Arme umklammerten mich wie eine eiserne Zwinge und drückten immer stärker zu. Ich roch seinen Atem, vielleicht war's auch sein Eau de

Toilette, überlagert von strengem Ledergeruch. Und was mir am schlimmsten zusetzte, war das Bewusstsein, diesem Fremden so hautnah ausgeliefert zu sein, dass ich seinen Herzschlag hörte.

Bevor sich seine Hände enger um meinen Hals schließen konnten, schaffte ich es, ihm mit voller Wucht meinen Stiefelabsatz über den Spann zu rammen. Der Griff lockerte sich, ich wand mich aus der Umklammerung und hastete wie von Furien gejagt den in rabenschwarzes Dunkel getauchten schmalen Gang zwischen den Regalen hinunter.

Ich hörte ihn dicht hinter mir. Er hatte einen Vorteil, weil ich es war, die ständig irgendwo gegen ein Hindernis stieß, und er aus dem Poltern schließen konnte, wo ich war. Blindlings begann ich, hinter mir Bücher aus den Regalen zu zerren – ihm genau vor die Füße, um ihn aufzuhalten. Ein dumpfes Geräusch bestätigte, dass meine Rechnung aufging: Er war gestürzt. Ich hörte ihn knurren wie ein gereiztes Tier, legte einen Schritt zu und hoffte, ihn abschütteln zu können.

Ich musste die Metalltreppe finden. »Hilfe!«, schrie ich keuchend, »helfen Sie mir doch!« Keine Antwort, nur lähmende Stille. Bis ich hinter mir wieder seine Schritte näher kommen hörte.

Endlich – der Hauptkorridor! Irgendwo brannten noch ein paar Lichter, ich fing zu rennen an, wusste aber nicht, welche Richtung ich einschlagen musste. Die Hoffnung, dass vor mir die Treppe läge, trieb mich vorwärts. Aber als ich um die Ecke bog, war ich direkt vor dem Fahrstuhl angekommen. Ach Gott – dass es den gab, hatte ich ganz vergessen. Mir blieb keine Zeit zu warten, bis er von Gott weiß woher im vierten Untergeschoss ankam, aber ich drückte trotzdem den Rufknopf. Vielleicht ließ mein Verfolger sich durch das Fahrstuhlgeräusch ablenken.

Ich zwang mich, langsam weiterzugehen, damit er meine Stiefelabsätze nicht klicken hörte, und drückte mich um die nächste Ecke. Jetzt war er beim Fahrstuhl angekommen und blieb stehen. Ich schlich auf Zehenspitzen ein Stück weiter, dann fing ich wieder zu rennen an. Mein Vorsprung war nicht groß, doch zumindest hatte ich ein bisschen Zeit gewonnen.

Als ich den Flur hinunterrannte, kam ich an einem Feuermelder vorbei, griff instinktiv zu und riss den roten Griff herunter. Ich dachte, dass die Leute vom Sicherheitsdienst dann vielleicht auf mich aufmerksam würden. Aber mir wurde schnell klar, welchen Fehler ich gemacht hatte. Der schrille Lärm der Glocke war ohrenbetäubend, ich hatte mir selber die Chance verbaut, dass jemand meine Hilferufe hörte. Stattdessen hörte ich wieder seine Schritte. Ich drehte mich um, um zu sehen, wo er war. Und da sah ich ihn zum ersten Mal deutlich – ein Anblick, bei dem es mir kalt den Rücken runterrann: Er war groß und muskulös und trug eine Art schwarzen Taucheranzug, dunkle Lederhandschuhe und eine schwarze Skimaske mit einem rot gesäumten Mundschlitz.

Das war kein Zufall, das war geplant.

Ich war am Rande eines Nervenzusammenbruchs. Die Welt drehte sich nicht mehr, sie war aus den Fugen geraten.

Ich hetzte um die nächste Ecke und sah vor mir, am Ende des Korridors, im schwachen Lichtschein von oben die Treppe liegen. Ich rannte darauf zu und hastete so leise wie möglich die Metallstufen hinunter – in der Hoffnung, er werde davon ausgehen, dass ich nach oben wollte. Aber ich kannte noch einen anderen Weg aus diesem Labyrinth, deshalb flüchtete ich nach unten. Irgendwo bei den Büchermagazinen im untersten Stock musste der Tunnel anfangen, durch den ich ihm entkommen konnte.

Als ich am Fuß der Metalltreppe angekommen war, machte ich Halt und lauschte. Nichts, keine Schritte zu hören. Das schrille Klingeln des Feuermelders hatte aufgehört – ringsum Totenstille. Vielleicht hatte er aufgegeben. Völlig außer Atem lehnte ich mich an die Wand und überlegte, welche Möglichkeiten mir blieben. Vielleicht war er weg. Möglicherweise war er aber auch nach oben gerannt.

Und genau in dem Moment kam der Fahrstuhl im untersten Stock an. Als ich die Tür aufgleiten hörte, verkroch ich mich mit angezogenen Beinen unter dem Tisch in einer der Lesenischen. *Bitte, lass es einen der Wachleute sein!* Aber dann war es doch die schwarze Skimaske, die ich vor mir auftauchen sah. Ein Zittern wie von einem elektrischen Schock überlief mich. Ich kroch tiefer unter den Tisch.

Der Kerl stand vor dem Fahrstuhl, lautlos, und lauschte ins Dunkel. Wer es auch war, er musste sich in dieser Bibliothek gut auskennen, sonst wäre er nicht auf die Idee gekommen, dass ich durch den Tunnel flüchten wollte. Er stand im Lichtkegel, der aus dem Fahrstuhl fiel. Ich beugte mich etwas vor, um mir seine Größe und seinen Körperbau einzuprägen. Wenn das alles vorbei war, wollte ich unbedingt herausfinden, wer der Kerl war. Leider konnte ich wegen des Taucheranzugs und der Skimaske nicht viel erkennen. Er war groß, wenigstens einszweiundachtzig, schätzte ich. Und muskulös. Aber das wusste ich ja schon. Ach Gott, wenn es ringsum nur nicht so totenstill gewesen wäre! Ob er mein Herz hämmern hörte?

Er trat einen Schritt vor, die Fahrstuhltür glitt zu. Wieder rabenschwarzes Dunkel. Bis plötzlich ein Lichtstrahl durch die Finsternis huschte. *Verdammt, der Kerl hatte eine Taschenlampe!* Er ließ sie kreisen und suchte methodisch die Nischen und Lesetische auf der gegenüberliegenden Seite des Gangs ab. Nur eine Frage der Zeit, bis er mich entdeckte – und was dann? Mein Herz schlug so stark, dass ich die Vibration sogar noch im Hals spürte. Vor Angst und Stress und weil ich mich immer mehr verkrampfte, während ich gegen das quälende Verlangen ankämpfte, herauszukriechen und wegzurennen, fingen meine Hände so stark zu zittern an, dass ich das Buch von K. T. Marshall weglegen musste. Ich zog mir so leise wie möglich den Rucksack von der Schulter. Das Taschenlampenlicht tastete immer noch die andere Seite des Korridors ab. Das Einzige, was mir aus meinem Rucksack von Nutzen sein konnte, waren meine Schlüssel. Wenn es zum Äußersten kam, konnte ich versuchen, sie ihm in die Augen zu stoßen. Vorsichtig zog ich sie – den Ring mit der Faust umklammernd, damit sie nicht klapperten – aus dem Rucksack.

Ich musste unter dem Tisch rauskommen – und zwar schnell. Er hielt die Taschenlampe jetzt auf meine Seite des Gangs gerichtet, der Lichtstrahl kam rasch näher. Mir schliefen allmählich die Beine ein; als ich das Gewicht verlagerte, stieß ich gegen das Marshall-Buch. Sollte ich's als Waffe benutzen oder lieber, um ihn von mir abzulenken? Es war ziemlich schwer, aber der Gedanke, ihn so nahe rankommen zu lassen, dass ich's ihm über den Schädel ziehen konnte, schien mir nicht sonderlich verlockend. Also atmete ich tief durch und warf das Buch hoch in die Luft.

Als er das Buch fallen hörte, jagte mein Verfolger los. Aber in die falsche Richtung, von mir weg. Ich kam eilends aus meinem Versteck unter dem Tisch gekrochen und spurtete auf den Tunnel zu, der zur benachbarten Lamont-Bibliothek führte. Dort brannte noch Licht, darum rief ich, noch ehe ich am anderen Ende der weißen unterirdischen Röhre angekommen war, laut um Hilfe.

»Ist da jemand? Helfen Sie mir!«

Wo, zum Teufel, waren die Männer vom Sicherheitsdienst?

Ich hätte es geschafft, aber meine Stiefel spielten mir einen Streich. Auf halbem Weg stolperte ich über meinen eigenen Schnürsenkel und lag im nächsten Moment bäuchlings auf dem Boden. Ich stopfte den Schnürsenkel in den Stiefelschaft und rappelte mich hoch. Aber es war zu spät, er tauchte bereits am Widener-Ende des Tunnels auf und sprintete hinter mir her.

Ich rannte laut schreiend um mein Leben. Und als ich beinahe an der Lamont angekommen war, holte er mich ein.
Wieder hielt er mich mit eisernem Griff umklammert, und als er mich dann noch – mit dem Gesicht voran – gegen die Wand stieß, wurde der Druck auf meinen Rippen so stark, dass mir fast die Sinne schwanden. Ich duckte mich weg und versuchte schreiend, kratzend und wild um mich tretend, den Kerl zu verscheuchen. Schließlich ging ich in meiner Not zum Angriff über. Ich wollte ihm meinen Schlüsselbund in die Augen stoßen, es gelang mir aber nur, ihm damit übers Gesicht zu schrammen. Die Skimaske schützte ihn, darum versuchte ich, ihm das Knie zwischen die Beine zu rammen, doch die schmerzhaften Rippenschläge, die er mir versetzte, lähmten meine Kräfte immer mehr. Benommen von Schwindelgefühl und aufsteigender Übelkeit, ging ich in die Knie, aber er riss mich unbarmherzig an den Haaren hoch und schleuderte mich brutal gegen die Tunnelwand.
Das war kein Sittenstrolch, das war auch kein mieser Straßenräuber, der Mistkerl hatte vor, mich umzubringen.
Dann rutschte ihm, als er mich an der Schulter packen wollte, die Taschenlampe aus der Hand und fiel zu Boden. Ich bückte mich blitzschnell danach, riss sie an mich, holte aus und schlug sie ihm mit Wucht auf den Unterarm. Zum ersten Mal hörte ich ihn vor Schmerz aufheulen. Als er wieder auf mich losgehen wollte, schaffte ich es, ihm einen Tritt in den Bauch zu verpassen – er kippte um wie ein Mehlsack. Ich kam auf die Knie und versuchte aufzustehen, aber da spürte ich, wie sich seine Hände wieder um meinen Hals legten. Meine Luftröhre verkrampfte sich, ich konnte kaum noch atmen. Verzweifelt versuchte ich, den Kerl abzuschütteln, aber ich war schon nahe dran, das Bewusstsein zu verlieren. Und während mir allmählich die Sinne schwanden, hörte ich auf der Treppe über dem Tunnelausgang auf der Lamont-Seite schwere Schritte.

»Hallo?«, rief eine ungehaltene Stimme.
Der Angreifer stieß mich hart zu Boden, schnappte sich meinen Rucksack und rannte zurück zur Widener-Bibliothek. Ich versuchte strampelnd hochzukommen, als im Tunneleingang ein Mann vom Sicherheitsdienst auftauchte – ein schon etwas älterer Knabe, aber das war mir jetzt völlig egal.
»Ma'am? Sie wissen doch, dass die Bibliothek gleich schließt. Sie sollten sich lieber beeilen.«

Sie brachten mich in die Krankenstation der Universität, wo eine Schwester sich um meine Prellungen und Schürfwunden kümmerte und ein Arzt mich untersuchte, um sicherzugehen, dass ich keine schwereren Verletzungen davongetragen hatte. Man hatte mich bereits in ein Krankenbett verfrachtet, als Rafe Griffin auftauchte. Er blieb unter der Tür stehen, bis ich ihm durch einen Wink bedeutete, näher zu kommen.
»Kind, Sie hatten heute Abend mächtig viel Ärger, wie?«
Ich nickte und brachte ein schwaches Lächeln zu Stande. »Und dabei hab ich immer gemeint, schlimmere Bestien als meine Studenten gäb's nicht.« Ich war heiser vom Schreien, meine Wangen waren aufgeschrammt, die Druckstellen am Hals färbten sich allmählich blau. Das einzige Positive war, dass der Angreifer mir keine Rippe gebrochen hatte. »Der Mistkerl hat mir meinen Prada-Rucksack geklaut.«
»Wie ich höre, haben Sie den Täter ganz allein in Schach gehalten«, sagte er anerkennend.
Ich versuchte, kühle Gelassenheit zu mimen, obwohl mir immer noch die Hände zitterten. »Ich bin mit ein paar blauen Flecken davongekommen«, sagte ich achselzuckend, »sonst ist bei mir alles in Ordnung.«
»Das Pech scheint Ihnen zurzeit an den Füßen zu kleben.«
»Ja, ich fürchte, jemand hatte sich in den Kopf gesetzt, mir einen Kaffeeplausch mit Ella zu ermöglichen.«

»Wieso glauben Sie das, Kind?«
Ich erzählte ihm von der Skimaske des Angreifers und dass alles auf eine geplante Attacke hindeutete.
»Könnte sein, dass die gar nicht vorhatten, Ihnen etwas anzutun. Sieht eher so aus, als hätten die Ihnen einen Schreck einjagen wollen.«
»Nun, wenn's so war, ist ihnen das gelungen.« Ich wurde die Erinnerung an die Hände nicht los, die sich um meinen Hals gelegt hatten. »Aber warum glauben Sie, dass die mich nicht umbringen wollten?«
»Weil Sie, wenn die's darauf angelegt hätten, jetzt tot wären«, sagte Rafe in aller Seelenruhe. »Keine Kanone, kein Messer – so war's doch?«
»Ich habe nur eine Taschenlampe und zwei riesige Hände gesehen.«
»Da sehen Sie's. Wenn die Ihren Tod gewollt hätten, hätte er ein Messer dabeigehabt. Die einfachste Sache von der Welt.«
»Wollen Sie mich trösten oder erschrecken?«
Er beugte sich über mich. »Ich versuche Ihnen klarzumachen, dass Sie auf der Hut sein müssen.«
»Sehr schön. Voll angekommen. Aber wer sind ›die‹, Rafe?«
»Daran arbeiten wir.« Er tätschelte mir die Schulter. »Aber ich sollte Sie jetzt nicht unnötig aufregen, Kind. Kann ja auch sein, dass es wirklich nur ein Straßenräuber war, der es auf Ihren modischen Rucksack abgesehen hatte. Oder ein Sexualverbrecher. Meine Jungs suchen zusammen mit der Cambridge Police die Magazine nach ihm ab. Kann sein, dass wir bald mehr erfahren.«
»Sie lassen's mich wissen, wenn Sie was rausfinden, ja?«
»Ja, Nikki, das tu ich.«
»Übrigens, haben Sie gehört, dass Präsident Barrett bei seiner Open-House-Party zusammengebrochen ist?«
»Hab ich. Warum?«

»Würde mich interessieren, was mit ihm geschehen ist, nachdem der Rettungswagen gekommen ist.«
»Sie haben ihn ins Mass General gebracht. Er wird vermutlich über Nacht zur Beobachtung dort bleiben.«
»Also ist er ernsthaft krank?«
Er grinste mich an. »Sie stellen eine Menge Fragen, wie?«
»Kommen Sie, Rafe, ich sag's niemandem weiter. Aber ich mach mir ein bisschen Sorgen um ihn.«
Er senkte die Stimme. »Soweit ich auf dem kleinen Dienstweg gehört habe, leidet er unter Erschöpfungszuständen.«
»Erschöpfungszuständen? Was soll das heißen?« Das Wort wurde als euphemistische Umschreibung bei allen möglichen Krankheitsbildern gebraucht, von Drogenmissbrauch bis Aids. Hatte Leos Kollaps etwas mit der Tablette zu tun, die ihm von Christian zugesteckt worden war?
»Das ist alles, was ich weiß. Wenn Sie mehr erfahren wollen, müssen Sie Mr. Barrett selbst fragen.« Er stand auf. »Haben die vor, Sie über Nacht zu behalten?«
»Nein, der Arzt sagt, wenn ich ihm verspreche, mich zu Hause brav ins Bett zu legen, darf ich gehen, sobald ich mich wieder einigermaßen wohl fühle.«
»Dann fahre ich Sie nach Hause. Und weil Sie ein braves Mädchen sind, dürfen Sie sogar die Sirene einschalten.«
Als ich mir, noch ein wenig steif in den Knochen, das Jackett überzog, schwor ich mir, gleich morgen im Fitnesscenter die erste Stunde am Boxtrainer zu nehmen. Ich hatte vor, den Mistkerl von heute Nacht fix und fertig zu machen, falls er mir noch mal in die Quere kam.

elf

Chemische Reaktion

Am nächsten Morgen schlief ich lange, blieb, auch als ich wach geworden war, weiter in die Kissen gekuschelt liegen und genoss die warme Samstagmorgensonne, die durchs Fenster fiel, und das wohlige Bewusstsein, in meinem Bett vor allem Unheil dieser Welt gefeit zu sein. Keine in schwarze Handschuhe gezwängten Hände, die mir an die Kehle wollten, nur Keynes, der sich an mein Haar schmiegte, und der halb verwehte Kaffeegeruch, der von Teds und Dantes Apartment aufstieg. Es war eine Lust zu leben.

Mit dem Klingeln des Telefons hielt die Realität Einzug.

»Hab ich Sie geweckt, Schönheit?«, fragte eine Stimme.

Nun war ich schlagartig wach. »Wer ist dort?«

»Justin Simms. Sagen Sie bloß, dass Sie mich immer noch nicht an der Stimme erkennen? Das haut mich um.«

»Gibt's was Bestimmtes, oder wollen Sie nur ein bisschen rumtelefonieren, bevor das Wochenende Sie in seinen Bann schlägt?«

»Oh, von einer Harvardfrau so vor den Kopf gestoßen zu werden, das schmerzt mehr als jeder andere Schmerz. Bleiben Sie an der Strippe, ich muss mir nur rasch Schal und Handschuhe holen, mich weht plötzlich Eiseskälte an.«

»Schluss!« Ich musste lachen. »Ich bin erst halb wach und gegen Ihren Scharm wehrlos. Was liegt an?«

»Sie lachen? Wir müssen Absprachen für unsere erste Verabredung treffen.«

»Erste Verabredung?«

»Autsch! Na, schönsten Dank. Sie scheinen völlig vergessen zu haben, dass Sie huldvoll einverstanden waren, heute Abend mit mir auszugehen. Der Galaabend der Freunde des Fogg-Museums – alles weg? Wo ich mir doch so viel Mühe gegeben habe, was Hübsches auf Ihren Anrufbeantworter zu sprechen!«

»Ach Gott, das tut mir jetzt ehrlich Leid!«, sagte ich. »Aber Sie glauben gar nicht, was ich alles um die Ohren hatte. Natürlich erinnere ich mich daran. Ich freue mich schon darauf.«

»Das höre ich gern. Die anderen haben mir nämlich alle einen Korb gegeben«, flachste er.

»Diesmal sag ich schönsten Dank. Sind wir jetzt quitt?«

»Ja. Ich hol Sie heute Abend um halb zehn ab. Und nehmen Sie sich schon mal vor, mich ernst zu nehmen.«

»Nun machen Sie aber einen Punkt! Ich nehme Sie ernst«, sagte ich. »Wir haben uns doch immer gut verstanden, oder?«

»Ja, das schon, aber ich höre einen ganz bestimmten Ton bei Ihnen heraus. Etwas in Ihrer Stimme sagt mir: Du bist nett und ein Spaßvogel, aber – nein danke. Woran liegt's, Nikki? Daran, dass ich nicht rausgeputzt wie ein Yuppie rumlaufe?«

»Ach, bitte!«

»Woran dann? An meinem Alter, stimmt's? Weil ich erst zwanzig bin. Alle gehen heute mit jüngeren Männern.«

»Alle?« Hoffentlich nahm er's mir nicht krumm, dass ich schon wieder lachte.

»Nun, da wäre Mary McFadden. Und Melanie Griffith. Und Whitney Houston …«

»Okay, wenn Whitney das tut, bin ich auch dabei.« Aber dann sagte ich: »Es ist nicht Ihr Alter.« Ich hatte kurz mit dem Gedanken gespielt, ihn anzuschwindeln, aber das wäre mir irgendwie unfair vorgekommen. »Es ist nur so, dass ich gewöhnlich eine ganz bestimmte chemische Reaktion bei mir feststelle, wenn ich mich mit einem Mann verabrede.«

»Ich wusste es! Ich wusste, da muss irgendwas sein. Es bleibt aber dabei, dass Sie mich heute zu der Party begleiten?«
»Selbstverständlich.«
»Dann richten Sie sich innerlich schon mal darauf ein, Ihre Meinung über mich zu ändern.«
Eigentlich hätte ich jetzt glücklich sein müssen.

Nach einer kurzen Dusche widmete ich mich Ellas Finanzunterlagen. Vielleicht hatte ich irgendetwas übersehen, das mich zu ihrem Mörder führen konnte. Wie auch immer, für den Abschlussbericht des Komitees musste ich für das Zwei-Millionen-Dollar-Loch ohnehin eine plausible Erklärung finden.
Ich nahm ihre Diskette aus der Schreibtischschublade und lud meinen Laptop damit. Auf dem Bildschirm erschienen die Tabellen mit dem Zahlenwerk.
Zunächst musste ich die Daten auf Ellas Diskette im Einzelnen durchgehen, um festzustellen, wo sie mit Ians Zahlen übereinstimmten und wo nicht. Nach etwa einer Dreiviertelstunde war klar, dass es nur eine einzige Diskrepanz zwischen den beiden Zahlenwerken gab, und zwar die im Budget des Fachbereichs Geisteswissenschaften. Also musste ich mich mühsam durch die hier vereinigten fünfunddreißig Studienbereiche arbeiten, wozu ich zunächst die Summen und die größeren Einzelposten verglich. Ich brauchte beinahe zwei Stunden, aber schließlich fiel mir etwas auf: In Ellas Datenwerk waren die Beträge in der Spalte ›Externe Ausgaben‹ regelmäßig höher als in Ians. Die Abweichungen waren nicht groß, in den Einzelpositionen nie höher als hundertfünfzigtausend Dollar, aber die Regelmäßigkeit machte mich stutzig, und im Ganzen summierte sich das eben auf eine Abweichung von zwei Millionen Dollar.
»Externe Ausgaben«, murmelte ich halblaut vor mich hin. »Was zählt alles zu externen Ausgaben?«

Ich ging Ians Computerausdruck durch und stieß auf eine Fußnote, in der es hieß, dass in dieser Position alle Ausgaben für Leistungen subsumiert seien, die zwischen Harvard und nicht zur Universität gehörenden Betrieben oder Einzelpersonen vertraglich vereinbart waren – angefangen von Steuerberatern oder anderen Sachverständigen über Aushilfsschreibkräfte bis hin zu Handwerkern.

Was Ella Kopfschmerzen bereitet hatte, war, dass ... wie hatte Lindsey das formuliert? Dass manche Ausgaben zu hoch gewesen seien? Nun gut, nachdem ich jetzt wusste, worauf ich mich zu konzentrieren hatte, prüfte ich, in welchem Maße die externen Ausgaben angestiegen waren. Und siehe da, in Ellas Unterlagen waren sie rapide angestiegen, in Einzelfällen innerhalb von zwei Jahren um zwanzig Prozent.

Ich lehnte mich in meinem Schreibtischsessel zurück. Es gab eine einfache Erklärung für den Unterschied. Möglicherweise waren einige externe Ausgaben in Ians Unterlagen anders zugeordnet als in Ellas. Die Verlagerung aus dem Geisteswissenschaften-Budget ins fachübergreifende Gesamtbudget der Harvard konnte zum Beispiel zu so einer Diskrepanz führen. Ich nahm mir also nochmals Ians Ausdruck vor, konnte aber daraus nicht ersehen, ob irgendwelche Positionen in das Budget des Präsidenten oder der Universitätsverwaltung umgebucht worden waren, und dort mussten die Beträge auftauchen, die in Ians Aufstellung im Vergleich zu Ellas Version fehlten.

Andererseits, wenn sich das so einfach erklären ließe, warum war Ella dann so aufgebracht gewesen?

Plötzlich fiel mir ein, dass ich nie die Telefonnummer überprüft hatte, die auf dem Display von Ellas Telefon erschienen war – die zuletzt von ihrem Büro aus angewählte Nummer. Vielleicht ergab das einen wichtigen Aufschluss. Ich kramte die Taschen der Hose durch, die ich damals getragen hatte, und fand den Zettel mit der Telefonnummer. Ziemlich sicher, dass ich nur irgendeinen Studenten der Rechtsakademie bei den Vorbereitungen für das nächste Seminar störte, tastete ich sie ein. Nach dem dritten Durchläuten schaltete sich der Anrufbeantworter in Christian Chungs Apartment ein.

Am frühen Nachmittag saß ich mitten in einem Berg aus grünen Bohnen. Maggie hatte mich in ihre Küche zitiert, ich sollte ihr helfen, das Willkommensdinner für Ted und Dante vorzubreiten. Auf Teds Wunsch kochte sie eine der Spezialitäten ihrer Südstaatenheimat: gebratenes Huhn, Schinken, Reis, Süßkartoffeln und Schnippelbohnen – um letztere ging's.
Pünktlich um zwei erschien ich bei ihr zum Küchendienst – im Jogginganzug, ohne Make-up, die alte Hornbrille auf der Nase. Samstags, habe ich mir zur Regel gemacht, gibt's keinen Lippenstift, kein Rouge, keinen Lidschatten und keine Kontaktlinsen; einmal in der Woche muss die Welt mich so ertragen.
»Sieh an, wer uns die Ehre ihres Erscheinens gibt«, begrüßte mich Maggie, »unsere schöne Langschläferin.«
Sie hatte seit dem frühen Morgen gewerkelt, der Duft von frisch gebackenem Brot, geröstetem Schinken und Pfirsichbowle zeugte von ihrem Fleiß. Als ich kam, köchelte irgendwelches Grünzeug auf dem Herd, auf dem Arbeitstisch wartete ein gelbfleischiges Huhn darauf, zerteilt und gebraten zu werden, der große runde Tisch im Hintergrund war mit gelben und roten Blüten für das Festessen geschmückt.
Auf ihrer riesigen Schürze stand ›Küsst die Köchin‹, also gab ich ihr links und rechts einen Wangenkuss, schob die Ärmel hoch und fragte: »Womit soll ich anfangen?«
»Mit den grünen Bohnen – im Gemüsefach im Kühlschrank. Wasch sie, schneid die Enden ab und leg sie hier in die Schüssel.«
Ich zog den Kühlschrank auf und fand darin eine Schüssel mit

Götterspeise, eine mit Kohlsalat, eine Schokoladentorte und einen Becher Schlagsahne.
»Um Himmels willen, Maggie! Wen erwartest du alles?«
»Nun, du bringst doch Jessica mit, oder nicht?«
»Ja, aber die nascht an ihrer üblichen Spatzenportion und verkündet dann, dass sie auf Diät ist.«
»Und dieser Cop kommt doch auch noch.«
»Oh«, machte ich, schielte über die Kühlschranktür und zwinkerte ihr zu, »*deshalb* der Aufwand.«
»Ich weiß nicht, wovon du redest.« Dann verschanzte sie sich hinter hauswirtschaftlichen Anweisungen. »Kümmer dich lieber um die Bohnen. Ich hab nicht viel Platz auf dem Herd, und die sind als Nächstes dran. Mach schon.«
»Du wirst ihn mögen«, sagte ich und nahm einen Plastikbeutel mit grünen Bohnen aus dem Gemüsefach. »Sieht wirklich toll aus. Und ist ein helles Köpfchen.«
»Kann ich mir nicht vorstellen, Kindchen. Ein schwarzer Cop? Zu meiner Zeit haben wir Schwarze von Polizisten einen Tritt in den Hintern bekommen. Wir wären nie und nimmer auf die Idee gekommen, selber Polizei zu spielen. Wahrscheinlich so 'n Onkel-Tom-Clarence-Thomas-Typ, der im Auftrag der Weißen aufpasst, dass wir schön brav auf dem Teppich bleiben.«
»Denk an meine Worte: Wenn der Abend rum ist, wirst du mir auf Knien danken.«
»Er kommt von den Westindischen Inseln, oder? Die Leute dort haben sich immer bemüht, die *guten* Schwarzen zu sein, wir anderen waren das Problem. Sprechen mit nachgeahmtem britischen Akzent, um bei den Weißen Eindruck zu schinden. Die Inselschwarzen haben's immer verstanden, sich lieb Kind zu machen, und auf uns trampeln die Weißen dann rum.«
Ich ließ sie herummaulen und schnippelte Bohnen.
Gegen drei Uhr watete ich sozusagen in Apfelkernen. Trotz der Schokoladentorte, der Pfirsichbowle und Rafes versprochener

Pekannusspastete bestand Maggie darauf, einen Apfelkuchen zu backen. Sie meinte, bei einem von den Westindischen Inseln könne man nie voraussagen, ob es am Ende nicht eine fertig gekaufte Pastete wäre, die nach allem Möglichen, nur nicht nach Nuss schmeckte, und bei einem Cop erst recht nicht. Ich war mit den Bohnen fertig, half beim Apfelkuchen und wurde plötzlich durch Maggies lautes Lachen aus meinen melancholischen Gedanken an Dante gerissen.

»Mädel, wenn ich dich so ansehe, fällt mir ein Vers aus Salomos Hohem Lied der Liebe ein: ›*Stärke mich, oh Herr, und tröste mich mit Äpfeln, denn mein Herz ist krank vor Liebe.*‹ Na – was spukt dir im Kopf herum?«

»Das ist eine lange Geschichte. Die heben wir uns lieber für ein Teestündchen auf.«

»Gut, heute Abend«, sagte Maggie und stand auf. »Ich hol mal eben die Tomaten aus dem Keller. Und du sieh zu, dass der Kuchen fertig wird. Der muss im Backofen sein, wenn ich wiederkomme.«

Ich hatte über die Apfelscheiben auf dem Kuchenblech Zucker und Zimt gestreut und stand gerade auf der Trittleiter, um die Muskatnussmühle vom obersten Regal zu nehmen, als ich die Haustür gehen hörte. Sekunden später kam Dante Rosario, die schwarze Lederjacke lässig über die Schultern gehängt, in die Küche geschlendert.

Na wunderbar. Unsere erste Begegnung seit dem Streit am Donnerstag, und ich stand im schlabbernden Jogginganzug, ohne Make-up, mit der Brille auf der Nase und Apfelkernen an den Ellbogen auf der Trittleiter.

»Aha«, sagte er und grinste zu mir hoch, »immer noch auf dem hohen Ross, wie ich sehe.«

Vor Schreck rutschte mir die Muskatnussmühle aus den Fingern, fiel zu Boden und drehte sich wie ein Brummkreisel um die eigene Achse. Kein Zweifel, den Kerl hatte man zu mir ge-

schickt, um mich für irgendeine abscheuliche Sünde zu bestrafen.
Ich stieg vorsichtig von der Trittleiter. Ausrutschen und vor seinen Füßen landen – das hätte mir gerade noch gefehlt. Ich guckte verbissen an ihm vorbei, als er die Muskatnussmühle aufhob und artig auf den Tisch stellte.
»Bist du neuerdings unter die Hausmütterchen gegangen?« Seine weit ausholende Geste schloss das Durcheinander von Apfelschalen und Küchengeräten und den Blumenschmuck im Hintergrund ein.
»Willst du mir dumm kommen? Ich gehe lediglich Maggie ein bisschen zur Hand.«
»Schön, dass sich manche Dinge nie ändern.« Er stibitzte ein Stück Apfel vom Kuchenblech und kostete es. »Da gehören Gewürznelken dran. Und etwas Zitrone. Und natürlich Muskatnuss.«
»Schön, dass es Leute gibt, die immer gute Ratschläge parat haben. Ich werd's beherzigen, du kleiner Klugscheißer.«
»Wirklich, die Brille gefällt mir.« Einen Moment lang dachte ich, er rede von Maggies Brille, die neben der Spüle lag, aber dann fiel mir ein, dass ich ja heute selber eine aufhatte.
»Die hier?« Ich rückte das Horngestell zurecht. »Die ist uralt.«
»Sieht aus wie eine von den Brillen, die bildhübsche Mädchen sich aufsetzen, damit sie nicht vom bösen Wolf gefressen werden. Und nur abnehmen, wenn sie meinen, ein klitzekleiner Probebiss könne ja nichts schaden.«
Ein Wortspiel? Oder wollte er mir tatsächlich etwas Nettes sagen?
»Hast du eigentlich noch den Ohrring, von dem du mir erzählt hast?«, wechselte ich abrupt das Thema. Und dabei fiel mir ein, dass ich den Rafe gegenüber gar nicht erwähnt hatte. Aber vielleicht war's ohnehin besser, wenn ich ihn mir erst mal selber

ansah. Der Ohrring warf womöglich ein ganz neues Licht auf die Ereignisse von Sonntagabend.
»Na klar. Er liegt in meinem Büro. Angie meint, am Ende würde er mir noch geklaut, wenn ich nicht gut aufpasse.«
»Da hat sie Recht.« *Und wenn ich's bin, die ihn klaut.*
Er kam einen Schritt näher. »Himmel, was ist denn mit deinem Hals passiert?«
Ach so, das Souvenir von gestern Abend. Hatte ich glatt vergessen. Und so schlimm konnte es nicht sein, Maggie hatte überhaupt nichts davon bemerkt.
In dem Moment hörte ich Maggies Schritte auf der Kellertreppe. »Bist du fertig?«, rief sie von unten.
Wenn sie Dante meint, mit dem bin ich nie fertig.
Und da tauchte sie schon unter der Tür auf. »Hey«, sagte sie vergnügt, als sie Dante entdeckte, »Sie können gleich dableiben und die Tomaten aufschneiden.«
Dante lachte. »Bedaure, mein Verleger schreit nach der Endfassung meines Manuskripts, da muss ich vor dem Abendessen noch ein paar Stunden Arbeit investieren. Aber dafür mache ich Ihnen an einem der nächsten Abende mein berühmtes Wildreisrisotto mit Pilzen nach dem Originalrezept meiner Großmutter.« Und auf dem Weg zur Tür fügte er hinzu: »Auch etwas, das eine Weile dauert und viel Mühe macht, aber die Geduld lohnt sich.«
Warum sah er mich dabei so rätselhaft an?
»Ich nehm Sie beim Wort, Schätzchen«, rief Maggie ihm nach. »Bloß, machen Sie's bitte ohne Fleisch.« Zu mir gewandt, sagte sie seufzend: »Nach so einem Essen wie heute Abend dauert's einen Monat, bis ich meine Cholesterinwerte wieder im Griff habe. Hey, Mädel, was ist denn mit dir?«
Ich stand wie festgewurzelt da und starrte auf die Tür, durch die Dante verschwunden war.
Meine Brille gefiel ihm? Was sollte das?

Punkt halb sieben klingelte es an der Haustür, und als ich öffnete, stand Rafe Griffin im Lichtkegel der Verandaleuchte – im grauen Anzug, in der einen Hand die Pastete, in der anderen einen Strauß Strelitzien.

»Bin ich hier richtig im Haus von Miss Chase?«, fragte er grinsend.

»Ohne Uniform hätte ich Sie fast nicht wieder erkannt, Detective. Kommen Sie rein, damit Sie die Familie kennen lernen.«

»Heute Abend sehen Sie besonders hübsch aus«, sagte er, als ich ihn hereinführte und ihm die Pastete abnahm. Ich hatte seit dem Nachmittag ein paar Renovierungsarbeiten an mir vorgenommen und trug einen knapp bis zur Taille reichenden roten Wollsweater und einen schwarzen Minirock. Und die Kontaktlinsen.

»Maggie«, rief ich, »unser Gast ist da.«

Maggie tauchte, einen tropfenden Löffel in der Hand, aus der Küche auf. Flammend roter Sweater, langer Paisleyrock, purpurroter, kunstvoll ins volle Haar geschlungener Schal – in meinen Augen sah sie wie eine Schönheitskönigin aus.

Offensichtlich war Rafe derselben Meinung. »Mrs. Dailey, die sind für Sie – Paradiesvögel für einen Paradiesvogel«, sagte er galant und überreichte ihr den Strauß.

Es war das erste Mal, dass ich miterlebte, wie es Maggie förmlich die Sprache verschlug. Sie nahm die Blumen mit dem verlegenen Lächeln eines Schulmädchens an, und dann standen die beiden im Flur und sahen sich stumm an.

»Maggie«, sagte ich leise, »sag danke schön.«

»Oh ja.« Es war, als müsse sie sich selber wachrütteln. »Danke, ganz reizend von Ihnen.«

»Guck – er hat seine berühmte Pekannusspastete mitgebracht.« Irgendwie fühlte ich mich verpflichtet, die beiden aufzulockern. »Sieht köstlich aus, wie?«

Aber wenn's um was zu essen ging, war Maggies Skepsis stärker als alle Gebote der Höflichkeit. »Na, das werden wir ja sehen«, murmelte sie, während sie mir die Pastete abnahm und damit in ihre Küche zurückkehrte.

Ich machte Rafe mit Jess, Dante und Ted bekannt, dann standen wir an dem ovalen Tisch, dessen Mitte Maggie mit einem Arrangement aus kleinen Kürbissen und rostroten Chrysanthemen geschmückt hatte, und warteten, bis sie uns unsere Plätze zuwies. Maggie achtete streng auf die so genannte bunte Reihe, also wurden Dante und Jess an die eine Längsseite, Rafe und ich an die andere und Ted an die obere Stirnseite komplimentiert. Maggie zündete die Kerzen an, nahm an der unteren Stirnseite Platz und wies mir ungeniert die Aufgabe zu, ich solle, weil ich am nächsten zur Küche säße, dafür sorgen, dass alle stets genug von allem auf ihrem Teller hätten. Sie sprach ein Tischgebet, und wir durften zulangen.

»Mein Freund und ich haben uns gestern das Video von einem fantastischen Film angesehen«, erzählte Jess. »Es ging um einen italienischen Postboten, der sich auf einer winzigen Insel unsterblich verliebt. Hat mich an dich erinnert, Dante – auch so ein hoffnungsloser Romantiker.«

Ich starrte sie finster an, aber sie ließ sich nicht stören. »Er konnte nicht mal lesen, bis der Dichter Pablo Neruda es ihm beigebracht hat. Na ja, und dann hat Neruda die beiden miteinander verkuppelt.«

»Ah, Neruda!«, warf Rafe ein. »Er war Chilene. Vielen sind nur seine politischen Schriften bekannt, aber ich mag am liebsten seine *sonetos de amor.*«

Maggie sah ihn ungläubig an. »Sie kennen Nerudas Sonette?«

Rafe lächelte sie an. »Glauben Sie, Polizisten hätten keine Seele? Magnolia – *nombre de planta o piedra o vino, de lo que nace de la tierra y dura.* Magnolia – Name einer Pflanze, eines Felsens, eines Weins. Name all der Dinge, die aus der Erde kommen und unvergänglich sind. Ein Name, der durch seine Klangfülle

den Tag erwachen und durch seine sommerliche Wärme die Limonen erblühen lässt.«
Es musste an der tiefen Stimme und dem melodischen Sprachrhythmus liegen, dass ich den Wellenschlag des Ozeans, das Rauschen des Windes und das Wispern der Wildblumen zu hören glaubte. Und als ich hochsah, ruhten Dantes Augen auf mir.
Maggie, puterrot im Gesicht, sagte leise: »Sie hieß eigentlich Matilde. Er hat die Sonette für seine Frau geschrieben.«
Rafe nickte. »Ja, ich glaube, da haben Sie Recht.«
»Rafe, woher kennen Sie sein Werk so gut?«, fragte ich, weil ich fand, dass für ein geselliges Abendessen plötzlich ein unangemessen erotisches Knistern in der Luft lag.
»Tja, wir hatten auf Anegada eine kleine alte Bibliothek. Nur ungefähr hundert Bücher, und die haben wir dann eben wieder und wieder gelesen. Die meisten waren Gedichtbände, weil Miss Esperanza, die die Bücher gekauft hatte, eine sehr weichherzige Frau gewesen war.«
Ich sagte: »Maggie schreibt auch Gedichte, wussten Sie das? Und wirklich schöne. Ich muss jedes Mal weinen, wenn ich sie lese.«
Rafe sah Maggie lächelnd an. »Ich würde gern ein paar Ihrer Gedichte lesen, wenn Sie's erlauben, Mrs. Dailey.«
»Mal sehen«, sagte Maggie mit einem Lächeln, das sie wieder wie ein Schulmädchen aussehen ließ. »Und nennen Sie mich bitte Maggie.«
»Hat der *postino* das Mädchen gekriegt?«, wollte Dante wissen.
Jess nickte. »Natürlich. Wo er doch jetzt mit viel schöneren Worten um sie werben konnte.« Sie seufzte. »Ach ja.«
»Das klingt skeptisch«, sagte Ted. Er verschlang Jess geradezu mit Blicken, und das seit dem ersten Augenblick.
»Weil es im wahren Leben nie so kommt«, behauptete Jess. »Wissen Sie, was mein Freund meinte? Wer Bücher liest, darf

sich nicht wundern, wenn er in einem fremden Bett aufwacht. Was natürlich Unsinn ist.«

»Vielleicht haben Sie sich den falschen Freund ausgesucht«, sagte Ted.

»Könnte sein«, erwiderte sie.

Sie flirteten unverhohlen – jetzt schon. Mein Blick suchte unwillkürlich den von Dante. Seinem amüsierten Lächeln entnahm ich, dass er dasselbe dachte wie ich: Unser guter Ted hatte keine Ahnung, worauf er sich einließ.

»Noch Süßkartoffeln?«, wandte ich mich an Rafe.

»Danke. Ich nehm von allem noch was. Es schmeckt köstlich.« Was sich zwar anhörte, als antwortete er auf meine Frage, aber er sah dabei Maggie in die Augen. Bildete ich mir nur was ein, oder waren jetzt alle am Tisch ineinander verknallt? Oder sagen wir mal: vier von sechs.

Das Telefon klingelte, und da, wie gesagt, vier auf rosaroten Wolken schwebten, ging ich ran.

»Pink oder rot?«, fragte eine Männerstimme.

»Was?« Und dann erkannte ich Justins Stimme.

»Was ist Ihnen lieber: pinkfarbene oder rote Rosen? Die nette Lady im Blumenladen hier an der Brattle Street meint, beides wäre passend, aber ich will eine perfekte Lösung.«

»Nun, ich werde Schwarz tragen. Also denke ich: rot.«

»Wird gemacht. Ich seh Sie bald, Schönheit.«

Ich starrte den Telefonhörer noch an, als Justin längst aufgelegt hatte. Wieso hatte er genau den richtigen Zeitpunkt erahnt, mich daran zu erinnern, dass es Alternativen zu Dante gab?

Ich kam zum Tisch zurück, fünf Gesichter sahen mich erwartungsvoll an. Ich lächelte. »Das war nur meine Verabredung. Er wollte sich vergewissern, dass ich's mir nicht anders überlegt habe.«

»Offenbar einer, den Sie um den Finger wickeln können, wie?«, zog Rafe mich auf.

Ich spürte wieder Dantes Blick auf mir ruhen und starrte ihn wütend an. *Ja, mein Bester, ich habe wirklich eine Verabredung. Aber was kümmert dich das?*

Weil mir auf einmal nach einer kleinen Bosheit zu Mute war, fragte ich Jess: »Du gehst doch auch zu der Fogg-Party? Verrat uns doch mal, mit wem du verabredet bist.«

Sie lächelte Ted an. »Ach – eine Zufallsverabredung. Hat früher mal mit einem Bekannten von mir zusammengewohnt. Unterrichtet Finanzwesen an der Harvard Business. Soll sich exzellent verkaufen, wie ich höre.«

Maggie hob die Augenbrauen. »Was versteht man heutzutage in diesem Zusammenhang unter exzellent?«

»Na ja – gut aussehend, gescheit, lustig und gefühlvoll.«

»Der wahr gewordene Traum von einem Denzel Washington«, spöttelte ich. »Hört sich zu schön an, um wahr zu sein. Wie groß mag wohl die Chance sein, dies alles in einem Mann vereint zu finden?«

»Wie groß mag die Chance sein, dass du es überhaupt bemerkst?«, fragte Dante schlagfertig.

Jess lachte. »Jetzt geht's wieder los. Kein Streit bei einem festlichen Abendessen, Kinder! Ted, was sollen wir mit den beiden machen?«

Ich hätte sie mit bloßen Händen erwürgen können. Ted dagegen sah sie hingerissen an. »Was schlagen Sie vor?«

Ich ahnte, wohin das führen konnte, und verzog mich eilends in die Küche, um das Dessert zu holen. Maggie kam mir nach. Sie sah plötzlich sehr ernst aus.

»Ist er nicht toll?«, fragte ich flüsternd und drückte ihren Arm.

»Ja, er ist ein angenehmer Mensch«, sagte sie. »Aber was ich eigentlich wissen will: Was läuft zwischen euch beiden?«

»Was redest du denn da? Du weißt doch, dass Rafe und ich nur Freunde sind«, sagte ich und kramte in der Schublade nach einer Tortenschaufel oder irgendwas Ähnlichem, mit dem ich die Pastete vorlegen konnte.

»Ich spreche nicht von Mr. Griffin. Ich spreche von Dante.« Sie rutschte auf die Kante des Küchentisches.

Ich hörte auf, in der Schublade zu kramen, sah Maggie an und wusste sofort, dass es ihr todernst war. »Nichts, Maggie. Weshalb fragst du das so komisch?«

»Er sieht dich dauernd an, und du siehst ihn dauernd an, und ich weiß, was das bedeutet.«

Ich seufzte. »Und was bedeutet es?«

»Es bedeutet, dass er durch deine Tagträume geistert. Und dass du dich bald auf ihn einlassen wirst. Und das gefällt mir absolut nicht«, sagte sie entschieden.

»Jetzt halt aber mal die Luft an. Ich werde mich nicht ›auf ihn einlassen‹. Wir hassen uns.«

»Ich kenne dich, Schwester. Ich kenne dich wie mein eigenes Kind. Und du hast's nicht nötig, dich in einen Kerl zu verlieben, der aussieht wie ein Italiener und auch so heißt.«

So, nun hatte sie ihrem Herzen Luft gemacht.

Nein – es kam noch mehr. »Vermutlich hältst du ihn für sehr nett. Aber er wird dich nie ernst nehmen. Der will nur das eine von dir – das, was sie alle von uns wollen. Und sobald er's bekommen hat, ist er wieder verschwunden.«

Weil mir nichts Besseres einfiel, sagte ich schnippisch: »Na ja, vielleicht will ich auch nicht mehr von ihm.«

»Du kannst mich nicht für dumm verkaufen. Ich seh doch, wie du ihn anhimmelst. Und das solltest du ganz schnell lassen, ehe am Schluss jemand Tränen vergießt.«

Nun, dafür war es viel zu spät. Es hatte schon jemand Tränen vergossen. Aber ihr zuliebe ging ich trotzdem darauf ein.

»Schau mal, wenn ich mich tatsächlich in ihn verliebt hätte, was nicht der Fall ist, könnten wir sowieso nichts dagegen tun. So was kommt einfach über einen.«

»Nein, es kommt nicht einfach über einen. Ich habe keinen Weißen so nahe an mich rangelassen, dass ich mich in ihn hätte verlieben können. Man verliebt sich nicht, bloß weil man sich beim Abendessen anblinzelt. Um sich zu verlieben, muss man sehr viel Zeit mit einem Menschen verbringen. Und du solltest dir gut überlegen, mit wem du deine Zeit verbringst.«

»Aber manchmal kommt es eben doch über einen, Maggie«, sagte ich leise.

»Kindchen, Schwarze, insbesondere gebildete Schwarze, dürfen sich den Luxus einer Romanze nicht erlauben. Wir sind wie in einer ständigen Krisensituation. Familien zerbrechen, Kinder sterben. Schwarze Kids wie du dürfen nicht mit Weißen herumtändeln, dazu habt ihr einfach kein Recht. Such dir einen guten schwarzen Mann. Und komm zur Ruhe bei ihm.« Sie nahm in jede Hand ein Stück Pastete. »Ich weiß, dass du verstanden hast, was ich meine. Denk darüber nach.«

Gedankenschwer ließ ich mich in einen Stuhl fallen. Sie hatte mir nichts Neues gesagt, all das hatte ich schon früher gehört, und ich hatte oft genug selber darüber nachgedacht. Ich wusste, dass sie Recht hatte. Nur deshalb hatte ich's so lange mit Prinz Roger ausgehalten.

Aber es war mir ein Rätsel, was sie in Dantes Augen gesehen haben wollte, dass sie meinte, mir so eine Moralpredigt halten zu müssen, Himmel noch mal.

Als ich ins Esszimmer zurückkam, unterhielten sie sich über Jess' ›Zufallsverabredung‹.

»Welchen Kurs unterrichtet er denn?«

»Finanzwesen, erstes Jahr«, antwortete Jess. »Wenn es zwischen ihm und mir nicht funkt, geb ich ihn an dich weiter, Nikki. Ihr beide findet dann schon eine akademische Basis für den großen Durchbruch.«

»Nun, wenn's ein Durchbruch auf ökonomischer Basis ist, bedeutet das ja noch keine Gefahr«, witzelte Ted. »Bedenklich

wird's erst bei Genmanipulation oder auswärtigen Angelegenheiten.«
»Besten Dank. Ich freue mich immer, wenn jemand eine so hohe Meinung von meinem Fachgebiet hat«, flachste ich zurück.
Wie das in Maggies Haus anscheinend unvermeidlich ist, kamen wir dann irgendwie auf Politik zu sprechen. In den guten alten Zeiten hätte das dazu geführt, dass Dante und ich uns in Gegenwart der anderen leidenschaftlich gestritten und später, sobald alle anderen weg waren, noch leidenschaftlicher geküsst hätten. Aber unter Maggies wachsamen Blicken hielt ich mich zurück, irgendwie hatten ihre Worte mir zu denken gegeben.
Vielleicht hatte sie Recht.
Beschäftigt mit der Aufklärung eines Mordes und mit meiner generellen Lebensplanung, konnte ich mir den Luxus einer Romanze wohl wirklich nicht leisten.

zwölf

Eine tödlich banale Fete

Maggie teilte Dante und Ted zum Geschirrspülen ein, ich nutzte die Gelegenheit, Rafe beiseite zu nehmen und ihm die Finanzdaten auf Ella Fishers Diskette zu zeigen. Er machte sich Kopien von ihrem und Ians Zahlenwerk, dann meldete er sich bei Maggie zum Küchendienst. Jess und ich waren davon befreit, um uns für den Galaabend der Freunde des Fogg-Museums herzurichten.

Meine Garderobe für festliche Abende ist begrenzt, also hatte ich mich bereits fürs Abendkleid entschieden, mein einziges und liebstes – und im Übrigen kurz und schwarz und mit Strass besetzt. Aus den tiefsten Tiefen des Kleiderschranks förderte ich meine – nötigenfalls als gemeingefährliche Waffen geeigneten – Pumps mit den Stilettoabsätzen zu Tage, schlang mir einen schwarzen Chiffonschal um den Hals, damit man die blauen Flecke nicht sehen konnte, und mopste mir ein paar Spritzer von Maggies Opium. Sie hat es nur wegen des Namens gekauft, ich dagegen mag es wegen des Dufts.

Punkt halb zehn stand Justin, ein Dutzend roter Rosen in der Hand, im Smoking vor der Haustür.

»Wow«, machte er, während er mich gemessenen Schritts umrundete, »wow, wow, wow.«

Ich lachte. »Danke. Sie sehen ebenfalls gut aus, ich könnte also glatt mitheulen.«

»Lachen Sie mich nicht aus«, sagte er. »Das Schnäppchen habe ich in letzter Minute bei Keezer gemacht. Ich wollte erst einen ausleihen, aber alle meinten, ich sollte mir einen Smoking kaufen, damit jeder sieht, dass ich an einer Eliteuni eingeschrieben bin.«

»Wie spießbürgerlich«, zog ich ihn auf. »Passen Sie auf, dass Sie nicht noch weiter abrutschen und demnächst einen Range Rover und ein Haus in Weston kaufen.«

»Lassen Sie uns gehen, bevor ich's mir anders überlege.«

Wir nahmen an der Mass Ave ein Taxi, und zehn Minuten später stiegen wir die mit Schieferplatten verkleideten Stufen zum Fogg-Museum hinauf. Das international renommierte Museum gehört zu den Kronjuwelen der harvardschen Prachtbauten. Es war erst vor zwei Jahren großzügig renoviert worden, mit dem Effekt, dass die Backsteinfassade, von den in vielen Jahren angesammelten Smogablagerungen befreit, und der große Festsaal in neuem Glanz erstrahlten, allerdings auch mit der Folge, dass man das Schmuckstück nahezu jeden Samstag für irgendwelche Festivitäten vermieten musste, um zumindest einen Teil der Millionenaufwendungen für das großzügige Facelifting wieder hereinzuholen.

In dem feierlichen Augenblick, als wir die marmorne Schwelle überschritten, fiel mir – in der verschwenderischen Lichtfülle, die uns plötzlich einhüllte – zum ersten Mal auf, dass Justin zum Smoking rote Laufschuhe mit verstärkter, oben abgerundeter Kappe trug.

»Reizende Schuhe«, murmelte ich und gab mir Mühe, nicht zu auffällig die Augen zu verdrehen. *Das kommt dabei raus, wenn man mit einem Zwanzigjährigen ausgeht!*

»Schön locker bleiben, Chase«, murmelte er zurück und legte mir den Arm um die Schulter. »Die Kniggepolizei verteilt heute Abend keine Knöllchen, und wenn ich Ihnen nachher beim Tanzen auf die Füße trete, werden Sie dankbar sein.«

Als wir ins Foyer vordrangen, hörten wir aus dem großen Ausstellungsraum die Klänge von ›Night and Day‹, die Party war also bereits in vollem Gange. Rings um uns drängten sich schnatterndes Jungvolk aus dem College, Studentengrüppchen aus allen Fachbereichen, Professoren und Dozenten und die durch nichts zu erschütternden Ehefrauen der Dekane und Lehrstuhlinhaber – die heimlichen Doyennes der Harvard Society.

Justin kämpfte sich zur Garderobe durch, um unsere Mäntel abzugeben, ich schlenderte schon mal voraus in die zweistöckige, italienisch anmutende Empfangshalle, um zu Füßen der beiden gewaltigen Granitskulpturen auf ihn zu warten. Die Tanzfläche war ein bunter Jahrmarkt der Eitelkeiten, Männer in Smokings und Frauen in prächtigen Abendkleidern wirbelten zu den Klängen der zwölfköpfigen Swingband unter den funkelnden Kristalllüstern übers Parkett. Auf den Balkons der Säulenbalustraden drängten sich die Pärchen, die den Trubel aus der Vogelperspektive verfolgen und ihren Freunden aus luftiger Höhe einen Gruß zuwinken wollten. Die Kellner trugen heute ebenfalls Smoking, waren aber von den Gästen mühelos anhand der Silbertabletts zu unterscheiden, auf denen sie Champagnergläser durch das Gedränge balancierten. Ein unerwartetes Prickeln durchrieselte mich. Irgendwie war mir auf einmal, als sei die Nacht wie für ein Abenteuer gemacht.

Und da entdeckte ich Ian McAllister, der, von Studenten umringt, am Rand der Tanzfläche Hof hielt. Er sah im Smoking einfach umwerfend aus. Unsere Blicke trafen sich, ich lächelte ihm zu und dachte: Mädchen, das ist eine einmalige Chance, ihn auf die Diskrepanz in den beiden Zahlenwerken anzusprechen.

»Veronica!« Er küsste mich zur Begrüßung auf beide Wangen und zog mich zwei, drei Schritte beiseite. »Wie kommen Sie mit dem Artikel für die *AER* voran?«

»Recht gut. Ich kann Ihnen versprechen, dass Sie bis Montagmorgen einen Entwurf haben, den Sie dem Redakteur schicken können. Nur, mit den Zitaten aus dem Buch von Marshall wird's leider nichts.«

»Aber Sie haben mir doch gesagt, dass Sie das Buch …«

»Sehen Sie, ich hatte das Buch, aber dann war's plötzlich wieder weg.« Weil ich ihm nicht lang und breit berichten wollte, wie und warum es am Freitagabend in den Magazinen der Widener durch die Luft gesegelt war, brachte ich's auf die Kurzformel: »Das ist eine lange Geschichte.« Und als er protestieren wollte, fügte ich hinzu: »Verlassen Sie sich drauf, es wird ein guter Artikel.«

»Wenn Sie's sagen«, murmelte er skeptisch. »Und wie sieht's mit dem Abschlussbericht für das Komitee aus?«

»Ich habe mir die zweite Diskette von Paula geholt, und morgen treffe ich mich mit Rona Seidman – wir werden also bis zur Montagssitzung des Komitees ein Papier als Diskussionsgrundlage fertig haben. Aber ich habe eine Frage an Sie. Sind die Regeln für die Zuordnung der Ausgaben für allgemeine Ausgaben in letzter Zeit geändert worden?«

»Was für allgemeine Ausgaben?« Er winkte den Kellner mit dem Champagnertablett heran.

»Sie wissen schon: administrative Unterstützung, Bürobedarf, Honorare für externe Mitarbeiter – all diese Dinge.«

Ians Augen verengten sich, er dachte konzentriert nach. »Ja, ich glaube, da war was. Warum fragen Sie?«

Der Kellner reichte uns beiden Champagner. Ich sagte achselzuckend: »Nun, weil ich beim Budget der Geisteswissenschaften geringfügige Abweichungen zwischen einer älteren Version, die ich bei Ella gefunden habe, und den Daten von Ihnen festgestellt habe. Ich wollte nur wissen, wie sich das erklärt.«

»Ella Fisher hatte eine ältere Version der Finanzdaten unserer Universität?«, fragte er amüsiert. »Das kann nicht sein. Woher sollte sie die denn haben? Die liegen doch beim Leiter der Finanzprüfung unter Verschluss.«

»Offenbar hatte sie einen guten Freund in der Finanzabteilung, und der hat sie ihr besorgt. Ich glaube, sie hatte, während wir noch auf die neuen Daten von Ihnen gewartet haben, bereits mit der Analyse angefangen.«

»Diese Frau!« Er schüttelte empört den Kopf. »Vergeudet ihre Zeit damit, mit veralteten Daten zu arbeiten, obwohl abzusehen ist, dass in wenigen Tagen die neuen vorliegen. Ich hoffe, Sie haben nicht ebenfalls eine Menge Zeit damit verschwendet?«

»Nein, eigentlich gar keine. Ich wusste, dass Ella Datenmaterial zur Verfügung hatte, aber ich hatte keine Ahnung, dass sie sich bereits so intensiv damit beschäftigt hat. Das war's, was ich Ihnen schon gestern sagen wollte. Als ich gemerkt habe, dass Ihre Diskette fehlerhaft ist, habe ich mir die Diskette mit der älteren Version aus Ellas Wohnung besorgt, damit ich schneller mit meiner Analyse vorankomme.«

»Aha. Sie hat sich also bereits intensiv damit beschäftigt?«

»Ja. Mit der Analyse der Basisdaten war sie so gut wie fertig. Sie hatte auch schon angefangen, die erforderlichen jährlichen Zuwachsraten zu berechnen. Eine sehr fleißige und gründliche Arbeit.«

Plötzlich sah er merkwürdig verärgert aus, geradezu zornig. »Nun, dann werden Sie eben alles noch mal machen müssen«, fuhr er mich an. »Ich denke nicht im Traum daran, mich bei der Empfehlung des Komitees auf die Ergebnisse einer hoch gelobten Sekretärin zu stützen. Nachdem Sie nun die neue Diskette haben, gibt es keinen Grund mehr, Zeit mit irgendwelchen veralteten Daten zu vergeuden. Die sind völlig überholt. Und wir haben noch so viel Arbeit vor uns, dass wir's uns nicht leisten können, noch mehr Zeit zu verlieren, Nikki.«

»Ich weiß, Ian«, sagte ich und ließ mir bewusst anmerken, dass ich mich über seine Belehrungen ärgerte.

»Sind Sie heute Abend allein da?«, fragte er in versöhnlichem Ton. Ich sah ihm aber seine Unruhe schon an, nicht meinetwegen einen wichtigeren Gesprächspartner verpassen zu wollen.

»Hallo, David!« Er nickte einem der etablierten Lehrstuhlinhaber des Fachbereichs Staatsrecht zu.
»Nein, ich bin mit einem jungen Mann hier, aber der hat sich anscheinend verkrümelt. Wo ist Connie heute Abend?«
»Kopfschmerzen«, sagte er kurz angebunden und drehte sich zu einem Grauhaarigen um, einem unserer Kuratoriumsmitglieder. Ich betrachtete mich als entlassen und schlich erleichtert davon. Ich konnte mir gut vorstellen, was es mit Connies Kopfschmerzen auf sich hatte. Ian ließ seine Frau bei gesellschaftlichen Anlässen oft einfach stehen, wenn er ein Kuratoriumsmitglied oder einen einflussreichen Altharvardianer oder sonst irgendjemanden erspäht hatte, von dem er sich erfolgreiche Hilfestellung bei seinen permanenten Klimmzügen an Harvards Futterkrippe versprach. Wer will sich schon groß in Schale werfen, um dann den ganzen Abend Mauerblümchen zu spielen?
Ich schlenderte an der Tanzfläche entlang und sah den Paaren zu, die sich zu den Klängen von ›Take the A-Train‹ drehten. Ein paar begabte Tänzer waren darunter, den meisten sah man allerdings an, dass sie nur eine Pflichtübung absolvierten. Während ich die Melodie leise mitsummte, hielt ich eifrig nach Justin Ausschau. Laufschuhe oder nicht – ich brauchte den Jungen, weil ich endlich selber das Tanzbein schwingen wollte.
Und ein paar Minuten später fand ich ihn: in eine angeregte Unterhaltung mit Lindsey Wentworth vertieft, an deren Seite ich ihren neuen Dauerbegleiter, den verkrachten Buchhändler Isaiah Fisher, ausmachte. Ich stutzte und guckte zwei Mal hin: Tatsächlich, Lindsey hatte sich das Haar gefärbt.
Sie trug es jetzt stahlschwarz und viel kürzer, was ihr ein unglaublich intellektuelles, nahezu dominierendes Aussehen verlieh. Ich hatte noch nie erlebt, dass eine Blondine sich dunkel färben ließ, aber ihr stand es. Sie trug ein eng anliegendes rotes Kleid mit einer kurzen Jacke, die, wie ich aus dem *Vogue*-Sep-

temberheft wusste, aus der Kollektion Thierry Muggler stammte. Einer alten Gepflogenheit hatte sie nicht abgeschworen: Sie trug weiterhin ihre protzige Perlenkette.
Fisher hatte sich in einen Smoking gezwängt, Kummerbund und Querbinder waren in irgendeinem Schottenmuster gehalten. Was hatten die beiden miteinander zu tun? Ich wusste zwar vom neuen Flair des Radikalen, hielt das aber für lächerlich.
»Lindsey!«, sagte ich. »Wir haben uns ja lange nicht mehr gesehen! Tolle Frisur.«
»Nikki! Ich wusste gar nicht, dass Sie auch hier sind«, mimte sie die Erstaunte. »Kaum zu glauben, dass wir uns neuerdings überall treffen.«
Fisher grinste breit. »Ja, ja, Harvardmädchen, die Welt ist ein Dorf – stimmt doch, oder?«
»Wie wahr«, erwiderte ich und grinste genauso breit zurück. »Ich hätte nie damit gerechnet, euch hier zu sehen.«
»Mich hier nicht zu sehen?«, empörte sich Lindsey. Entweder hatte sie nicht richtig hingehört oder mich absichtlich falsch verstanden. »Das kann nicht Ihr Ernst sein. Wohltätigkeitsveranstaltungen hab ich für mein Leben gern. Meine Familie hat hunderte davon gegeben. Hier im Fogg-Museum. Allein weil mein Großvater – Sie wissen: der Commodore – Gründungsmitglied im Aufsichtsrat des Museums war.«
Ich war gespannt, wie Fisher diese Selbstbeweihräucherung aufnehmen würde. So wie er die Augen himmelwärts verdrehte, war er offensichtlich nicht davon angetan.
»Wie ich sehe, kennt ihr Justin, meinen Begleiter?«
»Ja«, antwortete Fisher, »anscheinend haben sich Lindsey und er eine Weile gut gekannt.«
»Na ja, ich würde sagen, wir haben so was wie eine gemeinsame Vergangenheit – stimmt's nicht, Lins?«, sagte Justin in spöttischem Ton. Er legte ihr den Arm um die Schultern. »Haben mal unter demselben Dach gehaust. Getreu den neuen Sitten.«

Lindsey runzelte die Stirn und schob Justins Arm weg. »Mutter hasst es. Sie findet es gewöhnlich. Aber Isaiah mag's – nicht wahr, Liebling?«
Fisher nickte und grinste womöglich noch breiter.
»Ich habe Bruder Fisher gerade nach seinem neuen monatlichen Rundbrief gefragt«, erzählte Justin. »Weil ich mit dem Gedanken spiele, so was Ähnliches für die Rechtsakademie rauszubringen. Ich denke, ich werd das Blatt *Justins Justizbrief* nennen.« Er sah Fisher an. »Hast du ein paar Tipps für mich?«
Die beiden Männer fingen zu fachsimpeln an, was mir Gelegenheit gab, Lindsey ein Stück beiseite zu ziehen.
»Hören Sie, ich weiß, es geht mich nichts an, aber was läuft zwischen Ihnen beiden? Sagen Sie bloß nicht, dass Sie ein festes Paar sind.«
»Nein, natürlich nicht!«, sagte Lindsey gekränkt. »Mutter wäre entsetzt, wenn sie wüsste, dass ich mich mit jemandem wie ihm in der Öffentlichkeit zeige. Ich meine, wo er doch sogar schon mal *verhaftet* worden ist.«
»Was wollen Sie dann von ihm?«
»Na ja ...« Sie verfiel in einen Flüsterton. »Es ist wichtig, dass jemand auf ihn aufpasst.«
»Was soll das heißen?«
»Darüber kann ich jetzt nicht reden«, murmelte sie, als die beiden Männer zu uns herantraten, und fragte in normaler Lautstärke: »Hab ich Ihnen schon erzählt, dass ich an einem Fortbildungskurs teilnehme? Ich glaube, das wird mir viel geben.«
»Großartig«, ließ ich mich auf ihr Spiel ein, »worum geht's denn bei dem Kurs?«
»Um praktisch angewandte Philosophie.«
»Was soll das denn sein? Benjamin Franklin?«
»Nein, es geht eher ums Seelenleben«, begann sie mir zu erklären, als Fisher uns unterbrach: »Soll ich dir was zu trinken holen, Baby?« Er legte Lindsey den Arm um die Schulter und lä-

chelte jovial. Fisher war eben nicht aus dem Holz geschnitzt, dass er ihr zuliebe auch nur ein Jota von seinem Afrogehabe aufgegeben hätte.

»Ich komme mit dir«, schnurrte Lindsey und legte ihm den Arm um die Taille.

Als sie in der Menge untergetaucht waren, führte Justin mich auf die Tanzfläche. »Zehen einziehen, Ma'am«, sagte er, »in den Tretern kann ich für nichts garantieren, aber ich werd mir redlich Mühe geben, Ihnen keine bleibenden Verstümmelungen zuzufügen.«

Ich lachte. »Der ganze Trick besteht darin, mich festzuhalten und herumzuschwenken.«

»Oh Mädchen«, sagte er grinsend, »das ist das beste Angebot, das mir heute Abend jemand gemacht hat!«

Ich verzog leicht das Gesicht, als er den Arm um mich legte; meine malträtierten Rippen waren immer noch schmerzempfindlich.

»Nette Party.« Etwas Originelleres fiel mir nicht ein.

»Ja. Und Sie sind ein richtig lieber kleiner Schmetterling. Sind mir zumindest nicht davongeflattert.«

»Nun«, baute ich in scherzendem Ton vor, »es sind allerdings einige Leute hier, die ich gut kenne und seit dem Sommer nicht mehr gesehen habe. Sie sind hoffentlich nicht sauer, wenn ich nachher auf Wanderschaft gehe, oder?«

Er drückte meine Hand. »Ach wo. Vorausgesetzt, Sie verlassen die Party mit dem Mann, mit dem Sie gekommen sind.« Die Melodie klang aus, Justin sah mich mit einem beunruhigenden Lächeln an. Ich wich seinem Blick aus, murmelte was von einem Glas Champagner, und er trabte brav los.

»Veronica!« Christian Chung kam angetänzelt, kaum dass Justin außer Sichtweite war. Er trug zum schwarzen Smoking eine Weste und einen Querbinder in Kornblumenblau und sah aus, als käme er geradewegs aus dem Schaufenster von Louis in

Boston. »Sie sehen schlichtweg *recherché* aus.« Und dabei rückte er mir – genau wie gestern bei Barretts Open-House-Party – so nahe auf den Leib, dass ich sein Eau de Toilette riechen konnte.

Was, zum Teufel, meinte er mit *recherché*?

»Sind Sie allein hier?«, fragte er, während er den Blick gemächlich an mir auf und ab wandern ließ. »Weil dieses atemberaubende Kleid dann eindeutig so was wie sträfliche Verschwendung wäre.«

Einen Sekundenbruchteil zögerte ich, dann beschloss ich, mich getreu meinem gestrigen Vorsatz auf seine Annäherungsversuche einzulassen. Was machte es schon, wenn er sich in der Rolle des Draufgängers gefiel? Ich musste ihm auf den Zahn fühlen, was er über Leo und Ella wusste. Ella hatte kurz vor ihrem Tod mit ihm telefoniert – ihr letzter Anruf, *bei ihm zu Hause*. Und er war offensichtlich an mir interessiert. Ich schenkte ihm also mein schönstes Partylächeln. »Nun, ich bin in Begleitung da, aber es könnte trotzdem sein, dass das Kleid Verschwendung ist. Der Junge ist noch ein bisschen grün hinter den Ohren. Und was ist mit Ihnen?«

»Ich wandle heute auf Junggesellenfüßen«, sagte er grinsend. »Nach meinen Erfahrungen die beste Voraussetzung, um einen solchen Abend richtig zu genießen. Und ich hab das Gefühl, dass die Erfahrung sich auch heute bestätigen wird. Wollen wir tanzen?«

Ich rückte ihm die Fliege zurecht, wusste es so einzurichten, dass meine Hand flüchtig seine Wange streifte, reichte ihm die Hand und ließ mich zur Tanzfläche führen. Das Orchester spielte einen Walzer. Christian führte mit sicherer Hand – er war einer jener rar gesäten Tänzer, in deren Armen man automatisch ein besseres Bild abgibt.

»Wie kommen Sie mit der Arbeit fürs Komitee voran?«, erkundigte er sich, die Lippen dicht an meinem Ohr.

»Sehr gut. Am Montag tragen wir die Ergebnisse vor.«
»Demnach haben Sie sich erfolgreich einen Pfad durch das Gestrüpp der Finanzdaten geschlagen?«
»Ja, mit Hilfe des Zahlenwerks aus Ihrer Abteilung. Wenn die Budgetprüfung ansteht, sind Sie sicher nicht zu beneiden.«
»Na ja, ich habe eine Menge Mitarbeiter. Sagen Sie bloß, Sie haben das alles allein geschafft?«
»Ja, völlig allein. Sehen Sie nicht die dunklen Ringe unter meinen Augen?«
Er legte mir den Finger unters Kinn, schob meinen Kopf sanft zurück und teilte mir als Ergebnis seiner Inspektion mit: »Tiefe, dunkle Augen. Aber keine Ringe.«
»Nett, dass Sie das sagen. Übrigens, ich möchte Sie gern etwas fragen. Wissen Sie, ob es Umbuchungen vom Geisteswissenschaften-Budget zu anderen Ausgabenträgern gab? Zum Beispiel bei den Kosten für Aushilfsschreibkräfte, Floristen, Fensterputzer und so weiter?«
»Ja, so was gab's«, bestätigte er, ohne beim Tanzen nur eine Sekunde lang aus dem Takt zu kommen. »Im Interesse einer effektiveren Ausgabensteuerung lässt die Uni solche Aufwendungen seit einigen Jahren zentral durch mein Büro abrechnen. Auf die Weise können wir bei der Auftragsvergabe erhebliche Preisnachlässe aushandeln.«
Das erklärte endlich die Unterschiede zwischen Ians und Ellas Version, und weil damit feststand, dass ich mir die mühsamen Einzelvergleiche schenken konnte, machte ich meiner Erleichterung mit einem lauten Seufzer Luft. »Sie haben mir viele Stunden Arbeit erspart. Mög's Ihnen der Himmel vergelten.«
»Und was kriege ich zur Belohnung für diesen kleinen Sonderservice?«, murmelte er, die Lippen wieder dicht an meinem Ohr.
»Was schwebt Ihnen denn vor, Mr. Chung?« *Na, was mochte ihm wohl vorschweben?*

»Sie sind gar nicht die zimperliche kleine Ökonomiedozentin, die ich in Ihnen gesehen habe, nicht wahr?« Seine Hand wanderte auf meinem Rücken abwärts.
»Nein«, hauchte ich, »ich bin von Kopf bis Fuß erwachsen.«
Beiß die Zähne zusammen, du tust es für Ella.
»Und Sie spielen gern mit dem Feuer.« Sein Lächeln hatte bereits Ähnlichkeit mit einem Siegerlächeln.
»Wenn es sich lohnt«, sagte ich.
»Entschuldigt.« Plötzlich war Justins Stimme da. »Ich darf mal kurz stören, wenn ihr nichts dagegen habt.«
Er stand hinter Christian und sah außerordentlich verärgert aus. Christian nahm mit einem kurzen Blick Notiz von ihm, dann wandte er sich wieder mir zu. »Sagst du dem Bürschchen, dass er verschwinden soll, oder soll ich das tun?«
Justin war völlig perplex. »Bürschchen? Was soll das heißen? Das ist *meine* Begleiterin, und ich rede mit ihr.«
»Wir wollen hier keine Szene machen«, sagte ich und sah Justin beschwörend an. »Sobald der Tanz vorbei ist, komm ich wieder zu Ihnen zurück, ja?«
»Oder nach dem nächsten Tanz«, warf Christian mit einem undefinierbaren Grinsen ein. »Wir lassen's dich wissen, Bürschchen.« Er zwinkerte mir zu.
»Hören Sie, Freundchen, Ihr Benehmen gefällt mir nicht.« Justin bebte vor Wut. »Was soll das?«
Die Leute fingen an, zu uns herüberzustarren, mir wurde immer mulmiger zu Mute. Bei meinem berechnenden Flirt mit Christian hatte ich Justin nicht einkalkuliert. Offenbar musste ich die geplante Aushorchung eine Weile verschieben. Ich hakte mich bei Justin ein, wandte mich zu Christian um und sagte mit betörendem Augenaufschlag: »Danke für den Tanz. Wir sehen uns später, ja?« Das stumme Versprechen in meinem Blick schien Christian zu besänftigen, er verzichtete auf jeden Protest, als ich mit Justin die Tanzfläche verließ.

»Hübsche Neandertalszene«, raunte ich Justin zu. »Was werden Sie im Wiederholungsfall tun? Mich über die Schulter werfen und mit Tarzangeheul aus dem Saal tragen?«
»Ist er das?«, wollte er wissen.
»Wer?«
»Der aus Ihrer emotionalen Tragetasche. Der Knabe, über den Sie nicht wegkommen.«
»Nein, der ist er nicht.«
»Großartig. Dann machen Sie also jedem Kerl, der Ihnen über den Weg läuft, so schöne Augen?«
»Was erlauben Sie sich eigentlich?«, rutschte mir lauter als beabsichtigt heraus.
»Na, hören Sie – ich hab doch gesehen, wie Sie ihn angeguckt haben. Das war schon kein Tanz mehr, das war ein Vorspiel.«
Genau da kam eine junge Schwarze im gerüschten grünen Ballonkleid auf uns zugestöckelt. »Justin!«, juchzte sie, »du hast mir einen Tanz versprochen, Baby!«
Worauf er steif und förmlich »Sie entschuldigen mich sicher, Nikki« zu mir sagte und im nächsten Moment mit der Grüngerüschten verschwunden war.
Ich nagte an meinen Schuldgefühlen. Er war ein netter Kerl. Wenn ich's mir mit ihm verdorben hatte, war ich selber schuld.
Weil ich jetzt allein sein musste, stieg ich die Stufen zur Balustrade hoch und verfolgte von dort aus das Treiben auf der Tanzfläche. Ein paar Minuten genügten, um mein Gemüt wieder ins Lot zu bringen. Was sich dort unten abspielte, entsprach genau einem klassischen Gesellschaftsabend. Die Männer hatten's gut, sie zogen sich einen Smoking an und sahen, ohne dass sie viel Mühe investieren mussten, großartig aus. Was mich jedes Mal wurmt, weil wir Frauen Gott weiß was auf uns nehmen müssen, um das gleiche Ergebnis zu erzielen: endlose Sitzungen beim Friseur, kunstvolle Mühen beim Make-up,

Kleider, die entweder spannen oder zu kurz zum Hinsetzen sind. Im Übrigen trugen die meisten Damen, wie bei solchen Festen üblich, Schwarz, was dem Ganzen, die Smokings dazugenommen, eher die Optik einer Versammlung von Trauergästen als die einer Soiree gab.
Allen lästerlichen Gedanken zum Trotz war ich – das geht mir immer so – empfänglich für die magische Ausstrahlung eines solchen Abends. Vielleicht lag's am Parfumdunst oder am geistreichen Partygeplauder, mich erfüllten Tanzfeste jedenfalls immer mit einer albernen, durch nichts begründeten Hoffnung. Wen rührt es nicht an, wenn ein schmachtender Tenor von der unvergänglichen Liebe singt und dir mit Schmelz in der Stimme versichert, dass du – und nur du – die eine bist und für immer bleiben wirst? Auf einmal schien, und sei's auch nur für diese eine Nacht, alles möglich zu sein: Plötzlich öffnet sich die Tür, und die Liebe kommt hereinspaziert.
Jess und ihr Begleiter waren endlich auch da, ich entdeckte sie auf der Tanzfläche. Jess trug ein glitzerndes smaragdgrünes Kleid, das einen hübschen Kontrast zu ihrem Haar abgab, Mr. Finanzwesen von der Harvard Business sah ebenfalls attraktiv aus; blieb nur die Frage, ob er auch den Attributen gerecht wurde, die Jess ihm sonst noch zuerkannt hatte. Jess kam mir glücklich vor, was aber nichts heißen musste, weil ich sie schon etliche Male im siebten Himmel erlebt hatte. Nun, morgen würde sie mir mit Sicherheit alles haarklein erzählen.
Und da entdeckte ich Dante – er zog einem schlanken blonden Mädchen gerade lachend die Nerzstola von den Schultern. Ja – an so einem Abend kann die Liebe jederzeit zur Tür hereinspaziert kommen, aber manchmal eben in Begleitung einer anderen. Ich sah den beiden eine Weile zu, dann kauerte ich mich hinter die Brüstung und setzte meine Observation aus sicherer Deckung fort. Was hatte Dante hier zu suchen? Und warum hatte er beim Abendessen mit keinem Wort gesagt, dass er auch zu

dieser Party kommen wollte? Maggies Mahnung hallte mir in den Ohren wider: *Er wird dich nie ernst nehmen.*

Ich hörte klackende Schritte auf den Steinfliesen und sah im nächsten Augenblick Jess' Gesicht über mir.

»Hab dich hier oben stehen sehen. Musst du dich ausruhen?«

»Nein, ich reagiere nur gerade meinen Koller ab.«

Sie kauerte sich neben mich. »Ja. Ich hab ihn reinkommen sehen. Wer ist sie?«

»Woher, zum Teufel, soll ich das wissen? Ein weißes Mädchen mit einer Nerzstola. Alles andere kann mir piepegal sein.«

»Schau mal, du hast ihn Donnerstagabend ganz schön abblitzen lassen. Was hast du da anderes erwartet?«

»Verdammt noch mal, dass er mindestens eine Woche lang daran rumknabbert – das hab ich erwartet!«

»Mädchen, entweder bringst du ihn dazu, sich korrekt zu verhalten, oder du sagst ihm, er soll Leine ziehen. Aber verkriech dich nicht hier oben im Schmollwinkel.«

»Okay, ich komm schon zurecht, schönsten Dank«, sagte ich biestig. Um sofort wieder einzulenken: »Wie sieht's mit dem Typen aus, den du dabeihast?«

»Ist zu früh, um was Endgültiges zu sagen, aber ich hab das Gefühl, das er kein großes Kirchenlicht ist.«

»Im Ernst? Ich denke, er ist Dozent?«

»Ja, dann hör dir mal das an: Ich erzähl ihm im Taxi von einem Artikel, den ich kürzlich in der *New Republic* gelesen habe. Und weißt du, was er sagt?«

»Was denn?«, fragte ich und merkte, dass meine Laune schlagartig besser wurde.

»Er sagte: Oh, und ich dachte schon, du bist Demokratin.«

»Wie? Solltest du seiner Meinung nach die *Nation* lesen?«

»Nein, er dachte, die *New Republic* wäre das Leib-und-Magen-Blatt der *neuen Republikaner.*«

»Gar kein so abwegiger Gedanke, falls im Redaktionsstab noch dieselben Typen wie vor fünf Jahren sitzen«, sagte ich lachend. »Sieh's ihm nach, vielleicht liest er wirklich die *Nation.*« Ich schüttelte den Kopf. »Das kommt davon, wenn man mit Überläufern ausgeht, stimmt's nicht?«

»Nein, so seh ich das nicht. Nimm zum Beispiel deinen Mitbewohner – Ted. Bei dem stimmt alles. Ein süßes Kerlchen. Und außerdem ist er Anwalt. Die Jungs machen Kies, da kommt nicht mal 'n Bagger mit.«

»Vergiss nicht, dass Ted fast ausschließlich arme Teufel vertritt, die nach dem Armenrecht klagen.«

»Na, mal abwarten«, sagte sie mit schurkischem Grinsen, »es ist immer gut, mehrere Eisen im Feuer zu haben, wenn man was Großes vorhat.«

»Nun, ich seh kein Feuer für mein Eisen.«

»Ach, nun drück nicht auf die Tränendrüsen. Komm, wir machen mal einen kleinen Rundgang.«

Auf dem Weg nach unten fasste mich jemand am Arm, und als ich mich umdrehte, stand Rafe Griffin im Smoking hinter mir.

»Rafe! Was machen Sie denn hier?«

»Wir wurden telefonisch verständigt, dass der Präsident heute Abend auch herkommt, und da sich zwei meiner Officers krankgemeldet haben, bin ich eben hier.«

»Zu schade, dass Sie Maggie nicht mitnehmen konnten.«

»Oh«, wehrte er ab, »ich würde nie eine Frau zu einer Party mitnehmen, wenn ich dienstlich unterwegs bin. Das wär irgendwie ungehörig.«

»Aber ihr beide habt euch gut verstanden, wie?«

Er lächelte so strahlend, dass die Antwort sich erübrigt hätte. »Ja, Kind, wir verstehen uns gut.« Ein Blick zum Museumseingang. »Ah, da kommt ja unser Mann.«

Tatsächlich, Leo Barrett war angekommen. Victoria ging hocherhobenen Hauptes voran, als müsse sie ihrem Mann den Weg durch die Menge bahnen. Barrett winkte Freunden zu, blieb hier und da stehen, um ein paar Worte zu wechseln, offensichtlich genoss er die Welle der Sympathie, die ihm entgegenschlug. Und dann gab es einen kleinen Zwischenfall, als ihm ein Student in den Weg trat und ihn fragte, ob er es für vertretbar hielte, dass wegen der hohen Renovierungskosten für dieses Museum die Mittel für den Studentenhilfsfonds gekürzt worden waren. Victoria, die schon ein paar Schritte voraus gewesen war, machte kehrt und kam wutentbrannt angerauscht.

»Also wirklich, Leo«, sagte sie entschieden, »wir werden auf dem Podium erwartet. Das ist weder der richtige Augenblick noch der richtige Ort, um Entscheidungen des Verwaltungsrats zu diskutieren.« Sprach's und rauschte davon. Leo schien einen Moment lang unschlüssig, dann folgte er ihr.

»Diese Frau macht ihm nichts als Probleme«, murmelte Rafe. Und nahezu im selben Augenblick schien es auch auf der Tanzfläche Probleme zu geben. Rafe eilte auf den Kreis zu, der sich im Nu um den Ort des Geschehens gebildet hatte – ich hinterher. Und da sahen wir, dass Christian Chung sich in drohender Haltung vor irgendjemandem aufgebaut hatte, der sich, Blut im Mundwinkel, vom Boden hochrappelte. Ach du meine Güte – das war ja Justin Simms!

»Reicht dir das, oder willst du noch mehr?«, fragte Christian scharf. Oh Gott, er war ja ein richtiger Schläger!

»Weißt du eigentlich, was für ein Arschloch du bist?«, schrie Justin ihn an und machte Anstalten, sich mit geballten Fäusten auf Chung zu stürzen.

Ich packte Rafe, der dazwischengehen wollte, am Arm. »Setzen Sie den Größeren an die frische Luft, bitte!«, flüsterte ich ihm zu. »Ich erklär's Ihnen später, aber der Kerl muss verschwinden. Bitte, tun Sie's mir zuliebe!«

Kein Zweifel, ich musste meine Strategie noch einmal überdenken. Es war schon schwierig genug, Christian auszufragen, wenn ich mit ihm allein war, aber wenn Justin in der Nähe war, hatte ich gar keine Chance mehr. Besser, wenn ich mir einen nach dem anderen vornahm.

»So, das ist genug!«, fuhr Rafe die Streithähne an. Christian hatte Justin gerade noch mal einen Kinnhaken verpasst und starrte ihn mordlustig an. »Sie!« Rafe reckte das Kinn in Christians Richtung. »Raus! Sofort!«

»Was?«, explodierte Christian. »Soll das 'n Witz sein?«

»Hören Sie, ich bin Sergeant Detective bei der Universitätspolizei. Sie haben zehn Sekunden Zeit, das Museum zu verlassen, sonst verbringen Sie die Nacht in der Zelle.«

Christian holte tief Luft. »Officer, Sie wissen anscheinend nicht, wen Sie vor sich ...«

»Ich werd dich anzeigen, du miese Type!«, rief Justin dazwischen. »Du hast dich mit dem Falschen angelegt, du Schläger!«

»Tu das ruhig.« Der Kreis der neugierigen Gaffer wurde immer größer, es waren auch schon ein paar Gesichter aus dem Professoren- und Dozentenkollegium darunter. Chung lag offensichtlich daran, sich einen guten Abgang zu verschaffen. »Und merk dir, wenn du noch mal abfällige Bemerkungen über eine Lady machst, kriegst du wieder eine Abreibung. Irgendjemand muss dir ja Manieren beibringen.« Und dann tauchte er in der Menge unter.

Ich ging zu Justin, der sich mit einem Taschentuch das Blut vom Gesicht tupfte.

»Was war los?«, fragte ich flüsternd und führte ihn zu einer Stuhlreihe am Rand der Tanzfläche.

»Ich hab ihm lediglich gesagt, dass ich das nicht mag, wie er dich beim Tanzen betatscht hat«, sagte Justin. »Und das Arschloch hat sofort zugeschlagen.«

Rafe kam zu uns herüber und sah Justin grimmig an. »Muss ich Sie ebenfalls auffordern zu gehen?«

»Nein, Sir«, sagte Justin kleinlaut.

»Dumme Kinder«, murmelte Rafe. »Ziehen mich, ehe sie's merken, in eine Schlägerei rein. Sie sehn ein bisschen flau um die Nase aus, Freundchen. Sind Sie sicher, dass es Ihnen gut geht?«

Justin schüttelte den Kopf. »Ich würd eher sagen miserabel.« Und so hörte er sich auch an.

»Na, kommen Sie mal, Junge«, sagte Rafe mitfühlend und fasste ihn am Arm.

Ich wollte mitgehen, aber da tauchte Fisher auf und grinste mich wissend an. »Schau an, du kennst den Cop also?«

»Ja, ich kenn ihn. Ein Bekannter meiner Vermieterin. Warum?«

»Der Bruder macht mir die Hölle heiß – darum.«

»Tatsächlich? Weswegen denn?«

»Schleicht dauernd um mich rum. Stellt mir Fragen wegen Ella – wann ich sie zuletzt gesehen habe und lauter so 'n Quatsch.«

»Das ist sein Job, dabei würde ich mir nichts denken«, beruhigte ich ihn. »Tanzen wir?« Ich platzte vor Neugier, was Lindsey wohl damit gemeint haben konnte, dass Fisher jemanden brauche, der auf ihn aufpasst.

Das Orchester spielte einen Foxtrott, Fisher führte mich mit sicheren Schritten übers Parkett.

»Du verstehst was vom Tanzen«, sagte ich.

»Meine Leute zu Hause haben mich genervt, dass ich mich beim Tanzkurs anmelde. Die wollten mich unbedingt den Weißen in die Arme treiben.«

»Zum Beispiel Lindsey Wentworth? Irgendwie kann ich mir gar nicht vorstellen, dass du dir was aus einem dieser – wie hast du gesagt? – ›eiskalten weißen Mädchen‹ machst. Und ihre Mama würde das auch nicht gutheißen, hat Lindsey gesagt.«

Er lachte. »Siehst du – ihr schwarzen Schwestern mit euerm Sarkasmus seid's, die uns Jungs überhaupt erst den weißen Mädchen in die Arme treiben.«

»Mal unter uns: Wie kommt's, dass ihr auf einmal ein Herz und eine Seele seid?«

»Auch unter uns: Das geht dich nichts an, Harvardmädchen.« Um allen weiteren Fragen einen Riegel vorzuschieben, schwadronierte er den ganzen Tanz über von seinem geplanten Bücherrundbrief, von dem er sich finanziellen Gewinn versprach. Er hatte vor, ihn für einen Dollar pro Heft zu verkaufen, obwohl er sich nach den Berechnungen, die er herunterleierte, eher so anhörte, als beliefen sich die Kosten für Herstellung und Versand auf annähernd zwei Dollar fünfzig. Na prima, dachte ich, bei jedem Heft draufzahlen, aber große Rosinen im Kopf haben! Als die Musik ausklang, deutete Fisher eine leichte Verbeugung an, ließ mich stehen und verschwand in der Menge. Ich sah mich nach Justin um und machte ihn am Bartresen aus. Er hockte da wie ein Beduine in der Oase, nur dass er sich nicht an einer Palme, sondern an einem Glas Champagner festhielt. Auf dem Weg zur Bar bekam ich schon von weitem mit, dass er jeden in seiner Nähe in ein Streitgespräch zu verwickeln suchte; es ging darum, dass die Universität zu wenig afrikanische Kunst in ihrer Sammlung hätte. Er schien völlig betrunken zu sein.

»Hey, mein Begleiter und Beschützer macht sich offenbar einen feuchtfröhlichen Abend?« Ich fasste ihn am Arm und dirigierte ihn in Richtung der Sessel an der Wand. »Sind Sie noch einigermaßen klar?«

»Mir geh'ss prrrima«, lallte er fröhlich. Woraus ich schloss, dass er vollends die Übersicht verloren hatte. Wie hatte er bloß in der kurzen Zeit so viel in sich reinkippen können? »Aber ihr Frau'n«, philosophierte er mit schwerer Zunge und ließ sich in einen Sessel fallen, »ihr Frau'n … nö, aus euch werd ich nie schl…« Neuer Anlauf. »Schlau.«

»Da könnte was Wahres dran sein«, gab ich ihm Recht. Er hatte einen hochroten Kopf und redete viel zu schnell.

Er senkte die Stimme zu einem Flüstern. »Ich hab euch heute Abend beobachtet. Genau ssogar, oh ja. Aber ich werd nich schlau aus euch.«
»Wie meinen Sie das?«, fragte ich und gab dem Kellner einen Wink, uns ein Glas Wasser zu bringen.
»Warum schleppt ihr Frau'n so viel Zeug in euern Handtasch'n mit euch rum?«
»Weil die Designer Männer sind und vergessen, uns Taschen in die Kleidung zu nähen. Mal ehrlich, geht's Ihnen gut, Justin?«
»Ich sag doch: prrrima. Und warum teilen sie sich alles?«
»Das muss daran liegen, dass wir von Natur aus zur Großherzigkeit neigen«, sagte ich und fasste rasch nach seinem Arm, als er aufzustehen versuchte.
»Also, ich hab …« Er winkte mich näher heran und fing wieder zu flüstern an. »… hab bobach… beobachtet, dass eine Frau den Ohrring von einer an'ern trägt. Hätt'n Sie das für möglich gehalt'n?«
»Kommt drauf an, ob's Klipps oder Stecker waren.« Der Kellner kam mit dem Glas Wasser. »Hier, trinken Sie das.«
Er verzog das Gesicht, dann schluckte er brav. »Saffiiire.«
»Was haben Sie gesagt?«
»Saphire sinn doch die blau'n, oder?« Er nahm freiwillig noch einen Schluck Wasser.
»Justin, nun erzählen Sie mal genau, was Sie gesehen haben.«
Das konnte kein Zufall sein. Erst erzählte mir Dante etwas von einem Ohrring, und jetzt lallte Justin etwas von Saphiren.
»Oh nein«, murmelte er plötzlich und sah auf einmal wieder beängstigend grün aus. »'tschulligen Sie mich.« Und schon torkelte er im Eiltempo den Flur hinunter.
Ich saß da und wartete darauf, dass er wiederkam. Das Orchester spielte eine Kuschelversion von ›More Than You Know‹, und auf einmal legte sich eine warme Hand auf meinen Arm.

»Hübsches Kleid, Nikki.« Ganz nah an meinem Ohr. Eine Stimme, die mich elektrisierte. »Kein Wunder, dass du so einen Wirbel ausgelöst hast. Wenn du so weitermachst, muss noch die Feuerwehr anrücken.«
Ich fuhr hoch und wäre um ein Haar in Dante Rosarios Armen gelandet. Und als ich dann den Fehler machte, ihm in die Augen zu sehen, bekam ich prompt weiche Knie.
»Hübscher Smoking«, sagte ich kühl und beeilte mich, den Abstand zwischen uns zu vergrößern. Wenn mein Puls sich nicht schleunigst normalisierte, brauchte *ich,* nicht Justin den Rettungswagen.
»Bei solchen Kuschelliedern hast du immer die Wange hier angeschmiegt.« Er fingerte lächelnd am Smokingrevers herum.
»Wirklich?«, erwiderte ich und war gewitzt genug, ihm nicht mehr in die Augen zu sehen. »Kann ich mich nicht dran erinnern.«
»Wie du meinst, Lady.«
»Na, du hast ja jetzt eine andere Wange fürs Revers. Wo hast du sie aufgegabelt?«
»Sie hat mich aufgegabelt. Heut Abend in der Bibliothek. Hat mich davon überzeugt, dass ich meinen Hobbes auch an einem anderen Abend lesen kann.«
»Und dir bereitwillig ihre Hilfe bei der Erfüllung natürlicher Bedürfnisse angeboten, nehme ich an.«
Darauf ging er nicht ein. »Sie ist Biochemikerin«, sagte er. »Arbeitet an Professor Childs Projekt zur Erforschung menschlicher Gene mit.«
»Eine Biochemikerin mit einer eigenen Nerzstola. Was für ein Jammer, dass du ausgerechnet heut Abend so schlecht drauf warst. Wie weit ist deine Zimmersuche gediehen?«
»Läuft bestens. Danielle – das ist die Biolady mit der Nerzstola – sucht zufällig einen Mitmieter für ihr Apartment.«

»Ausgezeichnet. Das erspart dir die Mühe, sie in aller Herrgottsfrühe anzurufen.«
»Der Punkt geht an dich. Außerdem können wir zu jeder Tages- und Nachtzeit Mietprobleme besprechen. Ohne lange Anmarschwege, sozusagen immer auf dem Sprung.«
Der Mann war ein ausgemachter Kotzbrocken.
»Dante!«, rief eine Frauenstimme. Das Objekt unseres Wortgefechts, vermutete ich. Doch als ich mich umdrehte, sah ich Victoria Barrett in einem knöchellangen marineblauen Taftkleid mit strahlendem Lächeln auf uns zukommen.
»Was machen Sie denn hier?« Ihr Lächeln galt nur Dante, mich ignorierte sie völlig. »Ich dachte, Sie wären in Kalifornien?«
»War ich auch. Bis vorletzte Woche. Jetzt bin ich wieder da. Als Dozent für Staatsrecht. Es ist eine Freude, Sie wieder zu sehen, Torie.«
Er sagte Torie zu ihr?
»Das ist einfach wundervoll.« Das Strahlen hörte gar nicht mehr auf, sie klimperte sogar mit den Wimpern. Dann ergriff sie Dantes Arm und entführte ihn zur Tanzfläche. Ich war weiterhin nicht existent. »Wir müssen Sie bald zum Dinner bei uns haben. Leo wird entzückt sein, Sie wieder zu sehen.«
Pikiert, aber fest entschlossen, keinesfalls die Fortsetzung der Unterhaltung zu verpassen, hielt ich mich dicht hinter ihnen. Und da kündigte der Leiter der Swingband an, dass der Präsident ein paar Worte sagen wolle.
Als Leo zum Mikrofon ging, hörte ich, wie Victoria Dante zuflüsterte: »Ich hoffe, er ist sich darüber im Klaren, wie wichtig das ist.« Sie seufzte. »Ich sag ihm immer wieder, dass diese kleinen Auftritte der Zement für seinen Erfolg sind und dass er sie sorgfältig einstudieren soll, aber er stellt sich ohne lange Vorbereitung hin und …«
»Guten Abend, verehrte Mit-Nachtschwärmer!«, begann Leo locker. Er schien sich, was immer gestern mit ihm los gewesen

war, völlig erholt zu haben. Er war wieder ganz der Alte, sogar sein Teint hatte wieder die gesunde Bräunung angenommen. »Ich wollte Ihnen nur ein paar Worte des Dankes sagen, dass Sie diesem alljährlichen gesellschaftlichen Ereignis, der Gala des Fogg-Museums, auch dieses Jahr wieder die Treue gehalten haben.«
Victoria schüttelte missbilligend den Kopf. »Ich hab geahnt, dass er das falsch sagt. Obwohl ich ihm immer wieder eingebläut habe: die Gala *der Freunde des Fogg-Museums*. Ist das denn wirklich so schwer zu behalten?«
Dante nahm ihre Hand und führte sie an seine Lippen. »Haben Sie Nachsicht, Torie«, murmelte er lächelnd. »Nicht alle nehmen es so akribisch genau wie Sie.«
»Nun, wenn ich nicht darauf achte, wer denn dann?« Auf einmal war ihre Stimme nur noch ein unheilschwangerer Hauch. »Die Geier kreisen schon, und er merkt's nicht mal.«
»Ganz ruhig bleiben, Torie.«
Sie tätschelte ihm den Arm und flüsterte weiter mit ihm, bis Leo seine Ansprache beendete und das Orchester wieder zum Tanz aufspielte. Dann zog sie ihn mit. »Kommen Sie, ich mach Sie mit ein paar Leuten bekannt. Ich nehme an, Sie sind heute Abend allein hier, oder?«
Es wäre ziemlich schwierig geworden, ihnen nachzuschleichen, aber da stand plötzlich Alix Coyle im fuchsienroten Hosenanzug mit Silberlameesandalen neben mir und wollte wissen: »Wer war dieser tolle Bursche, den du so unverfroren belauscht hast?«
»Was machst du denn hier?«, rief ich verblüfft aus. Alix sah aus wie ein Flamingo inmitten einer Pinguinherde. Als sie sich zur Seite drehte, um vom Tablett eines vorbeieilenden Kellners ein Glas Champagner zu angeln, entdeckte ich die große Tätowierung auf ihrer linken Schulter: ein rotes Herz, von einer grünen Kette umschlungen.

»Brustein will, dass wir uns bei solchen Anlässen sehen lassen. Wenn wir euch hochfliegenden Typen das Gefühl geben, dass ihr irgendwie zu uns gehört, steigert das den Kartenverkauf.« Dann bemerkte sie meinen Blick. »Was ist denn? Noch nie 'ne Tätowierung gesehen?«

»Nicht aus nächster Nähe«, antwortete ich. »Ist das ein Souvenir von Bud?«

»Wie hast du das erraten?« Alix starrte stirnrunzelnd in ihr Champagnerglas. »Ich nehm an, was Schärferes gibt's auf dieser Party nicht?«

Froh, endlich eine verwandte Seele gefunden zu haben, sagte ich lachend: »Diese Richtung!« Zum Teufel mit Victoria und Dante, dachte ich, als ich mit Alix die Bar ansteuerte. »Übrigens, ich mag dein Kleid. Es ist wirklich ausgefallen.«

»Danke, Schätzchen.«

Irgendwie kam sie mir ein bisschen von der Rolle vor. Welcher Dämon mochte ihr im Genick sitzen? »Geht's dir gut?«

»Mir geht's bestens.« Ihre Handbewegung schloss weitere Nachfragen aus. »Ich kann nur diese Musik nicht ausstehen. Da komme ich mir immer vor wie in einem Schurkenstück – du weißt schon: wo man damit rechnen muss, standrechtlich erschossen zu werden, wenn man sein Stichwort verpasst. Sag mal, wie bringst du's fertig, dich in solchen Schuhen fortzubewegen?«

»Alles Übungssache – ich liebe Pumps.« Ich ließ mir vom Barkeeper einen Weißwein geben, Alix einen Bourbon, dann suchten wir uns einen Tisch am Rand der Tanzfläche, und kurz darauf kam Victoria Barrett wieder in mein Blickfeld gerauscht – *sans* Dante, jetzt war's ein groß gewachsener, blonder Typ mittleren Alters, den sie anstrahlte. Ich kannte sein Gesicht aus der *Harvard Gazette:* der neue Vorsitzende der Vereinigung der Altharvardianer. Er flüsterte ihr etwas ins Ohr, sie lachte und rief so laut, dass es der ganze Saal hören konnte: »Ihr Exe-

ter-Männer seid doch alle vom gleichen Schlag!« Ich bekam noch mit, dass er den Arm enger um ihre Taille legte, dann waren sie zwischen den Tanzenden untergetaucht.
Kurz darauf schlenderte Leo Barrett vorbei, angeregt mit der Grüngerüschten plaudernd, die bei Justin den versprochenen Tanz eingefordert hatte. Seltsam, auf mich machten sie irgendwie den Eindruck, als gehörten sie zusammen, und als Leo sich zur Seite neigte und etwas zu ihr sagte, wusste ich auf einmal auch, wieso: Sie sahen sich unheimlich ähnlich – dieselben großen Augen, dieselben vollen Lippen, dieselbe weich geschwungene Wangenpartie. Wie sagt man da? Einander wie aus dem Gesicht geschnitten.
»Was hast du nach dem Ball vor?«, fragte Alix plötzlich.
»Ich weiß noch nicht recht. Ich bin in Begleitung hier.« Wobei mir schlagartig einfiel, dass es Zeit wurde, mal nach Justin zu sehen. »Ich überlege, ob ich versuchen soll, ihn an eine andere loszuwerden, aber einstweilen fühlte ich mich verpflichtet, ›die Party mit dem zu verlassen, mit dem ich gekommen bin‹, wie er das vorsorglich formuliert hat.«
»Den tollen Burschen willst du loswerden? Gib ihm doch einfach meine Telefonnummer.«
Ich schüttelte den Kopf. »Das war nicht der, mit dem ich gekommen bin, das war Dante Rosario. Mein Wohnungsnachbar und Ex-Lover. Der, den ich meine, hat sich mit einem angelegt, der gut einen Kopf größer ist. Hat den Kürzeren gezogen, und nun ist er untergetaucht. Er ist zwanzig. Weiterhin interessiert?«
»Nein danke. Zu schade, dass du nicht allein bist. Da steigt nämlich heute Nacht am Central Square eine Party, zu der wollte ich dich einladen. Garantiert frei von Harvardtypen, könnte also echt Spaß machen.«
»Und ich soll hier einfach die Fliege machen? Nö, danke.«
»Ach, zum Teufel, bring dein Jungchen mit.«

»Na ja, das hört sich zumindest besser an, als zu Hause auf der Veranda zu sitzen und Däumchen zu drehen.«

Sie nickte. »Allemal. Kommt lieber mit mir.«

Ich ließ mir sagen, wo die Party stattfand, und zog los, um Justin zu suchen. Die Fogg-Gala zeigte erste Auflösungserscheinungen. Es war schon nach Mitternacht, was bedeutete, dass ich Justin vor fast einer Stunde zuletzt gesehen hatte. Als ich Jess im Vorbeigehen tschüss sagte, erfuhr ich, dass Dante bereits vor einer Weile gegangen war – mit der blonden Nerzlady. Ich nahm mir vor, den Gedanken daran zu verdrängen und mich auf die Suche nach Justin zu konzentrieren.

Oder war er etwa auch schon gegangen, ohne mich?

In einem der dunklen Räume, die vom Flur abgingen, hörte ich Stimmen. Ich ging hin, um nachzusehen, ob Justin dabei war. Aus der Nähe stellte sich heraus, dass Leo Barrett und Lindsey Wentworth im Halbdunkel irgendetwas ausdiskutierten – was, konnte ich nicht verstehen. Leo hatte sie an den Schultern gepackt und schüttelte sehr entschieden den Kopf; Lindsey sah aus, als werde sie jeden Augenblick in Tränen ausbrechen. Vermutlich hatte sie versucht, ihn zu beschwatzen, ihr einen besseren Job zu geben, aber kein Glück damit gehabt.

Allmählich machte ich mir Sorgen um Justin. Und aus der Sorge wurde blankes Entsetzen, als ich im Halbdunkel eines anderen Zimmers zwei rote Turnschuhe ausmachte. Mit den Fersen nach unten, die abgerundeten Kappen nach oben gereckt.

Tatsächlich, es war Justin, der dort rücklings auf dem Boden lag.

Ich sah Rafe im Foyer stehen und winkte ihn hektisch zu mir herüber. »Können Sie mir mal helfen? Er hat wohl zu viel getrunken.« Ich hatte gedacht, die Zeiten, in denen ich das Kindermädchen für grüne Jungs spielen musste, lägen endgültig hinter mir.

Rafe beugte sich über Justin, dann legte er ihm zwei Finger an die Halsschlagader.

Er sah mich betroffen an.

»Was ist denn los?«, fragte ich ängstlich. Irgendwas an der Art, wie er mich ansah, erschreckte mich.

Rafe schüttelte traurig den Kopf. »Tut mir Leid, Nikki, aber ich glaube, der Junge ist tot.«

dreizehn

Nichts Gutes nach Mitternacht

»Ich lasse Sie jetzt wirklich nicht gern allein.« Rafe Griffin sah mit besorgt zusammengezogenen Augenbrauen zu mir herunter.

Sonntagmorgen, drei Uhr, wir waren gerade erst vom Krankenhaus zurückgekommen. Justin Simms war, als sich die Party allmählich dem Ende zuneigte, ins Koma gefallen. Bei der Aufnahmeuntersuchung wurde ein hoher Anteil an Äthylalkohol im Blut festgestellt. Der Arzt meinte, er habe sich beinahe zu Tode getrunken.

Ich wäre im Krankenhaus geblieben, wenn Rafe und die Schwestern mich nicht praktisch gezwungen hätten, nach Hause zu gehen. Und nun wollte das Gefühl nicht weichen, dass ich mitten in einen Albtraum hineingestolpert war. Das Ganze kam mir so irreal vor.

»Sind Sie ganz sicher, dass nichts fehlt?«

»Ja, Rafe, ganz sicher«, murmelte ich benommen. »Sie müssen sich keine Sorgen um mich machen.«

Als Rafe und ich gekommen waren, hatte die Tür zu meiner Wohnung einen Spalt offen gestanden. Ich hatte mir gleich gedacht, dass ich sie wahrscheinlich in der Eile nicht richtig zugezogen hatte, als ich mit Justin zu der Party aufgebrochen war, aber nach dem Vorfall gestern Abend in der Widener-Bibliothek war es doch beruhigend, einen gestandenen Cop in der Nähe zu wissen, als ich alles absuchte, um sicherzugehen, dass ich nun nicht auch noch zusätzlich zu allem anderen Ärger einem Einbrecher zum Opfer gefallen war. Aber es stand kein maskierter Eindringling hinter dem Duschvorhang, die wenigen Wertsachen, die ich besaß, waren alle noch da, und Keynes lag friedlich, alle viere ausgestreckt, auf meinem Bett und schlief.

»Sie sollten heimgehen«, redete ich Rafe zu. »Sie sind bestimmt fix und fertig.«

Er lächelte. »Mein Großvater pflegte zu sagen: Nach Mitternacht kommt sowieso nichts Gutes mehr. Ich hab ein ungutes Gefühl bei der Sache. Soll ich nicht doch lieber eine Weile bleiben?«

»Nein.« Ich legte ihm die Hand auf den Arm. »Ich bin eingeschlafen, bevor Sie an der Haustür sind. Aber danke für das Angebot. Wirklich.«

Ich hörte seine Schritte auf der Treppe, dann breitete sich bedrückende Stille im Haus aus.

Wem wollte ich was vormachen? Ich knipste das Licht aus, für den Fall, dass Rafe von der Straße aus noch mal hochsah, aber an Schlaf war jetzt natürlich nicht zu denken.

Unruhig ging ich auf und ab. Blieb zwischendurch am Fenster stehen, um einen Blick auf die im Halbdunkel liegende Straße zu werfen. Das helle Mondlicht warf einen Schattenriss meiner Fenster auf den Boden. So gut kannte ich Justin Simms eigentlich gar nicht. Und er hatte tatsächlich ein bisschen viel getrunken, vor allem nach dem blamablen Zwischenfall mit Christian Chung. Aber wann hätte er so viel in sich hineinkippen können, um beinahe daran zu sterben? Irgendwie passte das nicht in den Zeitrahmen.

Ich schlüpfte aus dem Kleid, zog das an, was ich beim Abendessen getragen hatte, Rock und Sweater, und schielte begehrlich aufs Telefon. Ich hätte sonst was dafür gegeben, jetzt mit Jess telefonieren zu können, aber wie ich sie kannte, war ihr Abend mit Mr. Finanzwesen von der volkswirtschaftlichen Fakultät noch nicht zu Ende. Und zu so früher Stunde Maggie aufwecken? Ausgeschlossen. Nur, ich war zu aufgedreht, um in der Wohnung rumzusitzen. Wenn ich schon mit keinem reden konnte, wollte ich wenigstens einen Spaziergang machen. Frische Luft schnappen und über alles nachdenken. Wenn ich Horace, Maggies Hund, mitnahm, hatte ich für alle Fälle sogar einen Beschützer.

In Cambridge geht man schlafen, und sei's auch spät, und so waren, als ich mit Horace am Harvard Square ankam, fast überall die Neonbeleuchtungen über den Restaurants, Banken und Buchläden erloschen, nur im Store 24 saß noch jemand einsam an der Kasse. Wir gingen durchs Johnson Gate auf den stillen Yard, die kühle, feuchte Nachtluft hüllte mich ein wie ein klammes Tuch. Lautlose Stille, bis auf vereinzeltes Vogelgezwitscher, die gedämpften Gespräche heimkehrender Studenten und Horaces schweren Atem.

Wir schlenderten quer über den Yard und machten an den breiten Stufen des Weld Hall Halt, eines Studentenwohnheims für die Erstsemester, nahe der Widener. Horace ließ sich auf den Stufen zum Schlaf nieder. Ich war in Gedanken wieder bei Justin, wie er, in schneeweiße Wäsche gebettet, in der antiseptischen Atmosphäre des Krankenhauszimmers lag. Er hatte so unglaublich jung und verletzlich ausgesehen. Und ein wenig ramponiert. Ich machte mir Vorwürfe, dass ich auf der Party nicht bei ihm geblieben war, dann wäre ihm all das vielleicht erspart geblieben. Tränen stiegen in mir hoch. Es war alles so unfair. Weshalb hatte es irgendjemand, wer es auch gewesen war, in nur einer Woche auf zwei der erfolgreichsten schwarzen Harvardianer abgesehen? Was bahnte sich da an? Und was steckte dahinter?

Ich barg das Gesicht in meinen Händen und begann zu schluchzen. Gründe gab es genug: Ella, meine albtraumhafte Jagd durch die Widener, Justin … Nein, es war wirklich keine gute Woche gewesen.

»Hat dir, o Julia, dein Verehrer so das Herz beschwert?« Ach, wie gut ich diese Stimme kannte! Dante Rosario. Ehe ich aufstehen konnte, saß er neben mir, und ehe ich den Kopf heben konnte, hatte er mich in die Arme genommen. *Er roch himmlisch.* Ich wand mich aus seiner Umarmung und tupfte mir die Augen.

»Nicht mehr als der, den ich früher hatte«, sagte ich brüsk.

Dante zog ein Päckchen Papiertaschentücher aus der Jackentasche und hielt mir eines hin. »Möchtest du's dir von der Seele reden, Nik?«

»Wo kommst du so plötzlich her?«

»Ich hab zu Hause gesessen und gelesen. Und als ich Schritte von oben kommen hörte, dachte ich, dass es wohl der Junge wäre, mit dem du auf der Fogg-Party warst. Aber nach einer Weile habe ich noch mal jemanden auf der Treppe gehört, und da wusste ich, dass du es bist. Ich dachte mir, du könntest womöglich mehr Geborgenheit brauchen, als der alte Horace dir geben kann. Und da bin ich dir gefolgt.«

»Mir geht's gut«, behauptete ich und steckte das zerknitterte Papiertaschentuch ein. *Zu Hause gesessen und gelesen? Wo war dann Danielle geblieben?* »Ich wollte nur mit Horace einen Spaziergang machen. Und geweint habe ich beim Gedanken an den Berg Arbeit, der morgen auf mich wartet. Aber danke, dass du dir die Mühe gemacht hast.«

»Du hast nie gut schwindeln können, Nikki. Was ich bei Frauen sehr zu schätzen weiß.«

In Wahrheit hatte ich mich selten so nach jemandem gesehnt, bei dem ich mir alles von der Seele reden konnte. Und sei's nur, um meine Gedanken zu ordnen. Alle, bei denen ich mir sonst das Herz ausschüttete, schliefen oder waren anderweitig in Anspruch genommen. Und es hatte ja mal eine Zeit gegeben, da war Dante ein guter Zuhörer gewesen. Also holte ich tief Luft, gab mir einen Ruck und erzählte ihm alles. Wie ich auf der dunklen Treppe über Ella gestolpert war, das mit den durchgeschnittenen Leitungen im Littauer, die Sache mit dem Angreifer in der Widener-Bibliothek, Justins Koma, dass meine Wohnungstür heute Abend einen Spalt offen gestanden hatte – alles. Er ließ mich reden, ohne mich zu unterbrechen. Doch als ich fertig war, sah er mich besorgt an. »Kann sein, dass du wirklich in Gefahr bist«, sagte er nachdenklich. »Ich wusste, dass irgendetwas Ernstes hinter den blauen Flecken an deinem Hals stecken muss.«

»Verdammt. Es hätte ja auch ein Knutschfleck sein können.«

»Nik, lass das – ausnahmsweise. Die Sache ist zu ernst. Woher weißt du, dass es nicht doch ein Einbruch in deine Wohnung war?«

»Es war keiner, glaub mir. Es fehlt nichts.«

»Warum, zum Teufel, unternehmen die Cops nichts?«

»Die wissen über alles Bescheid. Rafe – du hast ihn bei Maggie kennen gelernt – hat mich heute Abend nach Hause begleitet. Und die Predigt, dass ich vorsichtig sein müsse, hab ich von ihm auch schon gehört.«

»Aber du hältst dich nicht dran. Weil du immer alles besser weißt«, sagte er ungehalten. »Spazierst nach allem, was geschehen ist, mitten in der Nacht mutterseelenallein hier rum. Darf ich dir mal einen Rat geben?«

»Na, was denn? Soll ich bei verriegelter Tür bis zum nächsten Frühjahr zu Hause sitzen?«

»Du brauchst irgendeinen Schutz.«

»Und woran denkst du da? An einen Wachhund? Oder an eine Dose Sprühgas?«

»Wie wär's, wenn du ein paar Nächte bei Jess bleibst?«

»Ausgeschlossen. Bei mir zu Hause liegt eine Wagenladung Papier bereit, das muss ich alles noch durchackern.«

»Aber du brauchst jemanden, bei dem du in Sicherheit bist. Stell dich bitte dieses eine Mal nicht stur, Nik.«

»Ich pass schon auf mich auf«, sagte ich störrisch. »Aber ich lass mich nicht aus meiner Wohnung vertreiben.«

Er murmelte was von uneinsichtiger Besserwisserei, dann sagte er: »Also gut, wir reden noch mal darüber, wenn du ein paar Stunden geschlafen hast.«

»Versteh mich nicht falsch, Dante. Ich weiß ja, dass das Ganze nicht gut aussieht.« Und nachdem ich schwer geschluckt hatte: »Es macht mir selber Angst.«

»Gut. Umso vorsichtiger wirst du sein.«

Von irgendwoher durchdrang eine rauchige Stimme die nächtliche Stille – die Stimme einer Frau, tief und voller Sehnsucht. Sie sang vom Geruch modernden Laubs, der in der Luft hängt, vom fernen Heulen einer Schiffssirene, von Liebenden, die Händchen haltend durch stille Straßen schlendern, und von ihren Träumen, denen Flügel wachsen.

»Und ich schaue und lausche und frage mich: Warum nur erinnert mich alles an dich?«, sang die Stimme.

Ich hatte inzwischen gemerkt, dass das Lied von einer Stereoanlage kam, irgendwo in einem der Zimmer über uns, bei offenem Fenster; offenbar hatte sich einer der Neuankömmlinge eine besonders raffinierte Methode der Liebeswerbung einfallen lassen. Und doch wollte ich das nicht wahrhaben, ich redete mir lieber ein, dass der Wind die Melodie und die Worte aus weiter Ferne zu uns herüberwehte. *»Und so hat die wundersame Nacht nun aus dir und mir plötzlich uns gemacht …«*

»Wann hast du das letzte Mal so geweint wie heute, Nik?«

»Was geht dich das an?« Ich verbot mir, ihm in die Augen zu sehen.

»Wie du meinst.« Er stand auf. »Ich glaube, wir haben heute Abend gar nicht miteinander getanzt.« Er stand auf dem Asphalt am Fuß der untersten Stufe und streckte mir die Hand hin. Ich legte meine Hand in seine und ließ mich wie verzaubert von ihm in die Arme nehmen. Es musste so was wie eine unheil-

bare Krankheit sein, was mich zu ihm hinzog. Hoffentlich eine ansteckende.
Und dann tanzten wir zusammen in der samtweichen Herbstluft. Von hoch oben sah der in Erz gegossene John Harvard in väterlicher Milde auf uns herab. Größer und weiter wurden die Kreise, die wir auf dem Asphalt drehten, Dante und ich – aber irgendwie wurde ich das Gefühl nicht los, dass – im Dunkel der Nacht verborgen – der Tod mittanzte.

Am Sonntagnachmittag machte ich mich auf den Weg zum Fachbereich Volkswirtschaft, Rona Seidman hatte mir versprochen, mit mir den Entwurf für den abschließenden Bericht des Crimson Future Committee zu erarbeiten. Ich war froh, eine Weile all den düsteren Gedanken entfliehen zu können, die mich bedrückten.
Heute Morgen war ich – mit müde blinzelnden Augen und in der Hoffnung, dass die vergangene Nacht womöglich doch nur ein böser Traum gewesen wäre – vom prasselnden Regen aufgewacht, der über mir aufs Dach trommelte. Bis ich aus der Dusche kam und angezogen war, hatte der Regen aufgehört, ein mattgrauer Himmel wölbte sich über mir, als ich zur Kirche am Porter Square spazierte. Es ist die heruntergekommenste protestantische Kirche, die ich kenne, aber ich fühle mich bei dem Pfarrer und in der Gemeinde wie in einer Familie geborgen, und gerade heute brauchte ich unbedingt geistlichen Trost. Ehe ich losgegangen war, hatte Rafe angerufen, um mir zu sagen, dass Justin noch im Koma läge.
Ich fror bis ins Mark, als ich die Anderson Bridge überquerte. Die Luft kam mir irgendwie unheilgeschwängert vor, ich verspürte eine unerklärliche Angst vor dem, was der Tag noch bringen mochte. Der gepflegte Rasen vor den roten Backsteingebäuden, in denen die Büros der volkswirtschaftlichen Fakultät, die Studentenwohnheime und die Lehrsäle untergebracht

sind, besänftigte mein aufgewühltes Gemüt ein wenig. Die Volkswirte lassen sich die Blumenpracht eine Menge Geld kosten, die künftigen Industriekapitäne sollen eben schon früh an die Sonnenseiten des Lebens gewöhnt werden.

Rona hatte eines der heiß begehrten Büros in der Morgan Hall, dem Zentrum des Fachbereichs, ergattert, und dass es im zweiten Stock lag, verdankte sie ihrem Status als erste Frau, die einen festen Lehrstuhl an der volkswirtschaftlichen Fakultät innehatte. Ich fand sie, als ich hereinkam, bis über beide Ellbogen in Arbeit vergraben.

»Nikki«, begrüßte sie mich herzlich, »kommen Sie herein, nehmen Sie Platz. Ich will das nur schnell zu Ende bringen.« Sie kritzelte in fliegender Eile ein paar Zeilen auf einen Bogen Papier, während ich schon mal Platz auf dem großen runden Tisch im Zentrum des Zimmers schuf. Dann war Rona fertig, sie lehnte sich seufzend zurück.

»Der Herausgeber will das Manuskript bis Ende nächster Woche haben, aber da wird wohl nichts draus.«

»Tja, ich kann Ihnen leider keinen Trost spenden«, sagte ich. »Im Gegenteil, ich bringe einen Berg zusätzlicher Arbeit mit.« Ich ließ mich auf einem Stuhl am Fenster nieder und fing an, meinen Rucksack auszupacken. Jedes Mal, wenn ich den Reißverschluss aufziehe, muss ich an den Maskierten denken, der mir in der Widener meinen Prada-Rucksack geklaut hat, und dann schwöre ich dem Kerl immer finstere Rache. »Ich habe Kopien von den Finanzdaten für die zurückliegenden Jahre dabei, falls Sie kurz reinschauen wollen.« Ich breitete die Tabellen auf dem Tisch aus. »Aber ich hab die Daten auch auf Diskette und meinen Laptop dabei. Das Finanzmodell für den künftigen Bedarf steht. Ich schlage vor, jetzt Annahmen über das künftige Spendenaufkommen zu variieren. Mit dem Modell können wir sofort sehen, wie sich das Finanzvolumen unter verschiedenen Voraussetzungen verändert – insgesamt und in den Einzeljahren. Auf die Weise können wir das bei der Präsentation am Montag übersichtlich darstellen.«

Rona setzte sich neben mich. »Ich bin sehr beeindruckt. Aber können Sie mir erklären, warum die Arbeit, auf die es im Endeffekt ankommt, in diesem Komitee ausschließlich von Frauen erledigt wird? Und warum man uns für so eine Mammutarbeit nur drei Wochen Zeit eingeräumt hat?«

Ich zog eine Grimasse. »Ersparen Sie mir die Antwort auf die erste Frage – das ist eben Harvard. Und zur zweiten Frage: Diese Arbeit hätte sich Gott weiß wie lange hinziehen können. Jeder Fachbereich hat sein eigenes Berechnungsverfahren, und die meisten verhalten sich nicht gerade kooperativ. Zu guter Letzt haben sich Leo Barrett und Ian McAllister selbst hingesetzt und ein in sich stimmiges Zahlenwerk zusammengestellt.«

Ellas Version, die ihr ja nur unter der Hand zugespielt worden war, erwähnte ich nicht, zumal Ian mir eingeschärft hatte, mich ausschließlich auf die neuen Daten zu stützen. Und nachdem Christian bestätigt hatte, dass neuerdings einige Kosten zentral abgerechnet würden, machte es keinen Sinn, weiter auf der Diskrepanz zwischen Ellas und Ians Version herumzureiten.

Wir sahen uns die Finanzdaten auf meinem Laptop an. Die Entwicklung der zurückliegenden Jahre zeigte, dass der Kostenanstieg leicht über der Inflationsrate lag, bei etwa einem halben Dutzend Fachbereichen sogar erheblich. Wenn hier kein Ausgleich durch Stiftungsgelder und höheres Spendenaufkommen möglich war, kämen diese Fachbereiche in ein paar Jahren in große Schwierigkeiten.

Rona sah mir über die Schulter. »Um's also auf einen kurzen Nenner zu bringen: wir brauchen mehr Geld«, murmelte sie nachdenklich vor sich hin.

»Ja. Ich beneide Barrett nicht um die Aufgabe, unseren Spendern das klarzumachen.«

»Sehen wir doch mal, wie viel mehr.« Und schon huschten ihre Finger über das Keyboard meines Laptops. »Sie haben doch nichts dagegen?«

»Überhaupt nicht.« Sie machte das ausgezeichnet. Die meisten Lehrstuhlinhaber hätten ratlos vor dem Keyboard gesessen, wenn es darum ging, eine Excel-Tabelle mit neuen Inputs zu füttern, aber für Rona schien das ein Kinderspiel zu sein.

»Aha«, sagte sie. »Selbst unter der Annahme, dass die Einnahmen aus Studiengebühren jährlich um acht Prozent steigen, müsste das Aufkommen aus Spenden- und Stiftungsgeldern in den kommenden fünf Jahren um nahezu fünfzig Millionen Dollar anwachsen.« Und schon war sie dabei, die nächsten Inputs einzugeben.

Ich nickte. »Und sehen Sie mal hier … In den meisten Fachbereichen sind in den vorausgegangenen Jahren die Einnahmen aus Studiengebühren um gerade mal fünf Prozent gestiegen.«

»Und wenn wir nun annehmen, dass auf der Ausgabenseite Einsparungen von fünfzehn Prozent möglich sind?« Es dauerte einen Augenblick, bis wir auf dem Bildschirm das Ergebnis ablesen konnten. »Oh!« Rona schmunzelte. »Da hätten wir sogar einen Überschuss.«

»Ja, aber so wird's nicht kommen«, wandte ich ein. »Die beiden größten Ausgabenposten sind Personalkosten und Kapitalrücklagen. Rücklagen sind unverzichtbar, und bei Lohnkürzungen oder Personaleinsparungen legt sich die Gewerkschaft quer.«

»Gewerkschaft!«, schnaubte Rona. »Wo sind wir denn? Bei General Motors?«

»Sie wissen, welchen Aufstand es alle vier Jahre an der Yale gibt«, erinnerte ich sie. War ich die einzige Linke auf diesem Planeten? »Uns ist ein größerer Streik bisher nur deshalb erspart geblieben, weil wir alle Maßnahmen mit den örtlichen Arbeitnehmervertretungen abgestimmt haben.«

»Ja, ja«, murmelte sie.

Und so spielten wir im Laufe des Nachmittags mehrere Möglichkeiten bei verschiedenen Einnahmensteigerungen und Ausgabenreduzierungen durch, bis sich am Schluss drei Szenarien abzeichneten, die als relativ realistisch gelten konnten. Selbst unter der optimistischsten Annahme musste das Spendenaufkommen in den nächsten fünf Jahren um fünfundsiebzig Millionen Dollar anwachsen, unter der pessimistischsten sogar um über einhundertdreißig Millionen. Ich warf einen Blick auf meine Armbanduhr und stellte fest, dass bereits drei Stunden vergangen waren.

»Einen Kaffee?«, fragte Rona, als wir eine kurze Pause machten, um uns zu entspannen.

»Nein danke.« Ich ahnte, dass mein Lächeln ein wenig gequält ausfiel. »Ich werd lieber nach Hause gehen und diese Analyse in anschaulichen Tabellen ausdrucken. Wir müssen ja morgen bei der Präsentation etwas vorzeigen können.«

»Wissen Sie was? Sie sehen ziemlich erledigt aus. Lassen Sie mich das machen«, sagte Rona spontan.

Ich konnte mein Glück gar nicht fassen. »Wirklich?«

»Natürlich. Die Kids sind heute Nachmittag bei meiner Mutter und mein Mann bei einer Konferenz. Außerdem kostet mich das allenfalls eine Stunde.«

»Dafür schließe ich Sie in mein Nachtgebet ein, Rona.«

»Hey, wir Frauen müssen doch zusammenhalten.«

Nachdem ich nun die Arbeit für das Crimson Future Committee vom Hals hatte, eilte ich in die Bibliothek, weil ich endlich Ians Artikel für die *American Economic Review* fertig schreiben wollte. So wurde es schließlich beinahe zehn Uhr abends, bis ich zu Hause ankam. Auf meinem Anrufbeantworter war eine Nachricht von Rafe Griffin, er bat mich dringend um Rückruf.

Ich erreichte ihn auf der Wache der Harvard Police und hörte ihm sofort an, dass er keine guten Neuigkeiten für mich hatte.

»Geht es um Justin?«
»Nun ja … ja, Kind«, sagte er.
»Er ist doch nicht etwa …?«
»Nein, der Junge ist nicht tot.«
»Sondern?«, drängte ich ihn.
»Ich sollte Ihnen das eigentlich gar nicht sagen …«
»Hören Sie auf, Rafe! Sie hatten doch offensichtlich vor, es mir zu sagen. Also, dann legen Sie schon los!«
»Na gut. Ruhig durchatmen. Die Labortests sind da.«
»Und?«
»So wie's aussieht, ist er vergiftet worden«, sagte er.
»Vergiftet?«
»Sie haben ihm den Magen ausgepumpt. Wie man mir sagte, wurde eine Mischung von Äthylalkohol und Beruhigungsmitteln gefunden.«
»Beruhigungsmitteln?« Himmel, wieso wiederholte ich jedes Mal stupide, was er sagte, statt nachzudenken?
»Der Junge war nicht selbstmordgefährdet, oder?«
»Nein«, sagte ich, in Gedanken schon woanders. »Ganz sicher nicht. Im Gegenteil, er war voller Optimismus.«
»Das habe ich mir gedacht.«
»Jemand hat ihm also irgendwelche Pillen verabreicht?«
»Davon gehen wir aus. Vermutlich in einem Drink aufgelöst.«
Das konnte die Erklärung für Justins seltsames Verhalten gegen Ende der Party sein. Er war gar nicht betrunken gewesen, er hatte unter Tabletteneinfluss gestanden.
»Aber wer tut denn so was?«
»Um das rauszufinden, habe ich bei Ihnen angerufen.«
Ich ließ mich wie benommen auf einen Küchenstuhl sinken.
»Wurden Fingerabdrücke auf seinem Glas gefunden?«
»Bei all den Gläsern, die da rumstanden, war es unmöglich festzustellen, aus welchem er getrunken hat.«
»Mir fällt niemand ein, der es darauf abgesehen haben könnte,

ihm etwas anzutun. Justin war überall gern gesehen. Ein fröhlicher großer Junge.« Ich zögerte. »Das heißt …«
»Das heißt?«, hakte Rafe nach.
»Na ja, er hat mir was Merkwürdiges erzählt. Er hatte auf der Party etwas beobachtet. Es ging um Saphirohrringe.«
»Und?«
Ich erzählte ihm von dem Ohrring, den Dante am Abend von Ellas Tod vor seiner Bürotür im Littauer gefunden hatte.
»Mhm«, machte Rafe. »Wir haben alle, die sich zur fraglichen Zeit im Littauer aufgehalten hatten, am Tag nach Ellas Tod befragt. Von einem Ohrring hat keiner was erwähnt. Ich werde morgen früh einen Officer losschicken, der soll sich das noch mal genau von Justin schildern lassen.«
Nun, da wusste ich einen schnelleren Weg, um Licht in die Sache zu bringen.
Ich fragte Rafe: »Haben Sie jemanden abgestellt, der auf Justin aufpasst? Ich meine, nachdem Sie jetzt wissen, was gestern Nacht passiert ist … Irgendjemand könnte es ja noch mal versuchen.«
»Machen Sie sich keine Sorgen, wir lassen sein Krankenzimmer rund um die Uhr bewachen. Und heute Nachmittag sind seine Angehörigen gekommen.«
»Gut.« Obwohl ich mir, ehrlich gesagt, jetzt keinen Deut weniger Sorgen machte. »Glauben Sie, der, der es auf Justin abgesehen hatte, könnte derselbe sein, der Ella umgebracht hat?«
»Das wäre möglich«, sagte er vage. »Wie gesagt: *möglich.«*
Es konnte also jemanden geben, der innerhalb einer Woche einen … wie sagte man da? … Angriff auf Leib und Leben gegen zwei schwarze Harvardianer unternommen hatte.
Auf einmal hatte ich es eilig. »Ich rufe später noch mal an, Rafe.«
Es gab viel zu tun. Und ich hatte vor, noch heute Abend damit anzufangen.

Das Littauer lag still und verlassen da, als ich ankam. Die Bibliothek hatte um zehn zugemacht, in einigen Büros brannte zwar noch Licht, aber die Eingangshalle war in Dunkel gehüllt. Dante Rosarios Büro lag, wie ich wusste, im Erdgeschoss, von der Lobby aus gleich um die Ecke. Ich schlich mich ans Fenster und stellte fest, dass bei ihm kein Licht brannte. Ausgezeichnet. Samstagnachmittag hatte er mir erzählt, dass der Ohrring immer noch in seinem Schreibtisch läge, also würde er, wenn ich nicht großes Pech hatte, wohl immer noch dort sein. Mal eben schnell reinhuschen und mir den Ring holen – dazu brauchte ich weder einen Polizeiausweis noch einen Durchsuchungsbefehl.

Ich kam ungesehen in sein Büro, zog die Außentür hinter mir zu, durchquerte das mit Aktenschränken voll gestellte Vorzimmer seiner Sekretärin und knipste in Dantes Büro das Licht an.

Wenn ich mich recht erinnerte, hatte er gesagt, er habe den Ohrring in eine der Schreibtischschubladen gelegt.

Zuerst nahm ich mir die Mittelschublade vor. Bleistifte, Kugelschreiber und ein Stapel Konzeptpapier. Alles sauber geordnet. Er war eben noch nicht lange zurück. Ich langte ganz nach hinten, fand aber nichts, nicht mal Staub.

In der untersten Schublade rechts waren Hängemappen mit der Aufschrift ›Stanford‹ gestapelt: Notizen für Vorlesungen, seine Dissertation, Artikel, die er geschrieben hatte. Ich widerstand der Versuchung, ein wenig darin herumzuschmökern, und legte alles ordentlich auf dem Fußboden ab, um zu sehen, ob vielleicht irgendwas darunter gerutscht wäre. In dem Moment hörte ich die Außentür gehen und Schritte näher kommen. Ich erwog kurz den Gedanken, mich unter dem Schreibtisch zu verkriechen, aber die Tatsache, dass das Licht brannte, hätte mich sowieso verraten.

»Kann ich dir helfen?«

Ich kam aus der Hocke hoch und sah mich Dante samt einem widerlich amüsierten Lächeln gegenüber.
»Nik, welche Überraschung!«
Sein Grinsen irritierte mich so, dass ich ihn anfauchte: »Was willst du denn hier?«
»Komisch, dasselbe wollte ich dich gerade fragen. Soweit ich weiß, ist das *mein* Büro.« Er lehnte sich lässig an den Türrahmen.
Ich zuckte die Achseln. »Na schön, ruf die Cops und erstatte Anzeige.«
»Ich glaube, das wird nicht nötig sein.« Seine Augen funkelten mich belustigt an. »Falls eine Bestrafung unabdingbar nötig wird, möchte ich sie lieber selber vornehmen.« Er langte in die Jackentasche, holte einen Ohrring mit einem großen Diamanten in einem Kranz aus Saphiren hervor und legte ihn auf die Schreibtischplatte. »Ich nehme an, dass du danach gesucht hast.«
Verdammt. »Okay. Danach hab ich gesucht. Was hast du eigentlich mit dem Ring vor?«
»Na ja, nachdem ich jetzt weiß, wem er gehört, werd ich ihn zurückgeben.«
Da konnte ich nun wirklich nicht umhin, ihm trotz aller damit verbundenen Gefahren in die Augen zu sehen.
Er grinste und ließ sich in einen der Besuchersessel nieder. »Nimm doch Platz«, sagte er und deutete auf den großen ledernen Drehsessel. »Ich erzähl dir, wie ich den Abend verbracht habe.«
Ich ließ mich vorsichtig in das Lederungetüm fallen.
»Nach der Geschichte, die du mir heute Nacht erzählt hast, habe ich beschlossen, Torie wegen der Einladung zum Dinner beim Wort zu nehmen.« Er zog eine Packung Zigaretten aus der Hosentasche. »Willst du eine?«
»Ja bitte«, sagte ich zerstreut.

Er nahm zwei Zigaretten zwischen die Lippen, zündete sie an, stand auf und reichte mir eine.
Wie es der Zufall so wollte, fuhren seine Finger dabei streichelnd über meine Hand.
»Du warst also zum Dinner bei ihr«, drängte ich ihn fortzufahren.
»Ja, sie bestand darauf, dass ich gleich heute zu Leo und ihr nach Hause komme.«
»Wie reizend. Ein Dinner im intimen Freundeskreis.«
»Wenn du acht noch für einen intimen Kreis hältst.«
»Desirée hat den Abend sicher sehr genossen«, sagte ich nonchalant.
»Sie heißt Danielle, aber ich glaube, es hat ihr gefallen.« Sein Blick signalisierte: Wer dumm fragt, bekommt dumme Antworten.
»Und? Wem gehört der Ohrring?« Ich war wütend. Vor allem auf mich selbst.
Seine Augen suchten meine. »Es ist Tories.«
»Woher weißt du das so genau?«
Er zuckte die Achseln. »Ich hab ihr ein Kompliment wegen ihres wunderschönen Kleides am Samstagabend gemacht, und sie hat gesagt, sie hätte sich nur gewünscht, andere Ohrringe dazu tragen zu können.«
Im Geiste sah ich wieder, wie sie – Leo voran – in den Saal gerauscht war. »Ihr Kleid war blau, nicht wahr? Aber warum hat sie durchblicken lassen, dass sie einen Ohrring verloren hat? Ich meine, das war immerhin in einer Nacht, in der hier im Littauer einiges passiert ist. Und was hatte sie überhaupt hier zu suchen?«
Er nahm einen Zug von seiner Zigarette. »Sie hat nicht durchblicken lassen, dass sie diesen speziellen Ohrring verloren hat. Und erst recht nicht gesagt, dass sie letzte Woche hier gewesen ist. Sie hat lediglich von einem verlorenen Ohrring gesprochen,

der gut zu ihrem blauen Kleid gepasst hätte. Dass es dieser Ohrring sein könnte, war nur so ein Riecher von mir.«

»Und?« Ich platzte vor Ungeduld.

»Nun, es wäre nicht sehr klug gewesen, sie direkt zu fragen, ob es dieser Ohrring war. Sie hätte ja einfach Nein sagen können. Also habe ich es vorgezogen, während des Dinners mal rasch einen Blick in ihre Schmuckschatulle zu werfen.«

Unwillkürlich musste ich grinsen. »Solche Gäste hat man gern.«

»Und hab das Gegenstück zu dem verlorenen gefunden: den, der da liegt.« Er deutete mit einem Kopfnicken auf den Ohrring auf dem Schreibtisch. »Der andere, den ich am Tag meines Einzugs gefunden hatte, liegt seit heute Abend im Safe der Harvard Police.«

»Nicht schlecht, Mr. Holmes«, gab ich widerwillig zu. »Aber deshalb wissen wir immer noch nicht, was sie hier zu suchen hatte.«

»Irgendwie denke ich, ich werd's schon hinkriegen, so lange um sie herumzuscharwenzeln, bis ich das rausgefunden habe.«

So wie Torie ihn Samstagabend angehimmelt hatte, hegte ich keinen Zweifel daran.

»Nun, damit weiß ich vorläufig alles, was ich wissen wollte. Danke, dass du's mir erzählt hast.« Ich stand auf, drückte die halb gerauchte Zigarette im Aschenbecher aus und bewegte mich in gebührendem Abstand zu Dante auf die Tür zu.

Er war im Nu auf den Beinen. »Ich bring dich nach Hause. Du solltest abends nicht allein draußen herumlaufen.«

»Ich komm schon zurecht. Abgesehen davon wartet sicher Dominique auf dich.«

Ich schlug die Außentür nachdrücklich hinter mir zu und legte auf dem Weg durch die Lobby einen Schritt zu, um ja nicht an Ella und Justin erinnert zu werden. Wenn es wirklich Victoria Barretts Ohrring war, dann musste sie Sonntagnacht letzter

Woche im Littauer gewesen sein. Dass sie Ella nicht gemocht hatte, stand fest. Aber hatte ihre Abneigung für einen Mord gereicht?
Es kostete mich einen guten Teil meines kostbaren Schlafs, um zu vergessen, wie Dante mich angesehen hatte, als er mir die Zigarette über den Schreibtisch gereicht und dabei meine Hand gestreichelt hatte. Andererseits, im Moment lauerten an der Harvard zweifellos schlimmere Gefahren auf mich.

vierzehn

Ein Montag zum Vergessen

Als ich Montagnachmittag die Treppe im Littauer erklommen hatte, war es zwanzig nach zwei. Grund genug, lautlos in mich hineinzufluchen – auf Spanisch, eine Gewohnheit, die ich von Maggie übernommen habe. Sie wiederum hatte sich das während ihrer Zeit als Lehrerin angewöhnt, weil sie eine Möglichkeit brauchte, auch dann Dampf abzulassen, wenn die Schüler in der Nähe waren. Ich kam sage und schreibe zwanzig Minuten zu spät zu einer Besprechung mit Kenneth Irvin, meinem einstigen Doktorvater. Die Last meines Rucksacks schien sich verdreifacht zu haben, so viele Unterlagen schleppte ich für die Vorlage, die wir gemeinsam für die AEA-Konferenz schreiben sollten, mit mir herum. Außerdem hatte ich für den warmen Tag die völlig falsche Jacke angezogen, ich kam mir vor wie zum Auswringen. Und um das Elend voll zu machen, hatte ich Kopfschmerzen und sah um die Augen herum aus wie eine Nachteule. So was kommt eben dabei raus, wenn man sich die Nacht um die Ohren schlägt, um noch die letzten Seiten des Entwurfs zu Papier zu bringen.

Stephanie, Irvins Sekretärin, starrte mich kühl an, als ich mich vor ihrem Schreibtisch aufpflanzte. Zwischen uns herrschte Eiszeit, seit ich zu meiner ersten Besprechung mit Irvin zu ihr ins Vorzimmer gekommen war und sie mich für die Assistentin eines Professors oder weiß Gott was, aber nicht etwa für eine Dozentin gehalten hatte. Ich hatte ihr die Meinung gesagt, zugegeben ein bisschen laut, jedenfalls waren die Wunden noch

nicht verheilt. Heute hätte ich sie ohnehin mit Haut und Haaren auffressen können, ohne mit der Wimper zu zucken.
»Sehr liebenswürdig, dass Sie sich herbemühen, Professor Chase«, schnurrte sie.
»Sehr liebenswürdig, dass Sie einen Termin für mich vereinbaren konnten«, schnurrte ich zurück. »Ist der große Meister da?«
»Bitte folgen Sie mir.« Wieder klirrten Eisbrocken in ihrer Stimme. Ich verkniff mir nur mit Mühe, ihren affektierten Gang nachzuäffen, als ich ihr den Flur hinunter folgte.
»Oh Veronica – lange nicht gesehen.« Irvin stand auf, kam um seinen Mahagonischreibtisch herum und komplimentierte mich in einen roten Ledersessel, in dem ich fast versank.
Irvin war ein großer, kräftig gebauter Mann mit schneeweißem Haar, stahlblauen Augen und einem von regelmäßigen Wochenendsegeltörns am Cap gebräunten Teint. Und er war eng befreundet mit Ian McAllister – einer der Gründe, warum er mir damals als Doktorvater aufs Auge gedrückt worden war. Und im Übrigen aus demselben Holz geschnitzt. Wobei man ihm allerdings nachsagte, womöglich zu noch mehr Arroganz zu neigen als Ian; es war ein offenes Geheimnis, dass er sich ein Vergnügen daraus machte, jüngere Kollegen im Lehrstab so lange zu schurigeln, bis sie wie verängstigte Mäuse kuschten. Ich mochte ihn nicht, wir hatten wenig gemein, und dass ich nun unter seiner Federführung ein Papier für eine so prestigeträchtige Konferenz wie die der *American Economic Association* erarbeiten musste, zerrte ein wenig an meinen Nerven.
»Eine schreckliche Tragödie, die Sache mit Rosezella Fisher, nicht wahr?«, sagte er, als wir Platz nahmen.
»Ja. Sie haben wahrscheinlich gehört, dass ich die Leiche gefunden habe.«
Er beugte sich vor. »Ja, das habe ich gehört. Wirklich, einfach furchtbar. Sicher, es war ein Unfall, aber dass ausgerechnet ihr

so etwas zustoßen musste, macht das Ganze noch verwirrender. Schlichtweg verwirrend.«
Jetzt war ich selber etwas verwirrt. Saßen wir nur zum Plaudern hier?
»Na, genug von diesem unerfreulichen Ereignis. Bevor wir Ihren Entwurf für unser gemeinsames Papier besprechen, möchte ich noch kurz auf das enorme Arbeitspensum eingehen, das auf Ihren Schultern lastet. Wie ich höre, erledigen Sie Ihre Aufgaben als Leiterin des Ökonomiekurses dennoch in der gewohnt exzellenten Art.«
Unwillkürlich richtete ich mich leicht auf. Seit wann teilten akademische Halbgötter von Irvins Einfluss Komplimente aus? Und siehe da, meine Kopfschmerzen ließen augenblicklich nach.
»Trotzdem«, fuhr er fort, »wir meinen, dass Sie sich ein wenig übernehmen und deshalb erwägen sollten, Ihr Engagement beim Kurs über internationale Wirtschaftsbeziehungen aufzugeben.«
»Wie bitte?« Ich sah ihn ungläubig an. Es war ganz ungewöhnlich, einer Dozentin einen Kurs wegzunehmen, nachdem das Semester begonnen hatte, es sei denn, sie hätte sich etwas zu Schulden kommen lassen. »Warum sagen Sie das?«
Irvin musterte mich mit geschürzten Lippen. »Nun, wie mir zu Ohren gekommen ist, beschäftigen Sie sich mit so vielen anderen Projekten, dass Ihre eigentlichen Aufgaben im Kurs darunter leiden könnten. Die Kommentare, die mich in letzter Zeit zu Ihren Vorlesungen erreichen, fallen nicht gerade schmeichelhaft aus.«
Kommentare, die ihn erreichten? Wurde ich neuerdings wie eine Lehramtskandidatin überwacht?
»Wie meinen Sie das?«
»Nun, für jemanden, der den Danforth-Preis gewonnen hat, haben Sie mit Ihren ersten beiden Vorlesungen in diesem Semester keine ausgesprochenen Glanzlichter aufgesteckt.« Er hob

die Augenbrauen, und zwar in der affektierten Art, die mich jedes Mal dazu reizt, ihm an die Gurgel zu gehen. Der Danforth-Preis wird für herausragende Vorlesungen in Wirtschaftswissenschaften verliehen, und Irvin wusste, wie viel ich mir darauf zugute hielt. »Wie ich höre, wirken Sie in letzter Zeit ein wenig … nun, sagen wir: abgelenkt. Sie scheinen andere Dinge im Kopf zu haben. Und wie ich ebenfalls höre, stellen Sie eine Menge Fragen wegen Rosezella Fisher. Was natürlich auch bloßes Gerede sein kann.«

Wer verbreitete so was? Mit wem hatte ich in den letzten Tagen über Ella gesprochen?

»Was wollen Sie mir damit konkret sagen?« Ich versuchte, nicht auf den Schraubstock zu achten, der sich auf einmal um meinen Schädel legte.

»Lassen Sie mich ganz offen sein, Veronica. Ich habe gehört, dass Sie ein starkes Interesse an allen möglichen Dingen zeigen, die irgendwie mit Ella Fisher zu tun haben.«

Victoria Barrett. Oder Christian Chung. Einer von den beiden musste das aufgebracht haben. Wer sonst hätte Irvin so etwas erzählen können?

»Als Freund gebe ich Ihnen den Rat, sich auf Ihre Arbeit und nicht auf relativ unbedeutende Leute wie die verstorbene Studentendekanin zu konzentrieren.« Und nach einer bedeutsamen Kunstpause: »Wohlgemerkt, ich sage das als Freund.«

»Als wessen Freund? Meiner oder der von jemand anderem?«

»Als Ihrer natürlich«, sagte er nachsichtig. »Ihnen winken bei uns glänzende Zukunftsaussichten, das wissen Sie. Wäre ein Jammer, wenn Sie sich die verderben würden, nur weil Sie im Augenblick einer – sagen wir: Fehleinschätzung unterliegen.«

An einem anderen Tag hätte ich das vielleicht als versteckte Warnung verstanden und stillschweigend hingenommen, heute aber war ich nach nur zwei Stunden Schlaf miserabel gelaunt und ging deshalb wie eine Furie auf ihn los. »Seien Sie mir nicht böse, wenn ich Sie so unverblümt frage: Sollte das eben eine Drohung sein, Professor? Dann möchte ich nämlich, dass wir das Gespräch in Gegenwart von Ian McAllister in seiner Eigenschaft als Dekan des Fachbereichs fortsetzen. Vielleicht sollten wir dabei auch den hinzuziehen, der die Vorwürfe gegen mich erhoben hat.«

Er wurde bleich. »Ich bitte Sie, Veronica! Von einer Drohung kann selbstverständlich keine Rede sein. Ich habe das alles nur aus Sorge um Ihr berufliches Fortkommen zur Sprache gebracht. Es besteht kein Anlass zu einer derartigen Überreaktion.«

»Sosehr ich Ihre Besorgnis zu schätzen weiß, ich bin durchaus in der Lage, meinem Lehrauftrag nachzukommen. Es gab in jüngster Zeit zusätzliche Belastungen wegen des Abschlussberichts für das Crimson Future Committee, aber das wird sich in Kürze erledigt haben.«

So, alter Mann, willst du nun noch weiter auf mir rumhacken?

Wir sahen uns kalt an, dann senkte er den Blick. »Ich werde mich fürs Erste auf Ihr Urteilsvermögen verlassen. Sprechen wir jetzt lieber über Ihren Entwurf.«

Was wir dann auch taten. Fünfundvierzig Minuten lang, obwohl es sich um ein allenfalls halb fertiges Papier handelte. Er verhielt sich ungewohnt reserviert, und als wir unsere Diskussion beendeten, konnte ich förmlich riechen, dass meine Karriereträume in Rauch aufgegangen waren. Mein Zorn auf Irvin erstickte an der Einsicht, dass er mir, wenn er's wollte, enorm schaden konnte. Vielleicht waren es doch nicht Victoria oder Christian gewesen, die ihn gegen mich aufgestachelt hatten, vielleicht hatte irgendjemand in der Spitze der Universitätshierarchie etwas gegen mich, möglicherweise sogar jemand, der mich überhaupt nicht persönlich kannte. Mit dem Verdacht, dass es auf dem Campus einen Mörder geben könnte, schuf man sich nun mal an der Harvard keine Freunde.

In trüber Stimmung machte ich mich auf den Weg zum Crimson Future Committee. Die Sitzung sollte im Faculty Club stattfinden. Obwohl es draußen um die achtunddreißig Grad waren, brannte im Kamin der Eingangshalle ein Feuer; das gehörte offenbar für die Honoratioren der Harvardelite und ihre Gäste zum speziellen Ambiente einer Eliteuniversität.

Als ich ankam, ging es im Sitzungssaal bereits zu wie in einem summenden, schwirrenden Bienenstock.

Jennifer Blum, heute im braunen Mikromini, unterhielt sich angeregt mit Leo Barrett. Bob Raines, Asif Zakaria und Rona Seidman standen beisammen und diskutierten die bei der letzten Fakultätsbesprechung gefassten Beschlüsse. Irgendwo hörte ich eines unserer jüngeren Komiteemitglieder hellauf lachen, vermutlich hatte ihm Michael Treger, ein Rabbi aus dem Fachbereich Theologie, einen seiner tiefgründigen Witze erzählt. Ian McAllister saß allein an der Stirnseite des ovalen Besprechungstisches und blätterte in einem dicken Dokument.

Gespannt, wen er an Ellas Stelle in das Komitee berufen hatte, suchte ich den Raum nach einem neuen Gesicht ab. Möglicherweise ließ seine Wahl Rückschlüsse auf die Hintergründe von Ellas Tod zu. Wobei ich mich freilich nicht zu der Annahme versteigen wollte, dass irgendjemand Ella umgebracht hätte, nur um ihren Platz einnehmen zu können. Aber ich sah niemand Neuen. Vielleicht wollte Ian doch kein neues Mitglied mehr berufen.

»Veronica«, grollte McAllister, »Sie sind spät dran.« Er sah mich mit finsterer Miene an.

Nun wurde mir doch mulmig zu Mute. Dass ich womöglich bei McAllister, der ein entscheidendes Wort bei meinem beruflichen Fortkommen mitzureden hatte, in Ungnade gefallen war,

hätte mir nach der vorangegangenen Unterredung mit Irvin gerade noch gefehlt.
»Können wir anfangen, bitte?«, bellte Ian die Versammlung an. Ich entspannte mich. Sein Groll richtete sich nicht gegen mich, sondern gegen die Welt im Allgemeinen und Besonderen, was gelegentlich vorkam.
Die Gruppe nahm am ovalen Tisch Platz, Ian saß an der Stirnseite, Leo neben ihm. Die beiden schienen für den Verlauf der Sitzung – vermutlich zähneknirschend – eine Art Burgfrieden geschlossen zu haben: Ian durfte die Diskussion leiten, Leo nahm, wie man in solchen Fällen sagt, ›aktiv daran teil‹. Was mich an unsere erste Sitzung erinnerte, als sie beinahe wegen der Frage, wer die Gruppe zur Ordnung rufen dürfe, über Kreuz gekommen wären.
Ich fing an, den von Rona und mir erarbeiteten Entwurf des Abschlussberichts vorzutragen, wurde aber schon nach den ersten Worten von Ian unterbrochen. »Einen Moment noch, Veronica. Ehe wir beginnen, möchte ich Sie darüber unterrichten, dass Präsident Barrett meiner Anregung für die Nachbesetzung des Komiteeplatzes von Rosezella Fisher zugestimmt hat.«
Ich sah hoch und bekam gerade noch den Ausdruck unverhohlener Verachtung mit, der sich bei der Erwähnung von Barretts Namen auf Ians Gesicht ausbreitete. Leo hatte einer Nachbesetzung *zugestimmt?* War's nicht so, dass Ian die Entscheidungsbefugnis bei sich gesehen hatte? Vielleicht war das der Grund für seinen Missmut. Barrett hatte ihn der Möglichkeit beraubt, einen seiner Protegés auf Ellas Stuhl nachrutschen zu lassen.
»Präsident Barrett war der Meinung, dass hierfür durchaus ein zweiter Vertreter der Geisteswissenschaften in Frage kommen könne«, fuhr McAllister mürrisch fort, »da es sich um den größten Fachbereich handelt.« Aha, Christian Chung war es also

nicht. Was mich überraschte. Ich hatte damit gerechnet, dass Barrett jemanden ins Komitee berufen werde, der, wie vorher Ella, als verlängertes Ohr für ihn fungierte, und da hätte er wohl am ehesten auf Christian zurückgegriffen. »Präsident Barrett hat sich außerdem meiner Auffassung angeschlossen, dass es wegen des hohen Zeitdrucks zu vertreten ist, nochmals einen Dozenten in unseren Kreis zu berufen. Wir haben uns daher für ein hervorragend qualifiziertes Mitglied des Fachbereichs Staatsrecht entschieden.« Etliche Namen gingen mir durch den Kopf: Wasserman? Burke? Lee? Wer immer es war, er musste Barretts volles Vertrauen genießen. »Er ist kürzlich von der Stanford University zu uns gekommen – Mr. Dante Rosario.« Ian ging zur Tür und winkte einladend. Dante betrat den Sitzungssaal, nickte den Anwesenden zu und nahm auf dem Stuhl neben mir Platz. Ich beugte mich zu Rona Seidman hinüber. »Haben Sie zufällig Aspirin dabei?«
Sie gab mir zwei, ich schluckte sie auf der Stelle. Trocken. Warum hatte er mir heute Nacht nichts davon gesagt?
»Veronica – der Abschlussbericht«, mahnte McAllister ungeduldig an. Rona war so freundlich, den Vortrag zu übernehmen.
Die Sitzung dauerte drei Stunden und nahm keinen sonderlich guten Verlauf. Rona und ich hatten eine breit angelegte Analyse vorgelegt, aber Raines äußerte Zweifel an der Plausibilität unserer Annahmen, und Leo bemängelte, dass die Szenarien nicht detaillierter dargestellt und erklärt waren. Ian McAllister sagte nicht viel, sah aber ziemlich verärgert aus. Schließlich brach er die Diskussion mit saurer Miene ab.
»Es dürfte auf der Hand liegen, dass wir noch eine Menge Arbeit investieren müssen, ehe wir diese Ergebnisse bei der Pressekonferenz vorlegen können, die bekanntlich schon in zwei Wochen stattfindet«, stellte er mit Eisesstimme fest. »Im Übrigen dürfte es ebenso unstrittig sein, dass einige Mitglieder die-

ser Gruppe sich wesentlich mehr engagiert haben als andere.« Wobei er Asif Zakaria finster ansah, der genauso finster zurückstarrte. »Ich habe einen Vorschlag, den ich mit äußerstem Nachdruck zur Annahme empfehle. Und zwar, dass wir uns alle zu einem intensiven Arbeitswochenende treffen – bei mir, genauer gesagt: auf Martha's Vineyard. Sie, Herr Präsident, sind selbstverständlich ebenfalls willkommen. Wir fangen Freitagnachmittag an mit dem Ziel, die Arbeit Sonntagvormittag abzuschließen. Bis dahin müssen wir ein Dokument haben, auf das wir stolz sein können.«

Einen Moment lang lähmendes Schweigen, dann kamen Ausreden und Proteste.

Zakaria machte den Anfang. »Also wirklich, Ian, das ist eine unvertretbar späte Ankündigung. Barbara und ich haben schon feste Pläne für das Wochenende.«

Rona schlug in dieselbe Kerbe. »Steve und ich ebenfalls. Außerdem habe ich am Freitag eine Sitzung des Professorenkollegiums und muss bis Montag ein Manuskript fertig stellen, auf das mein Verleger wartet.«

Ian erhob sich zur eindrucksvollen Größe seiner eins zweiundneunzig und musterte die Runde mit herablassenden Blicken. »Ehe mir die anderen ebenfalls ihre Ausreden vortragen, darf ich Sie alle daran erinnern, dass dieses Komitee eine hohe Verantwortung für eine gesunde finanzielle Grundlage unserer Universität während der kommenden zehn Jahre trägt. Das Abschlussdokument wird die Namen aller Mitglieder dieses Komitees tragen, auch wenn es ein sehr dürftiges Ergebnis wiedergeben sollte. Gibt es in diesem Punkt noch irgendwelche Missverständnisse?«

Raines seufzte vernehmlich. Dann sah er hoch. »Also gut, ich werde da sein.«

»Und die anderen?«, wollte Ian wissen.

»Okay, okay«, sagte Rona bissig. »Bringen wir's hinter uns.«

»Ausgezeichnet.« Ian sah zum ersten Mal seit Beginn der Sitzung zufrieden aus. »Meine Sekretärin wird sich wegen der näheren Einzelheiten mit Ihnen in Verbindung setzen.«
Die Sitzung war beendet, die Gruppe löste sich auf. Jennifer Blum kam zu mir herübergehuscht und drückte meinen Arm. »Himmlisch, ein Wochenende auf dem Land! Sei lieb zu deinem neuen Tischnachbarn.«
Christian Chung kam herein und drückte Leo einen Stapel Papiere in die Hand. Mehr bekam ich nicht mit, weil Dante sich zu mir herunterbeugte. »Warum hast du mir heute Nacht nichts davon gesagt?«, fauchte ich ihn an.
»Es ist erst heute Morgen offiziell geworden, und ich …«
»Das sieht dir wieder mal ähnlich«, sagte ich grimmig, senkte aber rasch die Stimme, als ich merkte, dass Ian McAllister zu uns herübersah. »Ich erzähl dir von meiner Arbeit, und auf einmal tauchst du hier auf und stiehlst mir die Show. Ach, vergiss es!«
»Lass uns mal was klarstellen, Nik«, sagte er leise und hatte wieder diesen amüsierten Zug um die Lippen. »Ich tu das, um dir zu helfen, nicht um mir deinen Zorn einzuhandeln.«
»Ja, sicher. Es ist zwar ein hochkarätiges Komitee, aber dass du Leo Barrett so lange um den Bart gegangen bist, bis du drin warst, hatte völlig uneigennützige Gründe. Dir ging's nur darum, mir zu helfen. Hach, du bist so ein Primitivling!«
Christian Chung schüttelte Ian kurz die Hand, dann wandte er sich wieder an Leo Barrett, ohne Rücksicht darauf, dass der Präsident sich gerade mit Michael Treger unterhielt.
Dante verfolgte das Ganze verstohlen. »Nik«, sagte er leise, »du brauchst Flankenschutz. Wir wissen ja noch nicht mal, worum es hier eigentlich geht.«
»Flankenschutz!« Ich verdrehte die Augen. »Warum müssen Männer sich immer hinter militärischen Metaphern verstecken, wenn sie das Steuer übernehmen wollen?«

Leo legte Christian den Arm um die Schulter und ging mit ihm weiter. Sie kamen so dicht an uns vorbei, dass ich mitbekam, wie Chung Barrett ins Ohr flüsterte: »Sie ist erledigt.« Dann folgte irgendwas wie: Wenn Leo nicht wolle, dass es herauskäme, müsse er jetzt ein klares Wort sagen.

»Ja, ja«, sagte Leo ungeduldig, »ich hab hier noch was zu erledigen, wir treffen uns in der Toilette.« Er ging zu McAllister, offenbar ging es um den Abschlussbericht.

»Siehst du«, hauchte Dante mir ins Ohr, »das ist es, was ich meine. Es gibt Zeiten, da brauchst selbst du einen Mann.«

»Wetten, dass nicht?«

Ohne festen Plan eilte ich hinaus und den Flur hinunter, bis zur Herrentoilette. Kurz ein Blick nach links und rechts, dann huschte ich hinein. Ich musste rausfinden, worum es zwischen den beiden Männern ging und ob es etwas mit Ella und Justin zu tun hatte. Möglicherweise war das eine einmalige Chance.

Der Waschraum war klein und in desolatem Zustand. Allein der giftige gelbe Wandanstrich konnte bei zart besaiteten Gemütern zu einer Gallenkolik führen, ganz zu schweigen von dem angeschlagenen Porzellan der Urinale, den rostigen Zuleitungen und den hässlich weißgrauen Ablagerungen auf den Bodenfliesen. Die Gourmets im Faculty Club legten anscheinend mehr Wert auf eine gute Küche als auf den Zustand der sanitären Einrichtungen.

»Du schreckst wohl vor nichts zurück, um zu beweisen, dass du Recht hast?« Dante Rosario war mir auf den Fersen gefolgt.

»Halt keine Volksreden, gib mir ein Papierhandtuch.«

Er riss ein Blatt von der Rolle ab, ich malte rasch in Druckbuchstaben »DEFEKT« darauf.

»Nach dir«, sagte er und hielt mir die Tür zu einer der beiden Toilettenkabinen auf. Er klemmte meinen Hinweis am äußeren Türrahmen fest, dann zwängte er sich hautnah neben mich in das enge Kabäuschen.

Nicht eine Sekunde zu früh – die Außentür wurde aufgestoßen, knirschende Schritte auf dem Fliesenboden, dann Stille.
Einen Moment später ging die Tür wieder. Ich hörte Christian scharf sagen: »Jetzt führen wir das Gespräch aber zu Ende.«
»Ja doch. Was ist denn eigentlich los?« Leo klang gereizt.
Ich horchte verblüfft auf. Seit wann hatten Leo und Christian einen so vertrauten Umgangston?
Christian schnaufte unwillig. »Die Cops haben mich heute Morgen noch mal auf die Polizeiwache bestellt und mich wieder wegen Ella Fisher gelöchert.«
»Das war abzusehen, ich hab's Ihnen vorhergesagt. Was haben Sie denen erzählt?«
»Die Wahrheit, Leo, die reine Wahrheit.« Ich hätte in diesem Augenblick zu gern Christians Gesicht gesehen. Es kam mir vor, als wolle er Barrett herausfordern.
Leo reagierte ungehalten. »Treiben Sie keine albernen Spielchen mit mir. Was haben Sie denen gesagt?«
»Ich hab ihnen gesagt, dass ich sie nur beruflich gekannt habe. Dass ich für die Überprüfung der Budgets zuständig bin, auch für ihres. Und dass wir in der Woche vor ihrem Tod nicht miteinander gesprochen haben.«
Warum log er? Ich wusste, dass er es war, mit dem Ella zuletzt aus ihrem Büro telefoniert hatte. Wobei es natürlich sein konnte, dass sie ihn nicht erreicht und auch keine Nachricht auf dem Anrufbeantworter hinterlassen hatte.
»Na also. Damit ist die Sache erledigt.«
Ich hörte Schritte näher kommen. Jemand machte vor der Kabine neben unserer Halt. Dante legte mir beruhigend die Hand auf die Schulter.
»Von wegen!«, brauste Christian auf. »Das ist nur ein frommer Wunsch von Ihnen.«
Ein Moment Stille. Man hörte die Spannung zwischen den bei-

den Männern förmlich knistern. »Die Sache ist erledigt«, wiederholte Leo. »Wenn ich's Ihnen doch sage. Die kriegen nie was raus.«
»Dann müssen Sie sich aber gewaltig zusammennehmen. Wenn Sie rumlaufen wie ausgekotzt, werden sie's rauskriegen.« Unglaublich, in was für einem rüden Ton Christian mit dem Präsidenten redete.
»Ich kann für mich selber sorgen. Sagen Sie mir lieber, wie die Dinge derart außer Kontrolle geraten konnten.«
Ich konnte nur verwirrt und fassungslos den Kopf schütteln. Das durfte doch alles nicht wahr sein. Leo Barrett ein Mörder?
Schritte schlurften über die Fliesen. Einer von beiden ging nervös auf und ab. »Ich hab Ihnen von Anfang an gesagt, dass sie Schwierigkeiten machen wird. Ich hab's doch gleich geahnt. Aber Sie wollten sie unbedingt haben. Wann werden Sie aufhören, mit dem Schwanz zu denken?«
»Das reicht, Junge! Vergessen Sie nicht, mit wem Sie reden!«
»Und was tun wir, wenn sie's doch rausfinden?«
»Sie werden nichts rausfinden.«
Es dauerte bestimmt nicht mehr lange, bis ich einen Krampf in den Waden bekam. Ich musste mich zwingen, ruhig stehen zu bleiben.
»Tun Sie nicht so großspurig, Leo. Die Polizei braucht nur ein paar Telefonate mit Philadelphia zu führen. Die warten nur noch auf jemanden, der ihnen den entscheidenden Tipp gibt.«
»Wollen Sie mir drohen?« Leos Stimme bebte vor Wut. »Das wäre das Dümmste, was Ihnen einfallen könnte.«
Irgendwie wurde ich das Gefühl nicht los, als säße Christian am längeren Hebel.
Mitten in das gereizte Schweigen hinein knarrte die Tür zur Herrentoilette. »Leo?«, polterte eine Stimme. McAllister. »Christian? Mir war, als hätte ich hier drin Streit gehört. Platze ich ungelegen in irgendwas hinein?«

Wieder etwas, das ich nicht gewusst hatte: Chung und McAllister redeten sich mit dem Vornamen an.
»Ach woher«, sagte Leo gelassen, »wir fechten nur gerade die letzte Runde in der alljährlichen Diskussion um das Budget aus. Sie wissen schon, McAllister, die üblichen Herbstquerelen. Aber ich fürchte, Christian, wenn wir das Kriegsbeil nicht begraben, kommen wir zu spät zu unserer Besprechung.«
»Sehr richtig, Herr Präsident«, bestätigte Chung. Erstaunlich, wie geschmeidig er in seinen devoten Tonfall wechselte.
Dante und ich warteten in atemloser Stille, bis Ian sich die Hände gewaschen hatte. Kurz darauf hörten wir die Tür gehen und dann seine Schritte draußen auf dem Flur.
»Und was tun wir jetzt?«, fragte Dante trocken, als die Luft rein war und wir wieder auf Abstand gehen konnten.
»Gar nichts.« Meine Gedanken überschlugen sich. Offenbar war Torie Barrett Sonntagnacht im Littauer gewesen, und nun gerieten ihr Mann und dessen engster Vertrauter in Panik. Aber was, zum Teufel, hatte das mit den Telefonaten nach Philadelphia zu bedeuten?
»Du hast anscheinend mächtigen Bammel davor, dir in die Karten sehen zu lassen«, sagte Dante, als er mir die Tür zum Flur aufhielt. »Was befürchtest du denn? Dass ich schneller ans Ziel komme als du?«
»Das glaubst du doch selber nicht. So weit kommt's nie.«
»Dann hast du also nichts dagegen, wenn ich selber ein paar Spuren verfolge?«
»Von mir aus, bitte.« Ich ließ ihn stehen und ging den Flur hinunter.
»Dann warte ich an der Ziellinie auf dich, Atalanta.«
Ich blieb stehen. »Atalanta? Was soll das nun wieder?«, fragte ich, ohne mich umzudrehen.
»In der griechischen Mythologie heißt es, dass Atalanta nur dem Mann die Ehe versprach, der sich auf einen Wettlauf mit

ihr einließ. Verlor er ihn, hatte er zugleich sein Leben verloren.«

Ich schielte über die Schulter zurück. »Na gut, dann leg mal ordentlich Tempo vor, *paisano.*«

Ich rief im Krankenhaus an, um mich nach Justin zu erkundigen. Sein Zustand war unverändert, er durfte noch immer keinen Besuch empfangen.

Also beschloss ich, zu Hause weiter an meinem AEA-Papier zu arbeiten – vielleicht half mir das, einen klaren Kopf zu kriegen. Und aufzuhören, immer wieder über die Sache mit Justin nachzugrübeln. Wenigstens eine Weile. Auf der Suche nach der Diskette mit meinem Textentwurf blätterte ich den Diskettenstapel in meiner Schreibtischschublade durch.

Stutzte. Und fing noch mal von vorn an, diesmal langsamer.

Die Diskette mit Ellas Version der Finanzdaten fehlte.

Ich suchte meinen Rucksack und die Seitentaschen der Laptoptragetasche ab. Nichts. Ich hatte sie zuletzt am Samstag benutzt, als ich Ellas und Ians Version miteinander verglichen und festgestellt hatte, dass es Abweichungen bei den Kosten für externe Ausgaben gab. Aber ich war sicher, dass ich die Diskette anschließend wieder in die Schublade gelegt hatte. Am Sonntagnachmittag, als ich zu Rona Seidman gegangen war, hatte ich die Diskette nicht mitgenommen. Denn da wusste ich ja schon von Christian, dass die Kosten für Leistungen auswärtiger Vertragspartner neuerdings zentral abgerechnet wurden, und im Übrigen hatte Ian darauf bestanden, dass ich künftig nur noch seine Daten benutzte.

Wo war die Diskette also?

Ich wühlte die Unterlagen auf meinem Schreibtisch durch und suchte in der Küche und im Wohnzimmer danach. Nichts zu finden.

Und da fiel mir wieder ein, dass Samstagnacht, als ich nach

Hause gekommen war, meine Wohnungstür einen Spalt offen gestanden hatte.
Konnte es sein, dass irgendjemand nur wegen der Diskette bei mir eingedrungen war?
Ich spürte förmlich, wie mir das Blut in den Adern gefror, und versuchte, das Gefühl plötzlicher Kälte abzuschütteln. *Ella war ziemlich sicher, dass mit einigen Daten irgendwas nicht stimmte,* hörte ich Lindsey im Geiste sagen.
Natürlich hatte ich die Daten auch auf der Festplatte meines Laptops. Ein derart wichtiges Zahlenwerk speichert man nicht nur auf Diskette ab, das hätte sich der, der mir das Ding geklaut hatte, eigentlich denken können. Ich schaltete den Laptop ein und klickte den Dateimanager an, um zu sehen, was dort als letzte Zugriffszeit stand.
Irgendwer hatte sich Samstagnacht um 23:48 Uhr in meinen Laptop eingeloggt. Als ich beim Galaabend im Fogg-Museum gewesen war.
Jetzt fügte sich eins zum anderen.
Im Geiste sah ich wieder, wie der Maskierte mich am Freitagabend durch die Widener-Bibliothek gejagt und mir, bevor er in der Dunkelheit untergetaucht war, den Rucksack weggerissen hatte. Rafe hatte Recht gehabt. Dem Kerl war es nicht darum gegangen, mich umzubringen, er war ausschließlich hinter der Diskette her gewesen.
Ich öffnete rasch die Datei, auf der ich Ellas Tabellen hatte, insgeheim darauf gefasst, dass sie leer war. Aber es war noch alles da. Der Bursche, der sich klammheimlich in meinen Laptop eingeloggt hatte, schien nicht recht gewusst zu haben, wonach er suchen sollte. Ellas Zahlenwerk war in der gleichen Datei abgespeichert wie Ians Version, das musste dem Datendieb in der Eile entgangen sein. *Ein übler Schnitzer, du Mistkerl.*
Ich ging Ellas Daten noch mal durch und achtete diesmal besonders auf die externen Ausgaben. Nachdem ich die Tabellen

drei Mal auf dem Bildschirm durchgegangen war, kam ich dahinter. Der ungewöhnliche Kostenanstieg hatte vor exakt drei Jahren im Fachbereich Wirtschaftswissenschaften begonnen. Vorher waren es jeweils etwa vier Prozent jährlich gewesen, das hatte also in etwa der Inflationsrate entsprochen. Aber vor drei Jahren hatte es einen Sprung um fünfundzwanzig Prozent gegeben. Und im Folgejahr um zwanzig Prozent. Ich machte mir die Mühe, auszurechnen, wie hoch dies inflationsbereinigt und im Vergleich zum jeweils vorangegangenen Jahr war, und kam dabei immerhin noch auf etwa zehn Prozent. Einen ähnlich starken Anstieg gab es im Fachbereich Staatsrecht, wo er jedoch erst vor zwei Jahren begonnen hatte. Letztes Jahr hatte die Kostenexplosion dann fünf weitere Fachbereiche erfasst, darunter auch den der Geisteswissenschaften, allerdings war dort der Anstieg nicht ganz so krass.
Christian hatte gesagt, dass die externen Ausgaben seit einigen Jahren anders zugeordnet und zentral abgerechnet würden, sodass die meisten überhaupt nicht mehr in den Einzelbudgets auftauchten. Aber hatte er mir die Wahrheit gesagt?
Irgendetwas stimmte da nicht, und was immer es war, es hatte seinen Anfang im Fachbereich Wirtschaftswissenschaften genommen. Also lag es nahe, dass ich mich auf den Weg zum Littauer machte.

Um halb zehn Uhr abends stand ich vor Ian McAllisters Büro, die Flure im zweiten Stock lagen still und verlassen da. Wenn ich mehr über den Anstieg der externen Kosten in diesem Fachbereich in Erfahrung bringen wollte, musste ich hier anfangen. Gewiss, ich hätte natürlich Ian fragen können. Aber egal, was und wem ich hier auf der Spur war: Ella war deswegen getötet worden, und mich hatte irgendein Maskierter deswegen in der Widener-Bibliothek verprügelt. Ich wollte einfach kein Risiko eingehen.

Die schwere Holztür, die vom Flur zu Ians Büroräumen führte, war verschlossen, der Knauf fühlte sich kalt an und rührte sich nicht. Ich kramte in meinem Rucksack und brachte meine American Express Card zum Vorschein. Ein schneller Blick über die Schulter, dann ließ ich die Kreditkarte durch den Spalt zwischen Tür und Türrahmen gleiten und am Schloss auf und ab rutschen. Innerhalb von Sekunden glitt die Tür lautlos auf. Schon verblüffend: Ein simpler Trick, den jedes Detroiter Schulkind kannte, genügte vollauf, um in das Büro eines Dekans einzubrechen. Aber in Cambridge wähnten sich eben alle in einer heilen Welt, und die Türen der Harvard hatten alte Schlösser.
Im Vorzimmer steuerte ich auf die Aktenschränke zu. Ich zog am ersten Fach – Fehlanzeige. Ich probierte es mit denen darunter – nichts. Sämtliche Fächer waren abgeschlossen. So was kann einen ganz schön frustrieren.
Wo bewahrte Paula ihre Schlüssel auf?
Mein Blick huschte über die Platte ihres Schreibtisches, dann fing ich systematisch zu suchen an. Ich kippte das Glas mit den Kugelschreibern um, tastete die Unterseite der Mittelschublade ab. Schließlich wurde ich in einer Schachtel mit Plastikclips fündig: ein einzelner, kleiner Schlüssel – der zur Mittelschublade des Schreibtisches. Und darin fand ich einen Schlüsselring mit fünfzehn Schlüsseln. Ich war am Ziel.
Fünfzehn Minuten vergebliche Suche. In Paulas Aktenschränken herrschte mustergültige Ordnung, aber das, was ich suchte – die Rechnungen über externe Leistungen, die vom Fachbereich zu begleichen waren –, fand ich nicht.
So viel stand fest: Ich kam nicht umhin, in Ians Allerheiligstes vorzudringen und meine Suche dort fortzusetzen. Seine Aktenschränke und Schubladen waren ebenfalls verschlossen, aber die Schlüssel hingen an Paulas Schlüsselring.
Gleich im obersten Schubfach des Aktenschrankes stieß ich

auf einen Ordner mit der Aufschrift ›Offene Rechnungen über externe Leistungen‹. *Bingo.*

Er enthielt einen Stapel von annähernd dreißig noch unbeglichenen Rechnungen für Bürobedarf, Computerwartung, Arbeitsleistungen durch Teilzeitkräfte, Blumenschmuck, Reparaturarbeiten und so weiter. Es gab Firmen, für die sich mehrere offene Rechnungen angesammelt hatten; bei einem Dienstleistungsunternehmen namens ›Paralogic‹ waren es vier, bei einem Büro für Teilzeitschreibkräfte, einer Consultingfirma und einem Blumenladen jeweils drei.

Ich nahm die Rechnungen aus dem Ordner, stopfte sie in meinen Rucksack und huschte den Flur hinunter zum Kopierraum. Natürlich waren die Kopierer um diese Zeit nicht in Betrieb, ich musste erst einen einschalten. Mein Gott, warum dauerte die Aufwärmphase so lange? Machten Kopierer dabei immer so einen Höllenlärm? Ich trippelte vor Ungeduld. Endlich zeigte das grüne Licht Betriebsbereitschaft an. Da ich nicht riskieren wollte, dass sich beim automatischen Papiereinzug ein Blatt verhedderte, legte ich die Rechnungen einzeln ein. Und spitzte ständig nervös die Ohren, ob draußen auf dem Flur Schritte zu hören wären.

Zehn Minuten später stand ich wieder in Ians Büro und legte die Originalrechnungen in den Ordner zurück. Und in dem Moment hörte ich wirklich Schritte. Jemand hatte die Tür zum Vorzimmer geöffnet. Mir blieb gerade noch Zeit, das Schubfach mit dem Fuß zuzuschieben, abzuschließen und mich aufzurichten, bevor Ian in sein Büro kam und das Licht anknipste. Er blieb wie vom Donner gerührt stehen und starrte mich an.

»Veronica!«

Ich schluckte, dann hatte ich mich gefangen. »Oh, das trifft sich gut. Ich wollte Ihnen grade eine Notiz schreiben. Es gibt nämlich etwas, worüber ich mit Ihnen reden muss.«

»Wie sind Sie reingekommen?«

»Die Tür war offen.« Mein Gott, wie leicht mir die Lüge über die Lippen kam! »Ich hab geklopft, aber Paula hatte wohl schon Schluss gemacht.« Ich durfte auf keinen Fall vergessen, ihr den Schlüsselbund wieder in die Mittelschublade zu legen, sonst war morgen früh der Teufel los.

Ian sah misstrauisch aus, als er mir durch einen Wink bedeutete, Platz zu nehmen. »Ich dachte, Sie hätten sich irgendwo in einer Bibliothek vergraben – nach allem, was Irvin mir über den heutigen Disput mit Ihnen erzählt hat.«

»Gute Nachrichten verbreiten sich immer schnell.« Ich spürte wieder Panik in mir aufsteigen, versuchte aber, meine Ängste zu unterdrücken. Karriere ist nicht alles, was im Leben zählt. Darüber konnte ich mir Sorgen machen, wenn ich Ellas Mörder und Justins Giftmischer zur Strecke gebracht hatte.

»Was hatten Sie und Irvin für ein Problem miteinander?«

»Er hält den Entwurf für das Papier, das wir gemeinsam erarbeiten, für schwach«, erwiderte ich und gab mir Mühe, angemessen zerknirscht auszusehen. »Und er hat Recht. Ich hab den Entwurf unter zu großem Zeitdruck geschrieben. Die Schlussfolgerungen sind nicht überzeugend.«

»Es ist sogar das Wort ›schluderig‹ gefallen.«

Ich hätte am liebsten die Augen verdreht. Dieser *Poseur* warf mir Schluderei vor! Das war ja die Höhe.

»Er hat auch erwähnt, dass Studenten aus Ihrem Kurs sich über Ihre Vorlesungen beklagt haben.«

Ich zwang mich, ruhig zu bleiben. »Das hat er mir auch gesagt. Ich verstehe nicht, weshalb er so eine Affäre daraus macht. Ich war vielleicht am Dienstag nicht besonders gut drauf. Und der Stoff vom Donnerstag war nun mal sterbenslangweilig – damit kann man Studenten nicht vom Stuhl reißen. Aber ich hab mir Irvins Worte zu Herzen genommen, so was wird nicht wieder vorkommen.«

»Übrigens sagt er auch, dass Sie überall über Rosezella Fishers

Tod herumfragen. Hat das einen besonderen Grund?« Sein Ton war ohne Schärfe, aber mir lief trotzdem ein Schauder über den Rücken.

»Schlichtweg Neugier«, sagte ich achselzuckend. »Wissen Sie, ich hab sie auf der Treppe gefunden, und da frag ich mich eben, wie das passiert sein kann. Aber ich mach kein großes Tamtam darum. Ich hab viel zu viel um die Ohren, um mir wegen der Sache den Kopf zu zerbrechen.«

»Wollen Sie meinen Rat hören, Veronica?« Seine Miene war ein Buch mit sieben Siegeln. »Leisten Sie weiterhin so exzellente Arbeit in unserem Komitee, schreiben Sie das Papier für die AEA fertig, und erwähnen Sie Rosezella Fishers Namen nicht mehr.«

»Wie Sie meinen«, sagte ich mit undurchdringlicher Miene.

Ich wollte es nicht glauben, aber irgendwas stank hier zum Himmel.

»Es ist nicht so, dass wir uns wirklich nahe gestanden hätten«, fügte ich hinzu. »Wie gesagt, der einzige Grund, der mich umtrieb, war, dass ich sie gefunden hatte. Reiner Zufall, dass *Sie* nicht über sie gestolpert sind.«

»Oh, ich war glücklicherweise noch im Konferenzraum, als das Licht ausgefallen ist. Sonst wäre ich womöglich selber auf der Treppe zu Tode gestürzt.« Meinem Eindruck nach kam das ein wenig hastig. »Äh – was wollten Sie denn mit mir besprechen?«

»Meinen Disput mit Irvin, aber das hat sich ja nun erledigt. Übrigens, ich hab im *Wall Street Journal* einen Artikel gelesen, der Sie interessieren dürfte. Eine sehr informative Darstellung über das Engagement des Weltwährungsfonds in Sambia. Ich bringe ihn morgen vorbei.«

Ian beugte sich vor und sah mich ernst an. »Sie haben eine große Zukunft vor sich, Veronica, vorausgesetzt, Sie bleiben mit dem Kopf in der Deckung und konzentrieren sich auf Ihre Arbeit. Wenn Sie sich daran halten, werde ich dafür sorgen, dass Irvin Ihnen keine Schwierigkeiten macht.«

»Ich danke Ihnen, dass Sie sich so viel Zeit für mich genommen haben«, sagte ich und stand auf. Obwohl er mich mit allen möglichen lästigen Aufträgen eindeckte und heute Abend nichts als Stuss verzapft hatte, für ganz ausgeschlossen hielt ich's nicht, dass ihm mein Wohl tatsächlich am Herzen lag. »Ich werd mir Mühe geben, künftig mehr auf meine Grenzen zu achten.«

Wir gaben uns die Hand, und ich ging mit dem Vorsatz, genauso weiterzumachen wie bisher, auch wenn mein Gefühl mir sagte, dass es der Weg ins Verderben sein konnte. Es ging um das Budget des Fachbereichs, zu dem auch ich gehörte – hier hatten die Unregelmäßigkeiten angefangen. Und da war es so gut wie ausgeschlossen, dass Ian McAllister nichts damit zu tun hatte.

»Nikki? Hi! Oh – er ist gerade nicht da.«

»Ihn suche ich gar nicht. Ich suche dich.«

Ich brauchte jemanden, der sich in der Juristerei auskannte. Und da Justin im Krankenhaus lag, fiel mir nur Ted ein. Deshalb hatte ich eine Treppe tiefer an die Wohnungstür geklopft.

Ted winkte mich herein. Ich ließ den Blick kurz durchs Wohnzimmer schweifen, das Dante und Ted nach dem Auszug des Physikers und seiner Frau gründlich umgekrempelt hatten. Deckenhohe Bücherregale, eine ausladende Couch und vor dem Kamin ein zweisitziges Sofa.

»Darf ich dir was zu trinken anbieten?«

»Irgendwas ohne Zucker und so würde ich gern nehmen.«

Als er in die Küche verschwand, sah ich rasch auf meine Armbanduhr. Ich gab mir genau zehn Minuten. Weil ich absolut keine Lust hatte, noch da zu sein, wenn Dante heimkam.

Ich sah mich weiter um. Die ledergebundenen Fachbücher

machten etwas her. Die lässig über den Sessellehnen liegen gebliebenen Sweater zeugten – wie die halb leeren Kaffeebecher – von typischer Junggesellenwirtschaft. Auf dem Boden lagen Zeitungen herum, der *Corriere della Sera* und die *Paris Review*. Für mich sah alles bedrückend vertraut aus. Dante hatte dem Zimmer seinen unverwechselbaren Stempel aufgedrückt. Und natürlich fehlte auch Francesca nicht.

Den Namen hatte ich ihr gegeben. Sie konnte sich nicht dagegen wehren, da sie, genau wie damals in unserer Collegezeit, in Öl über dem Kamin hing. Das Porträt einer dunkelhaarigen, gertenschlanken, jungen weißen Frau, die, ein Buch auf dem Schoß, in einem Kleid aus luftigem pinkfarbenen Stoff anmutig in einem Ohrensessel saß, den Blick sehnsüchtig ins Ungewisse verloren. Das Mädchen aus Männerfantasien. Natürlich gab es Francesca nicht. Aber irgendwann wurde sie vielleicht wahr. Und so lange konnte er vor dem Kamin von ihr träumen, sie im Geiste in den Armen halten und weiter auf sie warten. Was jegliche Hoffnung, eines Tages sein Herz zu erobern, von vornherein illusorisch machte. Ich fragte mich, wie Danielle damit umging.

»So, das hätten wir. Irgendwas ohne Zucker und so.«

»Danke«, sagte ich lächelnd.

Er setzte sich auf die Couch, ich ließ mich auf der Sessellehne neben ihm nieder. Er sah mich gespannt an. »Du siehst aus wie eine Frau, die etwas auf dem Herzen hat«, versuchte er mich zu locken.

Ich lachte. »Ich bin auf der Suche nach kostenloser Rechtshilfe. Aber ich wollte nicht mit der Tür ins Haus fallen. Sollen wir lieber erst fünf Minuten plaudern, ehe ich dich um einen Gefallen bitte?«

»Nein, rück schon raus damit.«

Ich zog die Fotokopien der Rechnungen aus Ians Büro aus meinem Rucksack. »Ich brauche ein paar Auskünfte über ortsansässige Firmen, und ich weiß nicht genau, wie ich an die rankomme.«

»Was willst du denn wissen?«

»Nur ein paar allgemeine Dinge. Die Adressen und Telefonnummern, wem die Firmen gehören, wie lange sie schon existieren.«

»Handelt es sich um Firmen mit Hauptsitz in Massachusetts?«

»Ich glaube ja.« Ich reichte ihm die Kopien. »Das sind Rechnungen, die sie ausgestellt haben.«

Er blätterte den Stapel kurz durch, dann legte er die Kopien auf den Kaffeetisch. »Das ist so gut wie erledigt.«

»Wirklich?«

»Das sind zwei Stunden Arbeit für einen meiner Jurastudenten im Praktikum. Eine gute praktische Übung. Er muss lediglich im Handelsregister von Massachusetts nachsehen, dann hat er alles, was du brauchst. Und mehr. Ein Kinderspiel.«

Ich strahlte ihn an. »Du bist ein Schatz!«

Er grinste. »Aber eine Hand wäscht die andere.«

»Aha. Und was willst du?«

»Wissen, wie Jessicas Verabredung Samstagnacht verlaufen ist.«

Ich ließ mich lachend von der Sessellehne aufs Polster rutschen. »Na wunderbar. In allen Einzelheiten?«

Nach zehn Minuten waren wir uns einig, dass der hübsche Bengel von der Harvard Business School nichts für sie war und sie was Besseres verdiente – zumindest einen, der auch mal ein Buch in die Hand nahm.

Es war genau der Klatsch und Tratsch, den ich so liebe, aber der Gedanke daran, dass Dante jeden Moment zur Tür hereinspazieren konnte, trieb mich zum Aufbruch.

»Warum hast du's so eilig?«, protestierte Ted, als ich mein Sodawasser austrank. »Rosario muss gleich zurück sein.«

»Das ist es ja gerade. Ich halt dich über Jess auf dem Laufenden.«
»Wohin enteilst du so geschwind?«, versuchte Ted mich auf die scherzhaft-romantische Tour umzustimmen, »ist doch die Nacht, oh Nikki, noch so jung.«
Wie wahr. Aber der Anblick von Francesca war so alt.

fünfzehn

Die Philadelphia-Story

»Ich fang an, mir Sorgen um dich zu machen, Schätzchen.«
»Dann hör wieder auf. Ich hab alles im Griff. Verdammt – wo ist bloß diese Zeitung?«
Es war Dienstagmorgen, sieben Uhr. Maggie verfolgte argwöhnisch über den Becherrand ihres Morgentees, wie ich in ihrer Küche den Sammelbehälter fürs Altpapier durchwühlte. Ich suchte die Crimson-Ausgabe vom Tag nach Ellas Tod, die mit dem Artikel über Leo Barrett.
»Ich guck schon gar nicht mehr hin, wenn du Tag für Tag wie ein nervöses Huhn durch die Botanik tigerst. Aber wenn du hier rumkramst und mir meine Küche durcheinander bringst, werd ich ja wohl noch was sagen dürfen.«
»Mach keinen Aufstand, Maggie! Ich hab doch gesagt, ich räum wieder auf.« Über zwei Dutzend Zeitungen hatten sich in dem Behälter angesammelt – *Globes, Crimsons* und *Bay State Banners* von vorvorgestern, und da ich nicht auf Anhieb fündig geworden war, musste ich sie eben alle auf dem Fußboden ausbreiten.
»Was suchst du überhaupt?«
»Den Artikel über Leo Barrett. Ich glaube, da stand auch was über seine Kindheit drin. Ich will nachsehen, ob es Hinweise auf familiäre Verbindungen nach Philadelphia gibt.«
»Philadelphia? Da wohnt meine Schwester mit ihrem Mann. Worum geht's denn?«
»Endlich!« Ich hielt triumphierend die Seite mit dem Artikel hoch. Und als mein Blick auf die zweite Zeile fiel, die mit dem

Namen des Verfassers, grinste ich zufrieden in mich hinein. Amy Collins hatte den Artikel geschrieben, die liebe kleine Amy mit dem messerscharfen Verstand und der scharfen Zunge, eine meiner begabtesten Studentinnen. Das passte wirklich wie bestellt.

»Ich muss los«, sagte ich und drückte Maggie hastig einen Kuss auf die Wange.

»Hey, Momentchen mal, Schatz. Und was wird aus den Zeitungen?«

»Die räum ich später weg, Maggie. Versprochen. Aber erst muss ich dringend telefonieren.«

Knapp eine Viertelstunde später saß ich im mahagonigetäfelten, im Souterrain gelegenen Speisesaal des Adams House und schlürfte einen erstaunlich starken Kaffee, während Amy sich neben mir die erste Zigarette des Tages anzündete. Zu meiner Collegezeit war das Adams das Sahnehäubchen unter den Studentenwohnheimen – ein absolutes Muss für die Söhne von Manhattan-Bankern und die, die unbedingt dafür gehalten werden wollen. Das Adams hatte sich sein elegantes Ambiente bewahrt, obwohl seit der Einführung des Losverfahrens auch gewöhnliche Sterbliche hier Aufnahme fanden. Amy sah aus wie fürs Adams geboren: das ebenholzschwarze Haar knapp über der Kopfhaut rasiert, schwarzer Rollkragenpullover, schwarzer Minirock, schwarze Strümpfe, schwarze Army-Stiefel und als Kontrapunkt eine olivgrüne Army-Kampfjacke.

»Das wird eine kurze Unterhaltung«, sagte sie und inhalierte den Zigarettenrauch.

»Wie meinen Sie das?«

»Vielleicht war's ein Zufall, dass Sie ausgerechnet heute wegen meines Interviews mit Leo Barrett angerufen haben, aber einen Glückstreffer haben Sie auf jeden Fall nicht gelandet.«

»Ich kann Ihnen nicht folgen.«

Sie beugte sich über den Tisch und grinste mich süßsauer an. »Mein Notizbuch, in dem alles steht, was ich mir bei Interviews aufschreibe, ist seit gestern verschwunden. Ich hab das *Crimson*-Büro und mein Zimmer auf den Kopf gestellt, aber es ist weg.«

»Das ist doch nicht zu fassen!« Ich warf frustriert die Arme in die Luft. Worum es auch ging, ich kam immer einen Schritt zu spät.

Amy sah mich verdutzt an. »Hey, Prof, nicht gleich durchdrehen, vielleicht taucht es wieder auf. Abgesehen davon …« Sie lehnte sich grinsend zurück. »Eine gute Reporterin bewahrt alles, was echt wichtig ist, hier auf.« Und tippte sich dabei an die Stirn. »Also, was wollen Sie wissen? Aber vor allem: *Warum* wollen Sie's wissen?«

»Über das Warum kann ich noch nicht sprechen.«

»Kommen Sie, so was beruht immer auf Gegenseitigkeit. Sie können nicht erwarten, dass ich mit meinem Wissen rausrücke und Sie bunkern.«

»Lassen Sie mir etwas Zeit, Amy. Schließlich arbeiten Sie ja nicht für die *New York Times.«*

»Noch nicht«, sagte sie selbstbewusst und blies mir den Zigarettenrauch ins Gesicht.

Ich stellte meinen Kaffeebecher ab, beugte mich amüsiert vor und dachte: *Recht hast du, Kindchen, eines Tages wird die Times sich glücklich schätzen, dich zu kriegen.* »Gut – ich kann Ihnen jetzt noch keine Details verraten. Aber wenn die Sache, an der ich arbeite, gelaufen ist, kriegen Sie ein Exklusivinterview.«

»Einschließlich der ganzen Story?«

»Happen für Happen.«

Amy überlegte sich's einen Zug lang, dann nickte sie grinsend. »Geritzt. Was wollen Sie wissen?«

Ich nahm den Artikel aus meinem Rucksack und legte ihn zwischen uns auf den Tisch. »Darin schreiben Sie was über Leo

Barretts persönlichen Hintergrund. Aber ich habe den Eindruck, dass Sie noch was in petto haben.«
Amy schüttelte heftig den Kopf. »Glauben Sie's oder nicht – mehr als das da habe ich nicht. Seine Eltern stammen aus Irland und Brasilien, sind, als er ein Säugling war, nach Philadelphia gezogen, und er hat keine Geschwister.«
»Wovon haben seine Eltern gelebt?«
»Tja, das war irgendwie komisch. Er hat mir nur erzählt, dass sein Vater – Stephen heißt er – Geistlicher war und seine Mutter Hausfrau.«
»Und was ist daran komisch?«
»Na ja, ich hab ihn gefragt, wo sein Vater zur Schule gegangen ist, und er hat gesagt, er hätte das College in England besucht, aber sein Examen, nachdem sie in die Vereinigten Staaten umgezogen waren, am Union Theological Seminary gemacht. Nur, als der Mann, der bei uns die Fakten abgleicht, dort angerufen hat, haben die keine Unterlagen über einen Stephen Barrett gefunden.«
Bingo. »Ich glaube, so was nennt man Spuren verwischen. Amy, er hat Ihnen über seinen Vater was vorgeschwindelt.«
Sie sah mich unschlüssig an. »Na ja, damals hab ich gedacht, dass ich vielleicht den Namen der Schule falsch verstanden oder mir falsch aufgeschrieben hätte.«
»Haben Sie Barrett noch mal angerufen und danach gefragt?«
»Natürlich habe ich angerufen. Ich bin mit einem Pressesprecher verbunden worden. Der hat zugesagt, dass Barrett mich zurückruft. Hat er aber nie getan. Da blieb mir nichts anderes übrig, als den Teil in meinem Artikel wegzulassen.«
»Haben Sie mal mit jemand anderem über Leos Kindheit gesprochen? Selbst wenn Leo nicht mit mehr rausrücken wollte, es findet sich doch immer einer, der gern ein bisschen Staub aufrührt. Ist doch so, oder?«
Sie schüttelte den Kopf. »Nicht an der Harvard. Ich habe ein

paar Dekane angerufen, die eigentlich aus der Zeit seiner Nominierung für den Präsidentenposten etwas über Leos Herkunft wissen mussten, aber die haben mich alle mit demselben Schmus abgespeist. Als ob sie's vom selben Blatt abgelesen hätten. ›*Er ist von multikultureller Herkunft. Seine Eltern stammen aus der Arbeiterklasse. Fleiß und Intelligenz haben ihn ans City College und dann an die Harvard geführt. Und grade das ist es, was uns alle so an ihm beeindruckt.*‹ Nur einer hat den Sermon ein bisschen variiert. Er hat von einer ›*echten Multikulti-Herkunft*‹ gesprochen und gesagt, einer von Barretts Urgroßvätern mütterlicherseits sei ein Schwarzer gewesen, was Barretts wache Anteilnahme an ethnischen Problemen erkläre.« Sie schnaufte verächtlich. »Als wär's ein Beweis für wache Anteilnahme an ethnischen Problemen, wenn man eine Schwarze zur Studentendekanin beruft.«

»Hey, Sie waren's doch, die ihn in dem Artikel einen wahrhaft fortschrittlichen Mann genannt hat.«

»Das war mein Redakteur, nicht ich. Ich glaube, er ist einfach das, was reiche Altharvardianer in ihm sehen wollen.«

»Aber Leo muss doch Cousins, Tanten, Onkel haben. Das ist doch in weit verzweigten Familien so«, grübelte ich halblaut vor mich hin. »Haben Sie versucht, in der Richtung was rauszufinden?«

»Ich hab zwei Tage lang versucht, beim City College in New York Einsicht in seine Personalunterlagen zu erhalten, aber als die was von Presse hörten, haben die mich abgeblockt. Da haben wir's aufgegeben. Bedenken Sie bitte, dass es in diesem Artikel darum ging, seine Verdienste als Präsident zu würdigen. Wir wollten ja nicht in seinem Privatleben herumschnüffeln.«

»Was haben Sie denn sonst noch in dem Artikel weggelassen?«

»Na ja ...« Amy drückte ihre Zigarette aus. »Über seine Affären durften wir nichts schreiben.«

»Seine Affären?«

»Kommen Sie, der Mann kann die Hose nicht oben behalten, das weiß doch jeder. Aber er hatte nie was mit Studentinnen, und es scheint ihn nicht davon abzuhalten, gute Arbeit zu leisten. Eben ein All-American-Boy«, sagte sie trocken.
»Hat er zurzeit eine Affäre?«
Sie nickte. »Wir glauben, ja. Aber er hat offenbar was dazugelernt. Ist diskreter geworden. Mein Informant sagt, dass Barrett zweimal in der Woche mittags verschwindet und an zwei, drei Wochenenden im Sommer nirgendwo aufzutreiben ist. Aber bis jetzt ist keiner dahinter gekommen, wer die Frau ist.«
Ob es wohl Ella gewesen war? Und ob Torie Barrett etwas davon wusste?
»Wie nimmt seine Frau das alles auf?«
Amy zuckte die Achseln. »Wer weiß? Ein Interview mit ihr habe ich nicht gekriegt. Ihr Büro hat mir mitgeteilt, wir sollten uns auf *seine* Tätigkeiten als Präsident konzentrieren und *sie* außen vor lassen.« Sie rückte ein Stück näher an mich heran. »Also, worum geht's?«
Ich schüttelte lächelnd den Kopf. »Das kann ich Ihnen jetzt noch nicht sagen.«
»Na gut, ich werd noch mal bei der Sache mit Barretts Vater nachhaken. Es müsste eigentlich leicht rauszukriegen sein, ob es in Philadelphia einen Reverend Stephen Barrett gibt. Ich glaube mich zu erinnern, dass er was von der St.-Thomas-Kirche gesagt hat. Eine Episkopalkirche, da bin ich ziemlich sicher.«
»Das dürfen Sie nicht tun«, sagte ich entschieden. »Auf keinen Fall.«
»Warum nicht?«
»Weil es viel zu gefährlich ist. Wenn Barrett tatsächlich so was wie ein Familiengeheimnis hat und Sie es aufdecken, wird er nicht sonderlich freundlich darauf reagieren.«
»Nun, das ist sein Problem, nicht meins.«

»Wollen Sie das Exklusivinterview, Amy?«, fragte ich.
Sie seufzte, zögerte, nickte.
»Dann überlassen Sie das mir. Ich verspreche Ihnen, dass Sie eine der Ersten sind, die erfahren, was ich rausgefunden habe. Aber nur, wenn Sie sich einstweilen aus der Sache raushalten.«
Ich blieb, nachdem sie gegangen war, noch eine Weile sitzen und dachte über den Artikel nach, den ich Freitagabend in Leos Bibliothek in der *Partisan Review* gefunden hatte – der, bei dem die Fußnote des Herausgebers weggeschnitten worden war. Sosehr mir der Gedanke an einen neuerlichen Besuch der Widener-Bibliothek zuwider war – das war die nächste Station, die ich auf der Suche nach der Wahrheit ansteuern musste. Ich musste dahinter kommen, was so verfänglich war, dass jemand mit Hilfe einer Rasierklinge ein Stück aus Leos Vergangenheit herausgetrennt hatte.

In der Widener scheiterte ich fürs Erste an den Richtlinien für die Ausleihe von Periodika. Man gab mir zu verstehen, dass Zeitschriften so weit zurückliegender Jahrgänge nur von erfahrenen Fachkräften im Labyrinth der unterirdischen Magazine aufgespürt werden könnten. Meine spezielle Freundin vom Ausgabetisch versprach mir jedoch, alles Gewünschte innerhalb von vierundzwanzig Stunden zu besorgen. Ich bestellte also bei ihr das Märzheft 1967 der *Partisan Review* und zwei weitere Zeitschriften mit Beiträgen, die Leo in den späten Sechzigern geschrieben hatte. Dann beschloss ich, Isaiah Fisher einen Besuch abzustatten. Er hatte mich gestern am späten Abend überraschend angerufen, darauf bestanden, sich mit mir zu treffen, und angedeutet, ich würde große Augen machen, wenn ich hörte, was er mir zu sagen hätte.
Punkt zwölf Uhr mittags stöckelte ich vorsichtig die bröckelnden Betonstufen hinab, die zum schmalen Eingang von Libera-

tion Books an der Mount Auburn Street führten. Als meine Augen sich an das Schummerlicht gewöhnt hatten, konnte ich das Dekor gebührend bewundern. Ein großes Al-Sharpton-Poster, daneben ein Straßenschild mit der Aufschrift ›*Yusef Hawkins Blvd.*‹. An einem Bücherregal in der Nähe der Tür prangte der Appell ›*Lerne deine Feinde kennen*‹, entsprechend reißerisch war der Titel des Buches, das gleich dutzendweise in dem Regal stand: *Wie das FBI Schwarzamerika vernichtet. Mohammeds Aufrufe* schien ebenfalls ein Renner zu sein, davon lag an der Kasse ein ganzer Stapel. Ein junger Schwarzer hatte gerade eins erstanden – ein Erstsemester, wie ich aus dem nagelneuen Rucksack und dem blütenweißen Harvard-Sweatshirt schloss. Ich musterte einige der Titel im nächsten Regal: *Die Zwangsverdummung der Negros, Das Gespenst vor deiner Tür* und *Wie der Kapitalismus zur Unterentwicklung Schwarzamerikas geführt hat.* Das Semester war erst eine Woche alt, ein bisschen früh für junge Schwarze aus den heruntergekommenen Vorstädten, sich zum politischen Kampf animieren zu lassen.

»Kann ich bitte eine Quittung bekommen?«, hörte ich den Studenten sagen.

»'ne Quittung? Haste das gehört? Der Mr. Blackman hier will 'ne Quittung«, wandte sich die Frau an der Kasse an Isaiah, der neben ihr auf einem Hocker saß. Isaiah schüttelte mitleidig den Kopf.

»Du traust uns wohl nicht?«, fragte die Frau an der Kasse erbost. »Wofür brauchst du den Wisch? Etwa für die Steuer?«

»Ist schon gut«, murmelte der Student kleinlaut.

Und da entdeckte Isaiah mich. »Harvardmädchen! Wie wär's mit 'm Videoband? Die Rede, die Minister Farrakhan letztes Frühjahr in Brooklyn gehalten hat.« Eine seiner üblichen Frotzeleien, aber er schien heute nicht mit dem Herzen dabei zu sein. Er wirkte zerstreut, als ginge ihm etwas anderes durch den Kopf.

»Was ist mit dir?«, fragte ich, als er hinter dem Kassentisch hervorkam.
»Nichts«, sagte er unwirsch. »Lindsey hat mir gestern Abend eins mit dem Holzhammer verpasst, das ist alles. Ich war mit ihr in dem Klub am Imman Place und hab versucht, ihr was vom Sommer Achtundsechzig zu erzählen.«
Also ein richtig romantischer Abend. »Lass mich raten«, sagte ich. Er spielte nervös mit dem Schmuckkettchen an seinem Handgelenk. »Sie hat sich nicht dafür interessiert.«
»Nicht interessiert wär ja noch cool gewesen. Nee – ich rede von dem Mord an King, und sie fragt: ›Was denn, Rodney King ist erschossen worden?‹«
Ich unterdrückte meinen Lachreiz. »Das ist bestimmt wieder frei erfunden.«
Er verstand es meisterhaft, Stuss zu verzapfen – aus dem hohlen Bauch, aber mit einem gewissen Scharm.
»Okay, ich hab geflunkert. Aber dies jetzt mein ich ernst: Nicht jeder ist so cool wie du, Harvardlady.«
»Oh – danke.«
Irgendwie schien er mich zu mögen. Und – auch wenn ich's mir nicht eingestehen wollte – ich ihn. »Hast du schon was gegessen?«, fragte er plötzlich.
»Nein, aber …«
»Cool. Ich auch nicht. Machen wir 'n Abmarsch.«
Zwanzig Minuten später saßen wir wie zwei Sonnenanbeter auf einer Decke am Ufer des Charles River und fischten aus der Papiertüte, was jeder von uns unter einem guten Lunch verstand: ich einen Cheeseburger aus Charlie's Kitchen und eine Dose alkoholfreies Bier, er gegrillte Sojapastete und zwei Fläschchen Papayasaft aus dem Café Paradiso.
Fisher ließ den Blick seufzend über den im Sonnenlicht funkelnden Fluss und die dahinter aufragenden roten Backsteingebäude des Fachbereichs Volkswirtschaft schweifen. »In

solchen Momenten wird mir klar, warum ich in dieser Stadt hängen geblieben bin.«

Ein Bekenntnis, an dem es nichts zu rütteln gab. Wir hatten uns auf einem grasbewachsenen Buckel über dem Uferweg niedergelassen, ein unaufhörlicher Strom von Joggern, Radfahrern, Händchen haltenden Paaren, Jugendlichen auf Skateboards und einsamen, gedankenverlorenen Spaziergängern paradierte an uns vorüber. Die Luft roch nach Erde, Gras und dem Fluss, dazu zog vom nahe gelegenen Winthrop House der Geruch eines offenen Holzfeuers zu uns herüber. Ich wusste nicht, wieso, aber irgendwie war plötzlich Friede in mein Herz eingezogen. Es fehlte nicht viel, und ich hätte mich von der Stimmung einlullen lassen und meiner inneren Wachsamkeit eine Atempause gegönnt. Was eine unverzeihliche Torheit gewesen wäre.

»Worüber wolltest du mit mir reden?«, fragte ich abrupt.

»Warum drängelst du so? Wär doch schön, noch über Politik zu quatschen.« Anscheinend las er mir an den Augen ab, was mir auf der Zunge lag. »Okay, okay.« Er kramte in der Hosentasche, brachte einen Zettel zum Vorschein und hielt ihn mir hin. »Guck mal, ob du daraus schlau wirst.«

Der Zettel sah fettig und abgegriffen aus, als wäre er x-mal auf- und wieder zugefaltet worden. Es stand nur ein kurzer maschinegeschriebener Text darauf:

Fishman,

bin wieder da und brauch Moos. Denk an die Zeit im Untergrund. Besorg's, ich brauch's schnell. Ich meld mich.

Ich sah Fisher verdutzt an. »Was soll das heißen?«

Er lehnte sich, auf die Ellbogen gestützt, zurück. »Scheint, dass mich ein Stück Vergangenheit einholt. Ich glaube, Ella ist es genauso gegangen.«

»Red weiter«, forderte ich ihn auf, legte den Zettel beiseite und biss in meinen Cheeseburger.

»Mal was von den Weathermen gehört?«
»Ich weiß, dass sich eine radikale Gruppe so genannt hat, die in den späten Sechzigern aktiv war. Haben mit gewaltsamen Aktionen gedroht. Ob's dazu gekommen ist, weiß ich nicht.«
»Na, dann geb ich dir mal 'ne kleine Unterrichtsstunde.« Er richtete sich auf. »Die Weathermen waren ursprünglich ein Teil vom SDS. *Students for a Democratic Society.* Aber 1969 haben wir uns abgesplittet. Wir hatten's satt, immer nur Geduld zu üben. Ja, wir haben auf Gewalt gesetzt. Weil die was bringt.«
Und dann redete er sich mehr und mehr in Eifer. »Glaub bloß nicht, dass wir 'n Haufen unrasierter Loser waren. Die Initiatoren waren reiche weiße Kids. Der Vater von einem war Manager in einem Energiekonzern. 'n paar Töchter von Bankern waren auch dabei. Und einer, weiß ich noch, hatte 'n großes Tier bei den Republikanern zum Vater. Bin mit den Leuten in Kontakt gekommen, als ich mich Zweiundsechzig in New York mit Bill Ayers angefreundet hatte. Ich fand's gut, was die vorhatten. Hab daran geglaubt. Die hatten Grips, die Jungs.«
Er nahm einen Schluck Saft. »Wir war'n bis auf die Knochen anti. Haben die Mittelklasse *gehasst.*« Ein halb verschluckttes, kehliges Glucksen. »Haben auf LSD gestanden, auf schönen Frauen, die Panters, Kim Il Sung ...«
Kim Il Sung? Ich hob fragend die Augenbrauen.
»Der nordkoreanische Präsident. Kommunist. Es fing damit an, dass wir die Schüler in den High Schools aufgewiegelt haben. Im Herbst Neunundsechzig haben wir sogar die alte Mutter Harvard aufgemischt. Das Studienzentrum für internationale Angelegenheiten. Weil die Studien erarbeitet haben, wie man Revolutionen in Ländern der Dritten Welt unterdrücken kann. Wir haben die Telefone rausgerissen, Scheiben zerdeppert, in den Flur gepinkelt, lauter so 'n Mist. Wir wollten nur 'n bisschen Chaos anrichten. Richtig los ging's erst mit der Besetzung.«

Besetzung? Ich hätte ihn gern gefragt, warum er mir das alles erzählte, aber er war viel zu weit weg. Er hatte regelrecht abgehoben, in seinen Augen funkelte der Zorn des Gerechten.

»Im Frühjahr Neunundsechzig hat der SDS endlich beschlossen, aktiv zu werden. Aus lauter Verzweiflung. Harvard saß behäbig auf seinem fetten Arsch, hat nichts gegen den Krieg unternommen und nichts gegen den Rassismus. Eine verschworene Gemeinschaft voll gefressener, reicher weißer Arschgeigen, denen's nur darum ging, uns andere unten zu halten. Da haben wir entschieden, die University Hall zu besetzen. Damit die merken, dass wir's ernst meinen. Oh Schwester, du hättest mal sehen sollen, wie die fetten alten Profs geguckt haben, als wir durch die Tür gestürmt kamen!« Sein Grinsen verkümmerte schnell. »Aber dann haben die Cops das Gebäude gestürmt. Wir hatten die Weißen nur rumgeschubst und angerempelt, aber die schwarzen Brüder in Uniform, die haben uns den Schädel eingeschlagen. Mich hätten sie um ein Haar abgemurkst. Mit 'm Schlagstock. Siehst du die Narbe?« Er fuhr mit dem Finger an einer dünnen Linie oberhalb der rechten Schläfe entlang. »Ich lag da und hab geblutet wie ein Schwein, aber die haben mich in irgendeinen verdammten Streifenwagen geworfen, einfach so, auf den nackten Boden, und zur Polizeistation gekarrt. Meinst du, die hätten 'nen Arzt geholt? Nicht mal, als ich ohnmächtig geworden bin. Ich glaub, die haben gehofft, dass ich abkratze.«

»Wo war Ella, als das passiert ist?«

»Draußen vor dem Gebäude. War 'n Wunder, dass sie nicht selber was abgekriegt hat. Später, auf der Wache, ist sie ausgerastet, als sie gesehen hat, was die mit mir gemacht hatten.«

Er atmete tief durch. »Da ist mir klar geworden, dass es Zeit wurde, den Weißen eine Lektion zu erteilen. Mal richtig Action zu machen. Vom SDS konnte ich keine Unterstützung erwarten. Da hab ich mich den Weathermen angeschlossen. Tja –

und da gab's 'ne Bank. Lag schön günstig. Und wir hatten drin einen Kontaktmann. Ich sag nicht, wo und wann – es ist besser, wenn du das nicht weißt. Drei von meinen Kumpels und ich haben beschlossen, die auszurauben. Nachts, nach Schalterschluss. Sollte alles ohne Blutvergießen abgehen. Wir wollten nur den Weißen was von ihrem vielen Geld wegnehmen. Okay, alles lief astrein, wir sind problemlos reingekommen. Aber plötzlich waren die Bullen da. Haben einen von meinen Kumpels abgeknallt – von hinten. Danach gab's 'ne Weile einen Mordswirbel. Wir anderen sind dann für ein Jahr in Kanada abgetaucht, bis unsere Spuren kalt waren. Danach haben wir uns getrennt. Einer hat sich einen Monat später selber umgebracht. Überdosis LSD. Und der andere, das ist der, der mir den Wisch geschickt hat.«

»Und wo ist er jetzt?«, fragte ich. Langsam wurde mir klar, worauf Fisher rauswollte.

»'ne Weile hat er in einem Laden in der Haight in San Francisco gearbeitet, Schallplatten secondhand und so. Jetzt ist er ein Singvogel.«

»Ein was?«

»Ein Spitzel. Verkauft Infos an die Bullen. Aber irgendwas stimmt da nicht. Er ruft ein paar Mal im Jahr an und will Geld. Ich weiß nicht, ob er unter Druck gesetzt wird oder allmählich 'ne weiche Birne kriegt. Wird manchmal richtig aggressiv. Hat auch Ella angerufen und komische Sachen gesagt.«

»Er hat Ella angerufen? Warum?«

»Weil sie reich war, zumindest im Vergleich zu mir. Und daran interessiert sein musste, dass der Kerl sein Maul hält. Schließlich war sie ja nun Miss Establishment.« Da war er wieder, dieser verächtliche Unterton, wenn er von Ella sprach.

»Hatte sie denn was mit dem Einbruch in die Bank zu tun?«

»Sie war nicht *dabei,* wenn du das meinst. Sie sollte nur den Chauffeur spielen. Aber im letzten Moment hat sie Schiss bekommen. War eben doch noch zu sehr von der alten Schule. Wenn meine lieben Eltern das wüssten – und so. Auf einmal fand sie's unmoralisch, den Weißen Geld wegzunehmen. Hat in letzter Minute angerufen und gesagt, sie kommt nicht. Sonst wär's anders gelaufen. Unser Timing war darauf abgestimmt, dass sie dabei ist. Und ...« Der Rest war nur noch ein heiseres Flüstern. »Soviel ich weiß, war sie's, die die Bullen verständigt hat.«

Ich sah ihn an und dachte über seine Story nach. Eine plausible Erklärung für die Barschecks, die Ella ausgestellt hatte, alle in letzter Zeit. Passte haargenau zu der Geschichte von einem Erpresser. Aber mir kam es ein bisschen zu stimmig vor.

»Warum erzählst du mir das alles, Fisher?«

»Weil die Polizei mich in die Mangel nimmt. Und du hast ein gutes Verhältnis zu diesem schwarzen Cop, stimmt doch? Ich hab versucht, ihn dazu zu bewegen, dass er einem schwarzen Bruder hilft, aber der Affenarsch ist ja weißer als alle Weißen. Wenn du ihm verklickerst, dass es was gibt, das er wissen muss, kauft er's dir ab. Ella hat eine Vergangenheit. Kann doch sein, dass sie von ihr eingeholt worden ist.«

Möglich, dass er die Wahrheit gesagt hatte. Aber ich hielt es für unwahrscheinlich, dass Ella wegen ein paar tausend Dollar von einem Exradikalen und jetzigen Polizeispitzel umgebracht worden sei. Irgendwie hatte ich das Gefühl, dass ich das wahre Motiv hier in Cambridge suchen musste. Und dass Fisher mehr damit zu tun hatte, als er zugeben wollte.

»Ich versteh immer noch nicht, warum du mit deiner Geschichte nicht selbst zur Polizei gehst.«

Er schüttelte den Kopf. »Kann ich nicht. Wenn ich das mache, zählen sie sich den Rest der Story an fünf Fingern ab, und ich verbring meine besten Jahre in irgendeinem verlausten Knast.«

»Woher willst du wissen, dass ich ihnen nicht die ganze Story erzähle?«

»Weil ich dir traue, Harvardmädchen.« Die Art, wie er mir in die Augen sah, verblüffte mich. Er schien es ehrlich zu meinen.
»Warum solltest du ausgerechnet mir vertrauen?«
»Wegen deiner Augen«, sagte er mit sanfter Stimme. »Als ich dir begegnet bin, hab ich gedacht: Junge, hab ich gedacht, einer Lady mit solchen Augen kannst du vertrauen.«
Ich sah betroffen weg. Was ich da auf einmal in mir verspürte, war eine Mischung aus Schuldgefühlen, Rührung und Misstrauen, ungefähr zu gleichen Teilen. Kein Wunder, dass er's fertig gebracht hatte, Ella auf Abwege zu führen. Er konnte das gut.
»Und hat sich das nun gelohnt?«, fragte ich abrupt.
Er sah mich erschrocken an. »Was hat sich gelohnt?«
»Die Proteste, die Jahre im Untergrund – haben die sich gelohnt?«
Er war sichtlich erleichtert. »Ja, Harvardmädchen, das war's wert. Es lohnt sich immer zu tun, woran man glaubt.«
Ich nahm das als ausdrückliches Einverständnis, das zu tun, was ich für richtig hielt.

Isaiah Fisher, mit sich und der Welt zufrieden, rauchte am Ufer des Charles' in aller Gemütsruhe noch einen Joint, ich aber hastete zurück auf den Campus und schaffte es gerade noch rechtzeitig zu meiner Nachmittagsvorlesung über internationale Wirtschaftsbeziehungen im Severe Hall. Zum Glück, denn nach der gestrigen Unterredung mit Irvin hätte ich's mir nicht leisten können, zu spät zu kommen. Anschließend rief ich meine Sekretärin an, um zu hören, ob es etwas Neues gäbe. Sie berichtete, Ian McAllister habe zweimal angerufen und Dante Rosario habe kurz reingeschaut.
Ich rief Ian sofort zurück, was ich besser gelassen hätte, denn er deckte mich nur mit einem Auftrag ein. Ich sollte einen Vor-

trag für das Fachbereichsseminar in der kommenden Woche ausarbeiten und den ›thematischen Ansatz‹, wie er das nannte, möglichst bald mit ihm besprechen. Ich versuchte ihm klarzumachen, dass ich viel zu viel anderes um die Ohren hätte und mich einfach nicht angemessen vorbereiten könne, aber davon wollte er nichts hören. Unsere wirtschaftswissenschaftlichen Fachbereichsseminare sind so etwas wie öffentliche Rechtfertigungen – eine besonders demütigende Facette im akademischen Alltag. Das jeweilige Mitglied des Dozentenkollegiums hat vor dem erlauchten Kreis der Professoren über seine in jüngster Zeit abgelieferten wissenschaftlichen Arbeiten zu referieren. Bei solchen Gelegenheiten sehen sich einige der jüngeren Angehörigen des Lehrstabs veranlasst, vor den Autoritäten zu demonstrieren, wie sehr sie auf dem aktuellen Stand der wissenschaftlichen Diskussion sind, und überbieten sich darin, die Ausführungen des Vortragenden nach Strich und Faden zu zerpflücken. Selbst bei Hahnenkämpfen geht es erheblich zivilisierter zu.

Ich nahm mir Zeit für einen gequälten Seufzer, dann rief ich Rafe an, um ihm von dem erpresserischen Dreizeiler zu erzählen, den Isaiah Fischer von einem mysteriösen Unbekannten erhalten hatte. Dante zurückzurufen, hatte ich übrigens nicht vor.

Rafe schien meine Story zu gefallen. »Ich hab dem Cambridge-Polizisten doch gleich gesagt, dass bei Fisher irgendwas faul ist. Ich kenn die Typen. Und sein Alibi ist dünner als die Drinks in der Bar meines Bruders.«

»Was hat er denn für ein Alibi?«

»Er sagt, er sei in einer Bar gewesen. Finn McCoy's, oben in Somerville. Einige Stammgäste wollen ihn nach dem Foto wieder erkannt haben und bestätigen, dass er da war. Aber die fallen im Zeugenstand reihenweise um.«

»Und was werden Sie jetzt machen?«

»Ihn beobachten und möglichst zusätzliche Beweise finden. Irgendwann macht er einen Fehler. Das ist bei allen so.«
»Was ist mit den Barschecks, die Ella ausgestellt hat? Können Sie verfolgen, wer die eingelöst hat?«
»Bin schon dabei. Nur – wenn sie den Kerl bezahlt hat, warum sollte er die Gans, die goldene Eier legt, dann schlachten?«
Da war was dran. Ich legte auf, innerlich hin- und hergerissen. Möglich, dass Fisher Ellas Mörder war. Vielleicht war er's gewesen, der sie wegen des Einbruchs in die Bank erpresst hatte. Und als sie ihm angedroht hatte, nicht mehr zu zahlen, hatte er sie ermordet. Andererseits, ich hielt ihn für zu faul, sich so viel Mühe zu machen. Und wenn er Ella ermordet hatte, blieben trotzdem noch ein paar Fragen offen, für die es keine Erklärung gab. Zum Beispiel, wer mir die Diskette geklaut hatte. Und warum. Abgesehen davon konnte ich mir nicht vorstellen, dass ein so ausgeprägter Afrozentriker gleich zwei Schwarzen nach dem Leben getrachtet hatte, bei Ella erfolgreich, bei Justin nicht.
Aus einem Impuls heraus rief ich Alix Coyle an. Der ideale Geleitschutz bei so einem Unternehmen. Ich konnte doch selbst versuchen, Fishers Alibi zu überprüfen. Einem schwarzen Polizisten im mittleren Alter hatten die Stammgäste im Finn McCoy's leicht was vorflunkern können, bei Alix taten sie sich da bestimmt schwerer.

Schön, dass es Menschen gibt, bei denen es keiner großen Überredungskünste bedarf. Alix stand Punkt neun vor meiner Tür – angetan mit einem Baumwollshirt mit aufgedruckter amerikanischer Fahne, engen schwarzen Jeans und roten Cowboystiefeln. Ich hatte aus meinem Schrank ein purpurrotes Seidenbustier aus meinem Erstsemesterjahr am College hervorgekramt, dazu trug ich einen schwarzen Ledermini, schwarze Nylons und hohe schwarze Stiefel. Ich schnappte mir meine Lederjacke, und weg waren wir.

An Finn McCoy's war ich schon paar Mal vorbeigekommen, ohne groß Notiz davon zu nehmen. Die typische Eckkneipe: geduckt und dunkel, mit Neonreklame für Michelob und Bud in den Fenstern. Als wir aus dem Taxi stiegen, standen ein paar weiße Jungs vor der Tür; es war ein erstaunlich warmer Abend, wie geschaffen dafür, draußen ein bisschen zu quatschen und dabei eine zu rauchen. Am Eingang lehnte ein massiger Rausschmeißer und schäkerte mit einem der Serviermädchen. Er nickte uns zu, als wir eintraten, Alix bekam zusätzlich ein anerkennendes Grinsen ab.

Der dunkle, rauchgeschwängerte Innenraum war größer, als ich gedacht hatte. Ein paar kleine Tische standen rund um die winzige Tanzfläche und im Hinterzimmer, links und rechts der beiden Billardtische. Eine Wand war voll mit Flippern. Ich konnte mir denken, was Fisher an dieser Kneipe so angezogen hatte, obwohl – zumindest im Augenblick – nur weiße Gäste hier waren. Es war die Kombination aus trägem Rumsitzen mit einem Drink in der Hand und einem Glimmstängel zwischen den Fingern und den vielen Mädchen in engen Miniröcken.

»Trennen wir uns«, schlug Alix vor und schmunzelte, als sie ein Bier bestellte, erwartungsvoll in sich hinein.

»Das Foto hast du, ja?«

»Hab ich«, bestätigte sie und warf zwei Dollar auf den Tresen. »Mir ist nach 'ner Partie Billard. Bis nachher.«

Sie schlenderte ins Hinterzimmer, ich klemmte mich auf einen Barhocker am Tresen, zwinkerte dem Barkeeper zu und bat um ein Bud. Nachdem er mir mein Bier gebracht hatte, sah ich ihm eine Weile zu, fasziniert davon, wie geschmeidig bei ihm ein Handgriff in den nächsten überging: das Abmessen der harten Sachen, Schütteln, Auffüllen, Strohhalm rein und, wenn er's gut mit einem meinte, eine Limonenscheibe dazu. Ich gucke immer

gern Leuten zu, die ihre Arbeit perfekt beherrschen. Der Barraum füllte sich allmählich, Arbeiter in verschwitzten Blueshirts und ölbekleckerten Jeans, die Kappe auf dem Kopf, kess gekleidete Mädels und hin und wieder ein Student, der wie die anderen auf der Suche nach dem ganz speziellen Trost war, den man mit einem halb vollen Glas vor der Nase findet.
Der Barkeeper hatte gemerkt, dass ich seine Perfektion bewunderte; als der Andrang ein wenig nachließ, kam er zu mir rüber.
»Darf ich der hübschen Lady was bringen? Geht aufs Haus.«
Ich schätzte ihn auf fünfzig plus. Ich kippte den Rest von meinem Bier herunter und nickte.
»Was macht so ’n niedliches Stück brauner Zucker in so ’ner Kneipe?«, fragte er. *Niedliches Stück brauner Zucker?* Auf einmal kam ich mir vor wie eine Broadwayschauspielerin, die versehentlich in eine Folge von *Get Christy Love* reingerutscht ist.
»Sucht nur ’n Plätzchen zum Entspannen.« Ich schlug die Beine übereinander und rutschte ein Stück näher an den Tresen heran. »Ich bin neu in der Stadt.«
»Hab ich mir gleich gedacht«, sagte er, als er mir das Bier einschenkte. »Ich hab dich noch nie hier gesehen.«
»Ja. Bin gerade erst aus Philly hergezogen. Hab gehört, dass man sich hier ’nen hübschen Abend machen kann.«
»Kommt drauf an, was du suchst, Süße. Obwohl, ich kann’s mir denken.« Sein Blick hakte sich an meinen Brüsten fest.
Ich kicherte und hoffte, dass es sich hinlänglich geziert anhörte. »Ich hab zwar was Festes an der Hand, aber es kann nie schaden, sich umzusehen, oder?«
»Sei vorsichtig, Schwester, mit so was kannst du schnell Ärger kriegen. Die meisten Schlägereien bei uns fangen mit so ’m süßen kleinen Ding wie dir an.«
Die meisten?
»Ganz schön voll hier für Dienstagabend. Da möcht ich nicht wissen, wie’s am Wochenende zugeht.«

Er grinste mich an. »Ja, bei uns läuft's gut. Die Jungs aus der Umgebung machen fast jeden Abend auf dem Heimweg hier Halt, und manchmal kommen sogar welche vom College her.«
Ich zündete mir eine Zigarette an, inhalierte den Rauch und kam mir vor wie die Barmieze vom Dienst. »Ach – sag mal, vielleicht kannst du mir bei was helfen. Ein guter Freund von meinem alten Herrn wohnt irgendwo hier in der Ecke. Ich kann einfach seine Adresse nicht finden, und Telefon hat er, glaub ich, nicht. Ist der Junge zufällig mal bei dir am Tresen gelandet?« Ich zog einen Zeitungsausschnitt aus der Brieftasche und schob ihn dem Barkeeper hin. Ich hatte das Foto im *Cambridge Tab* entdeckt, neben einem Beitrag, den Fisher geschrieben hatte.
Mein neuer Mittfünfziger-Freund kniff die Augen zusammen und fragte schließlich: »Ist das nicht Ike Fisher?«
»Ja. Ich hab ihn seit Jahren nicht mehr bei uns zu Hause gesehen, aber mein Alter will unbedingt, dass ich ihn auftreibe.«
»Hat er irgendwie Ärger am Hals?«
Vorsichtig, Mädchen. Ich zuckte die Achseln. »Keine Ahnung. Ma meint, er wär noch nie ganz sauber gewesen.«
»Weil nämlich vor 'n paar Abenden 'n Bulle hier gewesen ist und sein Foto rumgezeigt hat.«
Ich grinste breit. »Hört sich ganz nach Onkel Ike an.«
Der Barkeeper sah mich lange an, er war wohl noch nicht ganz sicher, in welche Kiste er mich einordnen sollte. Dann schnaufte er und beugte sich über den Tresen. »Früher hat er sich oft hier sehen lassen, aber seit 'n paar Monaten hab ich ihn nicht mehr zu Gesicht bekommen.«
Interessant. Weil er seinem Alibi nach vor etwas über einer Woche hier gewesen sein musste.
»Na ja«, ich nippte an meinem Bier, »du bist wahrscheinlich nicht jeden Abend hier, oder?«

»I wo. Ich arbeite von Dienstag bis Samstag. Und da war er nicht hier.«
Ich zuckte gleichgültig die Achseln. »Ist schon gut. Ich sag Ma einfach, ich hätt's versucht.«
Er musste sich um einen anderen Gast kümmern. »Versuch's noch mal an einem Mittwochabend«, rief er mir über die Schulter zu, »das war früher sein Stammabend.«
Ich drückte meine Zigarette aus und schlenderte nach hinten, um zu sehen, was Alix machte. Sie spielte Billard mit drei großen Kerlen. Ich sah ihnen eine Weile zu und staunte, wie unbefangen Alix mit den Burschen umging, sogar mit den beiden, die baumelnde Ohrringe und bunte Halstücher trugen. Die Jungs sagten inzwischen schon ›Schätzchen‹ zu ihr und spendierten ihr Drinks. Kein Wunder, dass Alix, während sie um den Billardtisch tänzelte, so lustig funkelnde Augen hatte.
»Hey, Nikki, komm mal her«, rief sie mir zu. »Ich stell dich meinen neuen Freunden vor. Ed, Billy, und das ist Mack.«
Ich nickte den Jungs zu und ließ mich bereitwillig zu einem Bier einladen.
»Ich hab sie eben nach unserm Onkel Isaiah gefragt, aber sie haben ihn schon ewig nicht mehr gesehen.«
»Wenn du mich fragst: Er spielt Unterseeboot. Will nicht gefunden werden.« Ich schnappte mir einen Billardstock. »Was dagegen, wenn ich mitmache?«
Als wir das Spiel beendet hatten, herrschte in der Bar Hochbetrieb. Die Leute tranken und tanzten, überall eine Mordsstimmung. Ed, Billy und Mack waren, wie sie sagten, während der Woche Stammgäste, aber sonntags nie. »Das ist 'n heiliger Tag, da geht man nicht in die Kneipe.«
Da sie uns also zum fraglichen Sonntagabend nichts sagen konnten, lockten Alix und ich ein paar von Isaiahs potenziellen Alibis an den Billardtisch, ließen sie in dem Glauben, dass sie gegen uns leicht gewinnen könnten, und fragten sie aus. Ein ge-

wisser Pete, der allabendlich hier war, sagte, er habe Isaiah immer nur wochentags hier gesehen, meistens mittwochs, sonntags jedenfalls nie. Und dann war da noch Chuck – Student der Soziologie, der gerade an seiner Doktorarbeit über das Nachtleben in Großstädten schrieb und mit dem ich mich gern weiter unterhalten hätte, aber er kannte Fisher nicht, und so entschied Alix, dass wir unser Glück woanders versuchen sollten.
Es war bereits nach Mitternacht – und ich leicht beschickert und auf dem besten Weg, richtig betrunken zu werden –, als wir Little Bob kennen lernten.
Bob war gar nicht so klein, eher ein blonder Riese mit einem langen Pferdeschwanz und einem großen blauen Tuch um den Hals, aber sein Vater hieß auch Bob, deshalb war er eben Little Bob.
Er erkannte Isaiah Fisher nach dem Foto auf Anhieb wieder. »Ihr seid alle Freunde von Ike? Leute, dann seid ihr auch meine Freunde«, verkündete er großspurig, während wir die Kugeln im Rack zurechtlegten. »Hab neulich lange mit ihm gequatscht.«
Alix nahm einen tiefen Zug an ihrer Zigarette und musterte ihn von oben bis unten. »Wasse nich sachst. Wann denn?« Ihre Sprache wurde von Stunde zu Stunde mümmeliger. »Hey, Li'l Bob, du sesst aus.«
»Na, das war, wart mal ... Sonntag vor 'ner Woche. Kann mich deshalb so gut dran erinnern, weil da die Pats gegen die Lions gespielt haben. Tolles Spiel. Obwohl es mich viel Geld gekostet hat. An Ike hab ich am meisten verloren.« Die Kugeln schlugen krachend gegen die Bande, er versenkte die Vierzehn. »Ihr steht ja wohl alle gut mit ihm, oder?«, fragte er, während er sich die Kugel für den nächsten Stoß zurechtlegte.
Ich verschanzte mich hinter der Gegenfrage: »Sie waren also am Sonntagabend mit Onkel Ike hier?«
»Ja, haben uns hier das Spiel angesehen. Kurz nach Spielende

musste er allerdings weg.« Er verpatzte den Stoß und reichte den Stock grinsend an Alix weiter. »Du bist dran, Schätzchen.«
Wann war beim Football gewöhnlich Spielende? Ich schielte zu Alix hinüber.
»Das muss dann etwa um sieben gewesen sein, wie?«, fragte sie. »Direkt, bevor die Simpsons angefangen haben.«
»Richtig«, bestätigte Little Bob. »Die guck ich auch immer.«
»Ist er später noch mal zurückgekommen?«, fragte ich. Mittlerweile hatte Alix zwei Kugeln versenkt.
»Weißt du, wenn ich's nicht besser wüsste, würd ich euch beide für Bullen halten, so wie ihr mich ausfragt.«
Alix schüttelte den Kopf. »Li'l Bob, du kannss 'n Hahn nich von 'ner Henne unterscheiden, wenn du denkst, dass Bullen in eurer Gegend so aussehen wie wir.« Sie legte sich die nächste Kugel zurecht. »Die Erkennungsmerkmale sind nicht zu verwechseln, wenn du kapierst, was ich meine.« Sie stieß die Fünf gegen die Bande, von wo sie brav ins Loch rollte.
Little Bob grinste. »Nehm ich zur Kenntnis. Nö, er ist nicht mehr zurückgekommen. Ich war den ganzen Abend hier, aber er hat sich nicht sehen lassen. Hat wahrscheinlich die gewonnene Knete woanders auf'n Kopp gehauen.«
Also hatte Fisher kein Alibi. Zumindest war er zur Mordzeit nicht hier im Finn McCoy's gewesen. Es sah ganz danach aus, dass Rafe Recht gehabt hatte. Bei Isaiah Fisher war irgendwas faul.

sechzehn

Von allen geachtet und geliebt

Der Donnerstag, der Tag von Ellas Beisetzung, brach mit geradezu taktloser Helligkeit an. Von Rafe wusste ich, dass die Beerdigung verschoben worden war, weil die Polizei eine Autopsie angeordnet hatte. Offiziell hieß es, eine frühere Beisetzung sei wegen der weiten Anreise der Familienangehörigen aus Mississippi und der nötigen Arrangements nicht möglich gewesen. Merkwürdig, ging mir auf dem Weg vom Büro zur Memorial Church durch den Kopf, Beerdigungen fanden anscheinend immer an sonnigen Tagen statt; es mochte ein Zufall sein, aber ich hatte noch nie etwas anderes erlebt.

Die Memorial Church ist das Musterbeispiel für eine traditionelle Neuengland-Kirche. Die weißen Stufen einer weit geschwungenen Treppe führen zu dem Hügel, auf dem der rote Backsteinbau steht – wie eine stumme Mahnung der Gründer an spätere Generationen, beim Streben nach der Erweiterung des geistigen Horizonts nicht zu vergessen, dass der Mensch auch eine Seele hat. Der Kirchenraum ist weiß und kahl, mit dunkelrotem Teppichboden und schmucklosen Holzbänken.

Als ich eintrat, sah ich, dass sich bereits eine kleine Gruppe von Trauergästen versammelt hatte. Lindsey Wentworth saß mit gebeugtem Kopf allein in einer Bank nahe dem Altarraum. Sogar in diesem Augenblick der Trauer sah sie in ihrem schlichten schwarzen Wollkleid, dem breitkrempigen schwarzen Hut und einem silbergrauen Seidenschal aus wie frisch aus dem Modejournal. In einer Gruppe junger Frauen in den mittleren

Bankreihen erkannte ich einige Gesichter wieder, dem einen oder anderen war ich bei meinen Besuchen in Ellas Büro begegnet; vermutlich Studentinnen, die bei der Studentendekanin Rat und Unterstützung gesucht hatten. Einige Reihen dahinter saß Isaiah Fisher – das heißt, er lümmelte in der Bank wie einer, der heimlich Zeitung liest. Als ich vorbeikam, warf er ungeduldig einen Blick auf die Uhr. Ich wunderte mich, weshalb er nicht bei Lindsey saß, da die beiden doch so unzertrennlich schienen.

Vorn im Altarraum stand der offene Sarg, in schlichtem Weiß gehalten, mit einem Gebinde aus pinkfarbenen und weißen Orchideen geschmückt und von der durch die Fenster flutenden Herbstsonne mit mattgoldenem Glanz übergossen. Als ich mich dem Sarg näherte, dachte ich, dass die friedliche, fast heitere Atmosphäre bestimmt nicht in Ellas Sinn gewesen wäre. Wenn meine Zeit gekommen war, wünschte ich mir jedenfalls einen wolkenverhangenen, grauen Tag, schluchzende Klageweiber und wehmütige Gospelmusik. Allen sollte bewusst werden, dass ich für immer von ihnen gegangen war.

Ich warf beklommen einen Blick in den offenen Sarg. Ja – das war Ella, wie ich sie zu ihren Lebzeiten gekannt hatte: volles Fleisch unter dunkelbrauner Haut, das Gesicht eingerahmt von üppig wallendem schwarzen Haar. Die Kleidung entsprach der Farbkombination, die sie besonders gemocht hatte: ein leuchtend rotes Kleid, dazu ein grüner Seidenschal. Ich schloss für einige Sekunden die Augen und ließ die Erinnerung an sie in mir lebendig werden.

Kurz nachdem ich mich gesetzt hatte, betraten die Mitglieder des Crimson Future Committee die Kirche – geschlossen, in einer Reihe, und so rückten sie auch zu mir in die Bank ein, möglicherweise, weil sie sich auf die Weise leichter davor drücken konnten, Ella am offenen Sarg die letzte Ehre zu erweisen.

Rona Seidman und Jennifer Blum rutschten neben mich, gefolgt von Bob Raines, seines Zeichens ordentlicher Professor an der Rechtsakademie, und Asif Zakaria als Vertreter der medizinischen Fakultät. Kurz darauf betrat Ian McAllister gemessenen Schritts die Kirche. Er setzte sich in die Bankreihe hinter uns und war Sekunden später in ein intensives, mit gesenkter Stimme geführtes Gespräch mit Raines und Zakaria vertieft. Es wunderte mich, dass die bemoosten Häupter des Professorenkollegiums sich überhaupt dazu herabgelassen hatten, zu diesem Gottesdienst zu kommen. Aber so war es wenigstens nicht so leer in der Kirche.

McAllister rutschte ein Stück nach rechts, beugte sich zwischen Rona und mir nach vorn und teilte uns flüsternd mit, dass er für heute Nachmittag eine außerordentliche Sitzung des Komitees anberaumt habe, bei der die Tagesordnung für das Klausurwochenende festgelegt werden solle. Mit den Worten »Sitzungsbeginn vierzehn fünfzehn – geben Sie's weiter!« trug er uns auf, die anderen von seinem einsamen Entschluss zu unterrichten.

Innerhalb einer halben Minute kam es in unserer Bankreihe zu einem kleinen Aufruhr.

»Ian, ich hab keine Zeit für solchen Blödsinn«, zischte Bob Raines ärgerlich, von seiner gewohnten kühlen Zurückhaltung war nichts mehr zu merken. »Sie sind der Vorsitzende. Legen Sie die Tagesordnung fest, das werden Sie doch noch allein können!«

Rona fuhr herum und deutete energisch auf ihren braunen Taschenterminkalender aus Krokodilleder. »Ich kann das heute auf keinen Fall mehr unterbringen. Ich bin um eins bei der *Business Review* zum Lunch verabredet, um halb drei habe ich eine Vorlesung, Viertel vor vier einen Arzttermin, und um halb sechs muss ich die Kinder abholen.« Nachdem sie kurz Luft geschnappt hatte, fügte sie murmelnd hinzu: »Im Grunde

hätte ich nicht mal in die Kirche kommen können. Dafür habe ich zwei Besprechungen absagen müssen.«
Jennifer stimmte ihr heftig nickend zu. »Da geht's Ihnen genau wie mir, ich muss heute noch eine wichtige Arbeit abschließen.«
McAllister schnaufte unwirsch. »Schön – dann machen das eben Veronica und ich allein. Aber am Wochenende erwarte ich vollzähliges Erscheinen. Der Präsident hat ebenfalls seine Teilnahme zugesagt.«
Guter Schachzug, Ian. Indem er sie wissen ließ, dass Barrett auch dazukam, schob er nicht nur potenzieller Drückebergerei in letzter Minute einen Riegel vor, sein Hinweis mochte den einen oder anderen vielleicht sogar dazu bewegen, sich auf die Klausur vorzubereiten.
Ich sah mich verstohlen in der Kirche um. Eigentlich hätten doch auch Familienangehörige oder enge Freunde da sein müssen, aber ich konnte nur die Vertreter der Fachbereiche, ehemalige Mitarbeiter von Ella und eine Gruppe schwarzer Studenten ausmachen, die sich so dicht zusammendrängten, dass es fast ein wenig an eine Solidaritätskundgebung erinnerte. In den vorderen, üblicherweise für die nächsten Angehörigen reservierten Bankreihen herrschte gähnende Leere. Nichts zu sehen von Leo Barrett – ob er noch kam? Aber zunächst mal hörte ich energische Schritte im Mittelgang: Alix Coyle erschien –im schwarzen Minirock und mit Cowboystiefeln, auf dem Weg zur zweiten Bankreihe. Gleich darauf kam ein älteres Ehepaar langsam durch den Mittelgang und setzte sich in die erste Reihe. Ich erkannte sie sofort von dem Foto wieder, das ich auf Ellas Schreibtisch gesehen hatte.
Punkt elf Uhr ging die Tür zur Sakristei auf, der Pfarrer trat ans Stehpult und sprach ernst und gemessen ein Gebet. Als wir anschließend aufstanden, um ein Kirchenlied zu singen, sah ich Leo Barrett, an seiner Seite Victoria, in eine Bank im Seiten-

schiff rutschen, ein, zwei Reihen vor uns. Victoria fischte ihm wieder irgendeinen Fussel vom Anzug, das musste eine regelrechte Manie bei ihr sein. Kurz nach ihnen kam Christian Chung in die Kirche gehuscht und nahm links von Barrett Platz. Leo sah nicht gut aus, er ließ die Schultern hängen und hatte tiefe Ringe um die Augen. Ich fragte mich, ob das wohl etwas mit Ella zu tun hätte.

Der Gottesdienst war kurz und sachlich, irgendwie ohne Wärme. Der Pfarrer las ein paar Bibeltexte vor, dann ließ sich der Dekan der Rechtsakademie über die Verdienste aus, die Ella sich um Harvard erworben hatte, er brauchte nicht ganz zwei Minuten dafür. Der Geistliche sprach noch mal ein Gebet, die Sargträger kamen nach vorn. Einer davon war ein Student aus meinem Ökonomiekurs. Sie hatten also auf Freiwillige aus anderen Fachbereichen zurückgreifen müssen, von den Studenten der Rechtsakademie war offenbar keiner dazu bereit gewesen. Ein erschreckendes Zeichen für das Echo, das Ella zu Lebzeiten in ihrer engeren Umgebung erfahren hatte. Und möglicherweise eine Erklärung dafür, warum sie mit ihren Vermutungen über Unregelmäßigkeiten im Finanzgebaren der Harvard so vorsichtig gewesen war. Offenbar hatte es niemanden gegeben, an den sie sich vertrauensvoll wenden konnte. Dann schlug – wie das eben vorkommen kann, wenn guter Wille mangelnde Erfahrung ersetzen muss – der Sargdeckel mit dumpfem Knall zu. Und schließlich wurde Ella aus der Kirche getragen. Wie ich fand, in nicht sonderlich würdevoller Weise.

Die Trauergemeinde strebte dem Mittelgang zu. Ich ließ mir Zeit, trödelte etwas und wusste es so einzurichten, dass ich auf halbem Weg zum Kirchenportal mit Victoria Barrett zusammentraf, die sich mit der Frau eines befreundeten Professors unterhielt. Ein paar Satzfetzen aus dem Gespräch der beiden bekam ich mit.

»… wurde ja auch Zeit …«, hörte ich die Professorengattin mit Nachdruck sagen.

Victoria murmelte: »… ausgerechnet hier, mit einem Pfarrer der Episkopalkirche. Drunter tun sie's nicht.« Ein missbilligendes Kopfschütteln. »… jedes Maß verloren …«

Und die Professorengattin wisperte zustimmend: »… aus der Arbeiterklasse … tiefster Süden …«

Die Freundin verabschiedete sich mit Wangenküsschen. Ich fand es unerhört, wie die beiden über Ella herzogen – selbst am Beisetzungstag. Bei so viel Bosheit konnte ich mir gut vorstellen, dass es Victoria gewesen war, die Irvin gegen mich aufgehetzt hatte. Es wäre mir ein Vergnügen gewesen, ihr unter die Nase zu reiben, wie wenig Erfolg sie damit gehabt hatte. Unauffällig schob ich mich in ihr Blickfeld, lächelte breit und streckte ihr die Hand hin. »Hallo, Dr. Barrett.«

»Hallo«, sagte sie, »freut mich, Sie zu sehen.« Und blickte schon wieder umher nach jemandem, mit dem ihr ein Gespräch lohnender erschien.

Aber ich war noch nicht fertig mit ihr. »Ein tragischer Tod, finden Sie nicht?«

Wieder hatte ich, wie bei der Open-House-Party der Barretts, den Eindruck, in Victorias Blick so etwas wie jähe Wachsamkeit zu lesen. »Nun, ich habe sie eigentlich kaum gekannt.«

»Oh, verzeihen Sie, das hätte ich mir denken können. Nur, Leo und sie waren so gut befreundet, dass es auch zwischen Ihnen und ihr …«

Ihre Augen verengten sich leicht. »Wie ich schon sagte, Veronica, ich hatte nie das Vergnügen. Und nun entschuldigen Sie mich bitte.« Sie ließ mich stehen, holte Raines ein und fasste ihn am Arm. »Hallo, Bob! Wie haben Sie das Dinner gestern Abend überstanden? War das nicht grässlich?« Und dann eilten sie gemeinsam dem Ausgang zu.

Kein Zweifel, Victoria hatte Ella nicht gemocht. Und in der

Mordnacht war ihr Ohrring im Flur des Littauer gefunden worden. Möglicherweise reichte das nicht, um sie zu überführen, aber es machte sie immerhin verdächtig.
In der Nähe des Kirchenportals standen Lindsey Wentworth und Alix Coyle bei dem älteren schwarzen Ehepaar, das in der ersten Bankreihe gesessen hatte. Eine Vierergruppe, die sich deutlich abhob: die einzigen, die Schwarz trugen und in deren Gesichtern und Körpersprache sich aufrichtige Trauer widerspiegelte. Sie steckten die Köpfe zusammen, als wollten sie nicht, dass Vorbeikommende mitbekamen, worüber sie redeten. Als ich noch knapp eine Armlänge von ihnen entfernt war, hörte ich Lindsey sagen: »… wünschte, ich hätt's ihr gesagt, als wir uns das letzte Mal gesehen haben.«
»Ach, Nikki …« Sie drehte sich zu mir um, in ihren großen blauen Augen glitzerten Tränen. »Ich bin froh, dass Sie auch gekommen sind. Ich weiß, wie sehr Ella sich darüber gefreut hätte.«
Jetzt erst fiel mir auf, dass sie schwarze, an den Handgelenken gerüschte Seidenhandschuhe trug. Korrekt bis ins letzte Detail. »Gerade habe ich zu Miss Coyle gesagt, dass ich den Gottesdienst sehr schön fand. Richtig ergreifend.« Sie tupfte sich mit einem weißen Spitzentaschentuch die Augen.
Alix' gerunzelte Augenbrauen verrieten, dass ihr Lindseys Getue auf die Nerven ging. »Hatte ich Sie nicht gebeten, mich mit dem Vornamen anzureden?«, sagte sie unwirsch und wandte sich an mich. »Nikki, hattest du schon Gelegenheit, dich mit den Harveys bekannt zu machen?«
»Nein.« Ich streckte der älteren Frau die Hand hin und sagte ihr, wer ich war und woher Ella und ich uns gekannt hatten.
Sie nahm meine Hand. »Hallo, ich bin Bertie Jean Harvey, und das ist mein Mann, Eulas. Wir sind Ellas Taufpaten.«
»Wenn Sie mich jetzt bitte entschuldigen würden«, unterbrach uns Lindsey, »ich muss noch etwas mit Präsident Barrett be-

sprechen. Ein ergreifender Gottesdienst, nicht wahr? Ich bin ja so froh, dass ich das alles so arrangieren konnte.«

»Nun, wir kennen das Mädchen überhaupt nicht«, flüsterte mir Mrs. Harvey zu, als Lindsey gegangen war, »aber da, wo wir herkommen, wäre das kein angemessener Trauergottesdienst gewesen. So kurz, und schon alles vorbei. Und wir haben ja kaum was gemeinsam gesungen und gebetet. Sie meinte, Ella hätte sich's so gewünscht, ein echter Harvard-Trauergottesdienst wär eben so. Aber wenn Sie mich fragen, das war gar kein Gottesdienst.«

»Hast du gesehen, dass der Mann auch da war?«, fragte Mr. Harvey grollend.

»Ja«, murmelte seine Frau kopfschüttelnd, »vor diesem Isaiah findet sie keine Ruhe, nicht mal im Tod. Ella war so ein braves Kind, so vertrauensvoll, und das hat er ausgenutzt. Er hat sie in Dinge reingezogen, die sie noch gar nicht verstehen konnte. Dieser Mann hat ihr Leben zerstört.«

»Ich bin sicher, dass sie sich am Schluss doch für den richtigen Weg entschieden hat, Mrs. Harvey.« Ich drückte ihr den Arm. Ich musste an Isaiahs Vermutung denken, dass es Ella gewesen war, die damals bei dem versuchten Bankraub die Polizei gerufen hatte, und plötzlich bekam ich eine Ahnung davon, in welchem Spannungsfeld Ella gelebt hatte.

»Ist lieb von Ihnen, dass sie das sagen, Kind«, murmelte Mrs. Harvey mit Tränen in den Augen. »Ich kann nur beten und hoffen, dass Sie Recht haben. Und bitte, nennen Sie mich Tante Bert. Alle ihre Freunde haben mich so genannt.«

»Kommst du mit zum Friedhof, Nikki?«, fragte Alix.

»Nein, ich hab eine Vorlesung. Ganz absagen konnte ich die beim besten Willen nicht.« Ich hatte die Vormittagsvorlesung ohnehin schon verlegen müssen, damit ich am Gottesdienst teilnehmen konnte.

»Dann hoffe ich, dass Sie wenigstens hinterher bei Ellas früherer Wohnung vorbeikommen«, sagte Tante Bert herzlich. »Es ist genug zu essen da. Wir haben einen Schinken und ein Huhn von zu Hause mitgebracht, und Eulas hat gestern Abend Makkaroniauflauf mit Käse vorbereitet.«

»Ich werd's versuchen.« Auch eine Erinnerung an Kinder- und Jugendtage: die Hoffnung, mit guter Hausmannsküche die düsteren Gedanken an den Tod zu verscheuchen.

Als wir vor das Portal traten, sah ich, dass nur wenige Trauergäste geblieben waren, darunter auch Christian Chung, der eifrig auf Ian McAllister einredete. Ich verabschiedete mich von den Harveys, aber dann fiel mir ein, dass ich mein Programm in der Bank liegen gelassen hatte. Ich machte kehrt und ging zurück in die Kirche.

Und da sah ich ihn.

Leo Barrett kniete in einer Bank im Seitenschiff. Und weil es so still in der Kirche war, konnte ich hören, wie schwer er schluchzte.

Einen Augenblick später sah ich Victoria schnellen Schrittes zu ihm eilen. »Um Himmels willen, Leo, hör auf damit!«, zischte sie ihm zu. »Du machst dich doch nur selber zum Narren!«

Leo schüttelte ihre Hand ab. Er hielt den Kopf tief gesenkt, seine Schultern hoben und senkten sich.

»Nimm doch wenigstens Rücksicht darauf, was du mir damit antust«, murmelte Victoria und fasste ihn am Arm. »Liegt dir denn überhaupt nichts an mir?« Leo rührte sich nicht, für ihn schien sie gar nicht da zu sein. »Steh auf, ehe dich jemand hier knien sieht. Und nimm dich zusammen!« Victoria zerrte an seinem Arm.

Ich zog mich rasch zurück, weil ich ihre Privatsphäre nicht verletzen wollte. Aber Leo schrie seine Frau so laut an, dass ich es hören musste. »Lass mich los, Victoria! Herrgott noch mal, lass mich in Ruhe!«

Es gab also doch ein paar Menschen, für die Ellas unerwarteter Tod mehr als ein unliebsamer Zwischenfall war.

Vom Münztelefon im Tiefgeschoss der Memorial Church rief ich in der Widener-Bibliothek an, um zu hören, ob die drei Zeitschriften für mich bereitlagen. Es dauerte nicht lange, und ich hatte meine Lieblingsbibliothekarin an der Strippe.

»Ich weiß, Sie werden's mir nicht glauben, Professor Chase«, begann sie zögernd.

»Was ist denn jetzt wieder?« Ich ging hoch wie eine Rakete. Der Trauergottesdienst hatte doch ziemlich an meinen Nerven gezerrt. »Hatten Sie keine Zeit, sie rauszusuchen? Oder haben Sie den Anforderungszettel verloren? Oder ihn zu Hause liegen lassen? Woran liegt's diesmal?«

»Professor Chase, ich habe alles in meinen Kräften Stehende getan«, sagte sie entrüstet. »Es ist nur so ...«

»Na, jetzt bin ich aber gespannt«, fiel ich ihr ins Wort.

»Die drei Zeitschriften, die Sie angefordert haben, sind aus den Magazinen verschwunden. Was ...«, sie suchte nach der richtigen Formulierung, »... sehr ungewöhnlich ist. Außerordentlich ungewöhnlich. Ich meine, dass alle drei weg sind.«

Da konnte ich nichts mehr sagen, ich hängte auf.

In der Tat, das war außerordentlich ungewöhnlich. Alle drei. Und es war unser Präsident persönlich, der das größte Interesse daran hatte, dass sie verschwanden. Wie explosiv musste Leo Barretts Geheimnis sein, dass er es so sorgfältig zu hüten versuchte? Hatte er im Gefängnis gesessen? War er schwul? Was es auch war, die entscheidende Frage lautete: Hätte Leo einen Mord begangen, um zu verhindern, dass es ans Tageslicht kam?

Ich zwang mich bei meiner Vorlesung zu äußerster Konzentration, das war ich den Studenten schuldig. Danach nahm ich

Amy Collins beiseite und schärfte ihr ein, nichts von unserem Gespräch verlauten zu lassen. Die Sache konnte gefährlich werden, ich durfte sie auf keinen Fall mit hineinziehen. Dann suchte ich mir in der Lamont-Bibliothek aus dem Adressbuch die Verlagsadresse der *Partisan Review* heraus. Es musste doch möglich sein, an das Heft zu kommen, das ich suchte – den Artikel, den Leo geschrieben hatte. Ich wollte ihn lesen – vollständig, einschließlich der Fußnote mit den Angaben über den Verfasser. Und wenn ich dafür selber nach New York fahren musste.

Als ich schließlich wieder in mein Büro im Littauer kam, informierte Gwen mich darüber, dass Dante Rosario nochmals nach mir gefragt habe, gegen Mittag, als ich beim Gottesdienst war.

Diesmal hatte er eine Nachricht für mich hinterlassen: *Du wirst sehen, Atalanta, ich gewinne.* Ich legte den Wisch beiseite und wandte mich der Frage zu, über welches Thema ich bei dem bevorstehenden Fachbereichsseminar referieren sollte. Ich hätte Ian umbringen können, dass er mir auch das noch aufs Auge gedrückt hatte, ausgerechnet jetzt.

Am frühen Abend gab es endlich etwas Erfreuliches. Ich hatte während der vergangenen Tage immer wieder im Mass General angerufen, und heute sagte man mir, dass Justin jetzt Besuch empfangen dürfe. Ich fuhr sofort los – sollte der Teufel den Papierkram auf meinem Schreibtisch holen! Vielleicht war's Justin ein Trost, mich zu sehen, und half ihm, wieder gesund zu werden.

Zwei Sicherheitskontrollen musste ich passieren, dann stand ich vor seinem Krankenzimmer. Es wurde von einer schlanken Frau in einem roten Kleid mit einem Hermès-Schal bewacht. Dem erschöpften Eindruck, den sie machte, dem hellwachen Misstrauen, mit dem sie mich musterte, und dem Alter nach musste sie Justins Mutter sein.

»Kann ich Ihnen behilflich sein?« Sie stand auf und trat mir in den Weg.
»Ich bin mit Justin befreundet. Nikki Chase.«
Ihre Miene – von der Sorge um ihren Jungen gezeichnet – hellte sich auf. »Nikki! Natürlich. Wir haben schon viel von Ihnen gehört.«
»Ach ja?«
»Howard?«, rief sie leise. Ein Schwarzer im grauen Anzug kam aus dem Schwesternzimmer zu uns herüber. »Das ist Nikki Chase – du weißt schon, das Mädchen, von dem Justin uns erzählt hat.«
Er sah gut aus, groß und silberhaarig. Als er mir beim Händeschütteln zulächelte, kräuselten sich hübsche Falten um seine Augen. »Ich freue mich, Sie kennen zu lernen.«
»Ich mich auch. Justins Eltern, nehme ich an?«
»Ach du liebe Zeit!« Die Frau im roten Kleid schüttelte mit verlegenem Lächeln den Kopf. »Sie müssen uns für völlig durcheinander halten. Ich bin Vivian Simms – und das ist mein Mann, Dr. Howard Simms.«
Ich nickte verständnisvoll. »Sie haben allen Grund, durcheinander zu sein. Wie geht's Justin?«
»Er reagiert nicht, wenn man ihn anspricht.« Das Lächeln auf Dr. Simms' Gesicht verging. »Alles ist wieder so wie bei unserer Ankunft.«
»Wird er denn ...« Ich sah mich suchend nach einem Polizisten um. »Ich dachte, er wird bewacht?«
»Ja, wird er«, sagte Vivian Simms tonlos. »Aber viel genützt hat's nicht.«
»Wie meinen Sie das?«
»Nun ...« Dr. Simms zögerte. »Nun, ich glaube, Ihnen können wir's sagen. Jemand ist heute Nacht in sein Zimmer eingedrungen.«
»Was?«

»Die Wache hatte sich kurz umgedreht, um etwas mit der Schwester zu besprechen, und da – das muss so um ein Uhr nachts gewesen sein – hat sich jemand reingeschlichen und den Stecker des Sauerstoffgeräts rausgezogen.«

»Mein Gott! Ist alles in Ordnung?«

»Ja. Dank der Schwester, sie hat die Situation sofort erfasst. Das hat ihm das Leben gerettet.«

»Wurde der Kerl gestellt?«

»Nein«, sagte Dr. Simms zornig. »Angeblich haben sie's versucht, aber er ist entwischt. Diese Polizisten aus Boston sind völlig inkompetent. Futtern den ganzen Tag Doughnuts. Das nimmt sie so in Anspruch, dass sie Justin nicht effektiv bewachen können.«

Vivian sagte empört: »Und so was nennt sich Rund-um-die-Uhr-Bewachung! Aber wir übernehmen das jetzt selbst. Das hab ich getan, als er ein Baby war, also werd ich's jetzt genauso können.«

»Hören Sie«, sagte ich, »ich habe einen guten Freund bei der Harvard-Polizei. Der kann dafür sorgen, dass das anders wird. Er ist auch ein Schwarzer. Und er kennt Justin. Auf ihn können Sie sich verlassen, wirklich.«

Dr. Simms brummelte: »Mal sehen.« Ich ahnte, dass sie ihren Jungen bestimmt nicht mehr aus den Augen lassen würden, egal, wie die Bewachung durch die Polizei geregelt wurde. Wär's mein Sohn gewesen, hätte ich's schließlich genauso gemacht.

»Kann ich ihn sehen? Am Telefon hat man mir gesagt, er dürfe jetzt Besuch empfangen.«

»Ja, das darf er. Aber bitte nur ganz kurz.« Mrs. Simms legte mir den Arm um die Schulter. »Sie haben uns geraten, ihn immer wieder anzusprechen. Um ihm Mut zu machen. Er kann uns hören, sagen sie, auch wenn er nicht antwortet.«

Justins Zimmer war abgedunkelt und still, bis auf die blinken-

den Kontrollleuchten und das Piepsen der elektronischen Monitore. Er lag mit geschlossenen Augen friedlich da.
»Hey, du«, sagte ich leise und setzte mich auf die Bettkante. »Spiel hier nicht das männliche Dornröschen.«
Welchen Sinn hätte der Abstand von der Dozentin zum Studenten jetzt noch gemacht? Irgendwie wär's mir albern vorgekommen, beim steifen Sie zu bleiben.
Ich griff nach seiner Hand, sie fühlte sich warm und trocken an. »Findest du nicht, dass du ein bisschen viel Aufstand machst, nur um ein Mädchen dazu zu bringen, dass es dich küsst?« Ich fuhr ihm sanft mit der Hand über die Wange. »Wir brauchen dich, Justin. Weißt du, was immer du Samstagnacht beobachtet hast, es war sehr wichtig. Ella und ich brauchen dich. Werd wach und erzähl's uns. Du glaubst gar nicht, wie viele Leute an dieser Sache arbeiten. Aber ohne deine Hilfe kommen wir nicht weiter.«
Keine Antwort. Ich redete weiter leise auf ihn ein, erzählte ihm, was sich in den letzten drei Tagen ereignet hatte, bis ich ein zaghaftes Klopfen an der Tür hörte.
»Das ist mein Stichwort, ich muss gehen. Aber ich komme wieder.« Ich küsste ihn sanft auf die Stirn. »Pass auf dich auf.«
Draußen auf dem Flur unterhielt ich mich noch ein paar Minuten mit den Simms, dann verabschiedete ich mich und ging mit resolutem Schritt den leeren Krankenhausflur hinunter. Reizende Leute. Eine wunderbare, liebevolle schwarze Familie. Wer immer es darauf anlegte, Justin etwas anzutun, er hatte uns gewaltig unterschätzt.

Es war beinahe neun Uhr abends, als ich nach Hause kam. Schon als ich die Haustür aufschloss, hörte ich Maggies lautes Lachen. Es lockte mich magnetisch in ihre Küche, wo sie mit Ted zusammensaß. Vom weißen Tischtuch war beinahe nichts mehr zu sehen, eine große Platte mit Kokosnussplätzchen,

zwei benutzte Dessertteller, die Teekanne und zwei volle Teebecher deckten alles zu.
»Setz dich zu uns, Schwester Professor«, rief sie, als ich in die Küche kam. »Wenn du dich nicht beeilst, sind die Plätzchen weg.«
Ich küsste sie auf die Wange und wandte mich lächelnd zu Ted um. »Du verdirbst die guten Sitten. Bevor du eingezogen bist, hat sie zum Nachtisch Obst gegessen.«
»Mach dem Jungen kein schlechtes Gewissen«, wies Maggie mich zurecht und rückte mit dem Stuhl beiseite, damit ich mir einen Becher aus dem Wandregal nehmen konnte. »Mir gefällt's, wieder einen Mann im Haus zu haben.«
»Die Kokosnussplätzchen nehm ich nicht auf meine Kappe«, murmelte Ted. »Dein Freund ist die Naschkatze. Er hat mehr weggefuttert als ich.«
»Freund?«, rief ich. Um ein Haar hätte ich den Teebecher fallen lassen.
»Für einen Anwalt hast du ein ziemlich loses Mundwerk«, rüffelte ihn Maggie.
»Rafe hat nämlich hier übernachtet«, flüsterte Ted mir zu.
»Du hältst die Klappe, sonst bekommst du Küchenverbot.« Maggie drohte ihm mit dem Finger. »Ich bin gleich wieder da.«
Ich schenkte mir Tee ein, während Maggies Schritte im Hausflur verhallten.
»Hör zu«, sagte Ted leise, »ich hab die Information, die du haben wolltest. Ich nehme an, du möchtest nicht, dass sie's mitbekommt?«
»Auf keinen Fall«, murmelte ich, »Maggie regt sich nur unnötig auf. Also, sag schon, was hast du rausgefunden?«
»Die Einzelheiten erzähl ich dir später oben. Aber das Wichtigste ist: Neunundzwanzig von den Firmen auf deinen Rechnungen haben wir gefunden, die dreißigste nicht.«
»Wieso nicht?«

»Ganz einfach. Weil sie nicht existiert.«

Ich verschluckte mich fast an meinem Tee. »Nicht existiert? Was heißt das?«

»Die ›All Write Secretarial Services‹ sind nicht im Handelsregister von Massachusetts eingetragen. Die stehen nicht mal im Telefonbuch. Wir klären noch ab, ob sie ihren Hauptsitz woanders haben und hier illegal über eine nicht angemeldete Zweigstelle operieren. Aber es könnte auch sein, dass es sich um eine Scheinfirma handelt.«

Ich hörte Maggie zurückkommen, griff rasch nach meinem Rucksack und stand auf. »Ich dank dir, Ted«, flüsterte ich ihm hastig zu, »genau das wollte ich wissen.«

»Hört sofort auf mit euern Heimlichtuereien«, verlangte Maggie, als sie in die Küche gerauscht kam. »Ich will den Klatsch auch hören.«

»Ich muss los, Maggie«, sagte ich und war schon halb aus der Tür. »Heb mir ein paar Plätzchen auf.«

»Tagelang schleicht sie rum und tut wunder wie geheimnisvoll«, hörte ich Maggie sagen, »und auf einmal strahlt sie wie ein Muli, das wilde Rosen gefressen hat. Was hast du ihr erzählt?«

Teds Antwort bekam ich nicht mehr mit, ich eilte schon die Treppe hinauf, um Rafe anzurufen. Das war der Beweis, auf den wir gewartet hatten.

»Ich hab's«, rief ich, als er zu Hause abnahm.

»Nikki?«, murmelte er. Ich musste ihn geweckt haben.

»Ich weiß jetzt, was mit den Finanzdaten nicht stimmt.«

»Was denn?«

»Hören Sie ganz einfach zu. Ich hab Ihnen doch erzählt, dass die so genannten Kosten für externe Ausgaben auf Ellas Tabellen ständig ansteigen, in McAllisters Datenwerk aber nicht – erinnern Sie sich? Also, das liegt *nicht* daran, dass die Kosten neuerdings an anderer Stelle verbucht werden. Es liegt daran, dass jemand die Universität betrügt. Kommen Sie so weit mit?«

»Ja, ja, Kind. Erzählen Sie weiter.«

»Eine Firma, die sich All Write Secretarial Services nennt, schickt Harvard Rechnungen für Teilzeitschreibkräfte. Aber die Firma existiert gar nicht. Demnach dürften die Namen der angeblichen Schreibkräfte und die in den Rechnungen aufgeführten Arbeitsstunden ebenfalls frei erfunden sein.«

»Mal langsam. Woher haben Sie das?«

»Ich hab ein paar an den Fachbereich Wirtschaftswissenschaften gerichtete Rechnungen fotokopiert, und ein Freund von mir hat die Firmen überprüft. Eine davon ist eine Scheinfirma.«

»Haben Sie noch weitere Beweise?«

»Nein, noch nicht. Aber wenn ich mit meiner Vermutung Recht habe, muss es in den Akten gefälschte Arbeitsblätter geben. Aufstellungen über Arbeitsstunden, die gar nicht geleistet wurden. Mit Namen von Leuten, die es gar nicht gibt. Und die gefälschten Unterlagen müssen ja aufzutreiben sein.«

»Mhm«, machte Rafe. »Zu jedem Namen gehört eine Sozialversicherungsnummer. Und die Gelder müssen über irgendein Konto gelaufen sein.«

»Wir finden die Unterlagen. Ich weiß, dass wir's schaffen. Da passt eins zum anderen.«

»Mag sein. Aber wie soll Ella Fisher hinter solche Manipulationen gekommen sein?«

»Ganz einfach. Sie hat selber als Teilzeitschreibkraft angefangen, nicht wahr? Und später, als Studentendekanin, hat sie vermutlich selber Aufträge an solche Firmen vergeben. Also wusste sie, was eine Arbeitsstunde kostet und welche ortsansässigen Firmen es gibt. Als sie festgestellt hat, dass die externen Ausgaben ständig anstiegen, hat sie zu recherchieren begonnen und ist auf eine Firma gestoßen, von der sie nie was gehört hatte. Den Rest können Sie sich selber zusammenreimen. Und schließlich hat der, der hinter dem ganzen Schwindel steckt, mitgekriegt, dass sie ihm auf die Spur gekommen ist.«

»Na schön«, sagte Rafe, »wenn Sie das alles rausgefunden haben, wer ist dann der Bursche, der den ganzen Schwindel eingefädelt hat?«

Ich legte die Beine aufs Sofa. »Das, Rafe«, antwortete ich, »werde ich als Nächstes rausfinden.«

siebzehn
Victorias Geheimnis

»Pünktlich wie immer – hier entlang bitte, Miss Chase«, sagte eine seidenweiche Stimme. »Ich hab Sie noch für die Maniküre in Mariannas Terminkalender reinmogeln können. Übrigens, wir haben eine ausgezeichnete Masseuse. Hat heute noch Termine frei. Sind Sie interessiert?«

Stammkundin zu sein hat zweifellos seine Vorteile.

Donnerstagnachmittag, ich war im Schönheitssalon beim Charles-Hotel, um mir die Haare schneiden zu lassen und mit meinem Stylisten und Beichtvater François zu tratschen. Der Termin war in Windeseile zu Stande gekommen, gleich nachdem es mir gelungen war, dem Littauer und meiner Unterredung mit McAllister zu entrinnen (soweit man's eine Unterredung nennen kann, wenn nur einer redet). Das Ergebnis bestand vor allem darin, dass er mich mit weiterer Arbeit eingedeckt hatte. Mir brannten die Nachforschungen über Ellas Tod unter den Nägeln, nur, allmählich wusste ich nicht mehr, wo ich die Zeit dafür hernehmen sollte.

Zwei Stunden hatte ich heute Morgen schon damit vertan, Gott und die Welt in Philadelphia anzurufen, um den Reverend Stephen Barrett aufzuspüren. Sein Name stand im Verzeichnis der ortsansässigen Geistlichen, doch niemand wusste, wie er telefonisch zu erreichen war. Es gab zwar in Philadelphia eine Episkopalkirche St. Thomas, aber ein Reverend Barrett war dort unbekannt. Also musste Amy entweder den Namen der Kirche falsch verstanden haben, oder Leo hatte sie absichtlich auf die falsche Fährte gelockt. Jetzt setzte ich all meine Hoffnung auf

Maggie und darauf, dass ihre Schwester, die in Philly wohnte, freundlicherweise sich für mich umhörte. Wenigstens war mir in der anderen Sache Erfolg beschieden: Ich musste nicht extra nach New York fahren, um das alte Heft der *Partisan Review* zu bekommen, der Archivar in der Verlagsleitung hatte zugesagt, es per Luftpost an mich abzuschicken. Also musste es noch vor dem Wochenende da sein.

Der Schönheitssalon beim Charles ist in einem betont sachlichen Stil gehalten, das in Weiß, Schiefergrau und Schwarz gehaltene Interieur soll angeblich beruhigend wirken. Alle Kundinnen werden beim Eintritt in diesen Garten irdischer Freuden in einen kuschelig weichen weißen Frotteemantel gehüllt und mit einem Glas Kräutertee oder Eiswasser mit Zitronenaroma begrüßt. Meine Hostess führte mich in den hinteren Teil des Salons, wo Frankie – unverwechselbar mit der unnachahmlich keck übers Ohr gezogenen schwarzen Baskenmütze – das Zepter schwang.

Mit bürgerlichem Namen heißt er William Brown, doch das ist für ihn nur ein Relikt aus früheren Zeiten, das er mitsamt seinen Erinnerungen an eine Kindheit in einem kleinen Nest in Tennessee über Bord geworfen hatte, als ihm die Eingebung gekommen ist, Friseur zu werden und sich den Duft der großen Welt um die Nase wehen zu lassen. Ich bin glücklich, ihn gefunden zu haben, vorher habe ich meine Friseure beinahe so häufig gewechselt wie meine Freunde.

»Welche Laus ist Ihnen über die Leber gelaufen, Mädchen?«, fragte er, als ich in dem schwarzen Ledersessel vor dem überdimensionalen runden Spiegel saß, der zum einen meinen Ärger widerspiegelte, zum anderen die anderen Kundinnen vor mir verbarg, und mich vor ihnen. »Sie sehen aus, als hätte Ihre alte Flamme, Seine Hoheit, heute Morgen angerufen und um Geld gebettelt«, vermutete er, während er mir prüfend mit den Fingern durchs Haar wuschelte.

»Schlimmer«, sagte ich seufzend, »viel schlimmer. Ich möchte aber nicht darüber reden.«
»Angekommen. Es gibt eben Männer, die sind nicht mal die Puste wert, die man braucht, um ihren Namen auszusprechen. Also – was machen wir heute? Einen Haarschnitt? Oder nur legen und föhnen? Es wird allerdings schon etwas lang.«
Ich erwog kurz, Lindseys Beispiel zu folgen, mir alles abrasieren und den Rest blond färben zu lassen, aber ich wusste, dass Frankie da nie mitspielen würde. Also sagte ich achselzuckend: »Nur etwas nachschneiden.«
»Ich seh schon, ich muss Sie heute richtig sexy aufpeppen, um Sie aus dem Stimmungstief zu holen. Kommen Sie – fangen wir mit dem Shampoonieren an.«
Seine starken Finger auf der Kopfhaut zu spüren war derart entspannend, dass sich, als wir aus der Waschnische zurückkamen, mein Gemütspegel fast wieder auf Normal eingependelt hatte. Als ich dann Victoria Barretts Stimme hörte, glaubte ich zunächst an eine Halluzination.
»Eine Horrorwoche«, sagte sie. »Eine, wie ich sie nie wieder zu erleben hoffe.« Ihre Stimme klang kleinmütig, fast ein wenig verzweifelt. Es war ihre Stimme, aber sie hörte sich nicht nach ihr an.
»Gerade sitzen«, ordnete Frankie an. »Und schlagen Sie nicht die Beine übereinander. Wenn Sie nicht völlig asymmetrisch hier weggehen wollen: Ich kann meine Magie nicht entfalten, solange Sie sich so hinlümmeln.«
Ich hielt mich brav an seine Anweisung und saß still, während er zu schnippeln anfing. Ich konnte Victoria nicht sehen, aber sie musste offenbar direkt auf der anderen Seite des Spiegels sitzen. Was bedeutete, dass sie mich ebenfalls nicht sehen konnte.
Ich hörte ihre Stylistin irgendwas Tröstliches murmeln, und dann sagte Victoria: »… weiß nicht … innerlich damit fertig werde … könnte auch mit einer Scheidung enden.«

Mit einer Scheidung enden?

Ich beugte mich vor, Frankie zog mich sofort zurück. »Wollen Sie wohl stillsitzen? Sie kriegen einen Schreikrampf, wenn ich den Schnitt vermurkse.«

Ich setzte mich rasch wieder ordentlich hin. »… glaubt man nun, jemanden zu kennen, aber in Wirklichkeit …« Die nächsten Satzfetzen. »… nach allem, was ich für ihn getan habe. Alles, wirklich alles, hab ich für ihn getan.«

»Mädel, was machen Sie denn?«, wisperte Frankie mir ins Ohr.

Ich deutete auf den Rundspiegel und legte den Finger auf den Mund. »Ich muss das unbedingt hören«, flüsterte ich zurück.

»… weiß man nie, wie's endet«, hörte ich die Friseuse sagen. »Bei einem Streit sagt man schnell was, das man gar nicht so meint, das wissen Sie doch.«

»… glaube nicht, dass ich ihm das je verzeihen kann … hat mir schon vor Monaten versprochen, dass er Schluss macht, aber er hat sich nicht daran gehalten.«

»… das Haar waschen«, sagte die Friseuse, »… gleich besser fühlen.«

Jenseits des Spiegels knarrte der Sessel, ich ließ mich mit gesenktem Kopf ein Stück tiefer in meinen sinken. Ich rechnete zwar nach meinen bisherigen Erfahrungen nicht damit, dass Victoria mich wieder erkannte, aber man weiß ja nie. Und tatsächlich, sie stolzierte, ohne mit der Wimper zu zucken, an mir vorbei zu den Waschbecken. Ich fing wieder zu atmen an.

Schon vor Monaten versprochen, dass er Schluss macht? War das auf Leo und Ella gemünzt?

»Wer ist das?«, wollte Frankie wissen, während er das Ergebnis seiner Arbeit prüfte.

»Victoria Barrett. Die Frau des Harvardpräsidenten.«

»Das alte Mädchen muss die Haarwurzeln nachbehandeln lassen«, stellte er fest. »Man sieht ja schon, dass das Blond nicht echt ist. Und wieso haben Sie lange Ohren gemacht?«

»Ach, das ist eine lange Geschichte. Aber Sie müssen mir einen Gefallen tun. Wenn die beiden zurückkommen, horchen Sie mal, was die so reden.«

Unglücklicherweise schien die Kopfwäsche auch bei Victoria zu einer Aufheiterung des Gemüts geführt zu haben, denn als sie zurückkam, sprach sie mit der Friseuse über die in Kürze stattfindende Wohltätigkeitsveranstaltung zu Gunsten der Schlesinger-Bibliothek und die Frage, was sie dabei anziehen solle. Ich gab die Hoffnung auf, weitere interessante Details zu erfahren, und wollte Frankie gerade das Zeichen geben, dass er jetzt den Haartrockner einschalten könne, als ich jenseits des Spiegels eine neue Stimme hörte.

Eine Männerstimme, die mir irgendwie bekannt vorkam, sagte: »Ich musste herkommen, Torie.«

Victoria stieß einen kleinen Schrei aus. »Was machst du denn hier?« Dann senkte sie die Stimme zu einem Flüstern. Ich kriegte den nächsten Satz nicht mit, versuchte angestrengt, mich auf die Männerstimme zu konzentrieren, aber auch die war zu leise. Mit wem redete Victoria? Mit Leo?

Ich bedeutete Frankie mit hektischen Gesten, einen Blick um die Ecke zu werfen und festzustellen, was sich hinter dem Spiegel tat. Ich konnte nur gedämpftes Flüstern hören. Kurz danach allerdings auch feste Schritte, die sich Richtung Ausgang verloren.

Frankie kehrte grinsend von seinem Spähtruppunternehmen zurück. »Ihre Freundin hat sich beglückt mit ihrem Ehemann unterhalten«, berichtete er. »Ich hoffe zumindest, es war ihr Mann.«

»Ja – und – äh … was haben sie so gemacht?«

»Sie hat seinen Arm gestreichelt, als wär's ein Nerzmantel.«

»Halt mal! Sie war in aller Öffentlichkeit zärtlich zu ihm?«

»Ja, Ma'am«, bestätigte Frankie. »Hat zu ihm gesagt, er hätte nicht unbedingt herkommen müssen, sie sähen sich ja sowieso später. Und wie sie ihn dabei angesehen hat … also ich wette, da ist Musik in der Luft, wenn die sich nachher treffen, verlassen Sie sich drauf.«
Das sollte Leo gewesen sein? Wo sie doch gerade erst was von Scheidung gesagt hatte? »Wie sah er aus?«
»Weiß. Kurzes Haar. Gedeckter Anzug. Adrettes Kerlchen.«
»Wie groß?«
»Mädchen, woher soll ich das wissen? Er hat sich zu ihr heruntergebeugt.«
Die Beschreibung passte zu Leo. Aber sie passte natürlich auch zu Gott weiß wie vielen anderen, mit denen die Barretts gesellschaftlich verkehrten. Möglich, dass es von Leos Seite als dramatische Versöhnungsgeste gemeint war. Nur, hätte sich Victoria tatsächlich so schnell umstimmen lassen?
»Ich danke Ihnen, mein Süßer. Das werd ich Ihnen nicht vergessen.«
»Es wäre mir Dank genug, wenn Sie jetzt stillsitzen und ich Ihnen das Haar trocknen kann.«
Ich lehnte mich entspannt in den Sessel und lächelte Frankie lieb zu.
Es musste Leo gewesen sein. Die Stimme war mir jedenfalls bekannt vorgekommen. Und wer hätte es denn sonst sein sollen?

Getrocknet, frisch aufgeplustert und aus Frankies Sessel entlassen, eilte ich in mein Büro zurück, um mir genauer anzusehen, was Ian mir neuerlich an Arbeit aufgehalst hatte. Um halb neun abends klingelte das Telefon. Auch das noch – mir war absolut nicht nach Plaudern zu Mute.
»Ja?«, meldete ich mich ungehalten.
»Hallo. Ich versuche, Veronica Chase zu erreichen.« Irgendwie kam mir die Stimme bekannt vor. Eine Frau.

»Nun, Sie haben sie erreicht.«
»Hier ist Vivian Simms. Ich fürchte, ich störe.«
»Oh, Mrs. Simms!« Ich lehnte mich im Drehsessel zurück. »Wie geht es Justin?«
»Ich habe wundervolle Neuigkeiten. Vor etwa einer Stunde hat er die Augen aufgeschlagen.«
»Gott sei Dank. Und wie fühlt er sich?«
»Er ist noch nicht voll bei Bewusstsein. Aber man hat uns gesagt, es sei ein beachtlicher Fortschritt.«
»Das freut mich wirklich sehr für Sie. Wann kann ich ihn besuchen kommen?«
»Wir hoffen, dass Sie's so bald wie möglich einrichten können. Die Ärzte sagen, dass es sich sehr positiv auf den Genesungsprozess auswirkt, wenn er vertraute Stimmen hört.«
»Ich bin schon unterwegs.«

Es war beinahe Mitternacht, als ich vom Krankenhaus nach Hause kam. Ich hatte bereits auf dem Hinweg kurz bei meinem Apartment Halt gemacht und mich umgezogen, in der törichten Hoffnung, dass ein kurzes rotes Kleid und schwarze Pumps vielleicht am ehesten geeignet waren, Justin ins Bewusstsein zurückzulocken, aber leider hatte der Trick nicht gewirkt. Immerhin, er sah tatsächlich besser aus, sogar die Ärzte gestatteten sich schon ein erleichtertes Lächeln.
Kaum hatte ich die Haustür aufgeschlossen, hörte ich Maggie in der Küche lachen. Irgendwie kokett, fand ich. Wahrscheinlich saß wieder Ted bei ihr.
»Maggie!«, rief ich ihr vom Flur aus zu, während ich mir das Jackett abstreifte, »ich hab sensationelle Neuigkeiten. Justin hat mich mit großen Augen angesehen.«
Erst in der Küchentür erkannte ich, dass es nicht Ted war, der ihr zu nachtschlafender Zeit Gesellschaft leistete. Es war Dante. Sie löffelten Eiskrem – aus derselben Dose.

»Ist ja großartig«, sagte er und weidete sich offensichtlich an meinem Schock. »Wer kann's ihm übel nehmen, wenn du in so einem Aufzug bei ihm antanzt?«
»Was treibt ihr zwei denn hier, so spät in der Nacht?«, fragte ich Maggie. Dante ignorierte ich, Strafe muss sein. Was mochte sie veranlasst haben, sich plötzlich auf einen Flirt mit einem weißen Mann mit so einem komischen italienischen Namen einzulassen?
»Dante hat heut für Ted und mich das Abendessen gekocht, und jetzt sitzen wir da und plaudern«, sagte sie und guckte schelmisch in die Eiskremdose. »Er hat mir von seiner Großmutter Juliana erzählt. Wusstest du, dass sie im Zweiten Weltkrieg Partisanin war? Sie hat während der Besatzungszeit in ihrem Haus in der Toskana Juden versteckt.«
»Tatsächlich?«, sagte ich trocken. »Wer hätte gedacht, dass in den Rosarios eine so progressive Ader steckt?«
»Und er hat während seiner Zeit in Kalifornien mit Kindern im Schuldistrikt Oakland gearbeitet. Kennt sogar meine Freundin Delores Spann.«
»Möchtest du etwas Eiskrem, Nik?«, fragte Dante mit gespielter Unschuld. »Ist noch viel übrig. Die Schokosplitter hat Maggie allerdings samt und sonders rausgelöffelt.«
Ich sah Maggie groß an. Wie kam sie dazu, ihn so unverschämt mit ihr flirten zu lassen?
»Danke, ich bin reif fürs Bett.« Ich drehte mich zur Küchentür um. »Wünsch euch noch viel Spaß.«
»Entschuldige mich bitte, Maggie«, hörte ich ihn sagen, als ich im Flur war. Und am Fuß der Treppe hatte er mich dann eingeholt.
»Wie lange willst du diesen Zermürbungskrieg eigentlich noch führen?«, stellte er mich zur Rede.
»Ich hab keine Ahnung, wovon du redest«, sagte ich und stieg die erste Stufe hoch. Was wenigstens schon mal dazu führte,

dass wir uns Auge in Auge auf gleicher Höhe gegenüberstanden.

»Ich rede davon, dass du mir ausweichst. Nicht zurückrufst, wenn ich versucht habe, dich im Büro zu erreichen. Kehrtmachst, wenn du mich irgendwo sitzen siehst. Ted bittest, dir bei deinen Recherchen zu helfen, nachdem du meine Hilfe brüsk abgelehnt hast. So was nenn ich Krieg.« Er setzte den linken Fuß auf meine Treppenstufe.

»Du hast mir keine Hilfe angeboten, du hast sie mir brachial aufgedrängt.« Ich zog mich Stufe um Stufe nach oben zurück. »Ted hat wenigstens abgewartet, bis ich ihn darum gebeten habe.«

»Aha, neuerdings ist also Ted der Mann der Stunde?« Er kam mir Stufe um Stufe nach.

»Ja. Hast du damit irgendwelche Schwierigkeiten?«

»Vielleicht.« Er vertrat mir auf dem Treppenabsatz den Weg.

»Nicht zu fassen, du bist tatsächlich eifersüchtig! Lass das, Rosario. Du rückst allen Frauen auf die Pelle, die dir über den Weg laufen, einschließlich deiner Vermieterin. Ist dir das nicht genug?«

Er grinste mich von oben an. »Wo denkst du hin? Das sind nur Vorbereitungen für die entscheidende Runde.«

»Du bist so ein Kotzbrocken …«

»Nik, nicht wieder diese Kraftausdrücke.« Er deutete mit dem Kopf auf seine Apartmenttür. »Ich möchte dir einen Drink spendieren. Dabei erzähl ich dir, was ich rausgefunden habe.«

Einen Wimpernschlag lang zögerte ich, dann riskierte ich den Schritt auf feindliches Territorium. Sein Siegerlächeln kam mir wie blanker Hohn vor.

Er führte mich durchs Wohnzimmer in sein Schlafzimmer, ignorierte mein Stirnrunzeln, deutete auf seinen Schreibtischstuhl und schloss die Tür.

»Keine Bange. Der ganze Grund ist, dass Teds Schreibtisch im

Wohnzimmer steht und er morgen einen wichtigen Gerichtstermin hat. Deine Tugend ist keineswegs in Gefahr.«

Unsinn. Bei ihm war ich immer in Gefahr.

»Worum geht's? Weshalb hast du alle naselang im Büro nach mir gefragt?«

»Weil ich, während Ted für dich das Handelsregister durchforstet hat, aus einem anderem Blickwinkel an die Sache rangegangen bin.«

»Männer können nichts für sich behalten, wie? Was willst du jetzt noch mit deinem anderen Blickwinkel, nachdem Ted und ich schon alles rausgefunden haben?« Na gut, das war leicht übertrieben. Und ich spannte Ted ziemlich schamlos vor meinen Karren. Aber nun hatte Dante was zu schlucken, und das war allemal eine lässliche Sünde wert.

»So, ihr habt also schon alles rausgefunden?« Irgendwie hörte er sich beleidigt an.

Ich spürte, wie sein Blick langsam an meinen Beinen hochwanderte, bis zum Rocksaum, der viel zu hoch gerutscht war. Nein, ich fing nicht an, nervös daran herumzuzupfen. Sollte er ruhig gucken. Wenn er aufs Ganze gehen wollte – von mir aus, aber ich war fest entschlossen, das Spielchen diesmal zu gewinnen.

»Das liegt doch auf der Hand«, sagte ich und hoffte, dass es überzeugter klang, als ich war. »Ella ist einem betrügerischen Trick auf die Spur gekommen, mit dessen Hilfe jemand zwei Millionen Dollar in die eigene Tasche umgeleitet hat. Und auf einmal ist sie tot. Und bevor ich das Puzzle zusammensetzen kann, jagt mich irgendein Kerl durch die Widener und bricht am nächsten Tag in mein Apartment ein und klaut mir meinen Beweis.«

»Whoau!« seine Augen hielten meine fest. »Woraus schließt du das? Ich weiß, dass einer in der Bibliothek hinter dir her war, aber was hat das mit Ella zu tun?«

Ich erzählte ihm von der fehlenden Diskette und dass der Einbrecher sich in meinen Laptop eingeloggt hatte.
Er beugte sich über mich, funkelnden Spott im Blick. »Es geht ausschließlich um Geld. Könnte es sein, dass da die gelernte Investmentbankerin und Ökonomin mit dir durchgeht?«
»Ach komm, Rosario, sogar ausgesprochenen Theoretikern wie dir muss aufgefallen sein, dass es in der realen Welt tatsächlich oft um Geld geht und dass manche Leute sogar deswegen ermordet werden.«
»Na schön, Agatha Christie. Und wer war's? Ian McAllister?«
Ich schüttelte den Kopf. »Glaub ich nicht. So gern ich ihn irgendwo ohne Telefon eingesperrt wüsste, es ist nicht sein Stil. Außerdem hat er aus Connies Erbschaft genug Geld. Er setzt doch nicht seine gesellschaftliche Stellung aufs Spiel, nur um noch mehr zusammenzuraffen.«
»Aber hat Ted nicht gesagt, die Unterschlagungen hätten bei euch im Fachbereich Wirtschaftswissenschaften angefangen?«
»Schon richtig, aber sie haben sehr schnell auch die Geisteswissenschaften erfasst, und so weit reicht selbst Ians Einfluss nicht. Ich bin ziemlich sicher, dass er nur ein ahnungsloser Handlanger war, wie die anderen Fachbereichsdekane auch.«
»Und wer ist dann dein Hauptverdächtiger?«
Ich senkte die Stimme und beugte mich vor. »Christian Chung. Er ist praktisch Harvards Controller – mit Zugang zu sämtlichen Fonds. Und er hatte vor Ellas Tod wiederholt Auseinandersetzungen mit ihr. Und ist stark genug, um jemanden die Treppe hinunterzustoßen. Außerdem bin ich ziemlich sicher, dass er am fraglichen Sonntagabend im Littauer war. Ich habe selber gesehen, dass Leo nach der Komiteesitzung mit seinen engsten Lakaien unten in der Eingangshalle gestanden hat. Chung hatte also die Mittel, das Motiv und die Gelegenheit.«
»Hast du nicht jemanden vergessen, Nik?«
Leo Barretts Name schwebte unausgesprochen zwischen uns.

»Er ist zu so was nicht fähig«, sagte ich schnell.
»Bist du sicher?«
Na gut – sicher konnte ich nach allem, was ich in der vergangenen Woche beobachtet und miterlebt hatte, nicht sein. Egal worum es ging, ich war mir im Grunde überhaupt nicht mehr sicher. Und es gab ja auch noch Leos persönliches Geheimnis. Aber in dem Punkt wollte ich mir nicht in die Karten gucken lassen.
»Er war am fraglichen Abend im Littauer«, sagte er. »Und da gab's schließlich auch noch die Unterredung mit Chung, die wir mit angehört haben – bei unserem Tête-à-Tête auf der Toilette. Was keine Anspielung sein soll. Und Tories Aufwendungen könnten seine finanziellen Möglichkeiten überstrapazieren. Das ist eins von den Dingen, von denen ich dir erzählen wollte. Ich hatte in dieser Woche Gelegenheit, sie zu beobachten. Sie ist regelrecht süchtig nach Geld. Leo hat Schwierigkeiten, da mitzuhalten.«
Ich schüttelte den Kopf. »Er würde so was nie tun. Ein Mann wie er bringt so was nicht fertig.«
»Ich weiß nicht, ob dein Urteilsvermögen so zuverlässig ist, wenn es um Männer geht, Nik. Aber nehmen wir einstweilen an, du hättest Recht. Dann bleibt immer noch die Tatsache, dass du den entscheidenden Punkt übersiehst.«
»Wirklich? Dann erleuchte mich bitte, oh weiser Mann.«
»Wir haben's hier nicht mit einem Verbrechen aus Geldgier zu tun. Es geht nicht um Geld, es geht um Leidenschaft.« Er stupste mit dem Fuß den Drehstuhl an und schwenkte mich ganz langsam zu sich herum.
»Jetzt mach mal halblang, Rosario.«
»Hör zu. Während du rumrennst und mit Gott und aller Welt redest, habe ich in aller Stille die Augen offen gehalten. Und was glaubst du, was ich da gesehen habe?«
»Was?«, fragte ich ein bisschen atemlos, weil er den Drehstuhl

inzwischen mit den Zehen zu sich herangezogen hatte. Praktisch in Reichweite.
»Ich hab eine Frau gesehen, die seit Monaten nicht mehr leidenschaftlich geküsst worden ist.« Seine Hände lagen nun auf den Armlehnen, und er beugte sich gefährlich weit vor. »Die mit manikürten Fingern und tadelloser Frisur herumläuft, aber sich in Wirklichkeit danach sehnt, dass ihr jemand das Haar verwuschelt. Die ihre Kleidung wie eine Rüstung trägt und sich dennoch nach Händen sehnt, die sie streicheln.«
Unsere Blicke hielten sich fest. Eine kleine Ewigkeit lang.
»Nimm gefälligst die Hände von meinen Armlehnen«, sagte ich ruppig. »Ich sehne mich nach gar nichts.«
»Wenn du meinst.« Er grinste, als ich den Drehstuhl eilends zurückrollen ließ. »Aber eigentlich habe ich Torie gemeint.«
»Du glaubst, dass Victoria Barrett Ella getötet hat?«
»Da ist der Ohrring, den ich im Littauer gefunden habe. Und ihre tiefe Abneigung gegen Ella. Und die Tatsache, dass sie kein Alibi für Sonntagabend hat.«
»Woher willst du das wissen?«
»Sie hat mir erzählt, sie sei an jenem Sonntagabend endlich mal dazu gekommen, längst überfällige Korrespondenz zu erledigen. In aller Ruhe. Weil sie allein zu Hause war.«
»Aber was ist ihr Motiv?«, fragte ich.
»Vielleicht wollte sie Leos Affäre mit Ella ein Ende machen. Sie ist überzeugt, dass er eine Geliebte hatte, und das hat sie wahnsinnig gemacht.«
Ich verdrehte die Augen. Ich hatte Victoria zwar schon selber verdächtigt, aber ich dachte nicht daran, Dante Recht zu geben. »Typisch Mann, anzunehmen, dass eine Frau wie eine liebestolle Katze Amok läuft. Warum sollte sie sich so an Leo klammern? Sie hat ein Vermögen geerbt, ein abgeschlossenes Studium an der Harvard und den Doktortitel. Wenn Leo sie betrogen hätte, warum soll sie sich nicht scheiden lassen?«

»Ach komm, bist du noch nie bis über beide Ohren, so leidenschaftlich verliebt gewesen, dass du – zumindest im Moment – jedes Mittel für gerechtfertigt gehalten hättest?«
»Natürlich bin ich das. Aber ich bin drüber weggekommen. Also – Geldgier oder Leidenschaft? Was ist das naheliegendere Motiv für einen Mord?«
»Wieder so eine Frage, die nur einer gelernten Ökonomin einfallen kann.«
Seine amüsierte Miene übersah ich geflissentlich. »Es könnte natürlich sein, dass wir uns beide irren. Auch Rache ist oft ein Mordmotiv.«
»Und wer soll da an wem Rache nehmen?«
»Ellas Ex-Ehemann, Isaiah Fisher. Er hat mir eine Räuberpistole über ein Verbrechen in den Sechzigern erzählt, an dem er und Ella beteiligt waren, und dass sie deswegen erpresst würden. Und hat angedeutet, dass der Erpresser möglicherweise Ella getötet hätte, weil sie nicht mehr zahlen wollte. Aber Rafe und ich glauben, dass er selber der Erpresser gewesen sein könnte, vielleicht aus Rache, weil sie damals angeblich die Polizei gerufen und ihm damit die Tour vermasselt hat. Und gestern Nacht haben Alix Coyle und ich sein Alibi geknackt.« Ich erzählte ihm von unserem Besuch im Finn McCoy's.
»Du treibst dich in Kaschemmen herum. Schade, dass ich das verpasst habe.«
So wie er mich ansah – und angesichts des Umstandes, dass die ohnehin nur wenigen Zentimeter zwischen uns immer mehr zu schrumpfen schienen, war es klar, dass wir bald an dem berühmten Punkt landen mussten, von dem an es kein Zurück gibt. Schon erstaunlich, was eine Viertelstunde in ein und demselben Zimmer immer noch bewirken konnte. Ich stand abrupt auf und beschloss zu gehen, solange ich's noch mit Anstand konnte. »Ich muss darüber nachdenken, was ich als Nächstes tun werde.«

»Wenn ich du wäre, würd ich mich erst mal ganz still verhalten. Bis zur Rückkehr von Martha's Vineyard. Leo und Torie werden beide dort sein.«
Ich blieb wie angewurzelt stehen. »Torie auch?«
»Sie hat mir heute erzählt, dass sie mitfährt. Sie will so viel Zeit wie möglich mit Leo verbringen.«
»Das passt ja großartig!« Die beiden und ich ein ganzes Wochenende unter einem Dach, da konnte ich nach Herzenslust Mäuschen spielen.
»Gott, wie schön du bist, wenn du dich für was begeisterst«, murmelte er vor sich hin. »Dieses Lächeln strahlt durchs Zimmer wie Sonnenschein.«
Ich sah hoch. Er hatte sich dicht vor mir aufgebaut und sah mich mit demselben Lächeln an wie vor ein paar Tagen in seinem Büro. Seinem Weichmacherlächeln. Aber diesmal waren wir in seinem Schlafzimmer. Bei geschlossener Tür. Und ich merkte an meinen Knien, dass ich nicht viel Widerstand aufbringen konnte.
»Sag mal, was hast du eigentlich heute den ganzen Abend getrieben?« Er musterte mich wieder mit dem Röntgenblick wie vorhin, nur diesmal noch langsamer und genüsslicher.
»Ich hab einen Wiederbelebungsversuch gemacht.«
Er kam näher. Verdammt nahe. »Mund zu Mund, vermutlich?«
Ich wich unschlüssig zurück. Umklammerte mit einer Hand den Türknauf. Eine von zwei verlockenden Möglichkeiten. Er war mir jetzt so nahe, dass ich sein Parfüm riechen konnte. Vielleicht war's auch seine Haut. Was auch immer, es war atemberaubend.
Ich hörte Maggie dicht an meinem Ohr wispern: »Er wird dich nie ernst nehmen.«
Wen kümmert's, ob er mich ernst nimmt? Hauptsache, er nimmt mich.
Und in diesem Augenblick griff das Schicksal persönlich ein.

Mittels einer Faust, die an die Tür klopfte. Wenn das keine Fügung des Himmels war, was dann? Ich zuckte zusammen und öffnete die Tür.
Dante seufzte schwer.
Ted stand vor der Tür. Sah erst mich an, dann Dante. Und lächelte breit.
»Was willst du?«, fragte Dante ihn barsch.
»Hi, Freunde«, antwortete Ted fröhlich. »Tut mir aufrichtig Leid, aber ich brauche das Buch zurück. Für mein Plädoyer morgen.«
Dante nahm das Buch vom Schreibtisch und warf es Ted zu.
Ted fing es auf. »Ahne ich da so was wie eine Wiedervereinigung?«
»Ich würde sagen, es ist zu früh, den Montblanc für die Vertragsunterschrift zu zücken«, sagte ich. Aber ich wagte nicht, Dante dabei anzusehen. Das wäre mir bei der Nähe zu gefährlich gewesen. »Ich wollte sowieso gerade gehen.«
Ich war heute Abend sicher nicht in Bestform, ich konnte das Spielchen nicht gewinnen. Vorhin, beim Nachhausekommen, hatte ich die Zügel fest in der Hand gehabt. Aber mittlerweile hatte sich wieder diese alte Vertraulichkeit eingeschlichen, die mich so kribbelig machte.
Als ich durchs Wohnzimmer auf die Tür zuging, hörte ich, wie er mir nachrief: »Du kannst weglaufen, Atalanta, aber verstecken kannst du dich nicht.«

achtzehn

Eine denkwürdige Wochenendklausur

»Jennifer, Veronica, Rona, Bob, Roberta, Stephen, Malcolm und David – ihr wohnt im Haupthaus.«

Freitagnachmittag, halb fünf. Ian McAllister stand auf der breiten, kiesbestreuten Zufahrt seines Anwesens und las von einer Liste, die die Haushälterin vorbereitet hatte, die Zimmerverteilung vor. »Dante, Michael und Asif sind im Gästehaus untergebracht. Und für die Barretts – sie kommen etwas später – ist das Haus am Swimmingpool vorgesehen.«

Das Anwesen lag an einem paradiesischen Küstenabschnitt bei Edgartown. Das Komitee hatte fast vier Stunden für die Anreise gebraucht: zuerst im Kleinbus von Cambridge zur Woods Hole am Cape Cod, von dort mit der Fähre zur Insel, und nachdem die Fähre in Oak Bluffs angelegt hatte, waren es noch mal zwanzig Minuten Fahrt zum Haus gewesen. Ians Anwesen war nur über einen unbefestigten Fahrweg erreichbar und fast vier Kilometer von der nächsten Asphaltstraße entfernt.

Aber sein Landsitz war, wenn man's erst mal geschafft hatte, die Odyssee wert. Eine gewundene Schotterstraße führte, vorbei an weiten grünen Weiden, durch ein massives Steinportal zu der oval angelegten Auffahrt vor dem dreistöckigen, mit grauen Zedernschindeln verkleideten und durch die vielen Fenster mit ihren weißen Klappläden wohnlich und einladend wirkenden Haupthaus.

Der gepflegte Garten vor dem Haus entfaltete eine betörende Blütenpracht: Azaleen, Berglorbeer, Rhododendron und verschiedene Staudenpflanzen, dazwischen Skulpturen und Terrakotten und ein mit Ziegelsteinen gepflasterter Gehweg. Hinter dem Haus erstreckte sich der Ozean, durch die Nachmittagssonne silbern glänzend. Der Altweibersommer hatte sich in diesem Jahr ziemlich beeilt, aber die Luft war mild und warm wie Mitte August.

Das Gästehaus, von dem Ian gesprochen hatte, war eine Miniatur des Haupthauses, wobei Miniatur natürlich ein relativer Begriff ist: Es hatte, wie ich später herausfand, vier Schlafzimmer, zwei Bäder, einen großzügig bemessenen Wohn- und Essbereich und neben der Küche sogar ein kleines Wasch- und Bügelzimmer.

Ich freute mich darüber, im Haupthaus wohnen zu dürfen – einem wahren Schmuckkästchen voll mit Antiquitäten und erlesenen Kunstwerken. Als wir die breite Haupttreppe zum zweiten Stock hochstiegen, kam uns ein riesiger schokobrauner Hund mit bulligem Hals entgegengestürmt und versperrte uns den Weg.

»Was, zum Teufel …«, schrie ich erschrocken, als der Hund mich anknurrte.

»Maxwell!«, rief Ian, ging in die Knie und tätschelte das Ungetüm. »Ich hab dir gefehlt, wie?«

Der Hund sah nicht aus, als würde ihm je irgendjemand fehlen. Mir kam er eher vor wie einer von diesen beißwütigen Kötern, die alte Leute und kleine Kinder auffressen.

»Ist das Ihrer?«, fragte ich.

Ian kraulte der Bestie die Hautfalten unter dem Hals. »Aber sicher. Darf ich vorstellen: Maxwell der Freundliche III., unser Maskottchen.«

Jennifer Blum und ich sahen uns an – dann den Hund. Maxwell der Freundliche? Da musste ich bisher ganz falsche Vorstellungen von Freundlichkeit gehabt haben. Was mich am meisten beunruhigte, war das tief grollende Geräusch, das aus seiner

Kehle kam, ganz zu schweigen davon, dass er die blutunterlaufenen Augen offenbar vornehmlich auf mich richtete.

»Er ist anfangs ein bisschen scheu«, verkündete Ian fröhlich, »aber das legt sich bald. So sind Bulldoggen eben.«

Das war der Augenblick, in dem Maxwell beschloss, nach meiner Hand zu schnappen. Ich konnte es kaum abwarten, ihn zu erleben, wenn seine Scheu sich gelegt hatte.

»Nehmen Sie's ihm nicht übel«, sagte Ian, als wir weiter die Treppe hochgingen. »Er spielt sich gern auf, aber im Grunde ist er gutmütig.«

Er führte Jennifer und mich in unsere Zimmer, denen das Laura-Ashley-Dekor der Vorhänge, Sesselbezüge und Tagesdecken ein anheimelndes Ambiente verlieh. Aus den Fenstern fiel der Blick aufs Meer, zwischen unseren Zimmern lag das gemeinsame Bad. Rona Seidmans und Roberta Williams' Zimmer lagen nach vorn, unseren schräg gegenüber, zum Bad mussten sie ein paar Schritte den Flur hinuntergehen. Das Elternschlafzimmer und die Zimmer der Töchter waren in einem separaten Flügel untergebracht, der freilich an diesem Wochenende nicht genutzt wurde, da Connie und die Mädchen beschlossen hatten, in Cambridge zu bleiben. Bob, Malcolm, David und Stephen wurden in den dritten Stock geführt, wo alle Gästezimmer zur Meerseite lagen.

Als ich auspackte, hörte ich ein Flugzeug, dessen Triebwerk verdächtig laut röhrte. Ich ging ans Fenster und bekam gerade noch mit, wie ein kleiner Privatjet nicht weit vom Haupthaus zur Landung ansetzte. Schau an, Ian oder einer seiner Nachbarn hatte eine eigene Landepiste. Wenn er sich all diesen Luxus und sogar einen kleinen Flugplatz leisten konnte, musste seine Position im Harvard-Verwaltungsrat ihm mehr einbringen, als ich gedacht hatte. Allein mit Connies ererbtem Vermögen konnte er das vermutlich nicht finanzieren.

Wir saßen bei unserer ersten, fast zweistündigen Sitzung um

Ians Esszimmertisch, danach versammelten wir uns in Erwartung des Dinners auf dem Rasen hinter dem Haus, wieder mit Blick auf den Ozean. Das Essen war ein typisches Neuengland-Supper: Hummer, Maiskolben, Kartoffeln aus neuer Ernte und Perlzwiebeln – alles im selben Kessel gekocht.

Während die Leute vom Partyservice noch mit den letzten Vorbereitungen für das Dinner beschäftigt waren, frischte der Wind auf, die Wellen wurden stärker, die Äste der Bäume bewegten sich knarrend.

Bitte anschnallen. Die Nacht wird stürmisch.

Wir drängten uns gerade vor dem Buffettisch, als Leo und Victoria Barrett eintrafen. Leo sah im jägergrünen Windbreaker über einem taubengrauen Sweater und kakifarbenen Pants wie immer lässig elegant aus, Victoria hatte sich für ein rückenfreies, türkisfarbenes Shirt und einen grellbunt gemusterten, an der Taille wie ein Sarong geschlungenen Rock entschieden. Zu Hause hatte sie das möglicherweise noch für eine Art spezielles Insel-Outfit gehalten, hier – bei dem aufkommenden Wind und der raschen Abkühlung – dachte sie bestimmt anders darüber.

Ian begrüßte die Barretts steif und wandte sich dann rasch wieder den anderen zu. Victoria ging auf Dante zu, der mit Stephen und Malcolm zusammenstand, und flötete honigsüß: »Darf ich mich zu euch gesellen?« Offenbar war sie ungewöhnlich guter Laune. Vielleicht hatte sie sich an dem Mittag im Schönheitssalon tatsächlich mit Leo versöhnt.

In dem Augenblick trat Christian Chung aus der Gartentür des Haupthauses, sah sich kurz um und kam gemächlich über den Rasen auf mich zugeschlendert. »Christian! Was machen Sie hier?«, rief ich und hoffte, dass er mir die freudige Überraschung nicht anmerkte (und womöglich falsch verstand). Eine bessere Konstellation hätte ich mir nicht wünschen können.

»Ich bin mal eben hergeflogen, um ein paar Papiere abzuliefern, die der Präsident dringend braucht.« Aha, er hatte also in dem Privatjet gesessen. »Zu wichtig, um jemand anderen loszuschicken. Und jetzt hat McAllister mich eingeladen zu bleiben. Ich bin gerade durch sein Anwesen geführt worden.« Seine Augen wanderten wieder, wie üblich, an mir auf und ab. Eigentlich hatte ich geglaubt, mit braunen Wollshorts, einem efeufarbenen Baumwollsweater, braunen Strümpfen und Timberlands recht passabel auszusehen, aber nun kam ich mir auf einmal schlecht angezogen vor.

»Kommen Sie gleich mit mir, ich will Leo sowieso noch hallo sagen.« Ich war neugierig, die beiden zusammen zu erleben. Wir näherten uns Leo, als er gerade Bob Raines zuraunte: »... bin ich nun der verdammte Präsident, aber so ein Leben wie McAllister kann ich mir nicht leisten. Was Torie mir prompt jedes Mal unter die Nase reibt, wenn wir hier draußen sind. Und dann haben wir auch noch die Fähre verpasst und mussten eine halbe Stunde auf die nächste warten.«

»Leo«, begrüßte ich ihn, »schön, Sie zu sehen.«

Seine ärgerliche Miene hellte sich auf, bei den Wangenküsschen lächelte er bereits. »Aber genug davon, Raines. Nichts Berufliches mehr, nachdem wir nun so reizende Gesellschaft haben. Wollen wir gemeinsam zum Essen gehen, Nikki?«

»Eigentlich, Herr Präsident, habe ich dringend etwas mit Ihnen zu besprechen. Vertraulich, wenn Sie nichts dagegen haben«, platzte Christian dazwischen.

Leo runzelte die Stirn. »Da muss es dann aber wirklich um was Wichtiges gehen.« Er winkte mir, als er Christian folgte, über die Schulter zu. »Halten Sie mir einen Platz frei, ja?«

Ich sah ihnen nach. Sie steckten, als sie am Buffet vorbei waren, die Köpfe zusammen und blieben schließlich an einer abseits gelegenen Ecke der Terrasse stehen. Was konnte so dringend sein, dass es nicht bis nach dem Essen Zeit hatte?

Ich spürte zwei kräftige Hände auf meinen Schultern, drehte mich um und sah mich McAllister gegenüber. »Kommen Sie, Veronica, holen wir uns was zu essen. Ich habe mich heute mit Kennedy unterhalten. Er schwärmt immer noch von dem Vortragsmanuskript, das Sie beim letzten Mal abgeliefert haben.« Er zwinkerte mir kumpelhaft zu, als wir uns mit dem Teller in der Hand am Buffet entlangschlängelten. »Sie sollten ihm eine kleine Vorabnotiz über das Papier schicken, an dem Sie zur Zeit arbeiten. Kurz und freundlich, unter Ihrem Briefkopf.«

»Mach ich«, sagte ich und rang mir ein Lächeln ab. All meinem quälenden Misstrauen zum Trotz war Ian immer noch ein zuverlässiger Steuermann durch die Strudel im Wildwasser des Karrierestrebens. Ich war nie schlecht damit gefahren, mich auf seinen Rat zu verlassen. Wir gesellten uns mit unseren vollen Tellern zu denen, die schon am großen Tisch auf der Terrasse Platz genommen hatten, und sprachen über die Reaktionen auf Ians *Times*-Artikel, der nun endlich am Donnerstag erschienen war.

Ein paar Minuten später bemerkte ich, dass Dante und Jennifer Blum sich rechts von uns niedergelassen hatten und sich angeregt unterhielten. Jennifer, die wie üblich bei jedem zweiten Satz kokett das Haar zurückwarf und durch scheinbar unabsichtlich räkelnde Bewegungen tiefe Einblicke in ihren Ausschnitt gewährte, hatte sich in einen ihrer berühmten Mikro-Minis gezwängt; er konnte ihr, nachdem sie sich gesetzt hatte, höchstens bis knapp unter die Taille reichen, und Dantes anerkennendes Grinsen schien meine Vermutung zu bestätigen.

»Ich halte nicht viel von diesem oberflächlichen Geschwätz, das uns weismachen will, Homer zu lesen sei so etwas wie politischer Hochverrat. Weil die *Ilias* angeblich den Krieg verherrlicht«, hörte ich Jennifer sagen. »Na und? Manchmal sind Krie-

ge eben unvermeidlich. Aber Sie sind ein kluger Mensch, Sie wissen das sowieso.«
Sie redete mit erhobener Stimme. Absichtlich, wie ich Jennifer kannte. Sie legte eben Wert auf ein großes Auditorium. Dante nickte nachdenklich. »Sein Werk hat selbst Pazifisten etwas über die menschliche Natur zu sagen. Wer sich für aufgeschlossen hält, sollte es lesen, unabhängig von seiner Einstellung«, pflichtete er Jennifer bei. »Ich weiß, manche Leute halten das für doktrinär«, fuhr er fort und schielte dabei zu mir herüber, »aber ich bin nun mal davon überzeugt, dass es bestimmte Werke der Weltliteratur gibt, die jeder Gebildete kennen sollte: Plato, Vergil, Goethe und Kant.«
»Das klingt interessant«, warf Leo Barrett ein, als er seinen Teller neben meinem abstellte.
Ian reagierte sichtlich verärgert, als wir alle zusammenrückten, um Leo Platz zu machen.
Ich wusste, wie unklug es war, mich in Gegenwart zweier meiner wichtigsten Mentoren mit Dante anzulegen, aber ich konnte mich einfach nicht zurückhalten. »Fällt dir nicht wenigstens eine einzige Frau ein, die auf deine Liste gehört?«, blaffte ich ihn an. »Oder vielleicht sogar jemand mit schwarzer Hautfarbe, falls das nicht deine Toleranz überfordert?«
Jennifer sah, wie aufgebracht ich war, und machte eine beruhigende Handbewegung. »Komm, Nikki, was ist so schrecklich daran, die Leute dazu zu bringen, die Wurzeln der westlichen Zivilisation kennen zu lernen?«
»Da hat sie Recht, Nikki«, versuchte Leo zu vermitteln.
Aber ich musste noch mehr Dampf ablassen. »Schrecklich finde ich daran, dass dadurch die Leistungen anderer herabgesetzt werden, die nicht zur so genannten tragenden gesellschaftlichen Elite gehört haben, aber dennoch viel zu geben hatten.«
Ian verfolgte das Wortgeplänkel mit verstohlenem Amüsement,

sagte aber nichts dazu. Ich ahnte allerdings, auf wessen Seite er stand. Er war ein großer Verehrer der Weltliteratur.

»Ich wurde unterbrochen, ehe ich hinzufügen konnte, dass meiner Meinung nach auch Austen, Woolf, Ellison und Hurston zu den Autoren gehören, die man gelesen haben sollte«, parierte Dante meinen Vorwurf.

»Natürlich«, sagte ich giftig, »die obligatorische Verneigung vor zwei schwarzen Autoren, von denen du zufällig mal was gehört hast. Danke für dieses Almosen.«

»Jetzt hör aber auf«, griff Jennifer ein. »Ich glaube kaum, dass man Zora Neale Hurston in einem Atemzug mit Vergil nennen kann.«

Die ganze Tischrunde horchte auf. Ich hätte im Voraus sagen können, wo jeder seine persönliche Frontlinie abstecken würde.

»Du unterstützt Vorstellungen und Auffassungen, die die Elite von einer Generation zur anderen weiterreicht«, hielt ich Dante vor, »und dann wunderst du dich, dass wir, die wir unterdrückt und an den Rand gedrängt wurden, uns nicht als ›ungebildet‹ abstempeln lassen, nur weil wir nicht die Äußerungen der großen Dichter als Evangelium aufnehmen und bei der Examensarbeit brav wiederkäuen.«

»Du glaubst also nicht, dass es gewisse allgemein gültige Werte gibt, an denen sich jeder orientieren sollte, auch wenn die äußere Hülle, in der sie uns erreicht haben, in mancher Beziehung fehlerhaft war?«, erwiderte Dante. Jetzt kämpften wir wieder in einer altvertrauten Arena.

»Fehlerhaft?«, schnaubte ich. »In diesen Werken werden Frauen wie Kriegsbeute behandelt, und Farbige sind sowieso samt und sonders vom politischen Leben ausgeschlossen. Und das nennst du allgemein gültige Werte?«

»Vorsichtig, Nikki, das hat nichts mit Rassenfragen zu tun.« Leo schien die Diskussion auf einmal sehr ernst zu nehmen.

»Wir sprechen darüber, ob man bestimmte Dichter kennen sollte. Nicht darüber, ob es sich um bemerkenswerte *schwarze* Autoren handelt, sondern darüber, ob ihnen ein Platz im Kanon derer gebührt, die Werke von bleibendem Wert geschaffen haben.«

Da war sie wieder – Leos irritierend konservative Grundüberzeugung. Wie brachte er das alles unter einen Hut? Mich so konsequent in meiner Karriere zu fördern, im Professorenkollegium und im Curriculum aber wachsweich zu reagieren, wenn es um das Miteinander unterschiedlicher gesellschaftlicher Kräfte ging? Allmählich fing ich an zu glauben, dass Maggie Recht hatte. Leos Liberalismus war eher auf Wirkung bedachter Schein, war nicht wirklich Teil von ihm.

McAllister räusperte sich. »Ich muss Leo zustimmen. Hier geht es nicht um die Bekämpfung der Rassendiskriminierung. Wenn es etwas gibt, das man als Bindeglied innerhalb der westlichen Gesellschaft bezeichnen kann, dann ist es das einhellige Bekenntnis zu gewissen fundamentalen Grundsätzen, die ihre Wurzeln in der Klassik haben. Das ist es, was wir den Studenten vermitteln müssen.«

»Ian«, wandte ich ein und zwang mich, nicht unbeherrscht zu klingen, »Literatur zu lehren bedeutet implizit, Wertvorstellungen zu vermitteln. Und wenn man das unausgewogen tut, unterstützt man eine in sich brüchige soziale Ordnung.«

Bob Raines griff in die Diskussion ein. »Ob wir's uns eingestehen oder nicht, es stimmt doch nicht, dass Wertvorstellungen nur durch Vorlesungen über Weltliteratur vermittelt würden. Die Fackel tragen wir alle vor uns her. Wie ist das mit Vorlesungen über Ökonomie? Trichtern wir unseren Studenten da nicht auch ein fundamentales Vertrauen in den Kapitalismus ein?«

Nein, weil wir den Begriff schon vor Jahren so aufgeweicht haben, dass wir Vorstellungen aus der sozialen Marktwirtschaft, dem Sozialismus und sogar dem Kommunismus darunter subsumieren können, dachte ich, sagte es aber nicht. Nachdem ich diese Woche bei Kenneth Irvin so große Töne gespuckt hatte, konnte ich es mir nicht leisten, schon wieder meine Meinung zu sagen.

»Ich glaube, diese Werke sind für jeden von uns wie ein Katalysator, um so die eigenen Wertvorstellungen zu definieren«, tönte Raines. »Sie sind ein Anfang, aber sicher nicht der Weisheit letzter Schluss, was wir als gebildete Menschen wissen und bedenken sollten, wenn es um unsere moralischen Wertvorstellungen geht. «

Weil ich keine Lust hatte, weiter zu diskutieren und womöglich einen dieser ehrwürdigen Lehrstuhlinhaber wissen zu lassen, was für ein aufgeblasener Schwätzer er in meinen Augen war, verschanzte ich mich hinter Schweigen. Was Jennifer prompt veranlasste, Dante einen gequälten Blick zuzuwerfen. Ich widerstand der Versuchung, ihr an die Kehle zu springen, und widmete mich den Resten auf meinem Teller.

»Alles in Ordnung, Nikki?«, flüsterte Ian mir zu. Ein wahrhaft verblüffender Anfall mitmenschlicher Anteilnahme.

Ich winkte ab. »Bestens. Ich denke darüber nach, wie ich den Vortrag für das Fachbereichsseminar nächste Woche aufbaue.«

Er nickte, nicht überzeugt, aber meine Ausrede hinnehmend.

Leo Barrett hatte sich inzwischen interessiert Jennifer Blum zugewandt. »Sie sind also eine Verehrerin Homers?« Ich wäre jede Wette eingegangen, dass er sich erheblich mehr für ihre Beine als für ihre Überzeugungen interessierte.

Als ich gerade meinen Plastikbecher mit Limonade nachfüllte, spürte ich, wie sich etwas Warmes um meine Schultern schmiegte: Dante hatte mir seinen Sweater umgehängt.

»Hübsch, was du anhast, aber ich hatte den Eindruck, dass dir kühl ist.«

»Danke«, sagte ich steif.
»Autsch. Bei dem Ton friert mich ja selber.« Seine Hände streichelten meine Wangen, als er mir die Ärmel des Sweaters um den Hals legte. »Doch wieder auf dem Kriegspfad, Nik?«
»Du weißt, was ich von den Klassikern halte«, sagte ich und entzog mich seinen Händen. »Das haben wir, wie ich mich erinnere, oft genug diskutiert.«
Er sah lächelnd zu mir herunter. »Ob das wohl heute genauso endet wie früher?« Womit er auf unsere hitzigen Streitgespräche anspielte, in deren Verlauf wir uns regelrecht beschimpften, um uns am Ende unter leidenschaftlichen Küssen auf dem Boden zu wälzen.
»Nein.« Ich langte nach dem Becher mit Limonade. »Republikaner küsse ich nämlich nicht mehr.«
»Was für ein Glück, dass ich inzwischen parteipolitisch ungebunden bin.«
»Das schließt auch die Parteilosen ein. Und außerdem kann ich Leute, die sich nicht festlegen wollen, erst recht nicht ausstehen.« Ich nahm einen Schluck, stand auf und ging.
»In deinen Augen liegt heute Abend ein seltsames Leuchten«, stellte er fest, als er mich eingeholt hatte und wir gemeinsam die Terrasse erreichten. »Irgendwas muss dir ein klammheimliches Vergnügen bereiten.«
»Wundert dich das? Alle Verdächtigen sind versammelt. Ideale Voraussetzungen für meine Recherchen.«
»Na prima. Sobald wir die anderen los sind, hol ich dich in deinem Zimmer ab, und dann kann's losgehen.«
»Das glaube ich kaum.«
»Ach komm, ich dachte, wir hätten Waffenstillstand geschlossen«, sagte er ungehalten.
»Haben wir. Aber deine neue Freundin Jennifer scheint's auf dich abgesehen zu haben, und ich glaube, die wirst du nicht so leicht los.«

Der Wind verscheuchte uns zum Dessert in die Küche: Kirsch- und Heidelbeerkuchen und Eiskrem. Anscheinend war ich doch zu ruppig zu Dante gewesen, ich sah ihn und Jennifer, beide mit einem Becher Kaffee in der Hand, auf die Terrasse huschen. *Soll mir egal sein.* Ich setzte mich unauffällig von der Runde ab, um ein wenig herumzuschnüffeln. Im Haupthaus war ein Alarmsystem installiert, wer weiß, ob ich mich während der Nacht frei bewegen konnte. Also musste ich jetzt loslegen.

Zuerst, das stand fest, wollte ich mir Ians Studio vornehmen. Ich hatte nämlich, als das Dessert serviert wurde, zufällig mitbekommen, dass sich Christian Chung in das Arbeitszimmer des Hausherrn geschlichen hatte. Danach hatte ich vermutlich auch mehr Bewegungsfreiheit, weil die anderen entweder zum abendlichen Streifzug in die Umgebung aufgebrochen oder schlafen gegangen waren.

Auf dem Rückweg aus meinem Zimmer kam mir auf dem Flur des zweiten Stocks Ian mit seinem Hund entgegen. »Hallo«, sagte ich munter und stellte beklommen fest, dass Maxwell der Freundliche zu vorgerückter Stunde noch grimmiger aussah als bei unserer Ankunft. »Was haben Sie noch vor?«

»Zuerst begleite ich Max bei seinem gewohnten Abendspaziergang, und dann wünsche ich mir gute Nacht. War ein langer Tag.«

Ich schaffte es, wie zur Bestätigung ein Gähnen anzudeuten. »Ja, ich bin auch völlig erschlagen. Ich hol mir nur noch einen Becher Tee, dann hau ich mich in die Falle. Ist ziemlich windig draußen, Sie sollten besser einen Sweater mitnehmen.«

Ian schüttelte den Kopf. »Ich bin daran gewöhnt, abends weht hier immer eine frische Brise. Das wirkt belebend.«

Wir stiegen gemeinsam die Treppe hinunter. Auf jeder zweiten Stufe machte Maxwell der Freundliche kurz Halt und guckte mich finster an. Typisch für einen scheuen Hund – vor allem, wenn er insgeheim schon irgendwelche Gemeinheiten ausheckt. Ich winkte den beiden an der Haustür nach, dann huschte ich schnell in das Arbeitszimmer im Erdgeschoss, zog die schwere hölzerne Doppeltür hinter mir zu, tastete mich im Dunkeln zu dem nach hinten gelegenen Fenster und zog die Vorhänge zu, damit ich nicht von jemandem, der zufällig draußen über den Rasen schlenderte, beobachtet werden konnte.

Als ich mich nach der Zugschnur reckte, merkte ich, dass Dantes Sweater noch um meine Schultern lag.

Ich ließ den Lichtstrahl meiner Minitaschenlampe durchs Zimmer huschen. Ians heimisches Studio sah seinem Büro an der Harvard zum Verwechseln ähnlich: mit dunklem Holz getäfelte Wände, dazu passend die Möbel, Schreibtisch, Sessel und Couch in dunklem Kastanienbraun, genau wie der Teppich, nur dass der von einem verwirrenden hellen Muster durchzogen war. Eigentlich hatte ich vorgehabt, zuerst die Schreibtischschubladen durchzuwühlen, doch dann fiel der Lichtstrahl meiner Taschenlampe auf einen schmalen ledernen Aktenkoffer, halb hinter einem Kissen auf der Couch versteckt. Ich zog ihn heraus, die Initialen ›C. C.‹ ließen vermuten, dass er Christian Chung gehörte.

Ein Aktenkoffer mit einem Kombinationsschloss. Zu öffnen mittels eines Buchstabencodes. Natürlich verschlossen, musste ja so sein.

Wenn ich Christian Chung gewesen wäre – welche Buchstabenkombination hätte ich benutzt? Ich versuchte es mit verschiedenen Kombinationen aus seinem Vornamen. Nichts rührte sich. Aus seinem Nachnamen. Ebenfalls Fehlanzeige. Lowell House? Auch nicht. Was gehörte zu den Dingen, die Chung wichtig waren? Teure Designerkleidung. Ich probierte es mit Giorgio Armani, Calvin Klein und Hugo Boss. Brachte nichts. Aber zehn Minuten später war ich zu meiner eige-

nen Überraschung doch fündig geworden: links HAR, rechts VAR.
Ich ließ das Schloss aufschnappen. Stifte in den Steckfutteralen der Innenabdeckung, pedantisch geordnet. Darunter mehrere Papiere, ebenfalls sauber gestapelt. Aber darunter lag noch etwas.
Etwas, womit ich wahrhaftig nicht gerechnet hatte. Eine Fata Morgana? Träumte ich?
Ich rieb vorsichtig mit den Fingerspitzen daran herum. Und dann roch ich daran. Ja, es war das, wonach es aussah. Geld. Ganze Stapel von Geld. Ein Aktenkoffer voll Geld. Sauber gebündelte Hundertdollarnoten. Von jedem Schein sah mich mit ernstem Blick Benjamin Franklin an. Das musste glatt eine halbe Million sein.
Eine halbe Million Dollar.
Vielleicht der Beweis, den ich brauchte, um Christian Chung der Unterschlagung zu überführen.
Und plötzlich Schritte draußen auf der Treppe. Ein Schauder lief mir über den Rücken. Kam Ian etwa schon von seinem Spaziergang zurück? Ich musste hier weg. Ian und sein bösartiger Hund konnten jeden Moment durch die Tür kommen. Ich zupfte aus jedem der fünf nebeneinander liegenden Stapel die oberste Hundertdollarnote, drückte den Aktenkoffer rasch zu und schlich mich leise aus dem Studio.
Draußen auf dem Flur stand plötzlich Jennifer Blum vor mir.
»Hallo«, haspelte ich. »Hab gerade nach einem Buch gesucht. Damit ich mich müde lesen kann.«
Sie blickte auf meine leeren Hände. »Ohne Erfolg, sehe ich.«
»Da drin stehen nur Fachbücher und so was. Lauter abstraktes Zeug. Davon werde ich nur munter. Und was treibst du?«
»Dante und die anderen Jungs fahren nach Oak Bluffs, in eine Bar. Und ich fahre mit.« Und dann fügte sie mit falschem Lä-

cheln hinzu: »Von dir war zwar nicht die Rede, aber sie haben sicher nichts dagegen, wenn du auch mitkommst.«

»Nein danke.« Und damit sie auch wirklich sah, dass ich absolut kein Interesse hatte, gähnte ich, dass ich mir beinahe den Kiefer ausrenkte. »Ich bin seit sechs Uhr auf den Beinen. Kann nicht mehr lange dauern, bis ich wie ein Taschenmesser zusammenklappe.« Ich konnte es kaum erwarten, sie endlich durch die Haustür verschwinden zu sehen.

So schnell kann ein Mann aus der Freundschaft zweier Frauen einen Scherbenhaufen machen.

Ich musste Rafe über die halbe Million in dem Aktenkoffer informieren. Telefone gab es genug im Haus, aber womöglich konnte jeder, der in seinem Zimmer den Hörer abnahm, das Gespräch mithören. Seinerzeit in Manhattan hatte ich immer ein Mobiltelefon bei mir und jederzeit auf Kosten der Bank telefonieren können. Aber das war einmal. Manchmal ging mir diese akademische Bescheidenheit doch ein wenig auf die Nerven.

Dann fiel mir das Faxgerät im Elternschlafzimmer der McAllisters ein. Ian hatte uns bei der Führung durchs Haupthaus erzählt, dass er es aus seinem Arbeitszimmer ins Schlafzimmer verlagert habe, weil er mitunter tagelang nicht in sein Studio käme, und dann lägen ankommende Faxe unbeachtet dort herum. Wenn ich es schaffte, mein Fax abzusetzen, bevor Ian zurückkam, musste das eigentlich problemlos über die Bühne gehen.

Ich riss ein Blatt aus dem Notizblock in der Küche, schrieb eine kurze Mitteilung an Rafe darauf und klebte mit Tesaecken eine der Hundertdollarnoten darunter. Dann eilte ich die Treppe hoch, machte im zweiten und dritten Stock kurz Halt, um zu lauschen, ob irgendwo Stimmen zu hören wären, aber außer mir schien niemand im Haus zu sein. Also schlich ich mich auf Zehenspitzen in Ians Schlafzimmer. Das Faxgerät stand auf einem niedrigen Tisch vor einem der Fenster. Im sanften Schein des Mondlichts gab ich die Vorwahlnummer von Cambridge und die Nummer der Harvard-Polizei ein und wartete auf den Piepston, der mir bestätigte, dass die Leitung stand. Stattdessen ertönte das Besetztzeichen. Wer faxte denn an einem Freitag spätabends die Polizei an?

Also doch das gute alte Telefon. Ich versuchte es zunächst mit Rafes Privatanschluss, wohl wissend, wie ungehalten er reagieren würde, wenn ich ihn aus dem Schlaf riss. Das Telefon läutete und läutete. Und mein Blatt Papier mit der Notiz für Rafe und der Hundertdollarnote lag reglos im Einzugsfach des Faxgeräts. Nervös klaubte ich ein Stück Kaugummi aus meiner Tasche und schob es mir in den Mund. Ich hatte mir das Kauen in Cambridge angewöhnt, als Kompensation zur Abhängigkeit von Nikotin und Koffein, in die ich während meiner Zeit als Investmentbankerin geraten war. Draußen pfiff der Wind – ich musste höllisch aufpassen, damit ich rechtzeitig mitbekam, wenn Ian von seinem Abendspaziergang zurückkehrte.

Eine Minute verstrich, das Faxgerät war auf Wahlwiederholung gestellt, und gleichzeitig versuchte ich immer wieder, die Harvard-Wache telefonisch zu erreichen. Es kam prompt, wie es kommen musste: Das Faxgerät signalisierte durch einen Piepston, dass die Verbindung nach Cambridge hergestellt war, während sich zur gleichen Zeit am Telefon der wachhabende Sergeant meldete.

»Ich möchte Sergeant Griffin sprechen – dringend«, flüsterte ich ins Telefon.

»Was?«, bellte jemand am anderen Ende. »Reden Sie lauter.«

»Geben Sie mir Raphael Griffin. Schnell.«

Das Faxgerät zog mein Blatt Papier ein. Und ich hätte schwören können, dass ich Stimmen auf der Treppe hörte. Und Schritte, die näher kamen. Hastig legte ich den Hörer auf. Sah mich nach einem rettenden Fluchtweg um. Schob die Tür auf, die zum Balkon führte. Schnappte mir, als es aus dem Auswurfschlitz des Faxgeräts kam, mein Blatt Papier und flüchtete auf den Balkon. Genau in dem Augenblick, als in Ians Schlafzimmer das Licht aufflammte. Drinnen zirpte fröhlich das Faxgerät – Übertragung beendet. Im Stillen schickte ich ein Stoßgebet zum Himmel, dass das verdammte Gerät keine Bestätigung ausdruckte, aus der Ian ersehen konnte, wohin ich gefaxt hatte. Aber so oder so – ich musste schleunigst verschwinden.

Ich schlich lautlos die schmale hölzerne Wendeltreppe hinunter, die von Ians Schlafzimmerbalkon zum Rasen führte. Und musste schnell in Deckung gehen, als Ian auf den Balkon trat. »Ich dachte, ich hätte zugemacht«, hörte ich ihn murmeln und gleich darauf die Schiebetür einrasten.

Auf der untersten Stufe machte ich erst mal Halt, um mir zu überlegen, wie es weitergehen sollte. Und da sah ich Christian Chung verstohlen über den Rasen huschen und durch die Hintertür im Haus verschwinden. Ich eilte hinterher und sah ihn die Treppe hochgehen. Ich folgte ihm, bis er in einem der beiden verwaisten Töchterschlafzimmer verschwand. Nanu. Hatte er nicht im Gästehaus Quartier bezogen?

Dann hörte ich ihn im Zimmer reden. Was denn – war er nicht allein? »Ja, das verstehe ich. Aber darum hätten Sie sich eben früher kümmern müssen.« Oder telefonierte er? Ich robbte auf allen vieren bis vor seine Tür. Mist – kein Schlüsselloch.

»Ich weiß, das mit dem Telefon sieht nach übertriebener Vorsicht aus … musste ich gewisse Vorkehrungen treffen … im Auge behalten. Sehen Sie mal, das Einzige, worauf's ankommt, ist doch … Darum habe ich die Dinger verwanzt.« Wenn er bloß nicht so gemurmelt hätte! Als ob er mit jemandem telefonierte, der sich auch hier draußen auf Ians Anwesen aufhielt.

Und was, zum Teufel, sollte der Satz bedeuten, dass ›das mit dem Telefon nach übertriebener Vorsicht‹ aussähe?

Eine Pause, offenbar hörte Christian seinem Gesprächspartner

zu. Dann war er wieder an der Reihe. »Der ist noch grün hinter den Ohren. Wenn er sich genau an das gehalten hätte, was ich ihm gesagt habe ... dann hätten wir den Mist schon vor Wochen hinter uns ... und Sie wären längst mit dem Geld Richtung Süden abgedüst.«
Ich rutschte noch ein Stück näher an die Tür, schloss die Augen und versuchte angestrengt mitzukriegen, was Christian sagte. Und plötzlich legte sich eine feuchte Hand auf meinen Hals. Ich erstarrte zur Salzsäule, bis mir geistesgegenwärtig eine Erklärung einfiel.
»Ich weiß, dass das komisch aussieht«, sagte ich im Flüsterton, »aber mir sind meine Kontaktlinsen rausgerutscht, und ich kann sie einfach nicht finden.«
Der Bursche, der mich überrascht hatte, zog die Hand weg und machte einen seltsam gurgelnden Laut. Ich rutschte – immer noch auf allen vieren – von der Tür weg, schnellte herum und starrte in die unerbittlichen dunkelbraunen Augen der Bulldogge Maxwell des Freundlichen. Er kam mir, weil ich etwa dieselbe Körperhaltung eingenommen hatte, riesig vor, mindestens doppelt so groß wie ich – ein Kraftpaket, bestehend aus einem massiven Schädel, einem großen roten Maul und einem muskulösen Nacken. Obwohl ich ihn noch vor einer Stunde für einen widerlichen, von gemeinen Instinkten gelenkten Köter gehalten hatte, wollte ich die Möglichkeit nicht ganz ausschließen, dass Ian vielleicht Recht gehabt hatte und der Hund tatsächlich ein scheues, missverstandenes Wesen war – eine Art überdimensionales Kuscheltier. Sehen konnte ich's nicht, aber ich redete mir hoffnungsvoll ein, dass er freundlich mit dem Schwanz wedelte. Und dass die keuchenden Atemzüge und die fest aufeinander gepressten Kiefer nichts anderes wären als so etwas wie ein zahnloses Lächeln. Und dass sein Gesicht nicht deshalb so feucht war, weil ihm vor lauter Mordlust schon der Schweiß ausgebrochen wäre – ach wo, das waren bestimmt nur Tautrop-

fen, die sich beim vergnüglichen Abendspaziergang in seinem Fell verfangen hatten. Und von da an fiel es mir nicht mal mehr schwer zu glauben, dass er nur darum so beharrlich vor mir stehen blieb, weil er wirklich scheu war.

Nun musste ich nur noch für sein dumpfes Knurren irgendeine Erklärung finden.

Nach einer kleinen Ewigkeit zwinkerte Maxwell. Also zwinkerte ich zurück. *Siehst du, Hundchen, wir sind eben alle verwandte Seelen.* Und so belauerten wir uns – beide auf allen vieren – gegenseitig und zwinkerten uns von Zeit zu Zeit zu. Nur, plötzlich schwoll sein Hals so merkwürdig an.

Jetzt passiert's, dachte ich. Ich musste um Hilfe rufen, und zwar sofort, sonst brachte die Bestie mich um. Ich klappte den Mund auf, aber es kam nichts raus, nicht mal ein Krächzen. Ich schloss die Augen. Bei lebendigem Leibe in Stücke gerissen zu werden, das wollte ich nicht sehen.

Ich hörte nichts. Nur ein leises Winseln.

Ich öffnete die Augen und sah, wie Maxwell langsam Pfote um Pfote zurückwich und dabei auf irgendetwas Rundem, Pinkfarbenem herumkaute. Ich vergewisserte mich, dass es nicht meine Zunge war. Und merkte bei der Gelegenheit, dass mein Kaugummi weg war.

Das war's, worauf Maxwell der Freundliche herumkaute. Er musste mir, als ich den Mund aufgeklappt hatte, herausgefallen sein und Maxwells Neugierde geweckt haben. Deshalb knurrte er so zufrieden.

»Veronica, was tun Sie denn da unten?« Ian McAllister ragte turmhoch über mir auf. »Irgendein Problem?«

»Nein«, antwortete ich ruhig, »ich spiele nur ein wenig mit Maxwell.«

»Dann viel Spaß.« Er tätschelte dem Hund den Kopf (und anschließend, weil er gerade dabei war, auch mir), ging den Flur hinunter und verschwand im Schlafzimmer.

Dass ich schweißgebadet war, schien ihm gar nicht aufgefallen zu sein.
Ich rappelte mich hoch. Maxwell trottete laut schmatzend vor mir den Flur hinunter. Alles in schönster Ordnung.
Bis auf einmal Christian Chung aus seinem Zimmer kam. »Veronica«, sagte er breit grinsend, »ich hatte kaum noch gehofft, vor morgen das Vergnügen zu haben, ein wenig mit Ihnen zu plaudern. Ich dachte, alle wären ausgegangen.«
»Na ja, das stimmt auch. Außer mir«, sagte ich. Leider ohne nachzudenken.
Das Grinsen sah plötzlich wollüstig aus, seine Augen verengten sich. »Was dann wohl bedeutet, dass wir ganz unter uns sind. Und die Nacht ist noch jung.«
Erst ein verrückter Hund, dann eine hinterhältige Schlange. Ich hätte irgendwas von Kopfschmerzen murmeln und mich in mein Zimmer zurückziehen können. Aber der Kerl war nun mal ein nicht unwichtiges Objekt meiner Recherchen, und hier schien sich eine einmalige Gelegenheit zu bieten, mehr aus ihm herauszubringen. »So ist es.«
Ich zwang mich zu einem Lächeln. »Wollen wir einen kleinen Spaziergang machen?«
»Gute Idee«, sagte er und fasste mich am Arm. »Gehen wir.«
Auf der Treppe musste ich mich zwingen, nicht doch noch einen Rückzieher zu machen. Ich beruhigte mich mit dem Gedanken, dass ich die Situation voll im Griff hätte.
Als wir vor die Haustür traten, zauste uns sofort der heftige Wind. »Wundervoll!«, rief Christian aus und inhalierte tief. »Aber ein bisschen kühl für zarte Haut. Kommen Sie, ich halte Sie warm.« Er legte den Arm um mich, und ich sprang über meinen Schatten und lehnte mich gegen seine Schulter. Hauptsache, du schaffst es, ihn zum Reden zu bringen, sagte ich mir.
»Ach, wissen Sie«, meinte er, als wir den Rasen vor dem Haus

überquerten, »es ist doch zu kalt für einen Spaziergang. Gehen wir lieber zu mir.«
»Zu Ihnen?«
»Na ja, ins Gästehaus.«
Seine Arroganz war durch nichts zu überbieten. Da hatte der Hausherr nun ihm und drei anderen für zwei Nächte Zimmer im Gästehaus zur Verfügung gestellt, aber er formulierte das so, als wäre das Gästehaus damit zu seinem persönlichen Eigentum geworden.
»Sehr gut. Dann kann ich gleich den Sweater zurückgeben. Den hat mir ein anderer Gast geliehen.« Mit einem kurzen Abstecher in Dantes Zimmer konnte ich Zeit gewinnen, um über meinen nächsten Schachzug nachzudenken. Und Dante war ja nicht da, er amüsierte sich in irgendeiner Bar. Mit meiner lieben Freundin, der leicht bekleideten Jennifer.
Christian nickte. »Ja, den brauchen Sie ohnehin nicht mehr.«
Als wir auf der Veranda des Gästehauses ankamen, packte er mich plötzlich, drückte mich mit dem Rücken gegen die Tür und sah mir in die Augen. »Na ist das nicht ein schönes Gefühl, so ganz allein mit mir zu sein?«
»Unheimlich aufregend.« Ich unterdrückte meinen Lachreiz und mimte die Atemlose. »Aber mir ist lausig kalt.« Ich tauchte unter seinem Arm durch und huschte durch die Tür ins Wohnzimmer. Er folgte mir, ließ sich aber Zeit. Und dann hörte ich den Türknauf einrasten.
»Ich glaube, hier stört uns keiner«, sagte er. Und plötzlich war sein Lächeln wie weggewischt. »So, Nikki, nun erzählen Sie mir mal, was Sie heute Abend in Ians Studio zu suchen hatten.«
Die Art, wie er mich ansah, ließ mir das Blut in den Adern gefrieren. Er hatte mich die ganze Zeit über beobachtet.
»Ich hab was zu lesen gesucht. Das macht mich immer so schön müde vor dem Einschlafen.« Ich hoffte, dass ich einen hinlänglich unbekümmerten Ton getroffen hatte. »Aber die Bü-

cher im Arbeitszimmer hätten mich nur an *meine* Arbeit erinnert.«
»Tatsächlich? Dann vermute ich, dass Sie vor Ians Tür auch nur gehorcht hatten, weil Sie das immer so schön müde macht?«
Ich setzte ein unschuldiges Lächeln auf. »Ich habe keine Ahnung, wovon Sie reden. Ich habe eine Zeit lang mit Ians Hund gespielt, und als ich gerade schlafen gehen wollte, sind Sie mir über den Weg gelaufen.« Hauptsache, ich brachte ihn dazu, weiterzureden. Solange Leute reden, rutscht ihnen vielleicht unbeabsichtigt irgendetwas heraus.
»Was Sie nicht sagen.« Er kam auf mich zu, packte mein Handgelenk und hielt es mit eiserner Faust umklammert. »Aber ich an Ihrer Stelle wäre vorsichtig, Nikki. Neugierige Katzen sterben früher.«
»Lassen Sie mich los, Christian.« Äußerlich gab ich mich ruhig und gelassen. »Sie tun mir weh.« Aber mein Herz schlug wie verrückt. Denn plötzlich erkannte ich den Geruch wieder, der in der Luft hing. Mit beängstigender Gewissheit. Es war der Geruch von Lederhandschuhen. Genauso hatte der Kerl in der Widener-Bibliothek gerochen.
»Ach, machen Sie mir nichts vor, Nikki«, sagte er mit bösartigem Grinsen. »Sie mögen es doch etwas rau, oder?« Sein Arm legte sich um meine Taille – so fest, dass ich mir wie in einem Schraubstock gefangen vorkam. Mir wurde klar, dass ich physisch keine Chance gegen ihn hatte.
»Störe ich?« Dante Rosario stand im Flur. Ich riss mich aus Christians Umklammerung los.
»Ja, das tun Sie«, sagte Christian ungerührt. »Ich dachte, wir wären hier allein. Gibt's da irgendwelche Probleme?«
»Nur eins. Soweit ich weiß, ist die Dame mit mir befreundet. Und da müssen Sie mir schon erklären, was Sie an ihr rumzutatschen haben.« Dante kam ins Wohnzimmer.

Die beiden Männer maßen sich stumm mit Blicken, dann zuckte Christian die Achseln. »Man kann sich ja mal irren. Wir setzen unser Gespräch bald fort, Nikki.« Sprach's, drehte sich um und war verschwunden.

»Ich bring dich um«, murmelte ich hinter ihm her. Dann fuhr ich herum und starrte Dante wütend an. Meine Hände zitterten, aber das musste er ja nicht unbedingt wissen. »Wie kommst du dazu, einfach hier reinzuplatzen?«

»Lass mich mal überlegen. Zum Beispiel, um dich vor Zudringlichkeiten zu bewahren? Wäre da nicht ein Dankeschön fällig?«

»Ach, blas dich nicht so auf, ich hatte die Situation unter Kontrolle. Ich hätte mich schon irgendwie rausgeredet.«

»Du überschätzt dich. Der Kerl ist ein Schläger.«

»Und du, wen wundert's, bist wieder mal der große Held.«

»Zum Teufel noch mal, wieso treibst du dich überhaupt allein mit ihm herum, wenn du weißt, dass er möglicherweise ein Mörder ist?«, sagte er und kam auf mich zu. »Weißt du, was du bist?«

»Na, was denn?« Ich pfiff auf den Sicherheitsabstand von gut anderthalb Metern, der mir sonst bei Dante geraten schien.

»Stur wie ein Nashorn.« Der Abstand wurde noch kleiner. »Und gefährlich leichtsinnig.« Ich wich zwei halbe Schritte zurück. »Dir sollte wirklich mal jemand den Hintern versohlen.«

»Dazu fehlt dir der Mumm.« Ich stand inzwischen mit dem Rücken an der Wand.

»Wollen wir wetten?«

Aber da flog die Tür auf, Michael Treger kam hereingeschossen. »Hallo«, rief er uns zu, während er weiterstürmte. »Muss mir nur schnell ein Exemplar von meinem Buch holen. Ich hab da in der Bar einen kennen gelernt – Filmproduzent aus L. A., macht Urlaub hier.«

Die Gefahr war gebannt. Und leider auch die Stimmung des Au-

genblicks verflogen. Dantes leises Stöhnen hörte sich irgendwie enttäuscht an.
Er schielte auf mein Hosenbein. »Was guckt denn da raus?«
Ich sah nach unten. Tatsächlich, eine Ecke von dem Blatt Papier, das ich Rafe gefaxt hatte, spitzelte unter meinen Shorts hervor. Ich zog es heraus und setzte mich aufs Sofa. »Du wirst nicht glauben, was ich heute Abend gefunden habe.«
Und prompt kam wieder Michael Treger durchs Wohnzimmer geschossen, diesmal von der anderen Seite. Meine Güte, hier ging's zu wie auf dem zentralen Busbahnhof! Er rief uns gute Nacht zu und stürmte nach draußen.
Und dann kam ich endlich dazu, Dante von Christians Aktenkoffer und dessen Inhalt zu erzählen.
»Mhm«, machte er. »Und wo ist der Koffer jetzt?«
»Da, wo ich ihn gefunden habe.«
Er war schon halb auf dem Weg. »Komm, ich hab eine Idee.«
Wir gingen stumm zurück zum Haupthaus, das wie verlassen dalag, und schlichen uns in Ians Arbeitszimmer.
»Was hast du vor?«, fragte ich flüsternd.
»Mach den Koffer bitte noch mal auf. Aber wisch nachher die Fingerabdrücke weg, hörst du?«
Ich gab die Buchstabenkombination ein, während er ein Blatt Papier in die Schreibmaschine auf Ians Schreibtisch spannte.
»Was soll das werden?«, wisperte ich.
»Eine kurze Notiz. Quasi eine Empfangsbestätigung.«
Er tippte irgendwas auf das Papier, dann nahm er es aus der Maschine und zeigte es mir:
Ich hab mir geholt, was mir gehört.
Komm mir nicht mehr in die Quere.
Er langte in den Aktenkoffer, nahm sieben Geldbündel heraus und legte an die leere Stelle die Notiz.
»Und wie geht's nun weiter?«, fragte ich, als wir aus dem Arbeitszimmer huschten.

»Von morgen früh an lassen wir Chung nicht mehr aus den Augen. Ich wette, er überprüft mindestens zweimal am Tag, ob das Geld noch vollständig da ist. Und weil das jetzt nicht mehr so ist, wird er versuchen, mit irgendjemandem ein Treffen zu vereinbaren. Und wenn das stattfindet, sind wir dabei.«

»Richtig clever, Rosario. Meine Anerkennung.«

»Ich versuche nur, mit dir mitzuhalten.«

»Aber wir haben für heute Nacht noch mehr auf dem Programm«, sagte ich, fügte aber, damit er mich nicht missverstand, schnell hinzu: »Christian hat einen Komplizen, ich hab ihn mit jemandem reden hören. Wir müssen uns unbedingt in dem Haus am Swimmingpool umsehen. Ich glaube, der Zeitpunkt ist günstig. Die Barretts sind ausgegangen.«

Tatsächlich, im Haus am Pool rührte sich nichts, als wir uns durch die Seitentür Eingang verschafften. Merkwürdig, aber in diesem Fall ganz praktisch, dass es in Ians Anwesen offenbar nirgendwo verschlossene Türen gab. Ich knipste die Minitaschenlampe an und ließ den Lichtstrahl einmal rundum kreisen. Wir waren in einer Art Geräteraum gelandet, an den Wandhaken hingen Wetterjacken, auf einem Regal standen schmutzige Arbeitsstiefel.

»Komm«, winkte ich Dante hinter mir her, »gucken wir uns mal im Wohnzimmer um.« Im Wohnzimmer brannte eine Tischlampe, ich brauchte die Taschenlampe nicht mehr. Teure Möbel, an den Wänden Bilder zeitgenössischer Maler, und an der Decke baumelte, gleich neben dem Aquarium mit exotischen Zierfischen, ein Flachbildfernseher.

»Und da behaupten die Leute, dass sich Verbrechen nicht auszahlen«, murmelte Dante, als wir unsere Exkursion Richtung Küche fortsetzten. »Was glaubst du, wo wir Leos Aktenkoffer finden?«

»Da bestimmt nicht«, zog ich ihn auf, als er den Kühlschrank öffnete. »Was suchst du denn dort drin?«

»Das hier!« Er hielt mir triumphierend ein kleines Holzkästchen hin. »Torie hat mir mal erzählt, dass sie ihren Schmuck zum Schutz vor Einbrechern im Kühlschrank aufbewahrt.«

»Irgendwo ist bei diesen Neuenglandtypen immer eine Schraube locker«, murmelte ich. Und als unsere Blicke sich trafen, konnte ich mir die Frage nicht verkneifen: »Was macht übrigens Danielle?« Immerhin hatte ich nicht *apropos* gesagt.

»Sie gehört der Vergangenheit an.«

»Ach?«, heuchelte ich Mitgefühl. »Und ich dachte, Biochemiker hätten so tolle Zukunftsaussichten.«

»Haha«, machte er. Seine Augen hielten mich unverwandt fest. »Das Spielfeld ist also wieder frei.«

»Soweit du nicht gerade bei Jennifer am Ball bist.«

»Da interpretierst du was hinein. Jennifer ist eine Zufallsbekanntschaft. Und allenfalls eine Eintagsfliege.«

»Im Klartext?«

»Der verzweifelte Versuch, in letzter Minute noch einen Treffer zu landen, bevor das Spiel endgültig vorüber ist.«

»Bei einer fundamentalistischen Kulturbanausin, die glaubt, wieder zum Teenager zu werden, wenn sie sich einen Minirock anzieht?«

»Nein. Bei dir.«

Oh. Wenn er mir so kam, brauchte ich einen Rettungsanker.

»Gucken wir uns oben um«, sagte ich barsch.

Im Obergeschoss gab es drei Schlafzimmer, die Barretts hatten sich für das größte entschieden, mit einem überbreiten Bett und zwei Fenstern mit Blick auf den Swimmingpool. Die Terrasse musste halb unter das Haus gezogen sein, ich konnte von oben gerade noch den vorderen Rand ausmachen.

»Du durchsuchst ihre Handtasche«, ordnete ich an, »ich seh mal, ob ich seine Aktentasche finde.« Wir wussten beide nicht so recht, wonach wir eigentlich suchten. Aber immerhin konnten wir eine Weile unter wohltuendem Schweigen kramen.

Bis Dante einen leisen Pfiff ausstieß.
»Was ist?«, fragte ich aufgeregt.
»Torie scheint ausgefallene Hobbys zu haben.« Er hielt eine schwarze Lederpeitsche und zwei verchromte Handfesseln hoch.
»Ach du heiliger Bimbam«, flüsterte ich.
Und genau in dem Augenblick hörten wir unten hastige Schritte und lautes, übermütiges Lachen.
»Ich bin völlig durchgefroren«, quietschte Victoria Barrett ausgelassen.
»Dafür weiß ich die richtige Kur.« Eine tiefe Männerstimme. Die Stimme aus dem Schönheitssalon. Und es war nicht Leos Stimme, das wurde mir nun klar. »Komm her, Weib.«
»Da musst du mich erst mal kriegen«, rief Victoria neckisch.
»Ach ja?« Wir hörten eiliges Hinundhertrappeln. Und dann merkte ich, dass sie schon auf der Treppe waren.
»Scheiße«, flüsterte ich Dante zu, »das ist Ian! Sie muss total verrückt sein. Wo steckt denn Leo?« Die Stimmen kamen rasch näher.
Dumpfes Rumpeln auf dem Flur. Die Flucht in eins der anderen Schlafzimmer konnten wir also vergessen, wenn Victoria und Ian schon vor unserer Tür Haschmich spielten.
»Mach das Ding zu«, sagte Dante und deutete auf Leos Aktenkoffer. »Wir müssen hier weg.«
Ich fühlte mich wie benommen, als ich Leos Siebensachen wieder in den Aktenkoffer warf. Mir fiel absolut nichts ein.
»Okay«, flüsterte Dante, »wir haben zwei Möglichkeiten. Den Schrank oder das Fenster.«
»Gotcha!«, schrie Ian triumphierend auf dem Flur. Dann halblautes Gerangel. Hörte sich irgendwie nach balgenden Katzen an.
»Immer hübsch langsam, Schätzchen«, gurrte Victoria. »Wozu die Eile?«

Plötzlich war das Fenster ein verlockender Aspekt.
»Na los!«, wisperte ich Dante zu.
»Was hast du unter dem Ding an?«, murmelte Dante. Und war mit den Händen schon unter meinem Sweater. Hob ihn hoch und zog ihn mir über den Kopf. Ich konnte mir sparen, ihm zu sagen, dass ich ein T-Shirt darunter trug. Zumal er mittlerweile schon vor mir kniete. Mit beiden Händen an meinen Beinen hochfuhr. Zu meiner Erleichterung aber nur die Reißverschlüsse meiner Stiefel aufziehen wollte. »Ausziehen, sobald wir im Wasser sind«, ordnete er an. Sah grinsend zu mir hoch und sagte: »Das T-Shirt darfst du anbehalten.«
»Oh!«, hörte ich Victoria auf dem Flur juchzen und warf rasch einen Blick zur Tür.
Dante grinste immer noch. »Wollen wir nicht lieber bleiben?«
»Nun mach schon!«
Er zog das Fenster auf und nahm meine Hand. Und ein paar Sekunden später standen wir auf dem äußeren Sims. Von wo aus der Swimmingpool viel kleiner und viel weiter entfernt aussah, als ich ihn von meinem kurzen Blick aus dem Fenster in Erinnerung hatte. Und der Wind hatte sich meinem Gefühl nach zum Sturm gemausert.
»Bereit?«
Ich schüttelte den Kopf. »Eigentlich nicht.«
Er gab mir einen kräftigen Schubs.
Ich schlug hart auf dem Wasser auf, der Schmerz des Aufpralls flutete mir durch die Beine und Hüften. Dann tauchte ich in das eiskalte Wasser ein und sank bis auf den Grund des Beckens. Von Panik getrieben trat ich mir die Stiefel von den Füßen. Ringsum undurchdringliches Dunkel. Ich merkte, wie ich im Zeitlupentempo nach oben trieb. Tauchte mit einem Mund voll Wasser auf, würgte gegen den Chlorgestank an, sah neben mir meinen Sweater im Pool treiben und fischte ihn heraus. Das

ganze Abenteuer hatte vermutlich nicht länger als fünfzehn Sekunden gedauert.
Neben mir tauchte etwas Rundes, Dunkles aus dem Wasser auf. Dantes Kopf, wie ich im Lichtschimmer aus dem oberen Stock erkannte.
Und da hörte ich auch schon oben im Schlafzimmer Victoria fragen: »Hast du das gehört? Als ob was ins Wasser gefallen wäre. Kannst du was sehen?« Sie schien sich Sorgen zu machen.
Wir hielten uns mit Wassertreten so weit an der Oberfläche, dass wir gerade noch Luft schnappen konnten. Und setzten unsere Hoffnung darauf, dass sie uns von oben nicht ausmachen konnten.
»Nichts zu sehen«, murmelte Ian. »Zu dunkel.«
»Vielleicht solltest du mal unten nachsehen?«, schlug Victoria halbherzig vor.
»Ach was, da war nichts. Und so viel Zeit haben wir nicht.«
Das Fenster wurde zugeschlagen, und dann hörten wir nur noch das Zirpen der Grillen und hin und wieder ein vorüberschwirrendes Insekt. Richtig romantisch – wenn das Wasser nicht so eisig kalt gewesen wäre und der Wind nicht so geheult hätte.
Wir schwammen lautlos zum flachen Ende des Pools. Ich stieg bibbernd aus dem Wasser, das T-Shirt klebte mir eiskalt auf der Haut. Dante stand schon am Beckenrand, er sah im Mondlicht wie eine gemeißelte Skulptur aus.
»Jetzt müssen wir dich erst mal warm kriegen«, sagte er, und irgendwie hörte sich das sehr zärtlich an.
»Ich glaube, das wird nicht nötig sein, *carino.*«
Ich ließ meinen voll gesogenen Sweater und die Stiefel aus den Händen gleiten. Mir war schon warm. Sogar mehr als warm.
Das Lächeln um seine Lippen hatte anscheinend etwas mit einer schönen Erinnerung zu tun. »So hast du mich schon sehr lange nicht mehr genannt, Nikki.«

Und dann küsste er mich. Endlich, verdammt noch mal. Und das war nun etwas, das gar nichts mehr mit irgendwelchen Erinnerungen zu tun hatte. Acht Jahre sind eine sehr lange Zeit, da vergisst man leicht, wie vollendet ein Kuss sein kann – wie heiß und kalt zugleich, wie stürmisch und dennoch zärtlich, wie sündhaft schön … und zugleich die Erlösung von allen Sünden.
Und wohin das führt, weiß man ja.

neunzehn

McAllisters seltsame Spielchen

»Sind Sie anderer Meinung, Veronica?«
Ian McAllisters Frage riss mich jäh aus meinen Gedanken. Es war Samstagmorgen, das Komitee tagte an Ians ovalem Esstisch im Haupthaus. Wir versuchten uns darüber zu verständigen, wie Harvard das voraussichtliche Loch zwischen Finanzaufkommen und Finanzbedarf der nächsten Jahre stopfen sollte. Da die Pressekonferenz schon in zehn Tagen stattfinden sollte, blieb nicht mehr viel Zeit, eine gemeinsame Empfehlung zu erarbeiten.
»Ja, allerdings«, sagte ich entschieden. »Es gibt zahlreiche Gründe für eine fachbereichübergreifende Verwaltung der bisher getrennt bewirtschafteten Fonds. Nicht zuletzt den, dass wir die Verwaltungskosten bei einer Zentralisierung um über die Hälfte senken könnten.«
Um für jeden deutlich werden zu lassen, dass ich sehr wohl aufmerksam zugehört hatte, richtete ich dabei den Blick auf Asif Zakaria, der mit pompöser Geschwätzigkeit den gegenteiligen Standpunkt vertreten hatte. Meine Zeit an der Harvard hatte mich gelehrt, dass man sich in einer solchen Runde nur dann Respekt erwerben kann, wenn man mit harten Bandagen kämpft, kein Blatt vor den Mund nimmt und sich nicht auf Kompromisse einlässt – eine Regel, die auch dann gilt, wenn man vorübergehend geistig abwesend war und nicht genau weiß, worum es eigentlich geht. Da Zakaria seit zwei Stunden versuchte, den Komiteemitgliedern einzureden, dass es unmög-

lich – und im Übrigen nicht wünschenswert – sei, die Bemühungen um Steigerung des Spendenaufkommens vernünftig zu koordinieren, durfte ich getrost davon ausgehen, dass er auch in der Zeit, in der ich nicht zugehört hatte, in dasselbe Horn gestoßen hatte. Ein kurzer Blick in Ians Augen bestätigte mir, dass ich mit meiner Annahme richtig lag.
Zakaria sah mich mit gerunzelter Stirn an und hob zu abermaliger Begründung seiner These an, was die Runde aufstöhnen ließ. Ich aber – zuversichtlich, dass Ian mich nicht nochmals fragen würde – zog mich wieder in die Einsamkeit meiner Überlegungen zurück.
Meine Theorie, der Mord an Ella habe etwas damit zu tun, dass sie kurz vor der Aufdeckung einer Unterschlagung stand, fügte sich immer besser in das sich abzeichnende Szenario. Es konnte keinen Zweifel mehr geben, dass Christian Chung in irgendwelche illegalen Machenschaften verwickelt war, ich musste nur noch dahinter kommen, wer sein Komplize war. *Ich weiß, das mit dem Telefon sieht nach übertriebener Vorsicht aus,* hatte er gestern Abend gesagt. Und behauptet, er habe *gewisse Vorkehrungen* treffen müssen. Was sich für mich so angehört hatte, als telefoniere er mit jemandem, der sich ganz in seiner Nähe befand, sodass es eigentlich leicht möglich gewesen wäre, die Sache persönlich zu besprechen. Was vermuten ließ, dass sein Gesprächspartner Leo Barrett gewesen war. Oder Ian.
Nachdem ich Ohrenzeugin des nächtlichen Liebesgerangels zwischen Ian und Victoria Barrett geworden war, hegte ich erhebliche Zweifel an meiner früheren Theorie, dass sie Ella aus Eifersucht umgebracht haben könnte. Zumal es sie mehr reizen mochte, Leo durch eine Affäre mit seinem schärfsten internen Widersacher als durch einen Mord an der Geliebten ihres Mannes zu bestrafen. Wobei im Übrigen im Falle einer Entdeckung die Folgen weniger schwer wiegend waren. Wenn es ihr nichts

ausmachte, Leo zu verlieren, musste sie allenfalls befürchten, von der Harvardelite gesellschaftlich geschnitten zu werden. Weil es eben in den Kreisen, in denen sie verkehrte, als Kapitalverbrechen angesehen wurde, mit dem Feind des eigenen Ehemannes zu schlafen.

Zusätzlich beunruhigte mich die Tatsache, dass noch immer keine Luftpostsendung mit der *Partisan Review* angekommen war. Ich hatte gestern Abend und dann noch mal heute Morgen bei Maggie angerufen, aber sie konnte mir nur sagen, dass bei ihr keine Post für mich läge. Und bei meinem Anruf in New York hatte sich nur die Mailbox des Archivars gemeldet.

Heute Morgen beim Frühstück hatte keiner meiner Verdächtigen Anzeichen außergewöhnlicher Aktivitäten erkennen lassen. Die meisten aus unserer Gruppe waren nach und nach in der Küche erschienen – Ian als einer der Ersten, rotwangig und mit einem leichten Schweißfilm auf der Haut, von seinem Morgenlauf, wie er erzählte. Leo und Victoria waren einige Minuten nach Ian gekommen, sie wie immer vorweg.

Ich beobachtete sie aufmerksam, aber außer der mürrischen Miene, die bei ihr nachgerade zu einem persönlichen Markenzeichen geworden war, fiel mir an ihrem Verhalten nichts auf, weder schuldbewusstes Schweigen noch Anzeichen von Unterwürfigkeit, im Gegenteil, sie trug Leo im üblichen herrischen Ton auf, ihr Kaffee und ein Croissant zu holen, und plauderte und tratschte während des Frühstücks angeregt mit Bob Raines. Christian Chung hatte sich übrigens überhaupt nicht blicken lassen.

Wiederum wurde ich jäh aus meinen Gedanken gerissen, diesmal durch Dantes Stimme. »Wenn es Ihnen wirklich um ein ausgewogenes Budget geht, sollten Sie den Blick darauf richten, in welchem Maße und rasantem Tempo die Kosten mancher Fachbereiche ansteigen.«

Mein Gott, was sollte das denn? Wir hatten doch vereinbart, die

Nase nicht aus der Deckung zu nehmen, bis wir wussten, wer Christians Komplize war.
»Was wollen Sie damit andeuten?«, fragte Ian McAllister ungehalten. »Die Universität überwacht die Ausgaben durch ein sehr effektives Kontrollsystem.«
»Ich will damit andeuten, dass wir zahlreiche externe Dienstleistungen in Anspruch nehmen, obwohl wir innerhalb der Universität einen riesigen Mitarbeiterstab haben, und dass das die Kosten in die Höhe treibt«, sagte Dante. Und leiser, als wäre es nur für Ian bestimmt: »An der Stanford würde so etwas nicht geduldet.«
»Ich glaube, das ist nicht fair, Dante«, unterbrach ihn Leo. Seine Stimme klang fest wie immer, aber seine Miene kam mir etwas rätselhaft vor. Ich fragte mich, warum um alles in der Welt Dante so auf die Pauke hauen musste. Als legte er's absichtlich darauf an, die in die Unterschlagungsaffäre Verwickelten wissen zu lassen, dass er ihnen auf der Spur war.
»Das stimmt«, warf Zakaria ein. »Wir haben vor ein paar Jahren beschlossen, den internen Mitarbeiterstab personell abzubauen und dafür mehr Aufträge an Firmen außerhalb zu vergeben. Ich meine mich zu erinnern, dass uns die Kollegen von der Harvard Business School das als den fiskalisch vernünftigeren Weg empfohlen haben.«
»Ja, natürlich, theoretisch ist das vernünftig«, räumte Dante ein. »Wenn sich aber in der Praxis herausstellt, dass die externen Ausgaben ständig steigen, kann das Verfahren nicht effektiv sein.«
Leo rieb sich nervös die Schläfen. »Wollen Sie im Ernst vorschlagen, dass diese Gruppe sich mit Fragen der Kostenreduzierung beschäftigen soll, statt sich darauf zu konzentrieren, wie wir den Zustrom von Spenden- und Stiftungsmitteln steigern können? Da ich bereits etliche Schritte zur Kostenreduzierung eingeleitet habe, glaube ich mit Zufriedenheit fest-

stellen zu können, dass wir durchaus auf dem richtigen Weg sind.«
Kein gutes Zeichen. Wenn Leo derart vehement in die Defensive ging, deutete das auf ein gewisses Interesse hin, allen weiteren Erörterungen der Kostenexplosion einen Riegel vorzuschieben.
»Helfen Sie mir bitte mal auf die Sprünge«, wandte sich Dante mit gewinnendem Lächeln an Rona Seidman. »Ist die Kostenentwicklung so ungewöhnlich, dass sie in eine Untersuchung wie diese einbezogen werden sollte?«
»Nun, nachdem Sie den Punkt ansprechen – die externen Kosten sind in der Tat etwas hoch«, antwortete Rona. »Aber keineswegs unerklärlich hoch.« Und lächelte dabei Leo zu.
Ians Mund wurde zu einem grimmigen Strich, ich hatte das Gefühl, dass er Dante auf einmal mit ganz anderen Augen sah. »Wenn das so ist und niemand darauf besteht, dass wir diesen nachgeordneten Aspekt unbedingt weiter erörtern, schlage ich vor, dass wir uns jetzt der Frage zuwenden, wie wir das Spendenaufkommen künftig steigern können – ungeachtet möglicher in Kalifornien gemachter Erfahrungen. Sind Sie ebenfalls dieser Meinung, Leo?« Da war es wieder, das Eis in seiner Stimme.
Leo nickte. »Ja. Sehen wir zu, dass wir vorankommen.«
Einen Augenblick lang schien Dante nicht bereit, klein beizugeben. Er sah Leo fest in die Augen. Dann zuckte er gelassen die Achseln und gab sich geschlagen. Die Sitzung wurde fortgesetzt, was konkret bedeutete, dass Zakaria nochmals seine Argumente wiederholte – vermutlich für den Fall, jemand von uns könnte bei den ersten fünf Malen nicht alles mitbekommen haben.
Ich hatte ein ungutes Gefühl.
Konnte es wirklich sein, dass Leo oder Ian in Christian Chungs kriminelle Machenschaften verwickelt waren? Irgendwie un-

vorstellbar. Andererseits – wann waren sich Leo und Ian je so einig gewesen?
Um halb eins machten wir eine Lunchpause, bei der sich auch Christian Chung blicken ließ. Ich gab mir alle Mühe, ihn nicht aus den Augen zu verlieren, aber da die anderen pausenlos zwischen Küche und Swimmingpool hin- und herpendelten, war das nicht so einfach. Ob er unsere Notiz schon gefunden hatte? Seine Miene war undurchschaubar, aber er suchte offenbar jemanden. Als er schließlich Leo Barrett entdeckt hatte und zielstrebig auf ihn zusteuerte, zögerte ich keinen Moment, mich so nahe heranzuschlängeln, dass ich mir Chancen ausrechnen konnte, das Gespräch mitzuhören. Leider hatte ich kein Glück, Christian nahm Leo am Arm und zog ihn beiseite. So bekam ich lediglich mit, wie Christian Leo etwas zuflüsterte und sich beide betroffen anstarrten. Dann zogen sie sich ins Esszimmer zurück, wo sie heftig aufeinander einredeten.
Eine Weile später sah ich Christian allein zum Gästehaus zurückgehen, Leo schlenderte zum Pool und setzte sich aufs Fußende von Victorias Sonnenliege. Ian verbrachte den ersten Teil der Mittagspause damit, vom Küchentelefon aus mit irgendjemandem lautstark seinen Steuerbescheid für das laufende Quartal zu diskutieren. Dann lud er sich etliche Sandwiches auf den Teller und eilte zum Swimmingpool, wo ich ihn kurz darauf mit Jennifer Blum plaudern sah. Ich gab meine Bemühungen auf, kehrte in die Küche zurück und ließ den Blick etwas unschlüssig über das Buffet schweifen. Im Grunde hatte ich keinen rechten Appetit, aber der Platz am Buffet war nicht schlecht, weil ich durchs Küchenfenster unauffällig die rund um den Pool versammelte Gruppe beobachten konnte.
Ich griff zögernd nach einem Truthahnsandwich und nahm einen kleinen Bissen. Maxwell der Freundliche, mein neuer vierbeiniger Freund, saß zu meinen Füßen und wartete gierig darauf, dass ich ihm etwas abgab.

»Zier dich nicht so, Veronica. Er weiß, dass er was abkriegt, lass ihn also nicht so lange warten.« Als ich so unverhofft Dantes Stimme hörte – und auch noch derart dicht neben mir –, zuckte ich so zusammen, dass mir das Sandwich aus der Hand rutschte und natürlich prompt in Maxwells offenem Maul landete.
»Auch einer, der's nicht abwarten kann.« Eigentlich hatte es sich schnodderig anhören sollen, aber irgendwie kriegte ich den Ton nicht richtig hin. Was sicher daran lag, dass mir plötzlich ein Kloß im Hals steckte.
»Selbst Hunde verdienen, dass man sie mit einem gewissen Mindestmaß an Respekt behandelt«, sagte Dante. Er holte sich einen Kaffeebecher aus dem Küchenschrank.
»Dante«, sagte ich leise, »ich habe mich bereits wegen heute Nacht entschuldigt.«
»Nur weil du mir mitten in einem Kuss davongerannt bist, musst du dich nicht entschuldigen. Es ist nun mal das natürliche Vorrecht der Frauen, ihre Meinung zu ändern.«
Dass er das in so gleichgültigem, sachlichem Ton sagte, machte alles nur noch schlimmer.
»Du hast es für so was wie späte Rache von mir gehalten, hab ich Recht?«
»Na ja, so ähnlich. Jedenfalls, wenn du die Absicht hattest, mir wehzutun, ist dir das voll gelungen.«
»Nein, das war nicht meine Absicht. Ich hatte lediglich den Eindruck, dass wir beide unter Adrenalin stehen, und da kann man bekanntlich keinen kühlen Kopf bewahren.«
»Komisch, ich erinnere mich an Zeiten, da hast du dich gern mitreißen lassen.«
»Nun, das ist vorbei.«
»Offensichtlich.« Wieder höflich, kühl und distanziert.
»Schau mal, woher weiß ich, dass du nicht nur Anwandlungen à la Gauguin hast?« Ich wollte es endlich wissen. Irgendwann musste er Farbe bekennen. »Sex mit schwarzen Frauen war bei

Weißen der Mittelklasse schon immer ein probates Mittel gegen Langeweile – Sex im Freien natürlich, am besten in irgendeiner dunklen Ecke. Tagsüber und in aller Öffentlichkeit bist du ja hinlänglich damit beschäftigt, mit weißen Mädchen zu flirten.«

Er setzte den Kaffeebecher hart ab. »Das ist das zweite Mal, dass du mir Intoleranz vorwirfst, Veronica.«

»Und du bist mir immer noch den Beweis schuldig, dass ich Unrecht habe.«

»*Du* bist es doch, die ständig auf dem Rassenunterschied herumreitet, aber *ich* bin intolerant.« Er lachte gereizt. »Ist dir je der Gedanke gekommen, dass du vielleicht vor acht Jahren einfach nicht das Mädchen warst, von dem ich mein Leben lang geträumt hatte, und dass das absolut nichts mit der Hautfarbe zu tun hatte?« Er fasste mich am Arm, als ich mich abwenden wollte. »Nein, Nik, diesmal hörst du mir zu. Dass du eine Schwarze bist, ist nicht das Einzige, was zwischen uns zählt. Du bist außerdem bestechend klug, schrecklich stur und unglaublich anspruchsvoll und ehrgeizig. Und das war eine hohe Hürde für einen Zweiundzwanzigjährigen.«

»Aha. Ich bin also nicht Francesca.« Ich riss zornig meinen Arm los. Er sah mich ratlos an. »Ich rede von diesem blöden Ölgemälde an deiner Wand. Ich sitze nicht in einer dunklen Burg und warte darauf, dass du der Prinz bist, der durch den Burggraben schwimmt, um mich zu retten. Und du hast Recht, es ist keineswegs nur die Hautfarbe, die uns trennt. Auch wenn du schwarz wärst – mit dir wollte ich nichts zu tun haben.«

»Bist du da ganz sicher?«

»Es gibt … ach, was weiß ich – mindestens neunundfünfzig Gründe, warum ich dich nicht leiden kann. Und die Tatsache, dass du nicht mit einer Schwarzen in der Öffentlichkeit gesehen werden willst, ist nur der wichtigste, aber nicht der einzige.«

Sein nachsichtiges Lächeln machte mich wahnsinnig. »Neunundfünfzig Gründe? Und trotzdem kommst du nicht von mir los?«

»Das wird sich ändern – gründlich und sehr schnell.«

»Das bezweifle ich«, rief er mir nach, als ich unterwegs zur Tür war. »Ich war bei dem Kuss dabei, erinnerst du dich?«

Bevor die Mittagspause vorbei war, rief ich im Krankenhaus an, um zu hören, wie es Justin ging, dann telefonierte ich noch mal mit Maggie. Mein Päckchen war immer noch nicht da, aber Maggie hatte mit Patrice, ihrer Schwester in Philadelphia, gesprochen. Patrice hatte nie etwas von einem Reverend Stephen Barrett oder einer St.-Thomas-Kirche gehört, aber versprochen, sich umzuhören. Der Samstag, hatte sie gemeint, sei der beste Tag dafür, weil dann in ihrem Beauty-Shop viel los wäre, und möglicherweise wüsste irgendeine Kundin etwas. Schließlich rief ich noch Rafe an, um nachzufragen, ob mein nächtliches Fax gut angekommen sei und er was damit anfangen könne. Er nahm beim ersten Läuten ab, und ich berichtete ihm, was sich in der vergangenen Nacht alles ereignet hatte. Er hörte mir, ohne mich zu unterbrechen, geduldig zu, erst als ich fertig war, fragte er:

»Sie nehmen offenbar an, dass Leo Barrett am ehesten als Komplize in Frage kommt. Warum er?«

»Rafe, er benimmt sich seit Ellas Tod irgendwie komisch. Und seine Frau ist geldbesessen und drauf und dran, ihn zu verlassen. Und außerdem hat er dauernd was mit diesem Christian Chung zu flüstern.«

»Und was ist mit Ian McAllister?«

»Ja, an den habe ich auch schon kurz gedacht, aber ...«

»Hören Sie, Kind, wie gut haben Ella Fisher und er zueinander gestanden?«

»Nicht sehr gut. Warum?«

»Das habe ich mir gedacht.«
»Hat sich was Neues ergeben, Rafe?«
Er senkte die Stimme. »Ich erzähle Ihnen das nur, damit Sie da draußen auch wirklich gut auf sich aufpassen. Wir haben uns eine Auflistung der Telefongespräche geben lassen, die bestimmte Leute vom Littauer Center aus geführt haben. Nur um zu überprüfen, ob das, was sie uns erzählt haben, plausibel erscheint. Dieser McAllister hat uns erzählt, er habe ein sehr distanziertes Verhältnis zu Miss Fisher gehabt und nur bei Komiteesitzungen hin und wieder mit ihr gesprochen. Aber er hat sie im Laufe der letzten vier Wochen häufig zu Hause angerufen. Und an dem Tag, an dem sie gestorben ist, dreimal in ihrem Büro.«
An dem Tag, an dem Ella gestorben ... nein, ermordet worden war? Drei Mal?
Nun gut, an meiner Theorie, dass sich Christians Komplize auf Ians Anwesen aufhielt, änderte sich dadurch nichts. Aber möglicherweise war es doch nicht Leo.

Beim Abendbuffet am Swimmingpool kündete Ian für den heutigen Abend einen besonders unterhaltsamen Zeitvertreib an. Ungerührt vom allgemeinen gequälten Stöhnen, behauptete er: »Es ist ein Spiel, das den Teamgeist fördert.«
Zakaria musterte ihn misstrauisch. »Was für ein Spiel?«
»Wir bilden zwei Teams, von denen jedes ein bestimmtes Gebiet zugewiesen bekommt, das es gegen das andere Team verteidigen muss. Als Waffen dienen Gewehre, die Farbe versprühen.«
»Also wirklich, Ian«, empörte sich Rona Seidman, »das geht zu weit. Sie erwarten doch nicht im Ernst, dass ich stundenlang durch den Wald stapfe und bei albernen Kinderspielen mitmache? Im Übrigen kann man sich dabei Zecken einfangen.«
»Ein bisschen Bewegung kann Ihnen nur gut tun«, murmelte

Ian, allerdings so leise, dass ich es nur mitbekam, weil ich zufällig neben ihm stand. Laut sagte er: »Es wird Ihnen Spaß machen, Rona. Ich habe Sie übrigens als Teamchefin der blauen Partei eingeteilt.«

Jennifer Blum, die sich bis dahin in anmutiger Pose auf einer Sonnenliege geräkelt hatte, fuhr hoch wie von der Tarantel gestochen und musterte besorgt ihre polierten Fingernägel. »Was glauben Sie? Ob man uns wenigstens Handschuhe gibt?«, fragte sie Stephen flüsternd.

»Ich finde das eine fabelhafte Idee«, rief Victoria vom Buffettisch. »Mal was ganz Neues. Und so schön primitiv und aufregend.«

»Na ja«, murmelte Jennifer, »wenn man den ganzen Tag auf der faulen Haut gelegen hat.«

Ich schlug mich innerlich auf Ronas Seite, weil dieses dumme Spielchen all meine Pläne für den Abend platzen ließ. Ich hatte vorgehabt, noch mal in Ians Arbeitszimmer herumzuschnüffeln und anschließend erneut den Versuch zu wagen, mit Christian anzubändeln.

Aber Ian war schon dabei, die Teams einzuteilen. Anschließend, ordnete er an, solle jeder seine Ausrüstung in Empfang nehmen. Zu Ronas blauem Team gehörten Malcolm, Michael, Victoria, Dante, Jennifer und Christian. Das rote Team unter Führung von Bob Raines bestand aus Leo, Ian, Stephen, Roberta und mir. Und dann teilte Ian uns jovial mit: »Zur Belohnung hat das siegreiche Team heute Abend frei, die Verlierermannschaft versammelt sich nach Spielende zu einer zweistündigen Abendklausur.«

Wir stellten uns brav in Reihe an, um einen Beutel mit der ›Kampfausrüstung‹ in Empfang zu nehmen, und gingen zum Umziehen in unsere Zimmer.

Ich öffnete meinen Beutel und verzog das Gesicht. Der reinste Albtraum, offenbar wollte hier irgendein Unverbesserlicher partout seine kriegerischen Fantasien ausleben. Der Beutel enthielt einen grünbraun gefleckten Kampfanzug aus schwerer Baumwolle, ein Paar fingerlose schwarze Lederhandschuhe, elastische schwarze Knieschützer und – anscheinend zur Kennzeichnung, welchem Team ich angehörte – ein rotes Halstuch sowie eine riesige Gesichtsmaske, an der ein Schildchen baumelte, das mich darüber informierte, dass es sich um eine ›Nahkampfmaske‹ handele, die, wie ich zu meiner Beruhigung erfuhr, »durch den verstärkten Ohrenschutz, den Panoramasichtschutz sowie einen aus fünf Lagen bestehenden Aufprallschutz den Benutzer zuverlässig vor Verletzungen aller Art« bewahre. Was, zum Teufel, sollte sich eigentlich da draußen abspielen?

Ich schlüpfte in den Kampfanzug und zog mürrisch meine Stiefel über die schlotternden Hosenbeine. Etwas Blöderes hätte Ian sich nicht ausdenken können. Sollten die eingefleischten Republikaner ihre Kriegsspielchen doch unter sich austragen!

Ich klemmte mir den Helm unter den Arm und trottete missmutig zum Poolhaus, wo wir unsere ›Waffe‹ empfangen sollten. Victoria Barrett war bereits da und lachte vergnügt, als ein dunkelhaariger junger Bursche – vermutlich ein Mitarbeiter der Firma, die mit diesem ausgemachten Blödsinn Geld verdient – ihr erklären wollte, wie sie mit dem Farbgewehr umgehen müsse.

»Oh, diese Mühe können Sie sich sparen«, sagte sie kokett, »ich kenne mich mit Waffen aus.« Sie legte das Gewehr an und zielte auf eine willkürlich ausgewählte Stelle des Rasens. Richtig professionell, dachte ich gerade, als der Schuss ertönte. Aus dem Lauf kam eine wahre Fontäne blauer Farbe, akustisch durch lautes Knattern untermalt, das sich für mein ungeübtes Ohr wie echtes Gewehrfeuer anhörte.

Victoria schüttelte enttäuscht den Kopf. »Mit so einem Gewehr zu schießen ist doch der reinste Betrug. Das kann man sogar auf Schnellfeuer stellen, da muss ja jeder Schuss treffen.« Der Dunkelhaarige sah sie bewundernd an. »Da lob ich mir doch ein gutes altes Jagdgewehr. Übrigens – was ist in der Flasche da unten?« Sie zeigte auf die kleine grüne Plastikflasche, die am Schaft angeschraubt war.

»Kohlendioxid. Als Treibmittel für die Farbe«, sagte der junge Mann.

Irgendwo hinter uns hörte ich Dante rufen: »Torie, Sie sehen aus wie Annie-Get-the-Gun.« Victoria wandte sich mit glänzenden Augen zu ihm um. »Wo haben Sie gelernt, so mit einem Gewehr umzugehen?« Und schon stand er neben ihr.

»Daddy hat mich hin und wieder zum Schießen mit in seinen Club genommen«, sagte sie – und ihre Hand lag wieder auf seinem Arm. »Ein Mann wie Sie versteht sich bestimmt auch auf den Umgang mit Waffen. Aber sind Sie nicht in der Großstadt aufgewachsen?«

Mir sträubten sich die Haare bei diesem oberflächlichen Geschwätz, aber ich dachte natürlich nicht im Traum daran, wegzugehen oder wegzuhören. Dante nahm Victorias Waffe und zielte auf den blauen Fleck, mit dem sie Ians Rasen verunstaltet hatte. »Großstadtkinder kommen seltener in die Nähe von Gewehren. Aber sobald wir dann in blaublütigen Kreisen verkehren, gewöhnen wir uns das schnell an.« Er beließ es bei seiner Zielübung, drückte nicht ab.

»Gott der Gerechte«, murmelte Rabbi Treger hinter mir, »ist das wirklich das, was WASPs unter Freizeitgestaltung verstehen?« Er band sich das blaue Halstuch um, warf einen Blick auf das rote, das an meiner Gürtelschlaufe baumelte, und zwinkerte mir fröhlich zu. »Großartig, wir sind ja Gegner. Was halten Sie davon, wenn wir uns so bald wie möglich gegenseitig abschießen und in eine Bar in Edgartown absetzen? Sie und Ihr Freund wissen bestimmt was Besseres mit dem Abend anzufangen.«

Ich schüttelte lächelnd den Kopf. »Er ist nicht mein Freund. Und seien Sie so nett, mich nicht abzuschießen. Ich möchte dieses kleine Drama bis zur Neige auskosten. Aber wenn ich dadurch zu Ihrem Seelenfrieden beitrage, bin ich gern bereit, Ihnen zum frühestmöglichen Zeitpunkt einen roten Farbklecks zu verpassen.« Treger reckte zustimmend den Daumen und ging zur Gewehrausgabe.

»Oy vay«, jammerte Rona, als sie und ich unsere Waffen empfingen. »Weshalb haben die ausgerechnet mich zur Teamchefin gemacht? Jetzt muss ich die halbe Nacht das verdammte Ding mit mir rumschleppen.«

»Kopf hoch«, murmelte ich. »Vielleicht knallen wir uns alle früh genug gegenseitig ab und haben für den Rest des Abends unsere Ruhe.«

Dante kam auf mich zu, ich sah ihm gleich an, dass er irgendwas ausgeheckt hatte. Er fasste mich am Arm und zog mich beiseite.

»Hör zu«, sagte er leise, »ich glaube, wir sollten ein Rendezvous vereinbaren.«

»Spinnst du? Ich hab dir doch gerade erst gesagt …«

»Das hat nichts mit Romantik zu tun, Nik«, fiel er mir ins Wort. »Es geht um deinen Schutz.«

»Wozu brauche ich Schutz?«, fauchte ich ihn an. »Das ist doch nur ein albernes Spiel.«

»Bei dem du mit ein paar Leuten, die Waffen haben, durch den dunklen Wald spazierst, obwohl du weißt, dass es einen Mord und einen Mordversuch gegeben und irgendein Kerl dir in der Widener-Bibliothek aufgelauert hat. Und da fragst du mich noch, wozu du Schutz brauchst?«

»Ja, schon gut, schon gut«, gab ich schnell klein bei, weil das halbe Komitee um uns herumstand und ich nicht wollte, dass uns jemand hörte. »Was schlägst du vor?«

»Kennst du die Lichtung rechts vom Schotterweg, der hierher

führt? Da, wo die Zufahrt zum Nachbarhaus abzweigt? Dort treffen wir uns um neun Uhr.«

»Jawohl, Sir. Wünschen Sie einen Uhrenvergleich?«

»Es genügt mir, wenn du bis dahin gut auf dich Acht gibst.« Er wandte sich zum Gehen, blieb stehen, drehte sich um und kam zu mir zurück. »Oh – nur noch eine Kleinigkeit.«

Und ehe ich wusste, wie mir geschah, nahm er mich in die Arme und küsste mich mitten auf den Mund. Gut und gern zehn Sekunden lang, würde ich sagen. Jedenfalls länger, als es sich vor aller Augen schickte.

»Ein Grund hat sich erledigt«, sagte er mit breitem Grinsen, »bleiben noch achtundfünfzig.«

Die Mienen ringsum verrieten eine unterschiedliche Mischung aus Neugier, Interesse und Erschrecken. Victoria fasste Dante am Arm, als er an ihr vorbeikam. »Wirklich, Dante, Sie haben einen ganz schönen Konsum, seit Sie wieder da sind. Was ist denn aus der geworden, die Sie letzte Woche beim Dinner mitgebracht haben? Sie hatte so wunderschönes blondes Haar.«

Zum Glück ordnete Ian in diesem Moment an, dass wir uns alle vor dem Haupthaus versammeln sollten, wo er uns die Spielregeln erklären wollte. Wir mussten uns – nach ›Freund‹ und ›Feind‹ getrennt – links und rechts der Zufahrt aufstellen.

»Das Team Blau besetzt das Gebiet westlich, das Team Rot das östlich der Zufahrt. Der Auftrag besteht darin, die Flagge des Gegners zu erobern …«, er reckte zwei weiße Baumwollvierecke hoch und schwenkte sie hin und her, »… und in das eigene Territorium zu bringen. Aber sobald jemand getroffen wird, scheidet er aus. Alles klar?«

Alle nickten, zogen sich die Schutzhelme über und schulterten die Farbgewehre. Ich vermute, wir sahen etwa so aus wie eine Ladung Frischfleisch vor dem Abtransport nach Saigon. Seit Dantes Warnung war ich innerlich auf alles gefasst gewesen, aber angesichts der guten Laune in der Gruppe verlor sich das rasch. Rona kam mit dem Schutzhelm nicht zurecht und beschwerte sich, sie bekäme unter dem Ding keine Luft, Stephen schoss sich auf dem Weg in die Ausgangsstellung selber einen Farbklecks auf den Fuß, Roberta diskutierte kurz, aber heftig mit Ian über die gesellschaftspolitische Fragwürdigkeit eines Spiels, bei dem Erwachsene aufeinander schießen, obwohl doch die Metropolen schon jetzt von einer Welle der Gewalt überflutet werden – sonst aber herrschte, wie gesagt, gute Stimmung.

Getreu Ians Anweisungen verteilten wir uns auf dem Gelände, das zum Territorium Rot erklärt worden war. Den eher Zaghaften wurden so genannte ›Verteidigungsstellungen‹ zugewiesen, was im Klartext hieß, dass sie sich nahe der ›Grenze‹ aufhalten und jeden ›abschießen‹ sollten, der sie überschreiten wollte. Die Mutigeren – neben Ian, Raines und Leo auch ich – erhielten Angriffsaufgaben: Wir sollten uns über die Grenze schleichen und die gegnerische Flagge erobern.

Und so stapften wir brav im Schutze der beginnenden Dunkelheit los. Aus meiner Jugend waren mir die drei Grundregeln vertraut, dass man sich immer tief am Boden halten, langsam, aber zielstrebig bewegen und auf keinen Fall Furcht zeigen soll. Als wir aufbrachen, gab uns Ian als vierte Regel mit auf den Weg, die Waffe immer ›schussbereit‹ zu halten.

Leo und ich waren als Zweiertrupp eingeteilt. Obwohl ich ihn insgeheim immer noch für einen der Verdächtigen hielt, war ich froh, ihn an meiner Seite zu wissen, als wir uns der Grenzlinie näherten, um zu erkunden, wo wir unbemerkt hinüberhuschen konnten. Wir kannten uns schon so lange, dass ich, während wir uns dicht nebeneinander einen Weg durchs Unterholz bahnten, unmöglich etwas anderes als den intelligenten, integren Mann in ihm sehen konnte, als den ich ihn immer erlebt hatte.

»Das erinnert mich an die Manöver bei den Lehrgängen für Re-

serveoffiziere«, sagte er leise, als wir unter einer Buschgruppe darauf warteten, dass es stockdunkel wurde. »Sehen Sie mal – da drüben liegt jemand im Gebüsch.«
Ich konnte lediglich einen kleinen, hin und her schwankenden Lichtkringel ausmachen. »Was ist das?«, fragte ich flüsternd.
»Eine Zigarette«, wisperte er zurück. »Vermutlich Treger. Er legt's drauf an, abgeschossen zu werden.«
Wir suchten die Straße ein Stück weit nach einer Stelle ab, an der wir sie einigermaßen geschützt vor frühzeitiger Entdeckung überqueren konnten, und entschlossen uns, im Spurt die ›Grenze‹ zu überqueren. »Nicht vergessen«, ermahnte mich Leo, »ohne Deckung immer in Bewegung bleiben! Ich halte mich dicht hinter Ihnen.« Seine Begeisterung war ansteckend. Auf einmal lag auch mir daran, dass unser Team das Spiel gewann. Wir brachen aus dem Gebüsch und rannten über die Straße. Das heißt, ich wollte rennen, aber das sperrige Gewehr und der Helm zwangen mich zu einer Art unbeholfenem Hüpfen. Dennoch erreichten wir ohne irgendeinen Zwischenfall die andere Straßenseite, ich tauchte hinter einem Baum unter. Geschafft – in feindliches Territorium eingedrungen!
»Bleiben Sie hier«, wisperte Leo mir zu, »ich bin gleich zurück.«
Ich sah ihn geduckt im Schatten der Bäume davonschleichen, blieb in meiner Deckung, hielt den Atem an und lauschte. Der dunkle Wald war voller Geräusche: zirpende Zikaden, quakende Frösche und sirrende Stechmücken. Ich pumpte mir die Lungen mit der frischen, würzigen Luft voll und wartete.
Plötzlich hörte ich einen Schuss, jemand stieß einen halblauten Schrei aus, mir lief es eiskalt über den Rücken.
Hatte ich meinen Kameraden Leo schon verloren? Ich beschloss, langsam stumm vor mich hin zu zählen. Wenn er bis sechzig nicht zurück war, wollte ich auf eigene Faust weiter vorstoßen.
Dann hörte ich ein leises Knacken im Unterholz. Und gleich da-

rauf eine gedämpfte Stimme: »Massachussetts.« Unser Kennwort.

»Leo«, sagte ich glücklich. »Was ist passiert?«

»Ich habe Treger voll gespritzt«, antwortete er fröhlich. »Er wollte nach Hause, also hab ich ihm den Gefallen getan.«

»Haben Sie ihn wenigstens gefoltert und rausgebracht, wo die Blauen ihre Fahne haben?«

»Nikki«, sagte Leo mit gespieltem Entsetzen, »das wäre nicht sehr sportlich gewesen. Kommen Sie.«

Wir stapften durch den Wald, manchmal, wenn das Unterholz zu dicht wurde, Hand in Hand. Es wurde immer dunkler, der Wald kam mir auf einmal unheimlich vor. Schließlich machten wir auf einem Baumstamm an einem schmalen Weg Rast. Ich hätte nicht mehr sagen können, wo wir waren.

Leo seufzte. »Ein Abend, der Erinnerungen weckt. Obwohl die Jungs bei den Reserveübungen längst nicht so charmant waren wie Sie. Wollen wir nicht die albernen Masken abnehmen?«

Ein Vorschlag, dem ich gern folgte. Als ich das schwere Ding unten hatte, sagte ich lächelnd: »Hört sich an, als fehlten Ihnen die Manöver.«

»Was mir fehlt, sind die einfachen Dinge«, sagte er. Jetzt, nachdem er die Schutzmaske abgenommen hatte, wurde mir bewusst, wie müde er aussah. »An einem Seil im Fels hängen. Durchs Moor wandern. Pünktlich zum Essen zu Hause sein. Das Einfache.«

»Sie brauchen eine Ruhepause, Leo«, sagte ich. »Warum nehmen Sie keinen Urlaub?«

»Was ich brauche, ist jemand, mit dem ich reden kann.« Seine Stimme war nur noch ein Hauch. »Ich hatte jemanden – einen Menschen, mit dem ich reden konnte. Aber der ... den gibt es nicht mehr.« Ich hatte das Gefühl, geradezu körperlich Ellas Nähe zu spüren. Und dann murmelte er auf einmal mit vor Qual verzerrter Stimme: »Mein Gott, was habe ich getan.«

Ich hätte ihm gern etwas Tröstliches gesagt.
»Ich weiß noch, wie wir uns das erste Mal begegnet sind, Nikki«, sagte er gedankenverloren.
»Ja – das war, glaube ich, in Ihrem Büro, nicht wahr?« Ich wollte ihn ermutigen fortzufahren.
»Sie kamen zu mir mit dem Vorschlag, dass wir zusammen einen Artikel schreiben sollten. Ich hab's nicht übers Herz gebracht, Ihnen zu sagen, dass das Thema mich absolut nicht interessiert. Weil ... als Sie zur Tür reinkamen ... Sie kamen mir so blitzgescheit vor. Und so süß. Sie haben mich an jemanden erinnert, der ... der mir vor langer Zeit sehr nahe gestanden hat.« Obwohl er sich anhörte, als erzähle er all das mir, erzählte er's wohl in Wirklichkeit eher sich selbst. Und dann fragte er abrupt: »Ist es eigentlich sehr schwer?«
»Was ist schwer?«
»Schwarz zu sein. An der Harvard. Ich meine, Ella schien bei Kontroversen geradezu aufzublühen, aber ich stelle mir vor, dass es manchmal unerträglich sein muss.«
Ich wusste nicht recht, wie ich seine Frage einordnen sollte. »Man gewöhnt sich daran«, sagte ich ausweichend. »Ich meine, es ist nicht schlimmer als woanders und besser als vielerorts. Und im Übrigen kann man's sich eben nicht aussuchen, darum gewöhnt man sich daran.«
»Ich hab gerade ein Buch von Andrew Hacker gelesen. Darin erzählt er, dass er seine weißen Studenten einmal gefragt hat, was sie dafür verlangen würden, wenn sie sich dazu bekennen sollten, als Schwarze in diesem Land geboren zu sein. Und raten Sie mal, was sie geantwortet haben. Eine Million Dollar.« Er schüttelte den Kopf.
Und dann sagte er: »Bitte verachten Sie mich nicht, Nikki, wenn Sie eines Tages hören ...«
»Wenn ich was höre?«, drängte ich ihn, als er abbrach.
»Ach, das war nur der Versuch, meine eigene Existenz zu defi-

nieren. Ein törichter Versuch. Ich habe sie ja nicht mal für mich selbst definiert. Weil es einfach nicht möglich ist.«

Und in diesem Moment trieb der Wind zwei Stimmen zu uns herüber. Es hörte sich an, als kämen zwei auf dem schmalen Waldweg auf uns zu.

»In Deckung«, sagte Leo leise. Wir legten uns ein paar Meter von unserem Baumstamm ins Gras und lauschten und warteten.

»Ich glaube, so wird nichts daraus«, hörte ich Victoria bekümmert sagen. »Es bleibt nichts anderes übrig, du musst …«

»McAllister!« Leo war im Nu auf den Beinen. »Komischer Zufall, Sie hier mit meiner Frau zu treffen.«

»Hallo, Leo«, sagte Victoria. Sie klang etwas verärgert.

Ich hörte das Zischen des Farbstrahls und gleich darauf Ians lauten Protest: »Das ist unsportlich, Barrett. Sie haben mir ja nicht mal Zeit gelassen, anzulegen und zu zielen.«

»Tut mir Leid. Nur, im Krieg und in der Liebe ist alles erlaubt. Aber ich nehme an, dass wussten Sie, McAllister, oder etwa nicht?«

Ich hätte meinen kleinen Finger dafür gegeben, in diesem Augenblick ihre Gesichter sehen zu können. Und in Leos Miene lesen zu können, ob er wusste, dass die beiden ein Liebespaar waren.

Wieder zischte ein Farbstrahl, dann herrschte gespenstische Stille.

Leo sagte leise: »Tja, Torie, scheint so, als hätten wir uns gegenseitig umgebracht.«

»Nun ja.« Ihr schrilles Lachen zerriss die Stille. »Dann sind wir jetzt also alle mausetot. Das angemessene Ende einer Tragödie, genau wie bei Hamlet. Wollen wir rasch noch einen Martini am Pool nehmen, bevor Fortinbras erscheint und das Königreich für sich fordert, was meinst du?«

Die Frau war ein eiskaltes Biest. Gerade hatte ihr Mann sie

beim trauten Geplauder mit seinem Erzrivalen ertappt, aber ihr war das offenbar nicht im Mindesten peinlich, sie spazierte in aller Gemütsruhe mit Leo davon.
Ich sah auf die Uhr, weil ich mit dem Gedanken spielte, mich zu ergeben und mit ihnen zurück zu Ians Haus zu gehen. Aber es war erst halb neun, und die halbe Stunde bis zum vereinbarten Treffen mit Dante konnte ich's auch noch aushalten. Also stapfte ich weiter geduckt durch den Wald, aber ohne Leo kam mir die Dunkelheit plötzlich irgendwie unheimlich vor. Was hatte er mir wohl vorhin sagen wollen?
Ich nahm den Schutzhelm ab. Rona hatte Recht, man bekam tatsächlich schlecht Luft unter dem Ding. Und nachdem ich mich davon befreit hatte, konnte ich auch schneller ausschreiten. Dennoch kam es mir wie eine kleine Ewigkeit vor, bis ich endlich den Waldrand erreichte und auf die Schotterstraße stieß. In der Ferne sah ich Licht schimmern – Ians Nachbarhaus. Eine einsame Straßenlampe leuchtete mir den Weg aus.
»Rosario!«, rief ich, »bist du da?«
»Nik?«, kam aus dem Dunkel als Antwort. Sehen konnte ich ihn nicht, aber der Stimme nach musste er ganz in der Nähe sein.
Plötzlich hörte ich irgendwo hinter mir Reifen auf der geschotterten Straße knirschen. Ein Motor heulte auf. Die Lichtbündel zweier Scheinwerfer erfassten mich. Ein schweres Fahrzeug kam auf mich zugerast, ein Pickup oder ein Kleinlaster.
Als ich mir das Geschehen später in Erinnerung rief, kam es mir vor, als habe sich das Ganze im Zeitlupentempo abgespielt. Der Wagen kam immer näher, so nahe, dass ich glaubte, die Hitze, die der Motor ausstrahlte, zu spüren.
Und auf einmal schien mich irgendetwas von der Seite anzuspringen. Ich merkte noch, wie ich durch die Luft flog und auf der Seite aufprallte – in einem Gebüsch neben der Straße. Und Sekundenbruchteile später landete irgendetwas Schweres auf

mir. Meine linke Gesichtshälfte brannte wie Feuer, ich hatte kein Gefühl mehr im rechten Bein, und das Gewicht, das auf mir lastete, schien mich zu erdrücken. Langsam schlug ich die Augen auf.

Und sah knapp eine Handbreite über mir Dantes Gesicht. Er lag auf mir.

»Gott im Himmel!«, stöhnte ich.

»Nein, noch nicht«, sagte er, »ich bin's nur.« Seine Stimme schien von weit her zu kommen.

»Was ist passiert?« Ich kämpfte gegen das betäubende Schwindelgefühl an und stützte mich unbeholfen auf den Ellbogen hoch.

»Der verdammte Pickup hat versucht, dich über den Haufen zu fahren, und ich …« Dantes Stimme versagte, er schien genauso unter Schock zu stehen wie ich.

Ich starrte ihn an. »Du hast mir das Leben gerettet.« Allmählich kam Ordnung in meine Gedanken, ich konnte mir alles zusammenreimen. Der Pickup war auf mich zugerast, und Dante hatte mich im letzten Augenblick weggestoßen. »Du hast mir gerade das Leben gerettet«, wiederholte ich fassungslos. »Ist dir was passiert?«

Tatsächlich, er stand mindestens so unter Schock wie ich. Er starrte mich wortlos an, als sähe er mich zum ersten Mal in seinem Leben.

»Das ist etwas sehr Ernstes«, sagte er merkwürdig feierlich. Und uns beiden war klar, dass er nicht den Unfall meinte.

»Was ist denn los?«, rief jemand. McAllister kam mit der Taschenlampe von der Zufahrt zum Haupthaus auf uns zu. »Hat sich angehört, als wär jemand von der Straße abgekommen.«

»Diese verdammten Teenager!«, rief er wütend, als wir ihm erzählt hatten, was passiert war. »Kurven aus lauter Jux und Dollerei betrunken in der Gegend rum. Ein Wunder, dass es noch keine schweren Unfälle gegeben hat.«

Dante sah mich an und ich ihn. Wir glaubten beide nicht, dass hinter diesem Zwischenfall Teenager aus Edgartown steckten. Offensichtlich hatten wir mit dem Griff in Christians Geldkoffer den Bogen überspannt.
Die Sache roch nach einem Racheakt.

zwanzig

Der falsche Mann

»Harvardmädchen! Ich wusste, dass du kommst. Warum hast du dir so viel Zeit gelassen?« Isaiah Fisher grinste vergnügt von der unteren Pritsche der Zelle zu mir hoch.

Für jemanden unter Mordverdacht hörte er sich verdammt fröhlich an. Er winkte mir mit der Zigarette zu, als ich den dunklen Flur der Arreststation auf der Polizeiwache von Cambridge hinunterhumpelte. Es war Sonntag, elf Uhr vormittags, ich war vor knapp einer Stunde von Martha's Vineyard zurückgekommen und noch nicht mal zu Hause gewesen. Der Kleinbus hatte uns am Littauer abgesetzt, und dort hatte mich Fishers Anruf erreicht.

»Wieso gehst du am Stock?«

Ich sah auf meinen verstauchten Knöchel. »Um's kurz zu machen: Ich hatte heute Nacht einen Beinahezusammenstoß mit einem Pickup. Bin ich die Einzige, die du anrufen durftest?«

»Nee. Die haben mir so 'n armen Schlucker von Pflichtverteidiger besorgt, und der hat für mich 'ne Telefongenehmigung ausgehandelt.« Er winkte mich näher an das Gitter heran. »Hör mal, du musst dringend mit dem pseudoschwarzen Bullen reden, den du an der Hand hast, diesem Griffin.«

»Weshalb? Traust du dich nicht, ihm deine Scheißlügen selber zu erzählen, Ike?« Alix Coyles Stimme hallte dumpf von den Wänden der Arreststation wider.

»Verdammt«, fuhr Fisher mich an, »wozu hast du die beknackte Mieze mitgebracht?« Irgendwie schien Alix ihm Angst zu machen.

»Weil ich glaube, dass wir dann schneller hinter die Wahrheit kommen.«
»Sehr richtig.« Alix stellte sich neben mich und grinste ihn böse an. »Denn wenn dir was hilft, dann nur die Wahrheit, Ike.«
Er wandte sich ab und knurrte widerborstig: »Mit dir red ich kein Wort. Schwing deinen Arsch hier raus.«
»Na gut. Oben sitzen jede Menge Bullen, die nur darauf warten, die Wahrheit über dich zu erfahren«, erwiderte Alix kühl.
»Das traust du dich nicht. Wenn die mich an den Hammelbeinen kriegen, bist du auch mit dran.«
»Ach komm, Fisher«, sagte ich scharf, »du hast mich hergebeten, also spuck's schon aus.«
»Dir erzähl ich's, Harvardmädchen, aber schick dein Anhängsel raus.«
»Na schön«, sagte ich achselzuckend, »dann schieben wir eben beide ab.«
»Hey, mach keine Zicken«, murmelte er, als ich mich halb umdrehte, »ist ja schon gut.«
Ich sah ihn an, dann Alix. Ich konnte nur unverschämt bluffen, weil ich nicht sicher war, ob er oder Alix oder beide überhaupt etwas über Ellas Tod wussten, und wenn ja, was. Aber es sah ganz danach aus, als ginge meine Rechnung auf.
»Diese weißen Bullen haben den falschen Mann. Und du weißt genau, weshalb sie mir den Mord an Ella anhängen wollen. Weil ich ein wehrloser Schwarzer bin. Die denken, mich können sie bis in alle Ewigkeit hier einbuchten, das kümmert keine Sau. Und dein Freund, dieser Uncle-Tom-Bulle, ist schlimmer als alle anderen zusammen.«
»Sie haben Beweise gefunden, dass du Ella erpresst hast«, sagte ich. Rafe hatte mir oben schnell das Wichtigste erzählt, bevor ich die Treppe in die Arreststation runtergehumpelt war.
»Ja, Ike.« Alix sah Fisher finster an. »Sie sagen, sie hätten einen nicht eingelösten Scheck von Ella bei dir gefunden. Und zwar in

der Schublade mit deiner Unterwäsche. Eine wirklich geniale Idee, Ike.« Sie zündete sich eine Zigarette an.
»Hör zu, Blondy, wenn ich denen sage, was wirklich passiert ist, steckst du tiefer in der Scheiße als ich.«
Ich hielt den Mund, im Augenblick kam ich sowieso nicht ganz mit. Was konnte Fisher gegen Ella in der Hand gehabt haben, dass sie ihm bereitwillig ein paar tausend Dollar gezahlt hatte?
»Und genau in dem Punkt liegst du schief«, sagte Alix ruhig. »Weil ich mich nämlich entschlossen habe, ihnen selber alles zu erzählen. Ich glaube nicht, dass sich irgendwo eine Jury findet, die Anklage gegen mich erhebt.« Sie nahm einen Zug von der Zigarette, dann sah sie mich an. »Du wolltest doch die ganze Zeit eine Mörderin erwischen, Miss Marple? Na gut, jetzt hast du eine erwischt.«
Grabesstille. Alix und Fisher sahen mich an.
»Wovon redest du, Alix?«, fragte ich leise.
»Du kennst doch den alten Bud.«
»Deinen Exmann?«
»Richtig, meinen Ex. Nur, ich bin nicht geschieden, ich bin Witwe. Ella und ich haben ihn getötet.«
Fisher drückte das Gesicht gegen die Gitter und starrte mich an. »Hast du das gehört? Ja, du hast es gehört. Und *mich* haben sie hinter Gitter gesteckt.«
Alix sah mich unverwandt an, während sie mir ihre Geschichte erzählte. »Als Bud und ich verheiratet waren, bin ich dauernd gegen irgendeine Tür gerannt. Oder die Treppe runtergefallen. Das war's jedenfalls, was wir den Nachbarn weisgemacht haben.« Ihr Ton war sachlich und emotionslos.
»Er hat dich geschlagen?«
»Grün und blau hat er mich geschlagen. Wenn ich ihn auch nur schief angeguckt habe. Deshalb habe ich in Muleshoe mein Bündel gepackt und bin hierher gekommen. Weil ich ihn los sein wollte. Aber der Mistkerl ist mir nachgekommen.« Sie ließ

die Zigarette auf den Boden fallen und trat sie aus. »Ella und ich waren gut befreundet, sie hat mir einen cleveren Burschen von der Rechtsakademie besorgt, und der hat eine Verfügung gegen Bud erwirkt. Darin war ihm unter Strafandrohung untersagt, sich in der Nähe meines Hauses aufzuhalten. Aber der alte Bud konnte anscheinend nicht lesen. Weil er nämlich eines Nachts die Hintertür von meinem Haus aufgebrochen hat. Ella und ich kamen gemeinsam rein, sie hatte eine unserer Vorstellungen besucht und ist auf einen Sprung mitgekommen, um die Kreditkarte mitzunehmen, die sie mir geliehen hatte. Bud hat uns im Dunkeln aufgelauert. Mit einem Küchenmesser in der Hand.«

»Oh mein Gott.« Und als sie nicht weiterredete, drängte ich sie sanft: »Aber du hast ihn abgewehrt?«

»Ja. Nur, beinahe hätte er mich umgebracht. Er hatte es vor und hätt's auch geschafft, wenn ihn Ella nicht rechtzeitig außer Gefecht gesetzt hätte. Sie hat ihm eine schwere Eisenpfanne über den Hinterkopf gezogen, und da ist er umgekippt.«

»Aber das ist Notwehr.«

»So könnte man's sehen.« Aus der Art, wie sie zu Boden blickte, schloss ich, dass ich noch nicht die ganze Geschichte kannte.

»Für mich hört sich das nach Notwehr an. Du hättest das doch vor Gericht unter Eid aussagen können.«

»Da gab's einen Haken«, mischte sich Fisher ein. »Erzähl's ihm.«

»Du hältst die Klappe, Ike«, fauchte Alix ihn an. »Es gab keine Anklage. Weil die Polizei nichts davon erfahren hat.«

»Was?«

»Schau mal, es *war* Notwehr. Sie wollte ihn nicht töten. Sie hat sich nur den schwersten Gegenstand geschnappt, den sie sehen konnte, und zugeschlagen. Aber woher sollten wir wissen, ob die Polizei das genauso sah? Weil wir das nicht wussten, konnten wir kein Risiko eingehen. Wir waren vor Angst völlig durcheinander. Wer weiß, ob die irischen Bullen hier in Cambridge was auf die Aussage von zwei Frauen aus dem Süden gegeben hätten. Zumal eine davon eine Schwarze war.«

»Und was habt ihr nun gemacht?«

»Na ja, anfangs haben wir gedacht, dass er nicht tot ist. Wir dachten, er ist nur weggetreten. Und wir wollten nicht, dass er bei mir zu Hause mit einer Beule auf dem Schädel aufwacht. Also haben wir ihn auf den Rücksitz von Ellas Wagen verfrachtet und nach Südboston gekarrt. Und an den Docks abgeladen. Wir dachten, so wacht er am nächsten Morgen da auf, wo er hingehört – bei den Ratten. Und glaubt, er hätte bloß wieder mal 'ne wilde Nacht hinter sich. Und hat vielleicht von unserer Gegend endgültig die Schnauze voll und verpisst sich.« Ich konnte kein Bedauern in ihrem Blick ausmachen. »Aber so kam's nicht.«

»Woher weißt du das?«

»Weil wir ein paar Tage später in der Zeitung gelesen haben, dass sie an den Docks einen unbekannten Toten gefunden hatten. Die Beschreibung passte auf Bud. Dann haben sie ihn irgendwann identifiziert und mich angerufen. Als seine nächste Angehörige.«

»Haben sie gefragt, wann du ihn zuletzt gesehen hattest?«

»Natürlich. Die haben alles gefragt, was die Polizei in solchen Fällen fragt.«

»Und was habt ihr getan?«

Alix sah weg. »Was konnten wir denn tun? Wir waren wie gelähmt vor Angst. Wir hatten doch nicht gedacht, dass er tot ist. Aber es *war* Notwehr. Ella wollte es erzählen. Sie habe keine Angst vor den Konsequenzen, hat sie gesagt. Aber ich hatte Angst. Ich hab sie angefleht, nichts zu sagen. Und so haben wir beide den Mund gehalten.«

Sie hatten den Mund gehalten.

Mein Gefühl sagte mir, dass da so etwas wie höhere Gerechtigkeit im Spiel gewesen sein musste. Einem Kerl, der brutal seine Frau verprügelt hatte, war die gerechte Strafe zuteil geworden. Und ich glaubte, in Alix' Augen zu lesen, dass sie sich in all den Jahren durch ihre Selbstvorwürfe härter bestraft hatte, als es ein Gericht je vermocht hätte. Obwohl ich es ihr nachfühlen konnte, wenn sie selbst das nicht so sah.

»Unser Fehler war, dass wir Bud in Ellas Wagen nach Südboston gefahren haben«, sagte sie. »Die Spürnase dort drüben hat die Blutflecke entdeckt, bevor wir das Polster gereinigt haben, und zwei und zwei zusammengezählt.«

»Dann wusstest du also, dass Fisher Ella deswegen erpresst hat, als du mir in ihrer Wohnung das Scheckheft gezeigt hast?«

»Mit letzter Sicherheit wusste ich's nicht. Aber ich habe mir gedacht, dass du die Information an die richtigen Leute weitergibst. Und ich hatte Recht, sonst wären wir jetzt nicht hier.«

»Hey, Harvardmädchen, ich hab sie nicht getötet«, rief Isaiah dazwischen.

Ich sah ihn kalt an. »Du hattest ein Motiv. Und du hast kein Alibi. Warum sollte ich dir glauben?«

»Und du hast kurz nach Ellas Tod nachts diesen Schläger auf mich gehetzt«, hielt Alix ihm vor. »Der sollte mich einschüchtern, damit ich meinen Mund halte – oder willst du das abstreiten, Ike?«

Ich wusste, was sie meinte: den nächtlichen Zwischenfall auf der Francis Street, als der Hüne auf Alix losgegangen war, aber am Ende den Kürzeren gezogen hatte. *Bühnenmieze* hatte er zu ihr gesagt – er musste sie also gekannt haben. Ein rascher Blick in Fishers Gesicht bestärkte mich in der Überzeugung, dass Alix mit ihrem Verdacht Recht hatte.

»Kapier doch«, rief er verzweifelt. »Ich hatte eben *kein* Motiv, Ella umzubringen. Sie hat doch immer gezahlt. Und wenn sie noch am Leben wär, hätte ich noch mal fünftausend Bucks abgesahnt. Du bist doch sonst so schlau, Harvardlady. Warum hätte ich mir selber den Geldhahn zudrehen sollen?«

»Zum Beispiel, weil sie vorhatte, bei der Polizei auszupacken, und du das gewusst hast«, fuhr ich ihn wütend an.

Ich merkte, dass Alix allmählich die Geduld verlor. Dennoch, es gab etwas, das mich unschlüssig machte. Sicher, Fisher hätte Gelegenheit gehabt, Ella umzubringen, er musste sich nur ins Littauer schleichen und Ella die Treppe hinunterstoßen. Und sein Alibi war an dem Abend im Finn McCoy's in sich zusammengestürzt wie ein Kartenhaus. Aber mir leuchtete ein, dass ihm mehr daran gelegen haben musste, Ella am Leben zu wissen, damit er sie, wie er es sah, für all die Male, bei denen sie ihn verraten hatte, zahlen lassen konnte. Und mit dem Mordanschlag gegen mich, vergangene Nacht auf Martha's Vineyard, konnte er im Übrigen nichts zu tun haben, denn da hatte er schon in der Arrestzelle gesessen.

»Gut«, sagte ich widerstrebend, »ich werd mit Griffin reden. Ich werd ihm sagen, dass er den falschen Mann hat.«

»Ich wusste, dass du mich hier rausholst, Harvardlady.«

»Komm mir bloß nicht auf die Tour!« Alix' Geschichte hatte mich unduldsam gemacht. »Schämst du dich überhaupt nicht?«

»Weswegen sollte ich mich schämen? Ella hat mich und unsere Sache verraten. Sie hat für die Weißen gearbeitet und sich dafür bezahlen lassen, und ich hatte nichts. Das bisschen, was ich ihr abgeknöpft habe, war ein Trinkgeld im Vergleich zu dem, was sie mir genommen hat.«

Nun war auch meine Geduld erschöpft. »Du bist nicht nur ein mieser kleiner Gangster, du bist ein elender Heuchler.«

»Sieh mal an! Unsere Harvardlady nennt mich einen Heuchler!«

»So ist es«, sagte ich. »Wenn einer laut tönt, dass es ihm um die Sache seiner schwarzen Brüder und Schwestern geht, und ohne Skrupel seine Exfrau erpresst, die nichts anderes getan hat, als einer anderen Frau das Leben zu retten, und wenn er das erpresste Geld dann auch noch mit einem albernen blonden Hühnchen verjubelt, dann nenn ich ihn einen Heuchler – du komischer schwarzer Bruder, du.«

Fisher starrte mich betroffen an. Ich drehte mich abrupt um. »Ich wünsch dir einen angenehmen Aufenthalt hier unten.«

»Und was glaubst du wohl, wer Ella wirklich umgebracht hat?«, rief er mir nach. Alix sah mich gespannt an.

»Das finde ich raus«, rief ich über die Schulter zurück.

»Dann rate ich dir, schön vorsichtig zu sein.«

Ich horchte auf, ließ mir aber nichts anmerken, fragte nur: »Wieso?«

»Hast du dich mal gefragt, warum Ella und Barrett sich so gut verstanden haben?«

Jetzt drehte ich mich doch um. »Hör mal, wenn du was zu sagen hast, dann sag's gefälligst.«

Fishers Gesicht verzerrte sich zu einer höhnischen Grimasse. »Du bist doch so verdammt schlau, Harvardmädchen, du kommst mit Sicherheit irgendwann selbst dahinter.«

einundzwanzig

Es ist nichts so fein gesponnen ...

Isaiah Fishers unerwarteter Anruf hatte meinen Zeitplan ein wenig durcheinander gebracht, aber jetzt war es so weit: Ich konnte die Falle, die ich mir bei meinem nächtlichen Telefonat auf Ians Anwesen überlegt hatte, zuschnappen lassen. Ich war sicher, dass ich kurz davor stand, den Mord an Ella aufzuklären. Allerdings musste Jess mir ein bisschen dabei helfen.

»Okay, er wird sich gleich melden. Du kennst deinen Text?«

Jess nickte. »Alles klar. Ruhig jetzt.«

»Hier Chung«, meldete sich eine Männerstimme.

»Hallo? Spreche ich mit Christian Chung, dem Harvard-Controller?« Ich nickte zufrieden, Jess hatte den richtigen Ton drauf.

»Ja.« Er hörte sich ungeduldig an.

»Es tut mir Leid, dass ich Sie am Sonntag stören muss, aber wie ich merke, sind Sie ja sowieso im Büro. Glauben Sie, es wäre möglich, dass wir heute noch eine wichtige Angelegenheit erörtern, die mir zufällig zur Kenntnis gekommen ist?«

»Wer spricht denn da?«

»Oh, entschuldigen Sie, Mr. Chung, ich bin so aufgeregt, dass ich ganz vergessen habe, meinen Namen zu nennen. Ich bin Evelyn Harcourt, die Büroleiterin der All Write Secretary Services.«

Eine lange, eine sehr lange Pause. »Wann könnten Sie bei mir sein, Miss Harcourt?«

Zehn Minuten später hatte ich auf dem Flur vor Christian Chungs Büro im Leitungsgebäude – der University Hall – Posten bezogen. Ich hörte ihn drinnen auf und ab gehen und irgendwas vor sich hin murmeln. Es hörte sich nach halblauten Verwünschungen und mühsam unterdrückten Flüchen an.

»Hallo, Mr. Chung?« Jess klopfte zaghaft an die Bürotür. Sie sah im gestreiften marineblauen Kostüm und der weißen Bluse von Kopf bis Fuß nach Geschäftsfrau aus.

»Miss Harcourt? Kommen Sie rein. Was kann ich für Sie tun?«

Die Bürotür wurde hinter Jess zugezogen, ich baute mich davor auf. Das Glück meinte es gut mit mir. Vielleicht lag's auch nur daran, dass Harvards Türen alt und verzogen sind, jedenfalls klaffte zwischen den Angeln und dem Rahmen ein schmaler Spalt, durch den ich, wenn ich mich ein wenig verrenkte, einen Blick nach innen werfen konnte.

»Nun, ich hoffe, dass Sie mir bei der Aufklärung einer etwas rätselhaften Sache helfen können.« Jess legte ihre Aktentasche auf den Konferenztisch, entnahm ihr einen Stapel Papiere und reichte sie Christian.

Er überflog sie, seine Augen verengten sich, Mund und Wangen wurden straffer.

»Ich fürchte, ich verstehe das nicht ganz«, sagte er kühl.

Er machte das gut, das musste ich ihm lassen.

Es handelte sich um Rechnungen des Schreibbüros an den Fachbereich Wirtschaftswissenschaften der Harvard über insgesamt fünfundsiebzigtausend Dollar. Rechnungen, die er nie gesehen oder gar abgezeichnet hatte. Konnte er auch gar nicht, Jess und ich hatten sie erst kurz vor dem Anruf bei ihm auf meinem Laptop getippt und ausgedruckt.

»Was mich stutzig gemacht hat, war, dass mich jemand aus Ihrem Büro angerufen hat, um mir mitzuteilen, dass die Begleichung der Rechnungen sich etwas verzögern könnte«, erklärte ihm Jess. »Ich glaube, sein Name war Gibbs.«

Als mir der Verdacht gekommen war, dass ich einer Unterschlagungsaffäre auf der Spur sein könnte, hatte ich Rafe gebeten, mir einige Namen von Christians engsten Mitarbeitern im Controllingbereich zu besorgen. Gibbs war bei allen Rechnungen über fünfundzwanzigtausend Dollar für die Gegenkontrolle verantwortlich, es musste sich also absolut glaubwürdig anhören, dass er in dieser Angelegenheit bei der Büroleiterin des Schreibdienstes angerufen hatte.

»Ja, Gibbs ist einer meiner Mitarbeiter«, hörte ich Christian sagen. Jammerschade, dass ich in diesem Augenblick aus meinem Blickwinkel sein Gesicht nicht sehen konnte. Ich wäre jede Wette eingegangen, dass ihm der Schweiß auf der Stirn stand. »Ich bedaure die Verzögerung, aber es kommt hin und wieder vor, dass wir aus steuertechnischen Gründen eine Rechnung erst im darauf folgenden Quartal ...«

»Nein, nein«, unterbrach ihn Jess, »Sie missverstehen mich. Wir haben nie für die Universität gearbeitet.«

»Nun, das wundert mich, Miss Harcourt. Wenn das so ist, wieso liegen uns dann Rechnungen von Ihnen vor?« Christian war wieder in meinem Blickwinkel. Sein erstauntes Lächeln sah täuschend echt aus.

»Tja, offensichtlich hat irgendjemand unter Missbrauch unseres Firmennamens Rechnungen an Harvard geschickt.«

Christian sah sie stumm an.

»Sehen Sie, nach dem Anruf habe ich Mr. Gibbs gebeten, seine Unterlagen zu überprüfen und mir zu sagen, wie viele solcher Rechnungen der All Write Secretarial Services insgesamt bei ihm durchgelaufen wären.« Jess redete sich immer mehr in Eifer, sie machte das meisterhaft. »Und er hat mir mitgeteilt, dass es sich im Zeitraum der letzten drei Jahre um Rechnungen über einen Gesamtbetrag von annähernd zwei Millionen Dollar handelt.«

»Das ist unmöglich«, sagte Christian entschieden. »Da müssen Sie etwas missverstanden haben. Ein solcher Fehler würde in meiner Abteilung auf jeden Fall entdeckt. Vielleicht nicht sofort, das kann sein, aber mit Sicherheit im Laufe von drei Jahren.«

Jess schüttelte den Kopf. »Sehen Sie, das hat Mr. Gibbs auch gesagt. Er meinte, ich solle mich deswegen an Professor McAllister wenden, weil die Rechnungen an dessen Fachbereich gerichtet sind. Aber der Professor hat gesagt, das müsse ich mit Ihnen besprechen.«

»Mit *mir?* Warum?«

»Nun, er war der Meinung, wenn aus den Unterlagen hervorginge, dass Rechnungen meiner Firma über zwei Millionen Dollar beglichen worden sind, obwohl wir nie für Harvard gearbeitet haben, dann müssten Sie das erklären können. Es sei ausgeschlossen, dass Sie nichts davon wüssten, weil alle Rechnungen bei Ihnen überprüft würden. Er war sehr aufgebracht darüber, dass das in seinem Verantwortungsbereich passiert war. Er selbst habe, falls es sich um fingierte Rechnungen handele, keine Möglichkeit, so etwas festzustellen, hat er gesagt. Er hat mir sogar geraten, die Polizei einzuschalten, aber ich wollte lieber erst mit Ihnen sprechen.«

»Dieser Mistkerl«, murmelte Christian so leise, dass ich es kaum verstehen konnte.

»Was haben Sie gesagt, Mr. Chung?«, fragte Jess mit unschuldigem Augenaufschlag.

Ich hatte nahezu die ganze Nacht gebraucht, um mir zusammenzureimen, was sich jetzt zu bestätigen schien, und war bis jetzt nicht ganz sicher gewesen, ob Leo oder Ian mit Christian unter einer Decke steckte. Es gab vieles, was auf Leo hindeutete: das Gespräch auf der Herrentoilette, das Dante und ich mitgehört hatten und bei dem es zweifellos darum gegangen war, dass irgendetwas nicht ans Tageslicht kommen dürfe. Und die Tatsache, dass er bei seiner Open-House-Party das mit Ellas Diskette mitbekommen hatte. Woraufhin ich prompt drei Stunden später in der Widener-Bibliothek überfallen worden war.

Und die Tatsache, dass seine Frau ihm dauernd in den Ohren lag, mehr Geld zu beschaffen. Und schließlich musste es auch einen Grund haben, dass er und Christian ständig die Köpfe zusammensteckten und irgendwas zu flüstern hatten. Christian war zum Beispiel, nachdem Dante ihm die sieben Geldbündel aus dem Aktenkoffer genommen hatte, zuallererst zu Leo gerannt.

Aber irgendwie war mir der Verdacht gegen Ian McAllister begründeter vorgekommen. Beide hatten mir bei der Fogg-Party die Lüge aufgetischt, externe Rechnungen würden seit ein paar Jahren über das Büro des Controllers abgerechnet. Und dann die Tatsache, dass Ian Ella an ihrem Todestag drei Mal in ihrem Büro angerufen hatte – allein das rechtfertigte einen schwer wiegenden Verdacht gegen ihn. Aber meinem Gefühl nach zählte vor allem etwas anderes – etwas, was ich nicht erklären und schon gar nicht beweisen konnte, weil es aus dem Bauch kam: das Gefühl, dass so etwas wie Unterschlagung geradezu maßgeschneidert für McAllister schien. Es entsprach seinem persönlichen Stil: raffiniert ausgedacht, geschickt verschleiert und äußerst lukrativ.

»McAllister hat gesagt, Sie sollten mit mir sprechen?«, fragte Christian mit erhobener Stimme. »Das ist ja lachhaft. Dieser hinterhältige Gauner.«

Ich hatte den Eindruck, dass er mürbe geklopft und kurz davor war, die Beherrschung zu verlieren.

Also humpelte ich ohne anzuklopfen in sein Büro. »Christian, ich muss dringend mit Ihnen reden. Ich komme gerade von Ian McAllister, und der hat mir eine unglaubliche Geschichte über Sie erzählt … Oh, Entschuldigung – ich störe hoffentlich nicht?« Ich hielt Jess die Hand hin. »Hi. Ich bin Nikki Chase.«

»Was wollen Sie hier?«, fuhr Christian mich an. »Und was hat McAllister Ihnen erzählt?«

Jess demonstrierte eine schauspielerische Glanzleistung, ihr Blick irrte verwirrt zwischen uns hin und her.
»Na ja, wir haben an der Endfassung des Komiteeberichts gearbeitet, und da habe ich erwähnt, dass ich letzte Woche bei einer abschließenden Finanzkontrolle auf eine Diskrepanz von rund zwei Millionen Dollar im Budget der Geisteswissenschaften gestoßen bin.«
Christians Augen wurden zu schmalen Schlitzen.
»Wie auch immer, er ist schrecklich aufgebracht. Ich glaube, Sie sollten ihn möglichst rasch anrufen.« Ich schielte zu Jess hinüber. »Wirklich, es tut mir sehr Leid, dass ich so in Ihr Gespräch reingeplatzt bin.«
»Oje, Mr. Chung«, sagte Jess mitfühlend, »das hört sich an, als steckten Sie in Schwierigkeiten.«
Wir hatten ihn in der Zange. In seinen Augen funkelte blanke Wut. »Was hat McAllister gesagt?«, herrschte er mich mit bebender Stimme an.
»Ja, wie gesagt, er war ... Als wir bei der Polizei ankamen, hat er vor Wut gekocht«, antwortete ich.
»Was?«, explodierte Chung.
»Er hat darauf bestanden, zur Polizei zu gehen, nachdem ich ihm die Abweichungen zwischen Ella Fishers Tabellen und denen, die Sie mir gegeben haben, gezeigt hatte. Seiner Meinung nach belegen die Abweichungen, dass es seit drei Jahren im Fachbereich Geisteswissenschaften Unterschlagungen großen Stils gegeben haben muss. Und dass Ella Fisher das aufgedeckt hat.«
»Sie wissen doch überhaupt nicht, was Sie da sagen.«
»Er hat gesagt, Sie hätten eine Agentur für Zeitarbeitskräfte erfunden und mit Hilfe falscher Namen und Sozialnummern Harvard fiktive Rechnungen gestellt, für Leistungen, die nie erbracht wurden. Und Sie hätten das Geld irgendwo gehortet, um irgendwann damit außer Landes zu fliegen. Und dann ... dann

hat er gesagt, Sie hätten Ella, als sie Ihnen auf die Schliche gekommen war, umgebracht.«
»Umgebracht?«, rief Jess theatralisch. »Was geht hier vor?«
»Was?«, schrie Chung empört. »Ich soll sie umgebracht haben? Oh nein, das lass ich mir von dem Mistkerl nicht auch noch anhängen.«
Genau das hatte ich seit zwei Tagen vermutet. Trotzdem war ich geschockt, als Christian Chung es jetzt indirekt bestätigte. Ian McAllister hatte Ella umgebracht. Da lächelte er mich die ganze Zeit an, zeigte mir bei jeder Gelegenheit, wer das Sagen hatte, und dann stellte sich raus, dass er ein Mörder war. Ich schluckte schwer. Aber ich war noch nicht fertig. Ich musste weiterreden, bis ich Chung vollends festgenagelt hatte.
»Aber ansonsten hat er Recht, oder?«
»Ja und nein«, sagte er kalt. Es war, als habe er eine Maske abgenommen und zeige nun sein wahres Gesicht. Ein Gesicht, in dem das gewohnte Lächeln erloschen war. »Ich könnte Ihnen mehr darüber sagen. Aber dann müsste ich Sie anschließend töten.«
»Mr. Chung!«, rief Jess, als ob sie ihn daran erinnern wollte, dass wir nicht ohne Grund zu zweit bei ihm erschienen waren.
Chung sah mich an. Ich hatte den Eindruck, dass er in diesem Moment die ganze Wahrheit zu begreifen begann.
Das Spiel ist aus, Baby.
Er zuckte die Achseln und griff zum Telefon. »Verlassen Sie mein Büro, ich möchte mit meinem Anwalt telefonieren«, sagte er ruhig. »Und ich nehme an, Sie haben noch einiges vor.«

Der dritte Montag im Semester ist der Tag, an dem McAllister in der Memorial Hall, einem gewölbeartigen Gebäude aus rotem Backstein am Rande des Harvard Yard, seine traditionelle Gastvorlesung vor allen neunhundert Ökonomiestudenten gibt. Ich wusste, dass ich ihn am Sonntagnachmittag dort antreffen würde, er bereitete sich immer sehr sorgfältig auf diesen Auftritt vor. Und so machte ich mich, eine Stunde nachdem wir Chungs Büro verlassen hatten, auf den Weg dorthin, um sein Lügengebäude und damit die Mauern seiner Welt zum Einsturz zu bringen. Diesmal allerdings – in diskretem Abstand – mit einer kleinen Polizeieskorte.

Die in die Backsteinwände eingelassenen grauen alten Steinfratzen starrten grimmig auf mich herab, als ich ins Halbdunkel des halbkreisförmigen, zur Bühne hin abfallenden Zuhörerraums eintauchte. Ich machte ihn hinter dem Podium aus. Nachmittagssonne fiel durch die hohen, bleibverglasten Fenster und malte Glitzerstaub auf sein silbergraues Haar. Als ich den Mittelgang herunterhumpelte und er meine Schritte hörte, hob er langsam den Kopf.

»Veronica«, sagte er bedächtig, »irgendwie habe ich geahnt, dass wir uns bald sehen werden. Sind Sie gekommen, um den dramatischen Höhepunkt mitzuerleben?« Chung musste ihn, gleich nachdem wir gegangen waren, angerufen haben.

Ich stand dicht unter der Bühne, den Kopf in den Nacken gelegt, um zu ihm hochblicken zu können. Wut erfüllte mich, aber zugleich auch das Gefühl, irgendetwas unwiederbringlich verloren zu haben – ein innerer Zwiespalt, der mir beinahe den Atem raubte. »Ian, ich …«

»Bitte sagen Sie jetzt nicht, dass es Ihnen Leid tut, Veronica.« Seine Stimme hallte von den leeren Wänden wider.

Es war verrückt, aber einen Augenblick lang tat es mir tatsächlich Leid.

»Vatermord hat schon komödiantische Züge, nicht wahr, Veronica?« Die Stimme eines olympischen Gottes aus den Wolken. »Die Kinder erheben sich gegen das Regime der Alten. Sie kommen sich wohl großartig vor, wie?«

»Und Sie halten sich für Lear und fühlen sich verraten.« Ich trat einen Schritt zurück, um nicht so verkrampft zu ihm hochstarren zu müssen.

Er kam mit verächtlichem Schnauben hinter dem Podium hervor. »Wenn ich daran denke, was ich alles für Sie und Ihre Karriere getan habe«, sagte er mit irritierendem Gleichmut, »ist es doch ein wenig enttäuschend zu erleben, wie wenig Dank Sie mir entgegenbringen. Sie – ein Nichts. Ein Niemand. Schnüffeln in meinem Haus herum. Stehlen mir mein Geld. Lassen mir diese kindische Notiz da. Und das nach allem, was ich für Sie getan habe. Ich hatte offenbar eine zu hohe Meinung von Ihnen, Veronica.«

»Meinen Sie, ich hätte erst mit Ihnen sprechen sollen, bevor ich zur Polizei gegangen bin?«, fragte ich flau.

»Ich hätte Ihnen alles erklären können, Veronica. Das hätte uns diese unwürdige Posse erspart.«

»Oder Sie hätten Christian Chung noch mal mit Ihrem Pickup auf mich gehetzt, damit ich endgültig still gewesen wäre.«

Ian schüttelte tieftraurig den Kopf. »Veronica, ich habe Sie seit dem ersten Collegejahr unter meine Fittiche genommen, als Sie gerade frisch aus irgendeinem Getto in Detroit zu uns gekommen waren und sich kaum getraut haben, mich mit dem Vornamen anzureden. Ich habe Ihnen viele Stunden meiner Zeit geopfert und mir geduldig all Ihre einfältigen und irrelevanten Theorien angehört. Ich habe Ihnen nach Ihrem törichten Ausflug an die Wall Street – vor dem ich Sie übrigens von Anfang an gewarnt hatte – den Weg zurück zu uns geebnet. Und das ist nun der Lohn dafür?«

»Das eine hat nichts mit dem anderen zu tun. Und das wissen Sie genau, Ian.«

Er sah stumm zu mir herunter. Ich meinte, tatsächlich so etwas wie Kummer in seinem Blick auszumachen.

»Ich weiß, Sie werden mir nicht glauben«, sagte ich mit leiser Stimme, »und ich nehm's mir ja selber kaum ab, aber es tut mir wirklich Leid, dass es so weit kommen musste. Ich habe nichts von dem vergessen, was Sie für mich getan haben. Aber was blieb mir anderes übrig? Hätte ich weggucken sollen, als ich entdeckt hatte, dass Sie einen Mord begangen haben? Hätte das Ihrer Meinung nach zu meiner Dankesschuld gehört?«

»Wenn Sie Absolution bei mir suchen, die erhalten Sie nicht. Verrat ist eine unverzeihliche Todsünde«, sagte er kategorisch. »Sie sollten sich in Grund und Boden schämen, Veronica.«

»*Ich* sollte mich schämen? Hier in diesem Saal, der Ehrenhaftigkeit und Integrität symbolisiert – Tugenden, für die Harvard eintritt –, stellen Sie sich Jahr für Jahr aufs Podium und predigen einigen hundert Studenten die Moral des Kapitalismus. Und dann stehlen Sie sich Studiengebühren und Spendengelder zusammen, um sich bei Edgartown ein Monument Ihrer Raffgier und Verschlagenheit zu errichten. Sie schrecken nicht vor Mord zurück, wenn jemand Ihre Kreise stört. Und dann haben Sie die Stirn zu sagen, ich solle mich schämen?«

Seine Miene verdüsterte sich immer mehr, aber ich fuhr unerbittlich fort: »Sie haben Ella drei Mal angerufen, weil Sie ganz sicher sein wollten, dass sie an diesem Abend zur Komiteesitzung kommt. Sie haben sie unter dem Vorwand, sie solle in ihrem Büro auf Sie warten, nach oben geschickt, sind in den Keller gegangen, haben die Drähte durchgeschnitten, und als der Strom ausgefallen war, haben Sie ihr auf der Treppe eins über den Schädel gezogen und sie die Stufen hinuntergestoßen. Und dann hatten Sie sogar den Nerv, sich noch so lange im Littauer herumzutreiben, bis Sie sicher waren, dass sie wirklich tot ist.«

»Das ist eine Lüge!«

»Das war die Tat eines Feiglings. Sie hatten nicht mal die Kraft, ihr ins Gesicht zu sehen, als Sie sie umgebracht haben.«

»Das reicht!«, herrschte er mich an.

»Dann mussten Sie das alles verschleiern. Sie haben Christian Chung in die Widener-Bibliothek geschickt, wo er mich überfallen und Ihnen Ellas Diskette holen sollte. Und Sie haben mich so mit Arbeit eingedeckt, dass Sie glaubten, mir bliebe gar keine Zeit, um das Puzzle zu lösen. Jedenfalls nicht, bevor Sie Ihr Geld zusammengerafft und das Land verlassen hatten. Sie haben Kenneth Irvin aufgehetzt, mich mit seiner Kritik an meiner Arbeit einzuschüchtern. Sie wären vor nichts zurückgeschreckt, wenn es darum ging, ja keinen Schatten auf Ihre vermeintliche Wohlanständigkeit fallen zu lassen.«

»Verdammt, Sie haben keinerlei Beweise. Ihr Wort und das von Chung, diesem verlogenen Mistkerl, steht gegen meines. Wer wird schon einem Niggermädchen und einem Chinesenbengel mehr glauben als mir?«

Einen Augenblick lang war ich geschockt, dann breitete sich eiskalte Gelassenheit in mir aus. »Warum regen Sie sich so auf, wenn Sie unschuldig sind?«

»Sie haben geglaubt, Sie könnten mich mit Ihrer klein karierten Tirade zu Fall bringen«, sagte er geringschätzig. »Aber da müssen Sie sich schon etwas anderes ausdenken, Veronica.«

»Vielleicht fällt ihr nichts ein. Aber mir.«

Ich fuhr herum. Victoria Barrett stand hinter mir im Mittelgang. Das Lächeln, mit dem sie zu McAllister hochsah, erinnerte irgendwie an einen späten Triumph.

»Torie«, sagte McAllister verblüfft, »was tust du hier?«

»Ich will den dramatischen Höhepunkt miterleben. So hast du das doch eben ausgedrückt, Liebling?«

Sie kam im schwarzen Chanel-Kostüm, mit einem breitkrempigen Hut, die Tasche und schwarze Lederhandschuhe in der Linken, den Mittelgang herunter. Mit derselben einstudierten Würde, mit der sie diesen Weg einst als Debütantin gegangen war. »Du hast gehofft, ich helfe dir dabei, Leo zu belasten. Ich helfe dir, alles so aussehen zu lassen, als hätte er die Unterschlagung begangen. Wie hast du das formuliert? ›Wir bringen ihn dazu, sein Bündel zu schnüren, und dann ist Harvard wieder in den Händen, in die es gehört.‹ Nun, Liebster, es fällt mir schwer, dir die Wahrheit ins Gesicht zu sagen, aber du bist der, der hier auf der Strecke bleibt. Ich kenne sämtliche Details über deine billigen Machenschaften. Von der Druckerei, die du zur Herstellung gefälschter Firmenbriefbögen herangezogen hast, bis zu den zusammengestohlenen Sozialversicherungsnummern. Ich kenne sogar die Kennworte für die Bankschließfächer, in denen du das Geld deponiert hast. Und glaub mir, ich werde plaudern wie noch nie in meinem Leben.«

Ich hörte Schritte im Hintergrund, Rafe und die anderen Polizisten kamen nach vorn zum Podium.

»Du undankbare Schlampe«, flüsterte Ian fassungslos.

Victoria blieb neben mir stehen. Ich hatte gemeint, die großen Schocks dieses Tages hinter mir zu haben. Aber dann legte sie mir den Arm um die Schulter und sagte: »Gute Arbeit, liebste Freundin.«

Kurz vor halb drei an diesem Samstag war die Wahrheit über Ian McAllister auf dem Tisch. Bis ich die Wahrheit über Leo Barrett erfuhr, sollten weitere zwanzig Minuten vergehen. Genau die Zeit, die ich brauchte, um mir ein Taxi zu nehmen und mich zu Hause absetzen zu lassen, wo Maggie schon ungeduldig und in großer Sorge auf mich wartete.

»Wo warst du?«, rief sie mir aus der Küche entgegen. »Ich hab den ganzen Tag versucht, dich zu erreichen. Dante hat's in deinem Büro versucht, aber da hat sich auch niemand gemeldet.«

»Na gut, jetzt bin ich ja hier. Was gibt's denn?« Ich lehnte den Stock an die Arbeitsplatte und ließ mich vorsichtig auf einem Küchenstuhl nieder.

»Heute Morgen ist endlich das Päckchen aus New York angekommen. Sie hatten es versehentlich bei Mrs. Freoli schräg gegenüber abgeliefert. Und meine Schwester hat was über den Reverend Stephen Barrett herausgefunden.«

»Und? Sag schon, was sie dir erzählt hat!« Ich hätte vor Ungeduld aus der Haut fahren können.
Aber Maggie verschanzte sich hinter einer geheimnisvollen Miene. »Warum machst du nicht erst das Päckchen auf?« Sie deutete auf die gefütterte Versandtasche auf dem Tisch.
Mir zitterten die Hände, als ich den Umschlag aufriss und die Fotokopie von Leos Artikel herauszog. *Warum Farbige Bobby Kennedy unterstützen sollten.* Die Fußnote am unteren Rand der ersten Seite mit den biografischen Angaben über den Verfasser war es, was mich interessierte. Und Sekunden später starrte ich Maggie wie benommen an.
Die Fußnote lautete: »Leonard Barrett, geboren in Philadelphia, ist Farbiger und Student der politischen Wissenschaften am City College in New York.«
»Hier steht, dass er ein Farbiger ist«, murmelte ich. »Aber das kann doch gar nicht sein?«
Maggie sah mich groß an. »Ich habe Patrice gebeten, sich in ihrem Kosmetiksalon umzuhören, ob vielleicht jemand einen Reverend Stephen Barrett kennt. Leo Barretts Vater. Und tatsächlich, eine ihrer Kundinnen kannte ihn von früher. Er war vierzig Jahre Pfarrer an der Episkopalkirche St. Timothy gewesen. Es war die Kirche einer kleinen schwarzen Gemeinde an der Fitzwater Street in Südphiladelphia.«
Sie ließ sich schwer auf einen Küchenstuhl fallen, bevor sie mir den Rest ihrer Geschichte erzählte.
»Der Reverend Stephen Barrett war ein ziemlich hellhäutiger Schwarzer, ein gut aussehender, liebenswürdiger Mann. Soll gern Witze erzählt haben. Anna, seine Frau, die vor beinahe fünfzehn Jahren gestorben ist, war ebenfalls eine auffallend hellhäutige Schwarze. Sie war fast dreißig Jahre lang als Grundschullehrerin tätig. Der schlimmste Tag für beide war der, an dem sie ihren jüngsten Sohn Leonard verloren haben. 1965 hat er sein Elternhaus verlassen und ist nach New York gezogen,

und sie haben nie wieder etwas von ihm gehört. Nach fünf Jahren zwischen Bangen und Hoffen haben sie eine Legende erfunden – etwas, das sie ihrer Gemeinde erzählen konnten. So erfuhren die braven Kirchgänger von St. Timothy, dass Leonard nach kurzer schwerer Krankheit in New York verstorben sei. Alle haben um ihn getrauert, weil er so ein gescheiter, gut aussehender Junge gewesen war. Das Abziehbild seines Vaters. Alle haben gesagt, Reverend Barrett sei von diesem Tag an nie mehr derselbe wie früher gewesen. Und nun stell dir die Überraschung vor, als ein paar von den alten Gemeindemitgliedern, die Leonard Barrett noch als Jungen gekannt hatten, letzten Herbst auf der ersten Seite der *New York Times* sein Foto entdeckt haben. Das Foto anlässlich seiner Inauguration als Präsident. Harvards neuer *weißer* Präsident.«

zweiundzwanzig

Letzte Nebel

»Ich hab's gleich gesagt. Ich hab's gewusst, dass der Mann nichts taugt.«

Es war Sonntagnachmittag, vier Uhr. Ich saß mit Maggie und Rafe am Küchentisch, wir nippten bedrückt an den Teebechern und dachten über die Ereignisse des Tages nach. Nachdem Ian McAllister in Handschellen abgeführt worden war, hatte Rafe eine geschlagene Stunde auf der Polizeiwache der Cambridge Police auf das Ende der Unterredung zwischen Christian Chung und dem Distriktstaatsanwalt gewartet.

Wie zu erwarten, hatten die beiden eine Vereinbarung getroffen. Chung berief sich darauf, er habe bei einer Routineüberprüfung McAllisters Unterschlagungen entdeckt, sich aber durch ein Schweigegeld dazu bewegen lassen, die Sache nicht an die große Glocke zu hängen. Anscheinend hatten McAllisters Machenschaften begonnen, nachdem ihm aus Kreisen des Harvard-Aufsichtsrats bedeutet worden war, sich keine Hoffnung darauf zu machen, je zum Präsidenten der Universität berufen zu werden.

Maggie hatte Rafe gerade von Leo Barretts Geheimnis erzählt. »Ich wusste doch, dass bei ihm irgendwas nicht stimmt. Hab ich's dir nicht von Anfang an gesagt?«

»Nun, Magnolia«, gab Rafe bedächtig zu bedenken, »wir wissen nicht, was der Mann sich dabei gedacht hat. Seinerzeit war vieles anders.«

»Ich weiß sehr gut, wie das damals war. Und ich weiß auch, was er sich dabei gedacht hat. Er hat gedacht, das sei ein Ticket in die Welt der Weißen und ihrer Privilegien. So könnte er sich ein weißes Mädchen angeln, hat er gedacht. Und um uns andere hat er sich einen Dreck geschert.«

»Wann hat das denn begonnen?«, fragte ich. »Wann ist ihm die Idee gekommen, eine andere Identität anzunehmen?«

»Soweit die Kundin meiner Schwester das sagen konnte, muss er während der Collegezeit auf die Idee gekommen sein. Denn als er sich 1969 an der Rechtsakademie der Harvard eingeschrieben hat, war er bereits ein weißer Student. Das wäre etwa deckungsgleich mit der Zeit, als seine Eltern in Philadelphia erzählten, er sei gestorben.«

»Er muss seinen Eltern das Herz gebrochen haben«, sagte ich mit erstickter Stimme. Mir wäre es jedenfalls so gegangen, das wusste ich.

Bei Rafe schien das Mitleid mit Barrett zu überwiegen. »Mein Gott, der Junge war erst zweiundzwanzig. Vielleicht hat er gemeint, es wäre so was wie ein Rettungsanker. Und als ihm dann klar geworden ist, dass er einen Fehler begangen hatte, gab es kein Zurück mehr.«

»Warum verteidigen Sie ihn?«, fragte ich ärgerlich. »Er hätte eine einmalige Gelegenheit gehabt, allen zu beweisen, dass einer von uns genauso talentiert und brillant sein kann wie ein Weißer. Aber er hat sie einfach vertan. Und noch mehr: Weil er seine wahre Identität verleugnet hat, verstärkt er den Eindruck, dass ein Schwarzer es nie so weit gebracht hätte.«

»Seien Sie nicht naiv, Kind. Er hätte es tatsächlich nicht so weit gebracht, wenn alle gewusst hätten, dass er schwarz ist«, sagte Rafe ruhig und bestimmt. »Wollen Sie ihm vorwerfen, dass er dieselben Chancen wie die weißen Jungs haben wollte? Und sind Sie ganz sicher, dass Sie, wenn sich die Gelegenheit dazu geboten hätte, nicht genauso gehandelt hätten?«

»Ja – ja und noch mal ja«, sagte ich bestimmt. »Und im Übrigen kann ich überhaupt nicht verstehen, dass er so lange damit

durchgekommen ist. Warum hat dies kein einziger Journalist herausgefunden, als er zum Präsidenten berufen wurde?«
»Denk mal, wie lange wir gebraucht haben«, warf Maggie ein. »Und wir wussten sogar, dass es da irgendein Geheimnis geben muss. Wenn einer derart geschickt ist wie Leo Barrett, wie soll da ein Journalist auf den Gedanken kommen, er könnte was zu verbergen haben?«
»Ich wundere mich, dass sich keins der alten Gemeindemitglieder in Philadelphia, die ihn nach den Zeitungsfotos wieder erkannt haben, an die Presse gewandt hat. Die Story wär doch mindestens zehn Riesen wert gewesen.«
»Mädel«, wies Maggie mich zurecht, »wir Schwarze waschen unsere schmutzige Wäsche nie, wenn uns Weiße dabei zusehen können. Und genau daran haben sich die alten Leute in Philadelphia gehalten.«
»Und was soll nun werden?«, fragte ich.
»Nach allem, was du uns erzählt hast, leidet er an Schuldgefühlen«, meinte Maggie. »Also warten wir's ab. Vielleicht erkennt er selber, was er tun muss.«
»Ich wette, er wird mit der Wahrheit herausrücken«, gab Rafe ihr Recht. »Lassen wir ihm ein bisschen Zeit.«
»Wenn er auch nur einen Funken Ehre im Leib hat, bleibt ihm nichts anderes übrig, als zurückzutreten«, sagte Maggie. »Weil er für die schwarzen Studenten ein Zeichen setzen muss. Wenn er aber an seinem Sessel klebt – was würde das bedeuten?«
Das Läuten des Telefons unterbrach uns. Es war Vivian Simms, sie rief aus dem Mass General an. Mir stockte der Atem, aber es waren zum Glück gute Neuigkeiten. Justin war endlich wieder bei vollem Bewusstsein, er hatte nach mir gefragt.
Als ich im Krankenhaus ankam, musste ich erst mal schlucken. Lindsey Wentworth plauderte auf dem Flur vor Justins Zimmer mit einer Schwester. »Oh nein, Liz, ich schieb sie immer nur mit dem stumpfen Ende der Nagelfeile zurück. Fangen Sie bloß

nicht an, an der Nagelhaut herumzuschnippeln – niemals, hören Sie? Sie als Krankenschwester sollten das wissen.«
Sie wandte sich atemlos und mit strahlendem Lächeln zu mir um. »Nikki! Also haben Sie die gute Nachricht auch schon erhalten? Liz, Sie müssen uns unbedingt zu Justin reinlassen. Welcher junge Mann will sich mit seinen Eltern unterhalten, wenn draußen gleich zwei junge Frauen darauf warten, ihm lauter nette Dinge zu sagen?«
»Ich seh mal nach, Miss Wentworth.« Die Schwester – froh, Lindseys Geschwätzigkeit entrinnen zu können – verschwand in Justins Zimmer.
»Sie sind überrascht, mich hier zu sehen, nicht wahr?« Jetzt wurde ich zum Opfer von Lindseys Wortschwall. »Ich war zufällig im Krankenhaus. Gaston, unser Butler, ist heute Nachmittag auf der Terrasse ausgerutscht, als er die Cocktails servieren wollte. Und mein Vater hat mich gebeten mitzukommen, damit wir gemeinsam dafür sorgen können, dass es ihm hier an nichts fehlt.« Sie senkte die Stimme. »Er ist eigentlich schon zu alt, um seinen Pflichten noch nachkommen zu können. Aber mein Vater brächte es nie übers Herz, ihn wegzuschicken.«
Na also. Wozu brauchen wir eine Sozialversicherung, wenn die Oberschicht sich so rührend um das Wohl des Gesindes kümmert?
»Und wie geht's ihm?«, fragte ich.
»Gaston? Oh, der ist bald wieder auf den Beinen. Sie behalten ihn nur über Nacht zur Beobachtung hier. Aber ich hab mir gedacht, wenn ich schon mal hier bin, könnte ich ja auch gleich auf einen Sprung bei Justin Simms reinschauen. Mal hören, wie's ihm geht. Wenn man krank ist, kann man gar nicht genug Besuch kriegen, ist es nicht so? Und stellen Sie sich vor, ich bin da, und in dem Moment kommt er zu sich. Ach, das ist so wundervoll. Aber natürlich durften bis jetzt nur seine Eltern zu ihm rein. Übrigens, was ist denn mit Ihrem Knöchel los?«

Die Schwester steckte den Kopf aus der Tür. »Ich gebe Ihnen fünf Minuten«, flüsterte sie. »Und es dürfen immer nur zwei Besucher bei ihm sein.«

Als wir eintraten, saßen Mr. und Mrs. Simms an Justins Bett, sie murmelten miteinander und lachten leise. Ich fand es etwas herzlos, so in ihre Freude hineinzuplatzen, aber Lindsey eilte schon auf Justins Bett zu.

»Hallo«, begrüßte ich Justins Eltern. »Wie geht's ihm?«

»Er ist wach. Immer noch ziemlich schwach, aber bei Bewusstsein.«

»Wir bleiben nicht lange«, versprach ich. Mrs. Simms nickte, und die Schwester winkte sie und ihren Mann nach draußen.

Ich beugte mich über Justin. »Hey, Kiddo«, sagte ich, »welcher Teufel hat Sie geritten, dass Sie sich ohne mich von dieser Party weggeschlichen haben?«

Er lächelte und winkte mich näher zu sich. »Sie sind mir eine Verabredung schuldig«, wisperte er.

»Ach, Mr. Simms«, platzte Lindsey vergnügt dazwischen, »wenn Sie so stumm und brav daliegen, kenn ich Sie gar nicht wieder. Und Ella wär's bestimmt genauso gegangen.«

Justin lächelte schwach. Ich hätte geschworen, dass er heimlich gequält die Augen verdrehte. »Was hab ich alles verpasst?«, fragte er flüsternd und schielte auf meinen lädierten Knöchel.

»Sie glauben gar nicht, was alles passiert ist, während Sie geschlafen haben«, sagte ich schmunzelnd. »Aber ich weiß nicht, ob Sie das überhaupt hören wollen.«

»Wieso? Haben Sie geheiratet?«

»Ach, wo denken Sie hin?«, rief Lindsey dazwischen. »Aber erzählen Sie mal, Nikki.« Sie setzte sich auf den Stuhl neben Justin und sah mich erwartungsvoll an. »Ich bin selber neugierig. Ich weiß noch nicht mal, was mit Ihrem Knöchel passiert ist.«

Ich hockte mich auf die Bettkante und erzählte ihnen von den wichtigsten Ereignissen – von meinen Recherchen, von dem nächtlichen Beinahe-Unfall auf Martha's Vineyard, von Fishers Verhaftung, McAllisters Festnahme und von der Vereinbarung zwischen Chung und dem Staatsanwalt, von der Harvards Controller sich Haftverschonung erhoffte. Das mit Leo Barrett erwähnte ich nicht, die Wunde war noch zu frisch, als dass ich die Geschichte ausgerechnet Lindsey auf die Nase gebunden hätte. Ich trug etwas dick auf, das muss ich zugeben. Einstweilen wusste auf dem Campus noch niemand, welche aktive Rolle ich bei den Ermittlungen gespielt hatte, und wenn ich wollte, dass sich das möglichst bald herumsprach, gab es niemanden, der schneller dafür sorgte als Lindsey. Sie sperrte Mund und Ohren auf, und am Schluss meiner Geschichte war auch Justin hellwach.

»Dann haben Sie also auf eigene Faust ermittelt und die Hintergründe des Mordes an Ella aufgedeckt? Und McAllister als ihren Mörder entlarvt?«, fragte Lindsey aufgeregt. »Ich weiß, dass hört sich jetzt ein wenig komisch an, aber er gehört der High Society an.« Isaiah Fisher erwähnte sie mit keinem Wort. Offensichtlich gibt es Romanzen, die an Gefängnisgittern abrupt enden. »Präsident Barrett wird überglücklich sein, wenn er erfährt, dass der Fall gelöst ist. Ich weiß, wie sehr ihm das zugesetzt hat. Und vielleicht verstummen nun endlich die gehässigen Gerüchte über eine Affäre zwischen Ella und ihm.«

»Dafür wird er bald eine Menge neuer Sorgen haben«, rutschte es mir halblaut heraus.

Lindsey sah mich groß an. »Was meinen Sie damit?«

»Nichts. Vergessen Sie's.«

Zum Glück kam in diesem Moment die Schwester ins Zimmer, im Sturmschritt und mit besorgter Miene. »Die Zeit ist um. Sein Herzschlag ist etwas hoch, er darf sich noch nicht so anstrengen.«

Tatsächlich, Justin sah mitgenommen aus. Ich hätte ihm wohl doch noch nicht so viel über die Ermittlungen erzählen dürfen.
»Nikki …«, brachte er mühsam heraus.
»Pschscht«, machte ich, »das können Sie mir alles das nächste Mal erzählen.«
»Kein Wunder, dass sein Herzschlag hoch ist«, meinte Lindsey. »Mir geht's genauso, nachdem ich das alles gehört habe. Wir gehen jetzt, aber wir kommen Sie bald wieder besuchen, Mr. Simms, okay?«
Ich beugte mich über Justin, um ihm einen Abschiedskuss auf die Wange zu hauchen. Was mich irritierte, war der seltsam besorgte Ausdruck in seinen Augen.
»Was machen Sie jetzt?«, fragte mich Lindsey draußen auf dem Flur. »An einem Sonntagabend ist nie viel los. Wir essen gewöhnlich spät zu Abend und danach …« Sie stutzte. »Wow! Sonntagabend! Genau zwei Wochen nach Ellas Tod.«
Zwei Wochen.
Vielleicht lag's einfach daran, dass in zu kurzer Zeit zu viel auf mich eingestürmt war, jedenfalls wurde mir erst hier im Krankenhaus klar, dass in meinem Puzzle immer noch eine Riesenlücke klaffte. Ich war sicher, dass McAllister Ella umgebracht hatte, damit sie nichts über seine Unterschlagungen ausplaudern konnte, aber …
Aber warum, um alles in der Welt, hatte er versucht, Justin Simms zu töten?

Zwanzig Minuten später stand ich auf dem Dach des Forschungszentrums, von dem aus der Blick weit über den Yard reicht. Das Gebäude ist eine Stiftung der Erfinder der Polaroidkamera. Auf dem Campus hält sich hartnäckig die Legende, die Stifter hätten es quasi als Vorabdenkmal für das später so berühmte 1970er Modell ihrer Sofortkamera errichten lassen. Mich hatte in meinem ersten Collegejahr ein guter Freund in das streng gehütete Geheimnis eingeweiht, wie man auf verschlungenen Wegen auf das Dach gelangen kann. Seither zog ich mich immer dann, wenn ich ungestört über etwas nachdenken wollte, auf die Dachterrasse des Forschungszentrums zurück.

Als ich oben ankam, hatte die Dämmerung bereits eingesetzt, die Gaslaternen hellten mit mildem Licht den ockerfarbenen Mantel auf, der sich über den Yard senkte. Kleine Gruppen von Studenten schlenderten tief unter mir vorbei – weiß der Himmel, wohin es sie an diesem Herbstabend trieb. Ich legte meinen Stock auf den Zementboden und lehnte mich gegen die hüfthohe Brüstung, die sich um die Dachterrasse zog.

Also, noch mal: warum sollte McAllister versucht haben, Justin zu töten? Und zwar nicht nur bei der Fogg-Party, sondern später noch einmal, im Krankenhaus? So viel schien festzustehen: Justin hatte, ehe er ins Koma gefallen war, nichts über die Unterschlagung in Erfahrung gebracht. Mir selbst war der Verdacht, dass es irgendwelche Unregelmäßigkeiten geben könne, erst gekommen, nachdem ich festgestellt hatte, dass Ellas Diskette aus meiner Wohnung verschwunden war – also am Montagabend, zwei Tage nach Justins Zusammenbruch. Bis dahin hatte ich zwar etwas von einer Diskrepanz zwischen Ellas und McAllisters Zahlenwerk gewusst, Justin gegenüber aber nichts davon erwähnt.

Wenn McAllister also kein Motiv gehabt hatte, Justin zu töten, wer steckte dann hinter dem Mordanschlag?

Ich versuchte, mich an den Abend im Fogg-Museum zu erinnern. Etwa nach zwei Stunden hatte Justin begonnen, sich merkwürdig zu benehmen. Und das war so weitergegangen bis zum Schluss – bis zu seinem Gestammel von irgendwelchen Saphiren. Ein Stichwort, bei dem mir Torie Barrett einfiel. Ich hatte nie eine Erklärung dafür gefunden, wie ihr Ohrring an Ellas Todestag auf den Flur im ersten Stock des Littauer gekommen sein konnte, direkt vor Dantes Bürotür. Was, wenn Justin auf der Fogg-Party irgendwas beobachtet hatte, das Torie mit dem Mord an Ella in Verbindung brachte? Und wenn sie es gewesen war, die ihm Beruhigungsmittel in den Drink gemischt hatte? Torie schien der Typ Mensch zu sein, der immer ein Beruhigungsmittel zur Hand hatte.

Aber welchen Grund sollte sie gehabt haben, Ella etwas anzutun? Es sei denn, Dante hatte mit seiner Theorie Recht, dass sie Ellas Affäre mit Leo gewaltsam ein Ende setzen wollte. Immerhin hatte sie an dem Tag im Schönheitssalon ihrer Friseuse erzählt, Leo habe eine Affäre gehabt, ihr aber versprochen, sie zu beenden. Nur, da Ella zu der Zeit schon eine Woche tot gewesen war, hätte sie keinen vernünftigen Grund gehabt, das Thema noch mal anzuschneiden.

Es sei denn, es war nicht Ella, mit der Leo eine Affäre gehabt hatte.

Amy Collins hatte bei unserem Gespräch über ihren Artikel im *Crimson* gesagt, sie wisse aus sicherer Quelle, dass Leo eine Affäre habe, aber er verhalte sich sehr diskret. Das stimmte. Man hätte es auch unglaublich diszipliniert nennen können, denn ich hatte in den letzten zwei Wochen nie erlebt, dass er sich länger als zwei, drei Minuten mit einer Frau unterhielt. Außer mit Torie, natürlich. Und mit Lindsey Wentworth.

Lindsey Wentworth. Natürlich.

Halb vergessene Bilder tauchten jäh vor meinem geistigen Auge auf. Leo, wie er bei seiner Open-House-Party den Arm um Lindsey legte. Lindsey, wie sie bei der Fogg-Party in einem halb dunklen Hinterzimmer auf Leo einredete. Und die vorsichtigen Andeutungen, die sie sicher nicht ohne Bedacht gemacht hatte: dass Victoria schrecklich eifersüchtig sei wegen Leos und Ellas Affäre. Warum war mir das nicht schon früher klar geworden? Es gab keine Affäre zwischen Leo und Ella. Es hatte nie eine gegeben. Es war eine Affäre zwischen *Lindsey* und Leo gewesen.

Und ihr unverhohlenes Schäkern mit Isaiah Fisher war nichts anderes als ein Ablenkungsmanöver gewesen, mit dem sie uns allen Sand in die Augen gestreut hatte.
»Du weißt es, nicht wahr?«, hörte ich eine Stimme hinter mir sagen. Eine seltsam atemlose Stimme.
Lindsey Wentworth stand unter der Tür, die zur Dachterrasse führte. Die Eiseskälte, die ich in ihren Augen sah, machte mich frieren. Sie drückte die Tür hinter sich zu, der Knauf rastete ein. Als sie auf mich zukam, sah ich, dass sie etwas grau glitzerndes in der Hand hielt.
»Ich hatte gehofft, dass du Ruhe gibst, wenn du McAllister zu Fall gebracht hast«, sagte sie. »Aber du bist eben ein verdammt hartnäckiges Luder.«
Sie kam näher. Die Hand, die sich um den kleinen grauen Gegenstand schloss, schien leicht zu zittern. Und schließlich erkannte ich, was sie in der Hand hielt.
Eine kleine Pistole.
»Hören Sie, Lindsey«, sagte ich, »warum gehen wir nicht irgendwo anders hin und reden in aller Ruhe über alles?«
Das musste ein Traum sein. Das gab es doch nicht, dass sie tatsächlich eine Waffe auf mich gerichtet hielt.
»Nein, ich bin dafür, dass du da bleibst, wo du bist. Und zum Reden ist es sowieso ein wenig zu spät, findest du nicht auch?«
»Ich weiß wirklich nicht, was das soll.« Es kostete mich Mühe, mich gefasst zu geben. »Falls das ein Scherz sein soll, ist er Ihnen gelungen.«
Ich spielte mit dem Gedanken, mich auf sie zu stürzen. Unten kamen immer wieder Studenten vorbei. Aber würden sie mich auch hören, wenn ich um Hilfe schrie? Und wenn sie mich hörten, musste ich nicht damit rechnen, tot zu sein, bevor Hilfe eintraf?
Sie lächelte kalt. »Aha, du denkst wohl, du kannst den ahnungslosen Engel spielen? Aber darauf fall ich nicht rein.« Sie kam

langsam zu mir herüber und schleuderte meinen Stock mit einem Tritt beiseite.

»Sie haben sie umgebracht, nicht wahr?«, fragte ich mit belegter Stimme. Ein eiserner Ring legte sich um meine Brust, als ich die ganze Wahrheit zu begreifen begann. Ian McAllister hatte nicht gelogen. Er war wirklich nicht Ellas Mörder.

Lindsey hob ungerührt die Schultern. »Ich musste es tun, als sie dahinter gekommen war.«

Ich schüttelte verwirrt den Kopf. »Wovon reden Sie? Sie haben sie umgebracht, weil sie wusste, dass Sie mit Leo schlafen?«

Lindsey lachte. »Und ich dachte, du wärst so schlau! Aber du hast es immer noch nicht kapiert, wie? Nein, ich musste sie töten, weil sie gedroht hat, Leo bloßzustellen. Sie wollte überall herumerzählen, dass er ein Schwarzer ist.«

»Was?«

»Tu nicht so schockiert. Ich weiß, dass du inzwischen dahinter gekommen bist. So wie du nach Ellas Tod überall rumgeschnüffelt und allen Leuten Fragen gestellt hast, musstest du irgendwann seine wahre Identität herausfinden. Und als du vorhin seinen Namen ausgesprochen hast, war mir klar, dass du es nun rausgefunden hast. Ella hatte es auch rausgefunden. Und das war der Grund, dass sie sterben musste.«

Das Ganze grenzte an Wahnsinn. Aber ich musste Zeit gewinnen. Und deshalb musste ich sie dazu bringen, immer weiterzureden. »Woher wussten Sie, dass sie es wusste?«

»Weil sie, als ich ihr anvertraut habe, dass Leo und ich eine Affäre haben, zu mir gesagt hat: Du weißt ja nicht mal, mit *wem* du schläfst, Kind.«

»Und dadurch sind Sie dahinter gekommen? Das hätte doch alles Mögliche bedeuten können.«

»Nun, zuerst wusste ich natürlich nicht, was das Gerede bedeuten soll. Aber dann habe ich Leo zur Rede gestellt, und er hat es mir zu guter Letzt gestanden. Er hat mir gesagt, nur Ella und er

wüssten, dass er vom Schwarzen zum Weißen geworden ist. Und da habe ich mir gedacht: Nun gut, wenn nur er und Ella es wissen, weshalb soll ich mir dann Sorgen machen? Es muss nicht wahr sein, solange wir nicht wollen, dass es wahr ist.«
»Und darum haben Sie Ella umgebracht?«
»Was hätte ich denn machen sollen? Sie hat mir ja keine andere Wahl gelassen. Sie hätte Leo und mich vor aller Welt lächerlich gemacht. Und mir hätte sie es zudem unmöglich gemacht, Leo zu heiraten. Ich meine, es ist ja nicht so, dass ich so einfach …«
Bisher hatte ich wie gebannt auf die Pistole gestarrt, jetzt sah ich ihr ins Gesicht. »Dass Sie was? Einen Schwarzen heiraten konnten?«
Lindsey hob die Augenbrauen. »Na ja, er hätte bestimmt nicht Präsident bleiben können, wenn es herausgekommen wäre.«
»Hat Leo Sie dazu angestiftet, Ella zu töten?«
»Ach Gott – nein. Im Gegenteil, er ist voll auf Ellas Linie umgeschwenkt. Hat den Blödsinn, den sie über Martin Luther King und Charakterstärke und weiß der Himmel was alles verzapft hat, für bare Münze genommen. Das ging so weit, dass er mir eines Tages gesagt hat, er überlege sich, vor der Presse und dem Aufsichtsrat ein Geständnis abzulegen. Ella habe ihn davon überzeugt, dass das am besten sei. Das muss man sich mal vorstellen! Als hätten meine Leute jemals einen schwarzen Präsidenten akzeptiert!«
Sie starrte mich feindselig an. »Wie ich schon gesagt habe: sie hat mir keine andere Wahl gelassen. Sie war fest entschlossen, ihn bloßzustellen. Jahrelang hatte sie mit ihm zusammengearbeitet und nie was rausgefunden. Und dann macht sie über den vierten Juli in einem Schwarzencamp in den Catskills Kurzurlaub, und dort erzählt ihr jemand was, was ihr zu denken gibt. Sie fängt zu grübeln an, und schließlich hat sie zwei und zwei zusammengezählt. Und als sie wieder da ist, stellt sie Leo ein Ultimatum: Entweder bekennt er sich zu Beginn des Semesters

öffentlich als Schwarzer, oder sie macht es publik. ›Er ist ein leuchtendes Vorbild für alle jungen Schwarzen‹, hat sie gesagt. ›Eine Leitfigur. Sie wissen dann, dass schwarze Menschen dahin gelangen können, wo er jetzt ist.‹ Dass sie seine Karriere ruiniert hätte, war ihr völlig egal.«

»Und da haben Sie sie getötet, um seine Karriere zu retten. Sie haben eine Schwarze umgebracht und fast einen weiteren Schwarzen.« Ich hatte mich, während ich ihr das vorhielt, Zentimeter um Zentimeter näher an sie herangeschoben.

»Bleib, wo du bist.« Lindsey richtete den Lauf der Waffe auf meine Brust. »Und komm ja nicht auf dumme Gedanken. Nein, Nikki, mir ging's nicht um äußerliche Dinge wie die Hautfarbe. Für mich ging's um Liebe. Ich musste Leo schützen, das wirst du doch verstehen.«

Wir starrten einander lange an. Eine Ewigkeit lang. Ich musste dieses tückische kleine Biest zur Strecke bringen, und wenn es das Letzte war, was ich in meinem Leben tun konnte. Aber ich musste kühl bleiben.

Lindsey seufzte laut und strich sich das Haar aus der Stirn. Sie sah erschöpft aus. Wenn ich sie dazu bringen konnte, noch eine Weile weiterzureden, ließ ihre Aufmerksamkeit vielleicht nach.

»Und nun will der Mistkerl nichts mehr von mir wissen«, murmelte sie verbittert. »Ich hab alles für ihn getan. Er wäre erledigt gewesen, wenn es rausgekommen wäre. Er hat hart arbeiten müssen, um es so weit zu bringen, und dann kommt so ein schwarzes Weibsstück daher und will ihm einen Heiligenschein aufsetzen, und auf einmal soll alles umsonst gewesen sein. Trotzdem, Leo ist der Meinung, dass es falsch war.«

»Er weiß also, was Sie getan haben?«

»Nun, er hat's erst eine Woche nach Ellas Tod erfahren. Vorher konnte ich's ihm nicht sagen, weil er sich am Telefon immer verleugnen ließ. Er wollte seine Ehe mit Torie retten. Zwischen uns wär es aus, hat er immer wieder zu mir gesagt. Aber ich hab gewusst, dass er das nicht so gemeint haben kann. Ich meine – Torie liebt ihn nicht so wie ich.«

»Sie haben es ihm bei der Open-House-Party gesagt, habe ich Recht?«

Sie lachte, aber es war ein falsches Lachen. »Ja. Er war gerade dabei zu sterben, als ich's ihm gesagt habe.«

»Dann haben Sie den Mord also ganz allein geplant. Sie kannten Ellas Terminkalender. Sie wussten, dass sie am Sonntagabend an der Sitzung des Crimson Future Committee teilnimmt. Sie haben in der Lobby den richtigen Augenblick abgewartet, haben gesehen, wie sie die Treppe hochging, sich in den Keller geschlichen und die Drähte durchgeschnitten, und dann haben Sie sich in der Dunkelheit auf sie gestürzt und sie die Treppe runtergestoßen.«

»War ganz schön schlau von mir, es im Littauer zu tun, nicht wahr?« Mir verschlug es den Atem – sie war auch noch stolz auf ihr Verbrechen! »Ella hatte die ganze Zeit über davon geredet, dass sie für den Abschlussbericht des Komitees dringend die Finanzdaten von McAllister brauchte. Da hab ich mir gesagt, wenn es im Littauer passiert, werden alle annehmen, dass sie gestürzt ist oder dass jemand aus dem Komitee nachgeholfen hat. Dass McAllister an ihrem Tod interessiert war, hab ich damals nicht gewusst. Aber nun wandert er für den Mord an ihr ins Gefängnis.« Sie schnaubte verächtlich. »Geschieht ihm recht. Er hätte alles getan, um Leo den Präsidentensessel abzujagen.«

»Merkwürdig«, sagte ich, »ich hätte gedacht, dass Ihnen eher daran liegt, Victoria den Mord anzuhängen. Ich meine, nachdem Sie sich so viel Mühe gemacht hatten, ihr den Ohrring zu stehlen und in der Nähe des Tatorts zurückzulassen.«

»Ach – du hast ihn also gefunden?«, fragte sie erfreut. »Ich hab mich schon gefragt, wo der abgeblieben ist, als ich nichts von einem gefundenen Ohrring gehört habe.«

»Der Ohrring …«, murmelte ich vor mich hin. Und dann hatte ich's. »Das war es, was Justin Simms auf der Fogg-Party beobachtet hat, stimmt's? Sie haben sich im Haus der Barretts ausgekannt, und dank Ihrer Affäre mit Leo hatten Sie Gelegenheit, Tories Ohrringe zu stehlen. Aber nachdem Sie einen davon in der Nähe des Tatorts platziert hatten, ist Ihnen klar geworden, dass das nur etwas nützt, wenn das Gegenstück in Tories Schmuckkassette gefunden wird. Also haben Sie den zweiten Ohrring während der Party Torie unauffällig in die Handtasche schmuggeln wollen. Nur, dabei hat Justin Sie beobachtet.«

»Ja.« Lindsey warf ärgerlich den Kopf zurück. »Dieser Kerl macht nichts als Schwierigkeiten. Zweimal war ich nahe dran, ihn aus dem Weg zu räumen, aber …«

»Schlaftabletten im Champagner und ein rausgezogener Stecker im Krankenhaus. Sie schrecken vor nichts zurück.«

»Oh ja, da hast du Recht. Sobald ich mit dir fertig bin, ist er an der Reihe. Wie soll ich ihn denn sonst daran hindern, dass er die Geschichte mit dem Ohrring überall herumerzählt?« Plötzlich hörte sie sich irgendwie befreit an. Und mir wurde schlagartig klar, warum sie mir das alles erzählt hatte – weil sie es sich endlich von der Seele reden wollte. Nein – *musste*. Nur, das hieß eben auch, dass sie nie und nimmer so freimütig gewesen wäre, wenn sie nicht fest vorgehabt hätte, mich zu töten.

Ich musste sie dazu bringen weiterzureden.

»Eins würde mich noch interessieren. Was hat eigentlich hinter Ihrer großen Romanze mit Isaiah Fisher gesteckt?«

»Ich brauchte irgendwas, um die Leute von Leo und mir abzulenken. Und ich wusste, wenn's hart auf hart kam, konnte ich den Mord an Ella ihm in die Schuhe schieben. Bei ihm war's leicht, alle davon zu überzeugen, dass er labil ist. Ich meine, sogar du hast ihn für den Hauptverdächtigen gehalten, und du bist selber eine Schwarze.«

Den Seitenhieb hatte ich sicher verdient. »Mich wundert nur,

dass nicht mal Alix Coyle Ihnen auf die Schliche gekommen ist.«
Lindsey zuckte die Achseln. »Sie hat mich, genau wie ihr alle, unterschätzt. Für sie war ich nur die dumme kleine Sekretärin. Bei ihr wusste ich gleich, dass sie mir nie gefährlich wird. Das Problem warst von Anfang an du. Ich habe wieder und wieder versucht, dich auf Christian Chung, Isaiah Fisher, Ian McAllister und sogar auf Victoria zu hetzen, aber du bist hartnäckig *mir* auf den Fersen geblieben.« Sie betrachtete nachdenklich ihre Pistole. »Ich hätte dich gleich in derselben Nacht erledigen sollen, in der ich mir Justin Simms vorgenommen habe – bei der Fogg-Party. Das war mein einziger Fehler.«
»Lindsey«, sagte ich ruhig. »ich hab mir das jetzt lange genug angehört.« Ich durfte mir nicht anmerken lassen, welche Mühe es mich kostete, das Beben in meiner Stimme zu unterdrücken. Und ich durfte nicht auf die Waffe in ihrer Hand schielen. »Sagen Sie Ihrem Vater, er soll Ihnen einen guten Anwalt besorgen, der auf verminderte Zurechnungsfähigkeit plädiert. Dann schickt man Sie für ein paar Jahre in ein Heim in einer freundlichen, friedvollen Umgebung, und danach können Sie so weiterleben wie früher.«
»Nein, das halte ich für keine gute Idee.« Ihre Stimme hatte auf einmal einen verträumten Klang. »Aber so oder so, Nikki, es ist vorbei. Du wirst einen kleinen Unfall haben. Oder noch besser – du wirst Selbstmord begehen. Aus lauter Verzweiflung darüber, dass du deinen alten Mentor Ian McAllister verraten hast. Du steigst über die Brüstung und springst in die Tiefe.«
Sie lächelte mich lieb an. So lieb, dass ich es plötzlich begriff: Sie war tatsächlich verrückt. Schuldgefühle, Ängste und vielleicht die Faszination, zu wissen, dass sie das Leben anderer auslöschen konnte, hatten Lindsey um den Verstand gebracht. Ich dachte an die Möglichkeit, ihr ein Dutzend Gründe aufzu-

zählen, warum ihr Plan nicht aufgehen konnte, aber dann musste ich mir eingestehen, dass ich sehr wahrscheinlich nicht mehr die Energie dazu aufbrachte. Irgendwann muss alles ein Ende haben. Ich wollte hier weg.

»Rafe!«, rief ich atemlos und reckte den Kopf. »Oh Gott, bin ich froh, dass Sie hier sind!«

Lindsey drehte sich zur Dachterrassentür um. Nur einen kurzem Moment lang. Und den Moment nutzte ich, um sie anzuspringen.

Sie schrie vor Wut und Überraschung laut auf, als wir auf den Zementboden stürzten. Ich versuchte, sie unter mir festzuhalten und ihr die Waffe aus der Hand zu winden, aber sie war erstaunlich stark. Ich kratzte ihr das Gesicht und die Arme blutig, als wir uns über den Boden wälzten. Und dann löste sich ein Schuss. Das Geschoss schlug in die Mauer ein, aber allein die Tatsache, dass sie abgefeuert hatte, schien neue Kräfte in Lindsey freizusetzen. Sie wand sich aus meiner Umklammerung, richtete sich halb auf, und irgendwie brach während unseres Gerangels wieder ein Schuss los.

»Du verdammte Schlampe!«, schrie sie mich an.

Das machte mich so wütend, dass ich sie in den Arm biss.

Vor Schmerz lockerte sie den Griff um die Waffe so weit, dass ich, gerade als sie wieder zupacken und die Mündung auf meinen Kopf richten wollte, ihre Finger umklammern und ihr den Daumen umbiegen konnte.

»Verdammt!« Die Pistole rutschte ihr aus der Hand und fiel mit lautem Scheppern auf den Zementboden. Ich trat sie mit dem Fuß weg, und dann versuchte ich, halb kriechend, halb in der Hocke, meinen Stock zu erwischen, der eine Armlänge weit entfernt auf dem Boden lag.

Als Lindsey mich ansprang, stand ich schon aufrecht, sodass ich ihr den Stock mit aller Kraft über den Schädel ziehen konnte. Der Schlag warf sie rücklings auf die Terrasse. Sie lag reglos da, und ich stand da und starrte zu ihr hinunter und stellte mit Befriedigung fest, dass ihre Nase blutete und angeschwollen war. Hoffentlich hatte ich sie ihr gebrochen. Das war das Mindeste, was ich Ella schuldig war.

Ich wandte mich um, humpelte zur Brüstung, lehnte mich dagegen und wartete darauf, dass mir schlecht wurde. Mein Knöchel tat höllisch weh, ich beugte mich nach vorn, um ihn zu massieren.

Das war mein Fehler.

Mit einer einzigen, raubtierhaft schnellen Bewegung erwischte Lindsey das Ende meines Stocks, riss ihn an sich und schlug ihn mir mit Wucht auf den gesunden Knöchel. Bevor ich der Länge nach zu Boden stürzte, bekam ich durch den Schleier aus siedend heißen Schmerzwellen, der meinen Blick trübte, gerade noch mit, wie sie sich auf allen vieren kriechend nach ihrer Waffe reckte und wie ihre Finger sich dann um das Griffstück schlossen.

Sie stand lachend über mir. Schweiß vermischte sich mit dem Blut aus ihrer Nase. Die Mündung der Pistole war genau auf meinen Kopf gerichtet. »Ich hoffe, du hattest Spaß an deinem kleinen Spielchen. Und nun komm hoch.«

Ich rappelte mich langsam hoch, fühlte mich aber so schwach, dass ich mich gegen die Brüstung lehnen musste.

Sie grinste mich verzerrt an. »Da kletterst du jetzt drüber. Mit dem Rücken zu mir.«

Es wurde Zeit, an die Hoffnungen zu denken, die wir mit einem Leben nach dem Tode verbinden.. Ich senkte die Augen, um zu beten. Und da entdeckte ich es.

In den Boden der Dachterrasse war ein Gully eingelassen. Ich weiß nicht, wie, aber während unseres Gerangels hatte sich der Gitterrost gelockert und seitlich verschoben, und jetzt gähnte genau hinter Lindseys linkem Fuß ein offenes Loch. Etwa vierzig mal vierzig Zentimeter, wie tief, wusste ich nicht. Wenn ich sie dazu bringen konnte, einen Schritt zurückzuweichen, stürzte sie unweigerlich hinein.

»Deine Rechnung geht nicht auf, du dummes Huhn«, verhöhnte ich sie und schob mich langsam zentimeterweise auf sie zu. »Du bist einfach zu dämlich, einen Plan bis zu Ende durchzudenken. Wie willst du denn all das Blut erklären? Und die beiden Schüsse?«

»Steig auf die Brüstung!«, fuhr sie mich an, während sie instinktiv ein Stück zurückwich. »Und hör auf, so blöde über meine Schulter zu glotzen. Wir wissen beide, dass da nichts ist.«

Sie stieß einen schrillen Schrei aus, als sie beim nächsten Schritt mit einem Fuß in den offenen Gully trat und nach hinten umkippte. Ich duckte mich blitzschnell, bevor ich mich mit meinem vollen Gewicht auf sie warf. Ein Schuss löste sich noch aus der Waffe, dann schlug ich sie ihr aus der Hand. Sie flog weit durch die Luft, irgendwo auf der dunklen Terrasse hörte ich sie dumpf aufschlagen.

Ich packte Lindseys Handgelenke und drückte sie unbarmherzig auf den rauen Zementboden. Einen Atemzug lang hielten unsere Blicke sich fest, dann fing sie hysterisch zu lachen an.

Als schließlich jemand meine Hilferufe hörte und die Polizei anrief, war aus ihrem irren Gelächter ein hektisches, schrilles Schluchzen geworden.

Es war lange nach Mitternacht, bis ich nach Hause kam. Ich fasste den Türknauf fester als sonst, fuhr, als ich auf dem Weg in die Küche am Sofa vorbeihumpelte, liebkosend über den Stoff und hätte beinahe sogar das Glas gestreichelt, als ich für Keynes und mich ein wenig Milch einschenkte. Ja, sagten mir meine Finger, es gab mich noch, ich lebte, ich war daheim in der Geborgenheit meiner Wohnung. Der Mord an Ella war endlich aufgeklärt worden. Ich hatte Amy Collins, der mutigen *Crimson*-Reporterin, eine Nachricht hinterlassen, sie möge sich

morgen zum Frühstück mit mir treffen, damit ich meine Geschichte erzählen könne. Sie hatte sich das Exklusivinterview mit ihren Tipps über Leo Barrett wahrhaftig verdient.
Von irgendwoher aus der Dunkelheit lockte mich die melancholische Melodie eines Saxofons an das zur Straßenseite gelegene Fenster. Ich zog es weit auf, setzte mich auf den Sims und ließ mich von der Musik einlullen. Sie löschte Namen und Gesichter in mir aus. Die von Leo, Victoria, Isaiah, Ian, Christian, Alix und Lindsey. Sie löschte die Erinnerung an alles in mir aus – bis auf die an Dante Rosario.
Es wurde nichts aus uns beiden. Wieder nicht. Das musste ich jedenfalls daraus schließen, dass ich seit meiner Rückkehr von Martha's Vineyard nichts von ihm gehört hatte. Nicht, dass es mich überrascht hätte, ach nein, es war typisch für Dante. Aber die Beziehung zwischen uns war längst keine Spielerei mehr, und wenn die Dinge so lagen, musste ich sie vergessen. Wie vieles andere. Meine Achtung vor Ian war erloschen. Meine Zuneigung zu Leo war brüchig geworden. Aber Dante … das war der schmerzlichste Verlust, den ich hinnehmen musste.
Das Saxofon erzählte mit seiner klagenden Melodie von Sehnsucht und Verlangen. Und allmählich dämmerte mir, dass die Musik aus Dantes Wohnung kam.
Es war keine italienische Oper. Und kein Hard Rock. Also war es nicht Dantes Musik. Auch nicht Teds. Es war die Musik, der ich gewöhnlich lauschte.
Was bedeuten konnte, dass sie für mich bestimmt war.
Wie verzaubert humpelte ich die Treppe hinunter. Und als ich an der Haustür angekommen war, sah ich sie.
Das Bild von Francesca, dem Mädchen aus Dantes Träumen, das, solange ich ihn kannte, bei ihm über dem Kamin gehangen hatte, lag in der Mülltonne. Achtlos weggeworfen.
Auf dem Weg nach oben klopfte ich leise an seine Tür. Und da stand er vor mir.

Ich weiß, dass es im Leben gewisse Regeln gibt, die man, weil sie zu dem über Jahrhunderte entwickelten Verhaltenskodex zivilisierter Menschen gehören, einhalten sollte. Immer einen Parkschein lösen. Sich nie den Lieblingssweater der besten Freundin leihen, wie gut er einem auch steht. Und nie einen Mann merken lassen, dass man ihn unwiderstehlich findet. Schon gar nicht einen Mann, der nie von einer gemeinsamen Zukunft gesprochen hat. Und nicht einmal von Liebe.
Aber ich war in einem verwunschenen Land weit jenseits aller Regeln und aller Vernunft angelangt. Er winkte mich stumm herein. Und ich folgte genauso stumm seinem Wink.

Epilog

Ganz unten in der Büchse der Pandora

Es war ein Montagabend spät im Oktober. Ich saß in meinem Büro und korrigierte die Examensarbeiten. Mit dem Regen trieb welkes Herbstlaub gegen meine Fensterscheibe. Ich seufzte unwillig bei dem Gedanken, meinen Studenten im Grunde genau das zuzumuten, was Arbeitnehmer in unserem Land dazu treibt, sich gewerkschaftlich zu organisieren: das Wiederkäuen angelernten Wissens und das ständige Einerlei einer abstumpfenden Routine – etwas, für das ihnen später im Berufsleben niemand auch nur das Existenzminimum zahlt.

Ich zuckte zusammen, als ich auf dem Flur ein Geräusch hörte und gleich darauf sah, wie ein gefaltetes Blatt Papier unter der Tür durchgeschoben wurde. Im Stillen darauf gefasst, dass es sich nicht lohnte, holte ich mir die Notiz und faltete sie auf. Es war gar keine Notiz, sondern die vorgedruckte Mitteilung, dass ein bei der Kongressbibliothek bestelltes Buch eingetroffen sei – nebst dem handschriftlichen Vermerk, in welchem Magazin und welchem Regal es für mich bereitläge. Mein Blick pendelte zwischen der Mitteilung und dem Stapel der noch unerledigten Examensarbeiten hin und her. Die Entscheidung fiel nicht schwer. Ich griff nach meinem Rucksack und machte mich auf den Weg zur Widener-Bibliothek.

Dicke Regentropfen zerplatzten auf den Steinstufen. Unwillkürlich fragte ich mich, was mich wohl diesmal in den unterirdischen Magazinen erwarten mochte. Ich fand das angegebene Regal schnell, und ganz am Ende einer langen Reihe belletristischer Bücher stand das, das ich angeblich bestellt hatte: *Hundert Liebessonette* von Pablo Neruda. Irgendwo war ein Papierstreifen eingelegt, wie ein Lesezeichen. Ich schlug das Buch an der Stelle auf und las die mit Bleistift markierte erste Zeile eines Gedichts:

Amor, cuantos caminos hasta llegar a un beso.

Liebe, wie lang ist doch der Weg bis zu einem Kuss.

Auf dem eingelegten Papierstreifen fand ich eine handgeschriebene Notiz:

Komm heute Abend ins Algier. Ich warte an einem Tisch ganz hinten auf Dich. Dante

PS: Wenn du sehr lieb zu mir bist, jag ich dich hinterher die Wolken rauf und runter.

Wie viel sich doch in einem Monat verändern konnte.

Ich stand vor der Widener-Bibliothek, auf der obersten Stufe der Treppe, und stellte mir die Frage, ob ich mich wohl, wenn ich alles gewusst hätte, was ich jetzt wusste, so auf die Aufklärung des Mordes an Ella Fisher eingelassen hätte.

Zwei Wochen waren seit Lindsey Wentworths Geständnis vergangen, es gab an der Harvard niemanden mehr, den Ellas Tod unberührt gelassen hätte. Lindsey saß unter der Anklage des vorsätzlichen Mordes, des Mordversuchs und des bewaffneten tätlichen Angriffs in Cambridge im Gefängnis, ihr Antrag auf Haftverschonung gegen Kaution war abgelehnt worden. Ian McAllister war von seinem Amt als Dekan des Fachbereichs Wirtschaftswissenschaften zurückgetreten und wartete, ebenfalls ohne Kaution inhaftiert, auf seinen Prozess. Christian Chung kam voraussichtlich ohne Haftstrafe davon, weil er sich als Zeuge der Anklage zur Verfügung gestellt und der Staatsanwalt im Gegenzug lediglich Anklage wegen eines minder schweren Vergehens erhoben hatte, aber seinen Job als Controller war er natürlich los. Isaiah Fisher waren, weil er ein umfassendes Geständnis abgelegt hatte, ebenfalls mildernde Umstände zuerkannt worden, er musste zweieinhalb Jahre wegen Erpressung absitzen. Leo Barrett hatte vor zwei Wochen bei der Pressekonferenz seinen Rücktritt als Präsident der Universität bekannt gegeben und sich gleichzeitig öffentlich zu seiner Zugehörigkeit zu den Amerikanern schwarzer Hautfarbe bekannt. Ein wenig überraschte mich, dass Victoria bei dieser Erklärung neben ihm gestanden hatte, aber Gerüchte besagten, dass sie an Leos Seite bleiben wolle. Justin Simms war vor einer Woche aus dem Krankenhaus entlassen worden und hatte mich seither tagtäglich angerufen. Wir waren letztes Wochenende zusammen tanzen, und ich kann bestätigen, dass er ein sehr guter Tänzer ist. Alix Coyle steht nach wie vor an fünf Abenden in der Woche und samstags zusätzlich nachmittags auf der Bühne und bricht den Zuschauern das Herz. Maggie und Rafe sind nun ein Paar, obwohl sie es immer noch nicht fertig bringen, sich gemeinsam eine Talkshow anzusehen, ohne dass sie sich heftig streiten – manchmal so, dass – bildlich gesprochen – die Fetzen fliegen. Und Ted hängt zu Jess' großer Freude beharrlich an deren – gewöhnlich sehr kurzen – Rockschößen.

Ich stieg langsam die regennassen Steinstufen der Bibliothek hinunter. Doch, ich würde alles noch mal genauso machen. Wozu taugt eine Universität, wenn sie Menschen nicht dazu erzieht, immer auf der Suche nach der Wahrheit zu sein? Es gab nichts, was mich mehr beflügeln konnte, als dabei mitzuhelfen. Alles in allem blickte ich optimistisch in die Zukunft.

Denn was ganz unten in der Büchse der Pandora glitzert, wenn alle Übel der Welt hinausgeflogen sind, ist eben doch der Funke Hoffnung.

Ein Wort des Dankes

Herzlichen Dank all meinen Freunden bei McKinsey für ihren unermüdlichen Ansporn und ihre Unterstützung. Dieser Dank gilt insbesondere David Acorn, Tom Woodard, Jerome Vascellero, Pete Walker, Don White, Jon Spector, Andrew Parsons, Norman Selby, John DeVincentis, Roger Abravanel, Stacey Rauch, John Anderson, Rob Rosiello, Roger Ferguson, Nancy Killefer, Foger Kline, Bart Robinson, John Rose, Dana Norris, Marshall Lux, Helene Enright, Celeste Molina, Emilia Diez, Liz Frank, Tim Kulick, Karen Tanner, Jill Levine, Jacalyn Walsh, Todd Juenger, Doug Moser, Ed Hall, Mike Sherman, Gervase Warner, Bernard Loyd, Luis Ubinas, Liz Webster, Kim Morgan, Varsha Rao, Lauri Kein-Kotcher, Alison Fried, Christine Bucklin und Eileen Thomas.

Mein Dank gilt Jan Elstub, meinem Assistenten, allgegenwärtigem Gewissen und Freund, Katie George, die mir jede freie Stunde geopfert hat, um das ›Insiderwissen‹ aus ihrer Studienzeit an der Harvard an mich weiterzugeben, und den Professoren James Cash und Derrick Bel, meinen zuverlässigen Mentoren und Freunden.

Er gilt in gleichem Maße Lauren Tyler, Elisabeth Radow, Barbara Thomas, Andrea Heyward, Sheri Betts, Margaret Morton, Nancy Linnerooth, Melissa James und Rosabeth Moss Kanter – den Frauen, die mich mit ihrer unerschütterlichen Ruhe und guten Laune dazu inspiriert haben, mit vielen Bällen gleichzeitig zu jonglieren, und Leigh Bonney für ihre gescheiten Anregungen und dafür, dass sie den Anstoß gegeben hat für so viele

unvergessliche Abende, an denen ›wir Mädels‹ unter uns und ›auf Achse‹ waren.
Herzlichen Dank schulde ich auch Andre Owens, Bruce Wilson, Jay Ward, Gail Busby und Marguerite Gritenas, guten Freunden, die sogar bereit sind, es zu bleiben, obwohl ich mitunter sträflich lange nichts von mir hören lasse, und Betty, Richard und Richard jr. Graham, die mir das Gefühl geben, bei ihnen stets willkommen und zu Hause zu sein.
Mein Dank gilt schließlich meinem Bruder Vince, meiner Großmutter Mattie Hosey, meinen Tanten Julia, Magnolia, Bessie, Frances und Azalia, meinen Onkeln James und Michael, all meinen Freunden in der Fourth Street und Albert und Marion Thomas, meinen Eltern, die mir durch ihre harte Arbeit und durch ihren Glauben an mich den Weg nach Cambridge geebnet haben.
Ich danke Michael Korda und Chuck Adams, meinen Lektoren; sie haben mich durch ihr Können, ihren Scharm und ihre aufgeschlossene Art sehr beeindruckt, und Jack Horner und John Delaney vom ICM für ihre Geduld, ihre Liebenswürdigkeit und ihre Bereitschaft, auf all meine Fragen eine Antwort zu finden.
Ich danke meiner Agentin Esther Newberg, ihr Scharm hat sogar das Unmögliche möglich gemacht.
Und am meisten danke ich Lawrence Otis Graham, meinem Mann, der von Anfang an an dieses Buch geglaubt, unerschütterlich meine Anfälle von Zweifel und Euphorie ertragen, mir mit unschätzbaren Anregungen und ungezählten Bechern Kaffee auf die Sprünge geholfen hat und immer bereit war, mich auf ruhelosen Spaziergängen um Mitternacht zu begleiten und mir den nötigen Freiraum zu lassen. Ich danke dir, Liebster, ohne dich wäre der Traum nicht wahr geworden.